MARSHA MELLOW E EU

Leia também:

MARIAN KEYES

Melancia
Férias!
Sushi

SARAH MASON

Um amor de detetive

MARSHA MELLOW E EU

Maria Beaumont

Tradução
HELOISA MARIA LEAL

Copyright © 2004 *by* Maria Beaumont
Título original: *Marsha Mellow and Me*

Capa: Carolina Vaz
Ilustração: Jan Meininghaus. Autorizada mediante contrato com
Digital Vision/Levendula

Editoração: DFL

2005
Impresso no Brasil
Printed in Brazil

CIP-Brasil. Catalogação-na-fonte
Sindicato Nacional dos Editores de Livros, RJ

B352m	Beaumont, Maria
	Marsha Mellow e eu/Maria Beaumont; tradução Heloisa Maria Leal. — Rio de Janeiro: Bertrand Brasil, 2005.
	294p.
	Tradução de: Marsha Mellow and me
	ISBN 85-286-1106-X
	1. Romance inglês. I. Leal, Heloisa Maria. II. Título.
	CDD – 823
05-0564	CDU – 821.111-3

Todos os direitos reservados pela:
EDITORA BERTRAND BRASIL LTDA.
Rua Argentina, 171 — 1º andar — São Cristóvão
20921-380 — Rio de Janeiro — RJ
Tel.: (0xx21) 2585-2070 — Fax: (0xx21) 2585-2087

Não é permitida a reprodução total ou parcial desta obra, por quaisquer
meios, sem a prévia autorização por escrito da Editora.

Atendemos pelo Reembolso Postal.

Dedicatória

Para M.B.

AGRADECIMENTOS

Meu muito obrigada a Lavinia Trevor e a Susan Sandon. Agradeço também a Caroline Natzler. E às três ou quatro pessoas que tiveram o maior impacto sobre minha vida naquele lugarzinho em que eu trabalhava na Charlotte Street. Elas sabem quem são. Não, Lucy, você não.

Capítulo 1

Estou esperando na ante-sala, nervosa. Minhas mãos tensas crispam os joelhos, enquanto uma secretária com uma cabeleira loura me espia por trás de um vaso com uma iúca. Seu interfone toca e ela atende. Fica escutando por um momento, em seguida torna a repor o fone no gancho e diz, com voz sensual e arquejante:

— Ele está pronto para receber você agora.

Levanto-me e aliso minha saia. Sinto o coração palpitando por baixo do blazer. *Odeio* entrevistas, mas preciso muito deste emprego. Respiro fundo e abro a porta do escritório.

— Entra, senta aí, já vou te atender num momento — diz o homem por trás da larga mesa. O sotaque dele me pega totalmente de surpresa. Eu não esperava que o sócio majoritário da Blinkhorn & Bracken fosse americano.

Sento-me e olho para o meu patrão em potencial, que está terminando de escrever alguma coisa. Ele é bem mais jovem do que eu esperava, e muito bonito, do tipo bronzeado, de traços esculturais e mandíbula larga. Põe a caneta sobre a mesa e olha para mim, abrindo um largo sorriso de dentes brancos.

— Muito bem... Amy — diz ele, relanceando meu currículo sobre a mesa —, por que não começa me dizendo qual é a sua formação profissional?

Sinto a boca ficar seca, enquanto tento desesperadamente me lembrar das frases que há dias venho ensaiando.

— Tá. Tudo bem. Certo — começo, hesitante. — Bom, fiz o curso completo tanto de Word quanto de PowerPoint e...

— Você tem experiência em *documentos longos*?

— Em digitação? Bom, sou bastante rápi...

Interrompo-me porque ele se levantou... e seu *troço* está de fora... e — meu Deus — é *gigantesco*. Sessenta centímetros de comprimento.

No mínimo. Meu coração agora está aos pulos, mas faço o possível para ignorá-lo — afinal, preciso muito, *muito* deste emprego.

— S-s-sou b-b-bastante rápida em digi-ta-ta-tação — digo, ao que ele caminha na minha direção colocando as mãos ao redor de sua ereção, agitando-a orgulhosamente como se fosse a tocha olímpica. — M-mas p-posso es-ca-canear o ras-rascunho, se o s-senhor p-p-pre...

— Corta, corta, corta, pelo amor de Deus, *corta!* — berra uma outra voz.

Levanto os olhos, aturdida, e vejo um homem gordo de rabo-de-cavalo avançar a passos furiosos em minha direção. De onde diabo ele saiu? E essas luzes, o que estão fazendo aqui? E será que aquilo é uma equipe de cameramen?

— Ó guria, que negócio é esse aí que você está dizendo, porra? — berra o rabo-de-cavalo. — Porque não está no meu script, porra. E que roupa é essa que você está usando, porra? — Segura a barra de minha saia de lã cinza, que vem até um pouquinho abaixo do joelho. — Onde é que estão as meias-arrastão, o bustiê e os sapatos transados de salto quinze, porra?

— M-mas eu estou aqui por causa do emprego de secretária — guincho eu. — Aqui não é a Blinkhorn & Bracken Contadores Associados?

— Não, sua filha-da-puta burra — grita ele. — É *Piranhas de Escritório III...* Valha-me Deus — diz, dando um tapa de desespero na testa, para logo em seguida chamar: — Cabeleireiro, Maquiador, Figurinista, tirem essa fulaninha daqui e não a tragam de volta para mim até que ela esteja com cara de *piranha* de escritório, porra!

Esse costumava ser o meu pior pesadelo. *Ir Parar Por Acaso no Set de um Filme Pornô* era, sem a menor sombra de dúvida, um pouco mais apavorante do que meu outro sonho recorrente, *Descobrir que Estou Inexplicavelmente Nua e Sem Bolsa no Caixa do Supermercado.*

Digo que *costumava* ser o meu pior pesadelo.

Neste momento da minha vida, já foi substituído por outro que é muito mais apavorante — principalmente porque estou, de fato, *passando* por ele.

Marsha Mellow e eu   9

Neste momento da minha vida são dez para as nove de uma manhã de sexta. Acabo de chegar ao trabalho. O telefone toca antes que eu tire o mantô. Mary. É indefectível: ela sempre faz meu Novo Pior Pesadelo aparecer como uma baita espinha (enorme e escarlate, bem na ponta do nariz, justamente no dia em que devo representar a Grã-Bretanha numa final de Miss Mundo... Não que eu algum dia faria isso, mas dá para imaginar).

— Você ainda está aí? — pergunta Mary depois de alguns minutos de diálogo desigual — ela falando pelos cotovelos, eu muda. Enquanto espera por uma resposta, observo Lewis entrar a passos largos na redação sem divisórias. *Merda*. Eu já não queria ter essa conversa — na frente do meu chefe, então, nem pensar.

— Você não pode ficar se escondendo, Amy — prossegue ela. — Goste ou não, o *Mail* vai publicar a história amanhã. Uma das repórteres deles está fazendo vigília na soleira da minha porta. Carrega uma garrafa térmica enorme de chá quente e já jurou que não vai arredar pé de lá até arrancar seu nome de mim.

— Você não vai dizer para ela, vai? — pergunto, furiosa. Devido à chegada de Lewis, não posso levantar a voz, e as palavras saem num cochicho estrangulado.

— Dizer *o quê* para *quem*? — pergunta Mary.

— *Meu* nome para *aquela* jornalista. — Reforço o cochicho nas palavras-chave.

— Quem você pensa que eu sou? Alguma galinha boba que transa com uma celebridade e depois vai reta ligar para Max Clifford?*

— Tá, já entendi — continuo cochichando.

— E por que você está cochichando? — pergunta ela.

— Não estou, *não* — cochicho.

A esta altura Lewis está a apenas alguns metros de mim, examinando a correspondência na bandeja de assuntos pendentes. Preciso *mesmo* encerrar este telefonema.

— Tenho que desligar, Mary. Meu outro telefone está tocando.

---

* Jornalista britânico especializado em vender matérias sensacionalistas para tablóides. *(Todas as notas são da tradutora.)*

Desligo e digo a mim mesma para agir normalmente. Obrigo minhas mãos a pararem de tremer, descolo a tampa de meu cappuccino e sopro a espuma. *Merda*, soprei com força demais. Gotas grossas respingam no meu teclado. Lembrete para o futuro: nunca tentar bancar a casual quando estiver com bebidas quentes por perto.

Levanto os olhos para Lewis. Somos as únicas pessoas aqui, mas ele nem me percebe. Está muito mais interessado na correspondência. Nada de novo, então. Por que ele haveria de prestar atenção em mim? Depois do garoto espinhento de dezesseis anos que mantém as copiadoras abastecidas de toner, sou a segunda pessoa menos importante da redação, enquanto que Lewis é... *o Diretor*.

Trabalhamos para *A Profissional*, que, pelo título, deveria ser a leitura preferida das escorts, prostitutas e strippers, ainda mais pelo fato de nossa redação ficar no Soho. Eu até gostaria que fosse a revista semanal das prostitutas, pois seria bem mais interessante do que a realidade. *A Profissional* é uma dessas revistas de ofertas de empregos distribuídas gratuitamente nas estações do metrô, cheias de classificados que tentam fazer um empreguinho xarope de secretária de firma contábil em WC1 parecer glamouroso como o de assistente pessoal de George Clooney.

A Profissional não está indo lá muito bem das pernas — eles não estão conseguindo nem *distribuí-la*. Lewis só está aqui há algumas semanas. Ele é o sangue novo que vai fazer com que as coisas dêem uma guinada... ou o sujeito que vai demitir todo mundo quando afundarem como um prego. Seja lá como for, ele parece ter têmpera para o emprego. Não é de falar muito — é daquele tipo de cara que com um único olhar fulminante diz mil palavras. Falando sem rodeios: ele é assustador.

E, tenho que admitir, sexy. Quando a gente franze os olhos, ele lembra um pouco o George Clooney (como aparece em *Plantão Médico/Onze Homens e um Destino* — não o matuto paspalhão que fez naquele filme a que ninguém que conheço assistiu). E quando a gente franze *bem* os olhos, chega até a vislumbrar nele um vago vestígio de Brad também.

Meus malfadados hormônios. Sou mestra em me sentir atraída por homens assustadores que não servem para mim. Foi por causa de um homem assustador que não servia para mim que estou neste rolo atual.

Marsha Mellow e eu

No entanto, considerando que Lewis ainda não deu uma palavra comigo desde que veio trabalhar aqui e que provavelmente nem sabe meu nome, acho que estou segura por enquanto.

— Com quem você estava cochichando, Amy?

— Como? — Fico em estado de choque. Lewis está falando *comigo*. Ele sabe meu nome. E até que ponto terá ouvido a bosta da minha conversa?

— Eu perguntei com quem você estava cochichando — repete ele, ainda sem erguer os olhos.

— Hum... Com ninguém. Era a minha irmã — minto. Não posso contar a verdade a ele, posso? Que Mary é a minha agente. Por que cargas d'água a segunda pessoa menos importante da redação haveria de ter uma agente?

— Mary... um bom nome à moda antiga — diz ele, sem uma gota de simpatia. — Espero que você não tenha desligado por minha causa.

Merda. Até onde será que ele ouviu?

— Não, não — digo, bancando a desassombrada —, nós já tínhamos... é... acabado. Sem dúvida... acabado.

— Ótimo, porque quero falar com você.

Por quê? Corro um olhar pela redação para ter certeza de que ele está falando comigo, e de que não há nenhuma outra Amy aqui cuja existência eu até então desconhecesse.

Lewis joga as cartas de volta na bandeja e percorre a curta distância que separa nossas mesas. Senta-se na beirada, estendendo a perna com naturalidade por cima dela. Não consigo deixar de olhar para meu furador de papel, que está fazendo uma mossa na sua coxa comprida, e imagino...

Pelo amor de Deus, pára com isso, Amy. Não é nem a hora nem o lugar.

Seus olhos castanhos — que são incrivelmente grandes e líquidos agora que ele não está fulminando ninguém com um olhar feroz — se abaixam em minha direção, e ele diz:

— E aí, acha que dá para a gente salvá-la?

— Quem? — a burra aqui pergunta.

— *A Profissional.*

Eta perguntinha difícil. *A Profissional* é merreca, mais merreca do que todas as outras revistas de empregos merrecas juntas. Assim sendo, a única resposta possível é:

— Bom, Lewis, nossas chances de resgatar o Soldado Ryan seriam maiores.

Mas não digo isso. Não, não. O que digo é:

— É... bom... eu não tenho... hum... certeza — a frase sai num balbucio de débil mental.

— Que pena — diz ele —, porque achei que você era a pessoa ideal a quem perguntar.

Torno a correr um olhar pela redação, porque é absolutamente impossível que ele esteja se referindo a *mim*.

— Você é uma secretária, não é? — explica ele. — O tipo de mulher de quem a revista deveria fazer o gênero... ou não?

E me lança um olhar de expectativa, os olhos castanhos ficando ainda maiores e mais líquidos. *Merda*. Ele quer que eu fale. É melhor dizer alguma coisa — de preferência alguma coisa mais inteligente do que aquele meu último comentário, tão incisivo.

— É... bom... eu acho... que... hum... — Estou indo às mil maravilhas. — ... acho que seria... é...

— O quê? — pergunta ele, em tom encorajador, embora com um sutilíssimo toque de impaciência na voz. Certamente ele tem alguma coisa mais útil que poderia estar fazendo, como polir as folhas da sua malva-rosa.

— Bom... talvez ajudasse se a revista trouxesse algum artigo... hum... sabe como é... para ler.

Ele me lança um olhar de incompreensão — provavelmente a esta altura já esqueceu a pergunta que fez. *Tenho* que dizer alguma coisa — *qualquer coisa* — que mostre a ele que ainda não estou clinicamente morta.

— São os artigos, Lewis — solto de um jorro, atropelando as palavras. — Eles são... Bom, são um pouco... entende?... merrecas.

Para que diabo eu fui dizer isso? Meu rosto pega fogo quando lembro que, na qualidade de diretor, ele é o cara encarregado dos... hum... artigos. Seus olhos se estreitam e ele me lança um olhar fulminante, dizendo:

— Esse é um... ponto de vista muito *instigante*.

— É... hum... mesmo? — pergunto, como uma imbecil, me maldizendo em silêncio por conseguir a proeza de enfiar um *hum* entre o *É* e o *mesmo*.

Marsha Mellow e eu   13

— É, sim. Exatamente o que falta neste lugar: pontos de vista insti-
gantes... Olha só, tem uma coisa que eu quero te perguntar... Aliás, já
faz algum tempo que venho querendo perguntar isso a você...

Ele está brincando com o meu grampeador, sem olhar para mim.
Agora sua bunda se remexe, desconfortável — e muito sexy — sobre
minha mesa.

— ... não sou muito bom nessas coisas — continua ele —, de modo
que vou falar sem rodeios. Você gostaria de ir...

E se interrompe.

Ir aonde? Almoçar? Jantar? Para o inferno? *Aonde?* Quero muito
saber, porque há alguma coisa suplicante no olhar dele que sugere que
não é para o inferno, mas ele se interrompeu. Porque tem uma *bosta* de
telefone tocando.

Ele enfia a mão no bolso do paletó e tira o celular.

— Oi... Hum-hum... Oi, Ros...

Quem é Ros?

Ele desce da minha mesa e dá as costas para mim. Está falando
numa voz abafada, deixando perfeitamente claro quem é *Ros*. E eu
aqui pensando que ele talvez estivesse prestes a me convidar para sair.
Vai sonhando, Amy.

— Me liga. Vamos fazer isso em breve — diz ele, tornando a se voltar para mim. — Hum-hum, eu também. Mal posso esperar.

Ele fecha o telefone e me dá um sorriso simpático... Mas já não é o
mesmo. Agora tudo está diferente. Ele tem uma Ros.

— Desculpe — pede ele. — Onde era mesmo que nós estávamos?
Eu ia...

— Que merda, Amy, eu sei que as mulheres se acorrentaram a
balaustradas em defesa do direito a estimulação erótica antes de transar, mas fui obrigada a puxar o cara pelas orelhas e sentar no pau dele.
Decididamente, o sexo oral não chega aos pés da... como é mesmo o
nome?... Ah, oi, Lewis. Não vi você aí.

— Acho que o termo que você está tentando lembrar é *penetração*,
Julie — diz Lewis para minha colega de trabalho no momento em que
ela chega à mesa diante da minha e atira seu blazer nas costas da cadeira. No momento seguinte, ele já foi embora. Observo sua bunda se
afastando de minha mesa, sem dúvida alguma pela última vez — a
bunda com a qual (em várias fantasias) já me casei e tive filhos.

— Opa — diz Julie. — Interrompi alguma coisa?

— Não, nada — digo... e acho uma pena.

— Ótimo, porque quero te contar tudo sobre o Alan — prossegue Julie. É o dia seguinte da Primeira Transa com o Novo Namorado. Hora de rever o lance.

— Como é que foi? — pergunto, aliviada por mudar de assunto.

— *Hummmm* — Julie fica com água na boca, derretendo-se visivelmente na cadeira. — Deixa eu te contar *tudinho* a respeito. O cara é uma *máquina*. Ele conseguiu manter o pique durante... Você vai atender?

Meu telefone está tocando. Fico dividida entre ignorá-lo, porque deve ser Mary de novo, e atendê-lo para evitar cada detalhe da transa de Julie, até a última secreção. Atendo por volta do quinto toque.

— Pelo amor de Deus, Mary, dá um tempo — cochicho.

— Não é Mary — diz minha irmã. A verdadeira.

— Desculpe, Lisa — volto a cochichar.

— Por que você está cochichando?

— Não estou, *não* — quase grito. Então me acalmo e digo: — Desculpe. É que o meu dia está sendo um verdadeiro pesadelo...

— Merda, o meu também. A gente *precisa* conversar.

A menos que minha irmã caçula esteja prestes a aparecer no programa de Jerry Springer ao lado de cada namorado que já teve, mais todas as esposas deles, o dia de Lisa não pode estar sendo um pesadelo pior do que o meu, mas deixo passar. — Estou um pouco ocupada agora. Por que não liga para mim hoje à noite?

— Mas, Amy...

— Tem alguém na minha outra linha — digo, e desta vez é verdade. — Me liga mais tarde. — Aperto a tecla da linha ocupada. — *A Profissional,* bom-dia.

— E aí? — É Mary.

— Oi, eu ia mesmo...

— Já sei, ia mesmo me ligar assim que saísse da "outra ligação" — diz ela, com aspas audíveis. — Amy, minha querida, a repórter do *Daily Mail* pode acabar tendo hipotermia e morrer na sarjeta, como muito nos conviria, mas *nem assim* o problema vai desaparecer.

— Desculpe. Eu não estou enfrentando a situação muito bem, estou?

Marsha Mellow e eu   15

— As palavras "pisando" e "bola" são as primeiras que me vêm à cabeça. Marsha Mellow se sairia muito melhor. Você devia aprender algumas coisinhas com ela.

A menção a esse nome me faz retomar o cochicho imediatamente.

— Pelo amor de Deus, Mary, eu estou no meio de uma redação sem divisórias, cercada de gente. Não posso falar sobre isso agora.

— Mas *tem* que falar, meu anjo. Seu tempo está acaban...

— Escuta só, eu te encontro depois do expediente — digo. Não é o que ela quer ouvir, mas é o melhor que tenho a lhe oferecer. — Aparece lá em casa às oito. Até lá, então. — Desligo depressa.

Nunca tinha sido tão brusca com ela. Nosso relacionamento não é nada democrático em termos de grosseria — afinal, esse é o trabalho dela.

Recosto-me na cadeira e penso no que ela acabou de dizer: "Marsha Mellow se sairia muito melhor". Marsha *merda de* Mellow. *Odeio* essa mulher. Principalmente agora que ela está prestes a se tornar objeto de uma caça às bruxas conduzida pelo *Daily Mail*, a janela de minha mãe e meu pai para o mundo.

Minha mãe e meu pai!

A idéia dos dois lendo sobre Marsha Mellow me faz suar frio.

— Mas, enfim, Amy, onde é que eu estava mesmo? — pergunta Julie, interrompendo meu caos mental. — Ah, sim. O cara é uma máqui...

— Desculpe, Julie — murmuro. — Agora não.

Não quero saber de sexo descrito nos seus mínimos detalhes agora. Foi por causa de sexo descrito nos seus mínimos detalhes que entrei neste cano... por assim dizer.

— Você está bem? — pergunta ela.

— Não — respondo, levantando-me com as pernas trêmulas e me dirigindo ao banheiro.

— Merda, merda, merda, merda, merda!

— Se isso funciona para você, fica à vontade, fofinha — rebate uma voz desconhecida do reservado contíguo. Quem quer que seja, faz com que eu caia em mim. Não tinha me dado conta de que estava pensando em voz alta. E tampouco de que estou sentada na privada há tanto tempo que minhas pernas já estão completamente dormentes.

Não estou perdendo meu tempo aqui. Estou tentando decifrar como posso ter deixado as coisas irem tão longe. Comecei procurando um ponto de partida. Não foi fácil. Pensa nisso. Pega qualquer fato da sua vida e tenta determinar o início dele. Digamos que você conheceu sua alma gêmea no trabalho. O começo não foi no dia em que vocês trocaram aquele olhar por cima do fax. Não foi nem mesmo no dia em que você começou a trabalhar naquela determinada firma. O que levou você a escolher aquele empregador, tendo assim a oportunidade de conhecer o homem/a mulher da sua vida? E, antes disso, o que levou você a escolher essa carreira, especificamente? As razões pelas quais as coisas acontecem podem retroceder infinitamente. Tudo acontece graças ao esbarrão de um espermatozóide entre milhões com um óvulo em particular, para produzir *você*. Com efeito, depois que a gente embarca nessa linha de raciocínio, acaba voltando às razões pelas quais nossos pais ficaram juntos, e depois aos espermatozóides e óvulos que os fizeram, e aos pais deles etc. Quando a gente se dá conta, já chegou ao Dia da Criação e à coincidência miraculosa das circunstâncias que levaram ao advento da primeira ameba.

Aí sim, foi onde tudo começou.

Sou capaz de estrangular essa titica microscópica — deixa só a filha-da-puta monocelular ter a cara-de-pau de aparecer na minha frente.

Quando finalmente volto para a minha mesa, é a vez de Julie estar agitada:

— Que diabo, por onde foi que você andou, Amy? Estou no maior rolo.

Ela também?

— Que foi? — pergunto.

— Alan ligou. Disse que não vai se encontrar comigo hoje à noite. *AimeuDeus*, levei um fora, não levei? Não consegui chegar nem ao segundo encontro.

Que estranho. Os segundos encontros representam para Julie um nível apavorante de compromisso. A maioria dos seus namorados mal deu duas tragadas no primeiro cigarro depois do rala-e-rola e ela já saiu pela porta afora, com um displicente "Não me liga". Mas Alan, pelo que apurei, é *diferente*. Ele é jogador de futebol. Joga no Arsenal. Pelo visto, é ponta-esquerda. Para mim isso não quer dizer nada — apenas faz com que ele tenha pinta de comunista. Segundo Julie, ele é um gênio, mas não pode entrar no time porque não fala francês, o que não faz nenhum sentido. Sempre presumi que os jogadores de futebol não precisavam fazer as provas de conclusão do segundo grau, muito menos as de Línguas Modernas. Mas nunca disse uma palavra, porque não quero parecer burra.

— Não sei o que deu errado — prossegue ela. — Diz ele que tem que participar de um treino extra. Isso *só pode* ser mentira. Os jogadores de futebol não treinam à noite.

— Talvez tenha aula de léxico francês — especulo.

Minha intenção foi ajudá-la, mas Julie se limita a me dar um sorriso debochado, como se eu não entendesse xongas. Mas não me importo, porque recebi um e-mail.

Amy — papo fascinante. Gostaria que você definisse "merreca". Dá um pulo no meu escritório no fim do expediente.

Isso não é nada bom. Ou Lewis está a fim de me esculachar por ter criticado suas habilidades diretoriais, ou quer levar um papo-cabeça. Bom, não resta dúvida de que não vai me convidar para sair — afinal, tem uma Ros, não tem? Espero que não seja um papo-cabeça. Com todo o estresse em que minha cabeça vive, a última coisa de que ela está precisando é um papo idem.

— Diga-nos seu nome verdadeiro e nós a soltaremos.

Mesmo da lousa fria da mesa de autópsias onde me amarraram, fico perturbada ao ver o tesão que o diretor do *Daily Mail* está naquelas roupas justas de couro preto. Ele permanece no fundo da adega escura, enquanto sua repórter caminha em minha direção, revirando o interior da bolsa.

— Apenas seu nome, é só o que queremos saber. Então você poderá voltar para casa, tomar um banho, assistir a *Emmerdale*, fazer o que quiser — prossegue o diretor, calmamente. — É melhor colaborar, não

18   *Maria Beaumont*

acha? Olhe para a pobre Mary. Aonde foi que a sua obstinação a levou?

Viro a cabeça e contemplo o cadáver na mesa de autópsias ao lado da minha. Olho para os tocos onde antes ficavam os dedos de Mary e em seguida para o seu fígado, que foi depositado ao seu lado. Com esforço, levanto a cabeça para ver a repórter, que retira um objeto da bolsa. É preto, cilíndrico e mede aproximadamente quarenta centímetros. Lembra um pouco uma escova modeladora.

— Ela é muito boa com isso, sabia? — pergunta o diretor. — Nós a mandamos para o Iraque, a fim de aprender a usá-lo com os próprios mestres. — Nada a ver com cabelos, então. — Por que não mostra a ela, Imelda?

A repórter aperta os lábios num sorriso cruel, e pressiona um pequeno botão na lateral do cilindro. Um fino bastão de aço se projeta de uma das pontas e uma profusão de lâminas cintilantes se abre em leque como um guarda-chuva. Começam a rodar como uma girândola, produzindo o maligno zunido estridente de um motor de dentista. A repórter dá mais um passo em minha direção e...

Sonhando acordada. *De novo*. Já tive dezenas de sonhos desse tipo hoje. Esse último até que foi dos mais agradáveis. São seis horas agora. Julie desliga seu computador e pergunta:

— Que tal uma bebidinha? Pela sua cara, você bem que está precisando.

Ela está de bobeira graças ao fora do Novo Namorado.

— Taí, a gente podia ir ao Pitcher and Piano. De repente os caras daquela agência de publicidade estão lá.

Julie superando um fora da única maneira que conhece.

— Não posso — respondo, segurando uma mecha de cabelo imundo e levantando-a à guisa de demonstração: está mesmo precisando de uma lavada.

— Bom, nesse caso, acho que vou ter que ir para casa. E *dormir cedo* — diz, como se pronunciasse o nome de um remédio com gosto horrível.

— Você vai esquecê-lo — digo eu.

— Não, eu vou é *matá-lo*. Aí sim, vou esquecê-lo.

Marsha Mellow e eu 19

Observo-a sair da redação e me pergunto a razão de ser do penteado transadíssimo, das unhas postiças e dos óculos de sol Gucci (dentro de uma redação, no inverno?). Sinto no ar um forte clima de *Footballers' Wives*.* Já estou a pique de segui-la quando me lembro de Lewis. Droga. Não respondi ao seu e-mail e fiquei me escondendo atrás do computador toda vez que ele saía do seu escritório. Agora vou ter que passar por ele a fim de escapar.

Está tranqüilo, Amy. Vai nessa.

Certo. Tudo bem. Lá vou eu. Levanto-me, visto meu blazer e avanço a passos largos em direção aos elevadores. Detenho-me quando chego ao seu escritório. Talvez ele não esteja lá, mas talvez sim, e eu é que não vou correr o risco de ele me ver pela janela da porta. Sem me importar com o que possam pensar de mim os poucos retardatários que ainda estão trabalhando, fico de joelhos e ponho-me a engatinhar. Estou quase a salvo quando ouço a porta se abrir.

Fico petrificada.

— Tudo bem com você aí embaixo? — pergunta Lewis.

— É... Bem, obrigada... Só perdi uma das minhas lentes de contato.

Isso é mentira. É claro que não perdi uma lente de contato. Como poderia? Não uso lentes de contato.

— Deixa eu te ajudar — diz ele, pondo-se de quatro ao meu lado. Em alguns de meus devaneios Lewis aparece de joelhos, mas, por incrível que pareça, nunca nesta situação específica.

— Ah... Olha ela ali. — Encosto no carpete com o dedo indicador, como já vi inúmeros usuários de lentes de contato fazerem, e então levanto a lente inexistente, equilibrando-a com todo o cuidado na ponta do dedo.

— Nem imagino como você conseguiu encontrá-la — diz Lewis. — Não estou conseguindo enxergá-la nem agora que você a encontrou.

— Prática — explico. — Isso acontece *toda hora* comigo.

Inclino a cabeça para trás e escancaro bem o olho com a mão esquerda. Em seguida levo o dedo lentamente ao rosto... e a aplico.

— Ai! — grito, quando a unha arranha a córnea. Tapo com as mãos o olho agora lacrimejante.

---

* *[Mulheres de Jogadores de Futebol]:* Seriado da TV inglesa.

— Deixa eu dar uma olhada — pede Lewis, arrastando-se de joelhos até mim.

— Estou bem, juro — digo, afastando-me dele.

Ficamos de pé e olho para ele, encabulada. Seus olhos me lançam um lampejo momentâneo de simpatia.

— Você quer... — começa ele, e não resisto à velha fantasia em que ele me convida a entrar no seu escritório e sugere umas férias numa ilha tropical deserta — ou pelo menos um jantar, talvez as férias na ilha fiquem para depois que tivermos passado algum tempo nos conhecendo melhor, como manda o figurino... — ... um lenço-de-papel para o rímel? Borrou um pouquinho.

Vai cuidar da vida, Amy. Ele nunca se sentiria atraído por mim. E como posso esquecer a existência da sua Ros?

— Você estava vindo falar comigo? — pergunta ele, me entregando um lenço-de-papel.

— Hum... Estava... Não... *Estava...* Estava vindo falar com você para dizer que eu... hum... não posso vir falar com você hoje à noite.

— Que pena — diz ele. — Eu estava esperando para ouvir suas idéias.

— Desculpe, mas tenho que ir para casa. Mary vai dar um pulo lá.

— Sua irmã?

— Não... *É* — disparo, lembrando-me da mentira da manhã. — Ela está passando por uma crise.

Isso é verdade. Mary está passando por uma crise. Ganha quinze por cento como minha agente. O que, para mim, significa quinze por cento de *tudo*, inclusive das minhas crises.

Capítulo 2

*E*stou sentada diante do meu analista, tragando nervosamente um cigarro.

— As soluções para os seus problemas não estão no presente. Retroceder é a única forma de avançar — diz ele, calmamente. — Temos que descobrir o fato que deflagrou todo o resto. O que você acha que foi, Amy?

— Talvez tenha sido... a primeira ameba no Dia da Criação? — sugiro, esperançosa.

— Que babaquice é essa de ameba, porra? — explode ele.

Caramba, o jeito dele de falar lembra um pouco o de Tony Soprano... Espera aí, ele *é* Tony Soprano. Pensei que estivesse *fazendo* análise, não trabalhando como analista. Talvez tenha desistido da sua carreira — o que provavelmente foi uma boa coisa, pois administrar a máfia de New Jersey e tentar fazer frente às tribulações da vida familiar é uma existência para lá de estressante.

Ele esfrega as têmporas, tentando recobrar a compostura.

— Olha, gatinha, foi mal. Mas manda essa ameba à merda, falei? E esquece esse lero freudiano escroto de *Eu me sinto atraída pelo meu chefe como substituto paterno*... É da sua mãe que eu quero falar.

— A gente tem mesmo que falar dela?

— Hum-hum. Isso aqui é análise. Mães são a nossa especialidade.

— Tudo bem. Nesse caso, que é que eu faço com ela?

— Você explora os padrões de comportamento que ela ativou durante os primeiros dias de sua vida. Você desconstrói seu relacionamento para... Ah, foda-se essa babaquice. Vou te dizer o que fazer. Você abotoa o paletó da velha.

— Como disse?

— *Passa cerol* nela... *Apaga* ela... Aceita o conselho de um cara que já passou por isso. As mães ferram a cabeça da gente. É hora de se vingar.

Seja realista, sua velha não seria a primeira a ir parar num lixão com uma bala na cabeça.

— Muito bem — torno eu, decidindo fazer o jogo dele por um momento. — Você podia me dizer onde é que eu arranjo um... você sabe, um *pinga-fogo*?

— Desculpe — diz ele, retomando o ar de analista. — Sua hora acabou.

Abro os olhos e descubro que estou no meu sofá, com um cigarro preso entre os dedos. Foi isso que me acordou — o cigarro queimou todo, quase até os nós dos dedos. Corro os olhos pela sala de estar. Não, nem sombra de Tony Soprano. Olho o relógio no videocassete. Mary deve estar estourando por aí. Dou uma espreguiçada. Sinto-me mais relaxada depois do meu cochilo — depois do meu sonho.

Mas por que ele tinha que falar na minha mãe? Bosta de gângster burro e gordo. Ele não tem nenhum direito de trabalhar como analista.

O telefone toca. É minha irmã.

— Não é uma boa hora — digo. — Mary está estourando...

— Mas você prometeu — protesta Lisa. — Você disse: "Me liga hoje à noite".

Eu não mereço. Cá estou eu, ardendo no meu próprio inferno particular, e, como sempre, minha irmã tenta me desbancar com o dela.

Mas o pior é que eu disse *mesmo* para ela me ligar.

— O que é? — pergunto, me esforçando (mas não muito) para parecer interessada.

— É... Eu... Meu Deus, é horrível. Meu namoro com Dan.

— Pensei que vocês estivessem bem. Ele não te deu um fora, deu?

— Não, é pior. Não dá para te contar por telefone. Posso dar um pulo aí?

— Não, Mary está...

— *Por favor!* Minha cabeça está um caos.

— Não sei se eu seria uma grande ajuda neste exato momento.

— Estou atravessando a pior crise da minha vida — diz ela, com uma irritação muito mal disfarçada. — Achei que você poderia reservar uns minutinhos para mim. Afinal, estou sempre ajudando você a sair dos problemas.

Marsha Mellow e eu 23

É minha vez de me aborrecer:

— Não, Lisa, você está sempre me ajudando a entrar neles.

— Ah, pelo amor de Deus, vira esse disco — diz ela, ríspida. — Pelo menos uma vez, assume a responsabilidade pelos seus próprios problemas.

— É exatamente o que estou tentando fazer. Por que você acha que Mary vem aqui? E, afinal, por que resolveu falar sobre Dan de uma hora para a outra? Ele é seu namorado invisível há dois anos. Sempre que eu te perguntava por ele, você mudava de assunto. Agora quer passar a noite discutindo sobre o cara.

— E você? É a rainha das cartas na mesa, por acaso? É sempre a primeira a enterrar a cabeça na...

Pem, pem, peeeeeeem!

Salva pelo gongo. Eu estava horrorizada com a chegada de Mary, mas agora estou agradecendo a Deus por tê-la trazido para mim.

— Tenho que desligar, Lisa. Mary chegou.

— Ah, vai lá. Não esquenta comigo não, tá bem? — solta minha irmã, feroz, antes de bater com o telefone.

Ainda fumegando, aperto o botão do porteiro eletrônico para Mary entrar no edifício. Pelo menos, acho que é Mary — ela irrompe pela porta adentro com um lenço de cabeça e um par de óculos escuros, uma combinação que nunca a vi usar. Deixa-a parecida com Audrey Hepburn em alguma daquelas comédias românticas da década de sessenta... embora seja preciso imaginar uma Audrey que engordou para fazer o papel de Renée Zellwegger em O *Diário de Bridget Jones*. Só que mais noventa quilos. Mary é uma *massa*.

— Oi, Mary, entra...

— Shhh!

Ela passa batido por mim, vai até a janela e espia pela vidraça. Em seguida puxa as cortinas e, por fim, tira o lenço de cabeça e os óculos.

— Acho que consegui despistá-la — anuncia, triunfante.

— Despistar ela quem?

— Despistá-la, querida, *despistá-la* — ela me corrige, irritante. — A repórter do *Mail*, é claro. Você achou que ela não iria me seguir? Experimentei com o chofer de táxi um truque que li certa vez num livro de Len Deighton — escritor maravilhoso, terrivelmente subestimado. Foi um pesadelo explicar as sutilezas da arte da espionagem a um chofer de radiotáxi que mal falava uma palavra de inglês, mas, por fim, conseguimos. Acho que ela foi dar com os costados em Camden.

Fico surpresa por ela não revirar meu apartamento atrás de escutas, mas ela apenas se escarrapacha no sofá. Desabo na poltrona em frente a ela.

— Antes mesmo de começar, já vou avisando que não vou revelar meu nome — anuncio.

— O *Mail* não vai desistir tão fácil assim. Você sabe como esses tablóides são. Fazer com que eles larguem uma história cabeluda é o mesmo que tentar tirar um cachorro excitado de cima da sua perna — inútil e invariavelmente desagradável.

Ela só está aqui há alguns momentos, mas já me sinto oprimida. E demonstro isso me enroscando em posição fetal.

— Encare os fatos, Amy. Amanhã de manhã o *Daily Mail* vai declarar Marsha Mellow a Inimiga Pública Número Um. O único problema deles é que não sabem quem ela é, e não vão sossegar até colocarem a carinha bonita dela na primeira página... *a sua* carinha bonita.

A esta altura estou abraçando minhas pernas contra o peito com tanta força que corro o sério risco de fraturar uma costela. Espero que ela já tenha acabado.

Não acabou.

— Você sabe qual é a única atitude sensata a tomar, não sabe? Anunciar sua identidade. Assumir o controle da situação fazendo isso numa hora e num local de sua escolha. Você não prefere se expor com dignidade a ser apanhada em flagrante? Lembre-se do pobre George Michael naquele banheiro público imundo.

Silêncio.

— Amy, *Amy,* você sabe que faz sentido.

Estiro minhas pernas e acendo meu terceiro cigarro desde que ela chegou. Em seguida mudo de assunto.

— O que eu gostaria de saber é quem foi o filho-da-mãe que falou com o *Mail* — solto de um jorro.

— Não me olhe com essa cara, querida. Você sabe que em relação a esse assunto minha boca é um túmulo. De mais a mais, eu também deveria estar indignada. Como diabo o *Mail* descobriu que sou sua agente? Obviamente a língua de alguém andou dando nos dentes, mas não é hora para investigações. Precisamos nos concentrar.

Marsha Mellow e eu

— Não posso fazer isso. Não posso me levantar e dizer: "Ei, mundo, era eu". E você concordou com o plano do sigilo.

— Concordei, realmente, mas fiz isso por você. De mais a mais, foi há milênios. Muita coisa mudou desde então.

— Não posso fazer isso — repito. — Minha mãe me mataria. — E com isso quero dizer que ela me mataria literalmente.

— Ela não pode ser tão má assim. Ela é sua *mãe*. Ela *ama* você... *incondicionalmente.*

— Você não conhece a minha mãe. Ela não faz *nada* incondicionalmente.

— Deixe eu lhe dizer duas verdades imutáveis da vida, Amy. Nada jamais é tão ruim quanto você pensa que vai ser, e ninguém reage da maneira como você espera.

Eu sei — sempre soube — que praticamente tudo que Mary diz está certo, mas também tenho certeza de que sou incapaz de seguir seu conselho. E isso porque ela está errada num ponto crucial: eu sei exatamente como minha mãe vai reagir (vide observação acima sobre assassinato).

Pela primeira vez na vida, essas locuções idiotas sobre matos sem cachorros, cruzes e caldeirinhas fazem total sentido para mim. Estou começando a entrar em pânico e preciso fazer alguma coisa. Passo para o confiável plano B.

— Mary — anuncio, como se tivesse chegado a uma decisão.

— Sim, minha querida? — retruca ela, cheia de expectativa, chegando seu corpanzil perigosamente para perto da beira do sofá.

— Vou ao banheiro.

Dez minutos depois, ela está esmurrando a porta do meu banheiro.

— Você tem que sair daí — ordena.

— Não vou, Mary. Não vou marcar uma bosta de entrevista coletiva.

— Não é isso, meu anjo. É que tem alguém diante da portaria.

Saio do banheiro e me dirijo à janela. Abro uma fresta entre as cortinas e espio a rua.

— Merda — digo. E de quebra: — *Merda, merda, MERDA!*

— Não é a repórter do *Mail*, é? Eu tinha certeza de que a havia despistado.

Não é a repórter do *Mail*. É muito pior do que isso.

— É a minha mãe.

— Que maravilha — exclama ela. — Estou louca para conhecer a notável mulher que deu à luz minha cliente-celebridade.

— Mary, você não ouviu. Você não pode conhecer mamãe de jeito nenhum — grito, nem mesmo tentando ocultar meu pânico. — Você vai ter que se esconder.

— Meu anjo, me corrija se eu estiver errada, mas pensei que estivéssemos em Crouch End, não em alguma farsa ridícula de Whitehall.* Além do mais, como diabo você vai me esconder?

Ela tem razão. Seria como tentar esconder um elefante no portamalas de um Fusca. Mary é uma *massa*.

— Tudo bem — digo. — Vou te apresentar a ela, mas não pense que vai ficar por aqui. Você vai ter que ir embora... E nem uma palavra. Sobre *nada*.

— Você acha que eu faria isso?

Arqueio uma sobrancelha, cética, mas meu leque de opções, ao contrário de Mary, é estreito. Dirijo-me ao porteiro eletrônico.

— Mãe, o que você está fazendo aqui?

Uma pergunta razoável. Ela nunca aparece sem se anunciar.

— Desculpe, meu bem, mas é que estou atravessando uma crise...

Santo Deus, ela também?

— ... e tinha que conversar com alguém.

— Você não pode conversar com papai?

— É sobre o seu pai.

A idéia de meu pai como pivô de qualquer crise é ridícula.

— É melhor subir — digo.

Aperto o botão que abre a porta do edifício e mergulho de cabeça em um novo estado de pânico. Agarro uma almofada e agito-a no ar feito uma louca.

— O que você está fazendo? — grita Mary, saltando da minha frente.

— A sala está fedendo a fumaça de cigarro.

— E daí?

— Ela não sabe que eu fumo.

---

* Rua de Londres onde se situam os principais gabinetes governamentais; por extensão, o governo da Inglaterra.

Marsha Mellow e eu 27

— Misericórdia! Existe alguma coisa que essa mulher saiba sobre você?

Interrompo o gesto e sinto meus olhos se encherem de lágrimas.

Mary se aproxima de mim e passa um braço por meus ombros. Conduz-me até o sofá e faz com que eu me sente.

— Não se preocupe, meu anjo, deixe que eu cuido disso — diz, procurando me acalmar. Apanha meus cigarros na mesa de centro e os coloca na sua bolsa. Em seguida se dirige à porta da sala e a abre.

— Sra. Bickerstaff, que prazer imenso conhecê-la! Amy falou tão bem sobre a senhora!

Minha mãe permanece parada no capacho onde se lê a palavra *Bem-vindo* e a encara. Está com um ar estranho. Diferente.

Como não a conhecia até agora, Mary não pode saber disso, mas parece perceber que alguma coisa está errada.

— Meu Deus, que falta de educação, a minha! — solta de um jorro. — Meu nome é Mary McKenzie. Sou...

O quê? Estou morta de medo do que ela vai dizer em seguida, mas, como não tive nenhuma chance de elocubrar uma mentira, não posso me meter.

— ... vizinha da Amy. Do apartamento de baixo, o 36-A. Sua filha é um encanto de moça. Ela me deixa dar um pulo aqui para fumar meus cigarrinhos — continua Mary, exibindo meus cigarros para mamãe. — Meu namorado é um antitabagista fanático.

Devo admitir que é um improviso genial.

Minha mãe, que seria a primeira a encharcar as roupas de querosene e riscar um palito de fósforo, se isso ajudasse a erradicar o fumo da face da Terra, franze as narinas, mas então se lembra de sua educação. Estende a mão e diz:

— O prazer é todo meu. Espero não estar interrompendo nada.

— De modo algum — diz Mary, entrando com a maior facilidade no papel de anfitriã e acompanhando mamãe até a sala. — Nós só estávamos...

— Nos despedindo — interrompo-a, finalmente me recompondo e levantando do sofá. — *Não estávamos*, Mary?

— Meu Deus, olha só que horas são! — grita Mary, pegando a deixa. — Minha torta de peixe já deve ter virado carvão.

E com essa ela passa zunindo por mamãe em direção à porta, e, já nas escadas, diz, elevando a voz:

— Amy, me telefone mais tarde para conversarmos sobre aquele *assunto*.

Minha mãe e eu estamos a sós agora. Olho para ela com mais atenção. *Meu Deus*, o que ela está vestindo?

Mamãe é membro do Partido Conservador. Sua fidelidade transcende de longe os limites da mera filiação. Se fosse do tipo de pessoa que se tatua, faria uma tatuagem de Norman Tebbitt no alto da coxa. (E não podemos nos esquecer de Margaret Thatcher, que estaria pintada com muito orgulho no seu antebraço.) Como ostentar a sua fidelidade através da *body art* seria uma bobagem, ela o faz com suas roupas. Depois do declínio de Lord Tebbitt, ela se mudou para a ala Ann Widdecombe do partido, e passou a se produzir conforme. Usa vestidos largos, tipo batas — que, nas palavras de Ant, meu melhor amigo, deixam-na parecida com "uma tonelada de purê de tomate num saco de chintz inflado". Eu adoraria expressar essa idéia de uma maneira mais delicada... Mas não consigo.

Hoje de noite, porém, algo mudou. Para começar, ela está usando um pouco mais de maquiagem do que de costume. E o tailleur — um spencer estruturado e uma saia. Amarelo-cheguei debruado de preto. E, *meu* Deus, os joelhos dela. Não há nada de errado com eles. O estranho é que não consigo me lembrar de já tê-los visto alguma vez na vida. Recuo alguns passos e olho-a de alto a baixo. O cabelo recém-feito, o tailleur, o comprimento da bainha, os saltos altos... ela ficou meio parecida com Edwina Currie.*

Não faço a menor idéia do que isso signifique. Alguma mudança sutil na sua política, sem dúvida — quem sabe não está havendo algum concurso de liderança de que não estou sabendo? Seja lá o que for, acho angustiante. Droga. Coisas que me angustiem são as últimas de que preciso na minha vida neste exato momento.

— Você está ótima, mamãe.

— Pois estou me sentindo o fim da picada — responde ela.

— Que foi que aconteceu?

---

* Escritora, política e comentarista inglesa que teve um caso com o ex-primeiro-ministro John Major.

Marsha Mellow e eu

— Que mulher horrorosa — exclama ela, marchando até a janela, escancarando as cortinas e empurrando o basculante ao limite de sua abertura. — Quando foi que ela se mudou para cá? Pensei que seus vizinhos do apartamento de baixo fossem aqueles tipos rave esquisitos.

— Hum... Pois é, eles se mudaram umas semanas atrás.

— Tem alguma coisa errada com ela, Amy. Não estou atinando exatamente com o quê, mas...

Neste exato momento, o som possante de um baixo irrompe no primeiro andar e vara o assoalho.

— Eu sabia que tinha alguma coisa estranha nela — diz mamãe. — Aquele pessoal rave também botava esses CDs horrorosos de bumba-bumba.

(A propósito, não se trata de algum novo tipo de trance, garage ou qualquer outro gênero — bumba-bumba é o termo com que mamãe se refere a qualquer tipo de música mais moderno do que Elgar.)*

— Deixa a Mary para lá — digo, desesperada para levar a conversa adiante e tirar mamãe do meu apartamento. — E você? Que é que está havendo com papai?

Mamãe olha para mim, e seu lábio inferior começa a tremer. Em seguida respira fundo e diz:

— Amy, por favor, procure não ficar transtornada demais, mas... seu pai está tendo um caso.

Começo a rir. Pela primeira vez em... ah, séculos, atiro a cabeça para trás e solto altas gargalhadas. Não consigo me conter. E é maravilhoso. Um alívio gigantesco da pressão e da tensão. A idéia de meu pai tendo um caso com alguém é a mais engraçada...

— Amy, isso não tem a menor graça. — Mamãe faz um beicinho e, em seguida, rompe em lágrimas.

Trato de me aproximar dela rapidamente, apanhando no caminho um punhado de lenços-de-papel.

— Desculpe, mamãe, mas papai... Um caso... Dá um tempo.

— *Está*, sim — funga ela. — Ele tem outra... *mulher*.

---

* Sir Edward Elgar, compositor inglês (1857-1934), autor das célebres *Marchas Pompa e Circunstância*, uma das quais ficou muito conhecida no Brasil por ser o tema do quadro *Boa-noite, Cinderela*, do programa de Sílvio Santos.

30 *Maria Beaumont*

— Como é que você sabe? Apanhou-o em flagrante? Ele contou a você?

— Não, mas está se comportando de uma forma muito estranha. Vive na rua e não me diz mais aonde vai.

— Você experimentou perguntar a ele?

— Experimentei... Ele apenas diz que está trabalhando.

— Bom, provavelmente está, mesmo.

Meu pai sempre se refugiou no trabalho. É um grande fabricante de cabides de arame. Tem uma fábrica que os produz manualmente aos milhares. Não aqueles cabides maciços de madeira que a gente rouba de hotéis chiques (todo mundo faz isso, não faz?), mas aqueles fininhos e frágeis de arame que se encolhem todos à vista de um mantô pesado. Nunca entendi como é que alguém podia viver tão ocupado fabricando cabides de mantô, até compreender que era a tática dele de evitar mamãe. Algumas pessoas apelam para a bebida para fugir da realidade. Outras ficam obcecadas em jogar PlayStation. Pelo menos há quem torça arame para fazer cabides. Ele também evita mamãe quando está em casa, enfurnando-se na garagem. Não sei exatamente o que faz lá dentro, mas desconfio que tem algo a ver com ferramentas. E madeira. Digo isso porque de vez em quando ele sai de lá carregando alguma coisa de madeira que se assemelha vagamente... hum... com alguma coisa de madeira.

— Você sabe como ele é — continuo. — Provavelmente está prestes a lançar alguma maravilha tecnológica... algum cabide revolucionário que não deforma, ou coisa que o valha.

— Não é trabalho — insiste mamãe. — Ele está *diferente*. Distante. Irascível.

Isso não se parece com papai. Distante, sim — pelo contato que eu e Lisa tivemos com ele em pequenas, tanto faria se sua serra elétrica Black & Decker fosse uma aeronave que o levasse para a lua —, mas irascível, não. Irascibilidade já é departamento de mamãe.

— Você devia tentar conversar com ele sobre isso — digo.

— Não posso. Tenho pavor do que ele possa dizer.

Minha mãe, *apavorada*? Muito estranho.

— Você quer que eu dê uma palavra com ele? — sugiro.

— As probabilidades de ele se abrir com você são bastante escassas, concorda?

— Concordo, mas duvido muito que ele esteja tendo um caso,

Marsha Mellow e eu

mamãe. Deve ser alguma outra coisa. Talvez ele esteja com tanto medo de tocar no assunto quanto você.

Quanto a isso, falo de cadeira. Sei tudo e mais alguma coisa sobre ter medo de tocar em *qualquer* assunto com mamãe.

Ela me fita com os olhos úmidos.

— Você falaria com ele, querida? — pergunta num fiozinho de voz patético em que nunca a ouvi falar antes.

— Falaria, claro — respondo, para tranqüilizá-la, como se já não estivesse até aqui de problemas para resolver. Como se o Maior Segredo de Todos os Tempos — bom, pelo menos desde *Quem matou JR* — não estivesse plantado dentro da minha cabeça, ameaçando explodir o topo do crânio.

Ao me dirigir à cozinha para fazer café, as palavras de Mary me voltam à memória: "Ela não pode ser tão má assim. Ela é sua *mãe*. Ela *ama* você... *incondicionalmente*". Agora me ocorre que talvez ela esteja certa. Não, ela não está certa. Minha mãe *é* má assim mesmo. Mas neste momento também está patética e vulnerável. Certamente é a ocasião perfeita para eu lhe contar. Enquanto ela solta o verbo no meu sofá, por que não aproveito e deixo escapar minha própria confissãozinha? Sim, porque quando a gente acrescenta *Minha filha é uma corruptora ordinária da moral pública* a *Meu marido é um adúltero desprezível*, a coisa não parece tão pior assim. Tudo bem, vou ser acusada de pisar na pobre mulher que já está por baixo, mas quando ela está por cima é perigosa até dizer chega. Tenho que pôr a minha segurança em primeiro lugar.

Sim, vou fazer isso.

Despejo água nas canecas e, em silêncio, ensaio minha abertura.

— Mamãe, você vai ler uma notícia a meu respeito no *Mail* amanhã, embora meu nome não vá chegar a ser mencionado com todas as letras. Quero que você saiba que, a despeito do que eles publiquem, nunca tive a intenção de magoar você. Não, queria fazer com que você ficasse *orgulhosa* de mim...

Gostei disso. Dá a impressão de que estou pondo os sentimentos dela antes dos meus, embora não seja o caso.

Volto para a sala de estar, coloco as canecas na mesa e mergulho de cabeça no meu discurso — não há saída; se eu der para trás agora, nunca mais vou conseguir. Enfrentar mamãe é como arrancar um

Band-Aid: é preciso ignorar a sensação excruciante de que a pele está sendo arrancada e acabar com o suplício logo de uma vez.

— Mamãe, você vai ler uma coisa a meu respeito no *Mail* amanhã, e...

— Aquela mulher horrorosa — exclama ela, me ignorando. — Por que diabo você a deixa vir fumar aqui? Seu apartamento está parecendo um cinzeiro. — Ela está com algumas guimbas de cigarro na mão, que deve ter andado pescando de trás da almofada do sofá.

Santo Deus, o que me levou a imaginar que poderia contar a ela o Maior Segredo de Todos os Tempos, quando nem consigo lhe confessar que fumo?

O chororô de momentos atrás já passou. Agora os dentes dela estão trincados, e seus olhos pequenos e brilhantes voam pelo aposento à procura de encrenca. Ela voltou a ser minha mãe, coisa que por si só já é bastante enervante, mas essa mudança de estilo radical é de dar calafrios. É como se eu estivesse apresentando um episódio de *Stars in Their Eyes** no meu próprio apartamento: *"Esta noite, Matthew, vou ser Edwina Currie"*. Não consigo entender o porquê desse novo visual. Se for para reconquistar meu supostamente adúltero pai, Edwina Currie não vai chegar a parte alguma, porque ele se esconde atrás de uma almofada toda vez que ela aparece na tevê.

— Mas enfim, Amy — diz mamãe, atirando as guimbas na cesta de lixo —, o que era mesmo que você estava dizendo sobre o *Mail*?

— Ah, nada... Acho que vai sair uma entrevista com Andrew Lloyd Webber.

É verdade que ela odeia qualquer música mais moderna do que a de Elgar, mas abre uma exceção para Lloyd Webber. Ele escreve Músicas de Verdade sobre Coisas Boas — como gatinhos e Jesus... e fantasmas horrendamente desfigurados. E, é claro, é um conservador.

— Que bom — diz ela. — Alguma coisa para eu ficar esperando, para quando seu pai me ignorar durante o café da manhã... Isso é, se ele se dignar de vir para casa.

— Ele passa a noite toda fora? — pergunto, surpresa.

---

* *Stars in Their Eyes:* Programa da TV inglesa em que pessoas do povo se inscrevem para fazer imitações de artistas, e o público vota no melhor imitador.

Marsha Mellow e eu   **33**

— Não... Mas é só uma questão de tempo.

— Não esquenta, mamãe. Vou falar com ele.

O porteiro eletrônico toca, dando um susto em nós duas.

— Quem haveria de ser? — indaga mamãe, horrorizada com o fato de que eu possa receber uma visita a esta hora — nove e quinze —, e provavelmente imaginando tratar-se da gangue local do Hell's Angel que apareceu a fim de estuprar alguém e limpar seu apartamento.

Também fico alarmada, mas apenas porque tenho certeza de que é aquela infeliz da repórter do *Daily Mail*. Aproximo-me despistadamente da janela aberta e dou uma espiada.

Que diabo ele está fazendo aqui?

"Ele" é Ant, que não vejo há mais de dois anos. É claro que fiquei toda animada e contente, mas que diabo ele está fazendo aqui? Deveria estar em Nova York. Agora está parado no lance de escadas diante da portaria carregando uma sacola, com ar cansado, enxovalhado — graças a um par de calças de couro justas, algo que parece ser uma camiseta branca pintada a spray no corpo e um bigode novinho em folha (para mim, pelo menos)... e com um ar mais gay do que nunca.

Merda. Anthony Hubbard, meu melhor amigo desde os seis anos de idade, é homossexual. Além do fumo e do Maior Segredo de Todos os Tempos, eis aí mais uma coisa que não contei para mamãe. E como poderia, se ela mal consegue aceitar o fato de ele ser católico?

Ele bem que podia ter escolhido uma hora melhor para aparecer.

— Quem é? — pergunta mamãe.

— Anthony — respondo.

— Mas ele não estava nos Estados Unidos, estudando para se ordenar padre?

Dois anos e meio atrás, quando Ant emigrou e mamãe perguntou o que ele iria fazer em Nova York, não respondi "Ah, provavelmente transar com qualquer um cujas calças conseguir arriar". Não. Respondi: "Ele vai para o Seminário". E era verdade — Ant realmente trabalha no Seminário. Só que uma meia-verdade — o Seminário é um clube gay.

Mamãe sempre ficou de pé atrás com nossa amizade. Em parte porque ela ainda pensa que os católicos estão conspirando para derrubar a rainha e substituí-la pelo rei da Espanha. A principal razão, no entanto, é que ela não consegue conceber a idéia de um rapaz ficando amigo de uma moça sem ter *segundas intenções* e, a certa altura, sentir-se compelido pela biologia a pô-las em prática. Eu até suportava o medo dela, toda vez que íamos escutar CDs no meu quarto no segundo andar, de que eu descesse grávida, mas apenas porque era preferível a que ela imaginasse que eu desceria com AIDS (uma doença, como ela diz a qualquer um que queira ouvir, que pode ser contraída se a pessoa tiver o mesmo CEP que um homossexual).

Assim, jamais contei a ela que Ant *contrariava a natureza*. Ele ajudava, no sentido de que não era nem um pouco óbvio sobre sua sexualidade. Admito que tinha momentos em que fazia Julian Clary* parecer um sargento machão de uma tropa de elite do Special Air Service, mas nunca na frente de mamãe.

Olhando para ele agora, vejo que Nova York obviamente operou algumas mudanças. Não no sentido de deixá-lo mais assumido, mas no de modernizar o seu guarda-roupa.

— Você não vai abrir a porta para ele? — pergunta mamãe, enquanto o observo pela janela. Dirijo-me ao porteiro eletrônico, respiro fundo e tiro o fone do gancho.

— Ant, que é que você está fazendo aqui?

— Passando por uma puta crise, neném...

Que diabo está acontecendo hoje?

— ... abre a porta para mim.

— Hum... Pode subir... Mamãe está aqui — digo, com ar casual, esperando em Deus que ele leia nas entrelinhas e a caminho das escadas consiga operar um milagre indumentário. E se barbear.

Ele não faz nem uma coisa nem a outra.

Abro a porta e lá está ele — o sétimo integrante do Village People, há muito desaparecido. Ele passa os braços ao meu redor e me aperta até eu perder o fôlego.

---

* Ator e comediante gay.

Marsha Mellow e eu 35

— Como é bom te ver, Amy — suspira. Em seguida olha para mamãe por cima de meu ombro e diz: — Oi, Sra. Bickerstaff, como é que vai?

— Ah, sabe como é, An*th*ony — torna ela, pronunciando seu nome do jeito exato que ele odeia —, vou levando. E você? Tirou uma folguinha de Deus?

Reteso-me visivelmente com a pergunta, rezando para que Ant não apenas se lembre da mentira, como também ainda goste de mim o bastante para mantê-la.

— Um homem nunca tira folga de Deus, Sra. Bickerstaff. Posso estar há quase cinco mil quilômetros dos meus estudos, mas Ele está sempre comigo.

Relaxo visivelmente.

— E como vão os seus estudos? — prossegue mamãe, olhando de soslaio para as roupas dele, provavelmente pensando que confirmam todos os seus preconceitos contra os católicos e lamentando que a perseguição que Elizabeth I promoveu contra eles não tenha conseguido exterminá-los.

— Muito bem, obrigado — responde Anthony. — Fiz minha primeira confissão ainda outro dia. Foi para lá de cabeluda. Um pedófi...

— *Mamãe* — elevo a voz —, olha a hora. Você não tem que ir para casa?

— Bom... Não tem pressa, ainda mais com seu pai *trabalhando até tarde* de novo... Mas vou deixar vocês dois, para porem os assuntos em dia.

Graças a Deus. Em geral ela não tem uma gota de desconfiômetro.

Acompanho-a pelas escadas até a portaria. Ao passarmos pelo apartamento do térreo, ela se detém, inclinando o ouvido em direção à música que ainda sai de lá. Fico petrificada, esperando que ela faça seu típico número — ou seja, marche até a porta, encha-a de murros e exija que eles tirem do CD-player aquele bumba-bumba horroroso e o troquem pelas *Quatro Estações*, de Vivaldi. Fico horrorizada, é claro, porque a porta não será aberta por Mary, mas por um dos dois clubbers drogados que vivem lá. Mas mamãe não faz nada. Limita-se a sacudir a cabeça e a sair do prédio. Uma carapaça de sua personalidade normal, só que vestida como Edwina Currie.

Qual a razão de ser dessa mudança?

— Mãe...

— Sim, querida?

— Seu tailleur.

— Que é que tem?

— É... é... lindo.

Amarelei. Não é hora para isso.

— Obrigada, querida. Que bom que alguém notou. Não consigo nem mesmo fazer com que seu pai olhe mais para mim.

Ela me lança um último olhar de órfã desamparada antes de descer as escadas em direção ao seu carro.

— Calma lá, Ant, estou confusa. Quem é Fidel?

— O cara que abastece as máquinas de preservativos no clube.

— E você acha que está apaixonado por ele?

— Não, não, Fidel foi uma exceção. Eu nem teria mencionado o nome dele, se Alex não tivesse me pegado dando uma chupada nele no banheiro.

— E Leon? Outra exceção?

— Hum-hum... Bom, uma exceção que eu abri duas ou três vezes.

— E Alex está sabendo dele?

— Encontrou o número dele na minha calça jeans.

— Santo Deus, você tem uma pulsão de morte?

— Como é que alguém pode trabalhar num lugar desses sem liberar geral? — protesta ele. — Sim, porque algum dia até pode ter sido uma escola para padres, mas o nome é *Seminário*, uma palavra derivada do mesmo radical que *sêmen*, pô.

— Não acho que essa defesa colaria num tribunal, mas deixa para lá. Por quem você acha que se apaixonou?

— Já te disse, por *Frankie*.

— O DJ.

— Não, o DJ é Marco. Frankie dirige a galeria de arte. Você não prestou atenção em nada?

— Prestei, sim, mas é que a sua vida amorosa é muito, muito complicada, Ant. Não me surpreende que você tenha precisado dar um tempo nela.

Marsha Mellow e eu 37

Destrinchar a suruba de amantes de Ant sempre foi como assistir a um daqueles filmes em que a gente tem que se concentrar ao máximo para não perder o fio da meada, e mesmo assim fica várias cenas atrasada em relação ao desenvolvimento da trama. Na realidade, a vida amorosa de Ant é quase tão complicada quanto *Matrix Reloaded*, que eu não entendi até duas semanas depois de sair do cinema. Já faz uma hora que ele está me contando o seu último rolo. Para encurtar ao máximo esse caso quilométrico, Ant vive com Alex, seu namorado desde que ele se mudou para os Estados Unidos. Para complicar ainda mais as coisas, Ant também trabalha para Alex, que é um dos donos do Seminário. Via de regra, quando calha de o nosso namorado ser também o nosso patrão, é melhor não passarmos a perna nele. Ant conseguiu varrer suas indiscrições para baixo do tapete até algumas semanas atrás, quando Alex o flagrou com — *acho eu* — Fidel, o garoto dos preservativos. Depois disso, a coisa desmoronou como uma fieira de dominós, e Alex descobriu sobre os outros três caras. Por incrível que pareça, Ant não perdeu o emprego, embora os dois estejam separados em caráter experimental. (Trocando em miúdos, estão dormindo em cantos opostos do loft — cujas dimensões, pelo que depreendi, são bastante avantajadas.) Mas o coitadinho do Alex não sabe o pior de tudo. Ant acha que está apaixonado. Por Frankie, que dirige a galeria de arte, se é que prestei atenção.

— O que você vai fazer? — pergunto.

— Eu tinha a esperança de que você pudesse responder a essa pergunta por mim.

Ah, muitíssimo obrigada. Cá estou eu, às vésperas de ser crucificada no *Daily Mail*, e a única coisa que todos querem fazer é atirar seus problemas em cima de mim. Primeiro Lisa, depois mamãe e agora Ant. Estou surpresa por Mary não ter me vindo com alguma história do gênero o-meu-boi-morreu enquanto estava aqui, só para desempatar. Minha vontade é dizer: "É bom demais ver você, Ant, sinceramente, mas, se pensa que vou bancar a boa samaritana, pode ir tratando de chispar daqui no próximo avião de volta para Manhattan".

Mas é claro que não digo isso. Principalmente porque não seria totalmente justo. Nunca contei a Ant, meu melhor amigo, sobre meu segredo, e isso é uma coisa — *mais* uma coisa — que me faz sentir muito mal.

Em vez disso, digo:

— Bom, acho que o melhor é esquecer os outros — Fidel, Leon, Mario...

— Marco.

— Que seja. Esquecer os três, e se concentrar em Alex e em Frankie. Decidir qual deles você quer, e então ser totalmente honesto com os dois.

Ha! Honestidade! Essa é boa, vindo de mim.

— Tem razão — suspira Ant. — Foi por isso que eu fugi. Tinha que me distanciar um pouco... Botar as idéias em ordem. Desculpe, vir jogar meus problemas em cima de você assim, sem mais nem menos.

— Deixa de ser bobo. Amigo é para essas coisas. É muito bom ver você. Senti saudades.

— Eu também — diz ele, inclinando-se ao longo do sofá para me abraçar. — Mas, enfim, já chega de falar dos meus problemas. Como é que você tem passado?

Agora, sem dúvida, é o momento de contar a ele. Afinal, a desculpa que arranjei para não fazer isso foi o fato de ele estar fora do país, e o Maior Segredo de Todos os Tempos não é o tipo de bomba que se solte por telefone. Mas cá estamos nós, novamente juntos, vivendo nossa amizade no meu sofá. Portanto, minha próxima frase deve ser algo no gênero "Ant, vai sair uma matéria sobre mim no *Mail* amanhã". Ele, é claro, vai ficar surpreso e atônito, e o resto sairá naturalmente.

Mas simplesmente. Não. Posso. Fazer. Isso.

— Ah, vou matar você de tédio falando da minha vida — resmungo. — A mesma chatice de sempre.

Capítulo 3

Entro no palco aos tropeções como uma cega — não por causa dos flashes dos fotógrafos, embora até possa ouvi-los espoucando, mas porque estou com uma sacola de papel enfiada na cabeça. Uma mão gorda — acho que de Mary — segura a minha e me conduz até uma cadeira. Maldigo Mary em silêncio por me fazer comparecer a esta entrevista coletiva, mas ao mesmo tempo lhe sou grata por estar aqui. Ela trata de pôr ordem no recinto, dizendo:

— Um de cada vez, por favor... Vamos começar por você aí, a do mantô xadrez horroroso.

— Helen Fry, do *Daily Express*. Pode nos dizer quanto da sua experiência pessoal você pôs nesse livro?

— Hum... Muito pouca. — Tremo toda, sentindo meu rosto corar debaixo do papel pardo protetor.

— Você está querendo dizer que na verdade não entende nada de sexo?

— Assim também não. Tive algumas experi...

— Bob Davies, do *Sunday Sport*. Pode dizer aos nossos leitores se você engole?

— Gill Franks, do *Star*. Sadomasoquismo: dominadora ou passiva?

— Kelly Kershaw, do *Mirror*. Vaginal ou anal?

— Petronella Blomquist, da *Vogue*. Pode nos falar dessa sacola de papel? É do Shilling?

Até que enfim alguma coisa a que posso responder sem me martirizar!

— Não, é do Safeway.

— Imelda Pearson, do *Mail*. Por que não a tira e nos deixa ver quem você é?

— Eu... hum...

— É isso mesmo, por que não a tira, *Amy Bickerstaff*? — ecoa uma voz estridente.

— Tirem essa mulher daqui — troveja Mary. — Ela não tem crachá de jornalista.

— Nem preciso — grita a voz. — Sou a *mãe* dela.

De estalo meus olhos se abrem na escuridão. Esse pesadelo é novo — uma variação daquele em que apareço no programa do Parkinson (nua, fora a sacola de papel na cabeça), quando então mamãe se levanta na platéia e descarrega um pente de balas no pobre Parkie, espalhando suas tripas por todo o estúdio, como...

Eu não agüentaria repetir.

Sento-me e olho para o relógio: cinco e um. Pergunto-me por que estou deitada num lado da cama, e não no meio, como de costume. Então me lembro que Ant dormiu comigo na noite passada. Não *nesse sentido* — ele é gay. É a primeira vez que um homem dorme na minha cama desde... *aquele cara*. Ah, estou sendo boba. Já faz bastante tempo e posso dizer o nome dele agora sem desmoronar. *Jake Bedford*. Pronto, está dito. Jake, Jake, Jakey, Jake...

Espera aí, se Ant veio dormir comigo, onde é que ele está agora?

Levanto, visto meu penhoar e vou para a sala.

Ant está lendo no sofá. Põe o livro no colo e levanta o rosto para mim.

— Oi. Meu relógio biológico pirou de vez. Não consegui dormir — diz ele. — Não acordei você, acordei?

— Não, foi minha mãe que me acordou.

Ele faz uma expressão perplexa.

— Num pesadelo — explico. Sento na poltrona e pergunto: — O que você está lendo?

— Este livro aqui, que encontrei no bolso da poltrona do avião. É todo sobre uma mulher que transa com qualquer coisa que se mexa...

Meu corpo se retesa.

— ... em geral não me interesso por essa merda hetero, mas este livro prendeu minha atenção. Não estou conseguindo acreditar. A mulher na história sou *eu*.

Marsha Mellow e eu

Espero que ele não ouça as campainhas de alarme disparando na minha cabeça.

— Tudo bem, ela tem uma perereca, mas ainda assim sou *eu* — continua ele. — Faz um monte de coisas que eu fiz. Lembra quando cantei aquele cara na escada rolante da Harrods e dei uma chupada nele perto da porta de entrada de mercadorias? Está aqui.

As campainhas de alarme se transformaram em sirenes uivantes, daquelas que anunciariam um ataque nuclear em grande escala.

— E mais um milhão de outros casos. É incrível. Pedaços inteiros da minha vida no livro de uma heterossexual. Sei que é só uma baita coincidência, mas que é esquisito é, você não acha?

Balanço a cabeça — é tudo que posso fazer, porque minha laringe está paralisada, junto com o resto do corpo.

— Nunca ouvi falar da autora. — Ele fecha o livro e olha a capa. — Marsha Mellow... Conhece?

— Conheço — sussurro.

Ant olha para mim.

— Você está se sentindo bem, Amy? Está com cara de quem vai vomitar.

— Sou eu — meus lábios fazem a mímica das palavras.

— Você o quê?

— Sou eu — repito um pouco mais alto.

— Do que é que você está falando? Quem é você?

— Marsha Mellow.

— Você não está dizendo coisa com coisa.

— Eu sou Marsha Mellow.

— Pára com isso. Você é Amy.

Santo Deus, quantas vezes mais vou ter que dizer?

— Eu sou Marsha Mellow, Ant. *Fui eu que escrevi esse livro* — grito.

Ele olha para mim, estupefato.

— Cacilda... *Putz*... Você não está brincando, está?

Não, não estou brincando. Escrevi um livro que "contrapõe o humor ingênuo do gênero mulherzinha a um erotismo que não poupa corpos suados e quadris frenéticos" (*Cosmopolitan*), "subverte o gênero mulherzinha com uma dose cavalar de sexo cru e pesado" (*Time Out*) e "enoja este articulista até dizer chega" (*Daily Telegraph*).

— Por quê?... Quando...? Como?... — pergunta Ant, aturdido.

— É uma longa história, Ant.

— Bom, acho melhor ir tratando de me contar. Quando foi que você o escreveu?

— Dois anos atrás. Pouco depois de Jake me dar o fora.

Jake foi meu primeiro namorado adulto. Muito adulto — tinha trinta e nove anos contra os meus vinte e três. Conheci-o quando trabalhava na *North London Journal*. Eu era a assistente pessoal do editor de literatura e variedades. Ele recebia um monte de convites para lançamentos de livros, à maioria dos quais não comparecia, e ficavam jogados por todo o escritório. Uma noite Lisa se encontrou comigo depois do expediente. Estava sentada em cima da minha mesa quando o descobriu.

— Ah, vamos entrar de penetras nessa festa? — perguntou, passando os dedos pelas letras gravadas em relevo no convite. — É aqui mesmo na rua, alguns prédios adiante.

— A gente não pode fazer isso... E quem é o autor?

— Nunca ouvi falar dele. Um cara aí que escreveu um livro... Jake Bedford.

Eu também nunca ouvira falar dele e, se tivesse jogado o convite na lata de lixo antes que Lisa o visse — *que era exatamente o que a imbecil aqui devia ter feito* —, nunca o teria conhecido. Culpo minha irmã por muitas coisas. Ser responsável por eu ter conhecido Jake é o menor dos seus crimes.

Ele escreve livros de ficção científica. Como eu trabalhava para o editor de literatura, deveria saber disso, mas raramente olho para um livro, a menos que se destine ostensivamente a mim — ou seja, tenha uma capa bonitinha em tons pastéis e um título que só falta gritar *História de Mulherzinha*. As capas de Jake são todas em preto e roxo berrante e mostram planetas explodindo e andróides estripados.

Lisa é quem deveria ter namorado Jake. Minha irmã caçula é linda. Se a idéia não fosse completamente idiota (nem implicasse uma viagem

Marsha Mellow e eu 43

no tempo), eu juraria que ela é fruto de um caso de minha mãe com Jude Law. Embora todos os admiradores de Jake estivessem aglomerados ao seu redor, ele não demorou para percebê-la. Ela é uma paqueradora profissional e ele deve ter sentido a corrente de ar provocada pelos seus cílios batendo do outro lado do aposento. Logo estavam enfronhados numa conversa, euquanto eu ficava jogada num canto, trocando amabilidades com alguns *vol-au-vents*. Eles formavam um casal fabuloso — as maçãs do rosto combinavam —, e Jake era bem bonitão. Mesmo aos trinta e nove anos, seu sorriso de deixar os joelhos bambos teria bastado para deixá-lo entre os vinte finalistas de *Pop Stars*. Depois de algum tempo, ela o rebocou até mim e me fez fingir que também já lera seu novo livro e o adorara tanto quanto ela. Em seguida se meteu no banheiro para dar um rápido retoque nas pestanas avariadas pelo vendaval e, cinco minutos depois, ele estava com o número do meu telefone.

Demorei algum tempo para perceber o interesse dele, porque a beldade de nossa família era Lisa. Mas eu tinha algo que ela não tinha: peitos. Com meu cabelo castanho-claro e rosto feioso, são as únicas características que sobressaem em mim. Sou peituda pela própria natureza, sem aditivos, desde os quatorze anos de idade. Sempre detestei meu sobrenome, e o abominava ainda mais na escola, onde Bickerstaff virava Biggertits.* Ant sempre disse que, à parte seu possível uso para diminuir a escassez de alimentos, não consegue ver nenhuma utilidade nos meus peitos. Mas ele não é Jake. Jake Bedford é aquilo que tecnicamente é conhecido como mamófilo.

— Você escreveu o livro para provar que podia fazer isso tão bem quanto ele? — pergunta Ant.

— Não, não teve nada a ver com *escrever* de fato, nem eu queria provar nada para ninguém... bom, apenas para mim mesma — respondo.

Eu queria provar que podia ser tão desinibida quanto ele queria que eu fosse — pelo menos no papel. Não é justo dizer que Jake era apenas um mamófilo. Ele se interessava por sexo em todas as suas muitas e

---

* *Biggertits:* "Peitos maiores."

variadas... Não, esquece o que eu disse. É bem-educado demais. Ele era um escroto de um monstro sexual desenfreado. A qualquer hora, em qualquer lugar, em qualquer circunstância. Algumas semanas antes de eu o conhecer, vi um episódio de *Plantão Médico* em que um sujeito ia parar no hospital ostentando uma ereção de que não conseguia se livrar — um tesão vinte-e-quatro-horas. Tinha um nome científico — pinto-durite crônica ou algum outro termo científico do gênero —, mas achei que eles tinham inventado isso. É que parecia uma coisa meio absurda... Até eu conhecer Jake.

Não enxerguei essa faceta dele de imediato. Demorou até nosso quarto encontro. Não foi... hum... uma boa noite. Basta dizer que compareceram um par de algemas e um negócio que mais tarde descobri ser uma cápsula de estimulante. Podem me chamar de puritana, mas eu achava sinceramente que as algemas tinham que esperar pelo menos até nosso décimo encontro — ou, para ser franca, até nosso décimo ano de casados —, e a cápsula de estimulante provocou em mim o primeiro ataque de pânico total e irrestrito de minha vida. (Dica quente: ataques de pânico não fazem com que uma mulher suba no conceito do namorado, principalmente se ela for acometida por um quando ele estiver desesperadamente tentando gozar.)

Não resta dúvida de que eu deveria ter dado um pé em Jake naquela mesma noite. Mas estava amarrada nele. Mais do que isso, pela primeira vez na minha vida estava apaixonada.

Amor. Bosta de sentimento.

Tenho a dizer em minha defesa que havia muito mais nele do que seu sorriso adolescente e o pau permanentemente duro. Ele escrevia livros, pelo amor de Deus — livros que eram publicados, mesmo que versassem sobre andróides explodindo e planetas estripados. Embora eu tenha passado nosso relacionamento inteiro fingindo interesse por viagens acima da velocidade da luz e buracos-de-minhoca no espaço-tempo (ou seja lá o que forem), sentia-me tão atraída pela sua inteligência quanto ele pelos meus peitos. Ele era tudo que eu não era — vivido, desenvolto e seguro de si. Quanto a ele, gostava do fato de eu ser ingênua. Se eu tivesse rolado para o lado naquele quarto encontro e dito: "Algemas são para amadores. Você não tem umas correntes *que prestem*?", tenho certeza de que ele teria me dispensado. Ele se considerava parte da minha formação. Eu me matriculei no seu curso intensivo de

Marsha Mellow e eu   45

restaurantes chiques, buracos-de-minhoca e sexo cada vez mais...
hum... *exótico*, e só durei pouco mais de quatro meses.

Caí fora na noite em que ele fez a pergunta. Ainda me lembro do
cenário com a máxima nitidez — pelo visto, as mulheres sempre se lem-
bram. Estávamos jantando no restaurante italiano favorito dele em
Highgate. O pessoal de lá também gostava dele, pelo visto, porque pen-
durara uma fotografia sua na parede (entre o dançarino Wayne Sleep e
alguém do seriado *The Bill*). Ele fez a pergunta durante o prato principal. Não, não queria que eu me casasse com ele — e isso eu podia
agüentar. A pergunta foi:

— Amy, o que você acharia de ir a uma festa de swing?

— Não sei, não, Jake — disse eu, com a boca cheia de fettuccini. —
Para ser franca, não gosto muito desse tipo de música.

Meu Deus, como ele *riu*.

Bom, sinto muito, mas quando ele disse *swing* eu visualizei imediatamente um clube enfumaçado com um quarteto composto por baixo,
bateria, piano e clarineta. Achei que ele queria que eu passasse a noite
inteira balançando a cabeça e fingindo apreciar o virtuosismo dos solos
(quando na verdade estaria é cabeceando de sono), enquanto ele esta-
laria os dedos até ficarem com calos.

Senti-me uma imbecil quando ele me explicou, mas também enojada.

— Deixa eu ver se entendi. Você quer que eu vá a uma festa para
fazer sexo com um cara a quem acabei de dizer "prazer em conhecê-lo"?

— É por aí.

— Enquanto você faz a mesma coisa?

— Hum-hum.

— Nem pensar. *Nunca*.

E estava falando sério. Detestava ser desmancha-prazeres, mas não
me pareceu insensato descartar qualquer forma de sexo que implicasse
uma platéia.

— Foi só uma idéia — disse ele, antes de mudar de assunto.

Mas não consegui parar de pensar nisso. A maneira como ele toca-
ra no assunto, como se fosse uma progressão perfeitamente natural
num relacionamento — jantares românticos, longos passeios pelo
campo, sexo aberrante e brutal com vários pervertidos de olhos esbu-
galhados —, fez com que eu questionasse meu "não" inicial. Eu não
tinha tido muitos namorados, de modo que quem era eu para dizer

qual era a praxe? Talvez todo mundo estivesse fazendo isso. O casal de idade na mesa ao lado? O casal da moda e todos os seus amigos do show-business? Meus pais? Por que não, ora bolas?

Imaginei minha mãe na varanda de casa usando um vestido de vinil e um avental de babadinhos... "Vão entrando, fiquem à vontade. O bufê está na cozinha... nada muito sofisticado, apenas enroladinhos de salsicha e cubinhos de queijo. Fiquem à vontade para se conhecer melhor antes de entrar no swing. Ah, sim, Amy, não deixe de cumprimentar o reverendo Swinton. Você vai encontrá-lo de quatro ao lado da aspidistra — trocou o colarinho de padre por uma coleira de cachorro, uma gracinha. Onde é que seu pai se enfiou? Vou dar uma olhada no "Pavilhão dos Castigos" — que, aliás, fica no seu antigo quarto."

Pelo visto, Jake também não parou de pensar no assunto, porque voltou a tocar nele quando nossas sobremesas chegaram.

— Pense nisso, Amy. Considere essa experiência como um aprendizado. — (Viu só? Tudo fazia parte da minha formação.) — Vai ser divertido. E você não precisa participar. Mas, se participar, também vai ser ótimo.

Onde é que eu tinha ouvido essas palavras antes? Quando mamãe me chaleirara para ir para um acampamento de bandeirantes. Só que não acho que ela estivesse imaginando uma fadinha comandando uma orgia lésbica juvenil. '

— São experiências que enriquecem a vida, entende? — prosseguiu Jake.

— Espera aí — disse eu. — Você já esteve numa festa dessas antes?

— Em algumas.

— "Algumas" quantas? — perguntei.

— Sei lá. Isso importa?... Olha, se não quer vir, então não venha.

— Como assim, "não venha"? — disparei. Eu tinha achado que a tal festa era hipotética.

— É sábado à noite. Vou estar lá, quer você esteja ou não... Com licença, pode me trazer a conta, por favor? — disse, por sobre meu queixo que batia na mesa.

Não nos falamos durante uma semana depois disso. Eu não podia ligar para ele, porque estava, antes de mais nada, catatônica. O que não me impediu de ficar esperando ao lado do telefone na esperança idiota de mulherzinha de que ele iria telefonar para se desculpar. Mas, quando telefonou, foi para me detonar. Citou uma profusão de motivos: seu editor o estava pressionando e ele não podia se permitir a distração de um relacionamento; tinha trinta e nove anos de idade e precisava "repensar" sua vida; era um calhorda completo cuja depravação monstruosa era tão descomunal que o tornava indiferente aos sentimentos de uma jovem mulher vulnerável. Não, ele não citou este último, mas era a verdade nua e crua.

Minha auto-estima já não era essas coisas antes de Jack, e o pouco que eu tinha ficou reduzido a pó depois que ele foi embora. A mágoa demorou algumas semanas para se transformar em ódio, mas, quando isso finalmente aconteceu, fiquei uma fera... E foi aí que comecei a escrever.

— Foi pura vingança — diz Ant. — Uma mulher rejeitada, etc., etc.

— Não foi, não — rebato, indignada. — Se eu quisesse vingança, não teria tornado minha identidade pública logo no começo e esfregado o livro na cara dele?

— Acho que sim.

Mas Ant não deixa de ter uma certa razão. Eu estava furiosa com Jake e queria revidar. Quebrei a cabeça durante mais ou menos um mês, tentando descobrir como, quando de repente a ficha caiu: se você não pode vencer seu inimigo, junte-se a ele.

(Um ditado burro, na verdade. Depois do 11 de Setembro, George Bush não se dirigiu à nação dizendo: "Meus compatriotas americanos, esses fundamentalistas são duros na queda. Francamente, nós não temos a menor chance, de modo que coloquem essas barbas na cara e repitam comigo, todos vocês: 'Glória a Alá! Morte aos porcos infiéis!'".)

Tudo bem, pensei, vou me sentar e escrever um livro. Afinal, a vida de todo mundo dá um livro, não é? (Mary nunca se cansa de dizer: "Infelizmente, a vida de todo mundo dá um livro, sim, e a maioria desses xaropes atrozes vai parar numa pilha indesejável em cima do meu capacho".)

A idéia me ocorreu às quatro e meia de uma madrugada. Quando me levantei na manhã seguinte, esperava sinceramente pensar: "Escrever um livro? *Dããã!*". Em geral é isso que acontece depois de uma idéia genial induzida pelo sono — aquele seu plano das quatro da madrugada de aprender português e abrir um salão de beleza na praia de Copacabana nunca parece tão genial assim (ou exeqüível) quando você toma sua xícara de café das oito da manhã.

Mas isso não aconteceu. Quanto mais eu pensava no assunto, mais me parecia a melhor idéia que eu já tivera em toda a minha vida. A minha lógica era a seguinte: toda mulher que leva um fora sonha com um gesto que mostre ao seu ex que ela está muito bem, obrigada, não se sentiu humilhada e *não* está absolutamente com vontade de rastejar para um buraco úmido e escuro e nunca mais sair de lá. Na maioria dos casos esse gesto da mulher abandonada consiste em passar mais uma camada de maquiagem e vestir alguma coisa de laicra antes de ir para um local onde será vista, se não pelo ex, ao menos pelos amigos dele. Em seguida ela faz de tudo para se divertir como nunca. Por dentro pode até estar com vontade de se atirar sob as rodas de um caminhão, mas quem a vir entre paqueras e amassos a noite inteira jamais adivinhará.

Mas podiam encostar um revólver na minha têmpora e ameaçar espalhar meus miolos pelo papel de parede que nem assim eu teria saído para agitar. Muito menos vestida de laicra.

Esse tipo de badalação ostensiva simplesmente não faz meu gênero — não fazia e continua não fazendo.

Por outro lado, escrever um romance faz.

Tudo bem, confesso, eu nunca tinha parado para pensar em fazer isso nem por um segundo antes. No entanto, agora que pensava, parecia fazer muito, *muito* o meu gênero. É uma empreitada solitária. E você não precisa dizer a ninguém o que está fazendo. O fato de ter uma mãe como a minha fez de mim uma catedrática em sigilo. Eu não alimentava a fantasia de ser publicada como forma de dizer ao mundo que estava mandando Jack tomar no rabo. Na realidade, não pensava absolutamente em publicar o livro. Encarava-o como uma terapia. Eu apenas escreveria. Ficaria um lixo, mas e daí? Eu me sentiria melhor. E ponto final.

Marsha Mellow e eu 49

— E aí, por onde você começou? — pergunta Ant. — Sim, porque escrever um romance... Uau!

— Foi fácil — respondo, sem graça.

E, para minha grande surpresa, foi mesmo. Não exatamente sopa, mas nada tão colossal quanto eu tinha imaginado. Eu só conhecia um gênero de livro: o gênero mulherzinha — "letrinhas redondas e cor-de-rosa, com a palavra *casamento* no título", é como Mary o descreve. Ainda adoro essas histórias. Costumo ler três ao mesmo tempo. Graças a isso, os enredos tendem a se confundir na minha cabeça, mas não importa, porque são todos basicamente o mesmo: mulher solteira na cidade grande procura amor... e o encontra na página 260 (bem a tempo das núpcias na página 280).

Sendo isso o que eu conhecia, foi isso o que escrevi. Cheguei em casa cedo do trabalho uma noite, abri o laptop que meu pai tinha me dado (um presente quando optei pela glamourosa carreira jornalística — a *North London Journal* seguida da *A Profissional* — grande currículo!) e comecei a digitar.

Donna Sanderson estava atrasada para o trabalho. Enquanto atravessava correndo a plataforma do metrô numa tentativa desesperada de alcançar o vagão que já fechava suas portas, sentiu uma gota viscosa e úmida começar a escorrer pela sua coxa.

Eu não fazia a menor idéia de aonde isso iria chegar (a história, não a gota), mas prossegui, sem me preocupar com isso.

Ela pulou no trem, enfiando o braço pela porta e esperando que se abrisse o suficiente para que seu corpo pudesse passar. Foi então que encontrou a última alça para se agarrar no vagão superlotado. Enquanto o trem sacolejava pelo túnel adentro, ela sentiu a gota escorrer ainda mais, até ficar a um milímetro da bainha de sua saia. Imaginou se poderia impedir que descesse mais ainda apertando as coxas, ou se precisaria recorrer a um lenço-de-papel. Mas será que ela ao menos tinha um lenço-de-papel? Ao mesmo tempo, se perguntava se a gota era de Greg ou de Vaughn.

Tinha sido uma noite daquelas, e este era um dia seguinte daqueles.

E por aí afora. Trezentas e cinqüenta e sete páginas de sexo no limite. Eu não podia acreditar no que havia feito — como podia ter escrito essas coisas? Era muito mulherzinha, na minha opinião: mulher solteira na cidade grande procura amor... e o encontra... uma vez atrás da outra. "Letrinhas redondas e cor-de-rosa, com a palavra *trepada* no título", foi como Mary o definiu.

Donna era uma mulher promíscua — a Indiana Jones do sexo — e, como eu jamais me parecera em nada com ela, peguei emprestado as experiências de alguém que se parecia. Ant. Eu observava cada passo seu desde que tínhamos quatro anos de idade, e Donna era Ant depois da mudança de sexo. Não tive o menor escrúpulo de saquear a sua vida, porque não estava escrevendo para publicar. No que dependesse de mim, ninguém jamais o leria. Mas, agora que leram, estou me sentindo péssima.

— Não consigo acreditar que você me pôs num livro e não me contou — diz ele.

— Não era para ninguém ler — digo, mansa.

— Como é que você pôde não me dizer nada? Sou seu amigo mais antigo. Contei a você que era gay assim que fiquei sabendo.

Como eu podia me esquecer disso? Estávamos com quatorze anos e ele anunciou que sentia tesão pelo meu namorado. Ficamos semanas sem nos falarmos em conseqüência da briga que se seguiu.

— Eu sempre te contei tudo — prossegue ele. — Mas não teria me dado ao trabalho de fazer isso, se soubesse que minha franqueza não era correspondida. Você escondeu isso de mim durante dois anos.

— Estou muito arrependida, Ant.

— E é para estar, mesmo.

— Eu lamento tanto, mas tanto... Acho que você nunca vai me perdoar.

— Perdoar você? Eu devia é processar você. Vou tomar uma chuveirada.

Ele se levanta e sai pisando duro em direção ao meu banheiro.

Marsha Mellow e eu   51

Reaparece vinte minutos depois, felizmente sem o bigode. Não fiquei de braços cruzados durante sua ausência. Há uma bandeja de café sobre a mesa de centro. São cinco e meia da manhã e talvez ainda seja um pouco cedo demais, mas estou desesperada para que ele me perdoe.

— Cachimbo da paz — digo.

Ele não responde. Apenas apanha um sanduíche de bacon e dá uma grande mordida. Mastiga em silêncio... Em seguida abre a boca... para dar outra mordida. Ah, meu Deus, como eu queria que ele dissesse alguma coisa!

— Ant, eu me arrependo sinceramente, sinceramente, *sinceramente* — solto de um jato. — Eu devia ter te contado, mas tudo aconteceu tão depressa, e...

— Você teve *dois* anos.

— Eu sei — digo, com ar patético. — Não se passou um dia sem que eu pensasse em telefonar para você, mas, quanto mais o tempo passava, mais difícil parecia... Você deve estar com ódio de mim — concluo, com ar ainda patético.

— Se quer mesmo saber, estou muito orgulhoso de você — diz ele, em voz baixa. — Não consigo acreditar que você tenha escrito um livro. Não me entenda mal, acredito que você o tenha escrito, sim — sempre soube que era inteligente o bastante para isso. O que não consigo acreditar é que tenha tido a coragem de publicá-lo.

— E não tive... Foi coisa da Lisa.

Quando terminei a história de Donna (que nem título tinha — como não se destinava à publicação, não precisava de um), me esqueci dela. A terapia tinha surtido efeito. Jake Bedford saíra da minha cabeça. Só me batia uma certa tristeza de vez em quando, principalmente quando entrava por acaso numa livraria e via algum livro com um andróide/planeta explodindo/estripado na capa.

E esse teria sido o fim da história, se não fosse por Lisa. Depois de uma noitada, ela veio para o meu apartamento, não conseguiu dormir, encontrou meu laptop e descobriu Donna. O rumo de minha vida mudou naquele instante.

— É incrível, Amy. Engraçado, inteligente... *Sacana* até dizer chega — soltou de um jorro na manhã seguinte. — Não sei como você fez isso. Eu tenho um bloqueio mental até para fazer a minha lista de supermercado. Você tem que mandar para alguns editores.

— Não vou fazer uma coisa dessas. É uma porcaria.

— Não é, não. É a melhor coisa já escrita desde... hum... desde *O Apanhador no Campo de Centeio*.

— Você já leu *O Apanhador no Campo de Centeio*?

— E o que tem uma coisa a ver com a outra? Todo mundo diz que é um grande romance. E o *seu* também é um grande romance. Fim de papo.

— Exatamente, fim de papo. Não vou mostrar para ninguém, de modo que pode ir tratando de esquecer.

Mas ela não esqueceu. Ficou buzinando nos meus ouvidos durante semanas, até eu finalmente perder a paciência e deletar o documento inteiro.

Ponto final.

Acabou-se o que era doce.

Finito.

Ou teria sido, se Lisa já não o tivesse passado por e-mail para o seu próprio PC, imprimido e enviado para meia dúzia de agentes literários. É claro que ela não me contou, nem teria contado, se houvesse recebido seis recusas. Mas só recebeu cinco. A sexta agente estava muito interessada em conhecer Marsha Mellow, o novo nome que Lisa inventara para mim. ("É para proteger a sua privacidade. Genial, não é? Me ocorreu quando eu estava enchendo o pandulho de bolinhos de marshmellow.")

Não tenho o hábito de levantar a voz, mas quase pulverizei Lisa com o furacão que saiu da minha boca. Ela ficou chocada. Pensara sinceramente que eu ficaria satisfeita. E eu já fora tão longe no caminho da indignação virtuosa que agora não podia mais deixá-la perceber que no mais fundo dos recessos abismais das profundezas recônditas da minha alma eu estava... hum... dando pulinhos de alegria.

Porque, apesar de todos os meus protestos de que a história de Donna era pessoal, não se destinando em hipótese alguma ao consumo público, como poderia não estar encantada com o fato de que alguém — uma agente *literária* — gostara tanto dela que aceitara me representar? Bridget Jones tinha uma agente literária... Bom, pelo menos a mulher que a inventou tinha. Mas então me ocorreu outra coisa.

Marsha Mellow e eu 53

A mulher que inventou Bridget Jones tivera o juízo de *não* escrever trezentas e cinqüenta e sete páginas de sexo ininterrupto, devasso, imoral. Essa foi a minha burrice. E foi quando comecei a sentir um constrangimento que beirava a náusea pela bandalheira que havia escrito. Raiva, excitação secreta, vergonha. Minha cabeça ficou um caos.

Finalmente me acalmei o bastante para me encontrar com Mary McKenzie.

— Só por curiosidade, Lisa. Um encontro e a coisa pára por aí. Estamos entendidas?

— Claro, Amy. Um encontro e depois a gente nunca mais volta a tocar no assunto, juro.

Dois dias depois, eu tinha uma agente. Dez semanas depois, tinha um editor e um adiantamento de cinco mil libras. E, quase dois anos mais tarde, cá estou eu, com um sanduíche de bacon na mão, prestes a aparecer no *Daily Mail*.

Em circunstâncias normais, eu não estaria tão alarmada com essa perspectiva. A história de Donna já teve algumas resenhas e eu as agüentei — lendo-as com um estranho misto de náusea e euforia. Mas amanhã é diferente. O *Mail* tem uma história. Alguns dias atrás, a diretora de uma escola de segundo grau grã-fina em Cirencester entrou no vestiário e encontrou oito garotas nuas. Não há nada de estranho nisso — afinal, era o vestiário das garotas —, não fosse pelo fato de que estavam acompanhadas por sete garotos nus. Pelo que consta, estavam mandando brasa como se... bom, como se tivessem acabado de receber convites para a festa de swing de Jake e precisassem desesperadamente adquirir prática. No meio daquele monte de adolescentes suados havia um livro. Tinha uma capa lilás contendo a ilustração de uma mulher com um ar meio piranhesco e um par de peitinhos pontudos. O título — em letras redondinhas e cor-de-rosa — era *Anéis nos Dedos Dela*. A autora, é claro, era Marsha Mellow. O livro estava aberto no capítulo em que Donna participa de sua primeira orgia.

— É simplesmente incrível — diz Ant, limpando a gordura do bacon das costeletas.

— É um pesadelo, isso sim, Ant.

— Não seja boba. É só o *Mail* fazendo aquilo em que é mestre. No domingo de manhã vai estar forrando o fundo de gaiolas de hamsters. Para que esquentar a cabeça?

— Quem me dera me sentir relaxada assim.

— Deixa de ser careta. *Curte.* Eu curtiria, tenho certeza.

Não me sinto consolada e obviamente é o que minha expressão deixa transparecer, porque ele se inclina no sofá e passa os braços ao meu redor.

— *Incrível.* Minha amiga, a autora — suspira no meu pescoço. Em seguida se afasta. — Não me entenda mal. Ainda estou *puto da vida* com você. Você devia ter me contado, pô.

— Eu sei. Me desculpe.

— Mas quem sabe eu não acabo me habituando com a idéia?

— De eu ser uma escritora?

— Não, de eu estar num livro. Sou um modelo do papel heterosse-xual... nunca imaginei que um dia veria isso acontecer. Mal posso espe-rar para contar aos meus amigos.

— Você não pode contar a *ninguém* — quase grito.

— Merda, tinha me esquecido, é O Maior Segredo de Todos os Tempos. — Depois de uma pausa, ele acrescenta: — Se eu fosse você, estaria aproveitando tudo isso ao máximo. Não sei o que está te impe-dindo.

— Mamãe. Lembra dela?

— Você sabe que não vai poder esconder isso dela por muito mais tempo. Agora que o *Mail* levantou a lebre, todo babaca com um crachá de jornalista vai querer ser aquele que descobriu a sua identidade.

— Mas você acabou de dizer que estaria tudo esquecido no domin-go — grito.

— Estava tentando animar você. Sei como você entra em pânico à toa. Olha, você vai ter que enfrentar isso. Vamos ter que conversar a respeito. Mas agora não. Tenho um livro para terminar de ler. Cai fora e prepara outro café para a gente.

Quando me dirijo para a cozinha, ele pergunta:

— A propósito, por que se chama *Anéis nos Dedos Dela*? Meio água-com-açúcar, não?

— Mais uma das idéias geniais de Lisa. Você vai compreender quando chegar ao capítulo vinte e dois.

Marsha Mellow e eu 55

— Me explica.

— É quando Donna... — Sinto meu rosto corar. — É quando ela enfia o... Ah, meu Deus, não posso falar isso em voz alta.

— Você é incrível — diz ele, às risadas. — Tem vergonha das próprias porcarias que escreveu.

— Tá. Tudo bem — digo, firme. Nada envergonhada. Nem um pouco. Respiro fundo. — É quando um dos namorados dela quer que ela enfie o dedo no...

— Não precisa dizer mais nada, meu amor. Imagino que você não poderia escrever um livro sobre uma bicha como eu sem falar em fiofós a certa altura.

Capítulo 4

— Suas iniqüidades trouxeram vergonha para a nossa família — declara meu pai, com um sotaque paquistanês incrivelmente autêntico. — Você deve se casar imediatamente. Érruim Hein, da videolocadora, tem um cunhado cujo sobrinho é contínuo do Ministério da Fazenda em Rawalpindi. Sua mãe e eu tínhamos a esperança de arranjar um médico, mas não estamos em condições de escolher. Devemos ser gratos a Alá pelas poucas bênçãos que ainda restam.

Por trás de meu pai e seu dedo em riste está minha mãe. Pelo menos, acho que é ela — seu rosto está coberto por uma burca e é difícil dizer.

— Érruim Hein me garantiu que seu prometido é um homem misericordioso — ele está disposto a aceitar uma esposa que foi conspurcada pela blasfêmia da concupiscência... desde que seja bem pago. Foi uma grande sorte que tenhamos economizado para uma eventualidade dessas. Temos o bastante para o dote e uma única passagem para Islamabad. Você parte amanhã.

Espera aí. Eu não posso ir para o Paquistão em hipótese alguma. Como é que vou escrever meus romances sexy, calientes por lá? Está na hora de eu me defender.

— Não vou — digo, categórica... e, para minha grande surpresa, com um sotaque paquistanês incrivelmente autêntico.

— Você está desafiando seu próprio pai? — troveja papai. — Você pode ter vinte e seis anos, mas ainda não está velha demais para sentir meu cinto no seu lombo.

— Se encostar um dedo em mim, vou contar para todo mundo a vergonha que o senhor trouxe para esta família.

— Como se atreve? Trabalho como um burro de carga numa fábrica para pôr comida na mesa e comprar roupas para vesti-la e é assim que você me paga?

Marsha Mellow e eu 57

— Segundo mamãe, o senhor não está *trabalhando* como um burro de carga. O senhor arranjou... *outra mulher.*

Mamãe solta um uivo ensurdecedor por baixo do véu e papai explode. Empurra-me no chão, posta-se sobre mim e desafivela o cinto. Entre suas invocações tonitruantes a Alá, os gritos de mamãe e meus próprios soluços de terror, ouço um telefone tocando.

— Ninguém vai atender? — consigo perguntar, quando a primeira lambada arde nas minhas costas.

Abro os olhos. Nenhum pai violento ou mãe histérica. Mas o telefone está tocando. Caminho trôpega para a sala e atendo.

— Acordei você? — pergunta Lisa. — Já passa do meio-dia.

— Ant chegou ontem à noite e nós ficamos conversando — murmuro. — Quase não dormi.

— Ah, quer dizer então que Ant pode aparecer à vontade, mas para mim você não tem um minuto livre.

— Eu não estava esperando por ele... E ele viajou quase cinco mil quilômetros.

Corro um olhar pela sala. Nem sinal dele.

— Bom, preciso ver você — diz Lisa. — Você sabia que ia aparecer no *Mail* hoje de manhã?

Merda. Minha vida está voltando de um jorro à minha memória.

— Que foi que eles escreveram? — pergunto, sem querer ouvir a resposta.

— Ah, é genial. Puseram uma grande foto colorida de *Anéis* na primeira página. Parece um anúncio gigante.

E eu aqui rezando para que o escondessem na página dezessete.

— O que a matéria diz? — pergunto, desesperada.

— A manchete é A BÍBLIA SEXUAL DA ADOLESCENTE. Em seguida vêm umas abobrinhas sobre essas patricinhas que estão usando *Anéis* como manual de instruções.

Meus joelhos vergam quando escuto pelo telefone o som do jornal sendo manuseado.

— Essa parte é boa — continua ela. — Diz que uma das garotas levou para a escola uma vela de altar de meio metro na mochila. Donna não usa uma dessas na...

— Usa, no capítulo onze — digo correndo. — Que mais, pelo amor de Deus?

— Tem um gráfico na página quatro.

A matéria vai até a página *quatro*?

— Mostra o aumento nas vendas de *Anéis* perto de uma linha mostrando o aumento no número de adolescentes grávidas. É genial.

— Pelo amor de Deus, Lisa, como é que você pode dizer uma coisa dessas?

— Mas é claro que é! Você vai vender muito mais livros agora. De mais a mais, quem se importa com o que o boçal do *Mail* escreve?

— Mamãe, para começo de conversa. É a bíblia dela. Agora ela vai me considerar pessoalmente responsável pelas mães de uniforme. Como se eu tivesse saído pelos playgrounds da vida com uma seringa cheia de esperma em punho.

— Vê se eu te agüento. Você ganha uma baita publicidade num jornal de circulação nacional e age como se fosse o fim do mundo.

— E é mesmo, Lisa.

— Você adora fazer um drama. Eu nem te liguei por causa do *Mail*. Preciso conversar com você sobre Dan.

Por algum motivo, eu tinha me esquecido dele.

— Isso está me deixando louca — prossegue ela. — Por favor, vem se encontrar comigo.

— Onde você está?

— No West End.

Eu já devia saber. Quando Lisa fica transtornada, vai às compras.

— Tudo bem, vou ver o que Ant está aprontando e...

— Até às duas, na cafeteria da DKNY.

As coisas devem estar pretas. Quando Lisa tem uma crise de leve a moderada, bota seus cartões de crédito para quebrar em French Connection ou Morgan. Qualquer coisa pior do que isso e ela vai reta para a Bond Street.

Desligo e dou com o bilhete sobre a mesa de jantar.

Oi, Marsha (*Adorei* esse nome!!)

Espero que você tenha conseguido dormir bem. Terminei o livro. É fantástico, mas você podia ter me dado uns peitos maiores. Lisa tinha razão. É a melhor coisa desde O Apanhador (que não é tudo isso que dizem, não, se quer saber a minha *opinião). Enfim, vou dar uma saída para visitar uns amigos... mil notícias para dar e receber. Volto lá pelas seis. Está a fim de jantar fora?*

Ant

Mil beijos

P.S. — Ligou uma mulher por volta das dez. Não quis dar o nome. Falou para eu te dizer que ela quer conversar com você sobre o "troço" no "negócio". Presumo que seja sua agente. Diz a ela que se pretende se tornar agente secreta, para não se dar ao trabalho, porque não leva o menor jeito.

Penso em retornar a ligação de Mary. Mas ela pode esperar. Vou para o quarto e me visto.

Quarenta e cinco minutos depois, estou sentada num ônibus. Não estava a fim de abandonar a relativa segurança de meu apartamento hoje, mas Lisa parecia desesperada. Ela já fez besteiras em outras ocasiões em que estava desesperada e munida de um cartão de crédito. Como por exemplo comprar o mesmo suéter em dois tamanhos e cinco cores diferentes porque estava sozinha e paralisada pela indecisão. É melhor que ela tenha uma acompanhante.

Quando passei pela loja de revistas a caminho do ponto de ônibus, desviei os olhos. Não queria ver o *Mail*. Mas agora não tenho como evitar. A mulher no corredor está lendo um exemplar. Viro o colarinho para cima e giro o corpo em direção à vitrine, como se fosse apenas questão de segundos ela levantar os olhos e gritar: "Você é aquela piranha porca da Marsha Mellow!".

A sensação que tenho é a de que o corpo de dançarinos do show irlandês Riverdance começou a sapatear sua xaropada celta no meu estômago. Tenho que pensar em alguma outra coisa. Minha mente se volta para Lisa. Qual será o problema com Dan? Será que ele a engravidou? Talvez queira se casar com ela. Tento visualizar os dois no altar... mas não posso, porque, nestes quase dois anos em que Dan e ela namoram, jamais o vi.

"Sigilo" é uma palavra que decididamente não faz parte do vocabulário de Lisa. Ela é diferente de mim em todos os sentidos e nunca escondeu nada. Enquanto papai e eu sempre fomos introvertidos e aquiescentes (tá, capachos), minha irmã é como mamãe — sem papas na língua e combativa. Porque seus homens são uma arma altamente eficaz, quando esfregada na cara de mamãe. Assim que chegamos à puberdade, nossa mãe deixou claro que considerava seu dever vetar todos os rapazes que namorávamos. Lisa logo decidiu usar a estratégia de mamãe contra ela própria. Assim, enquanto mamãe analisava currículos, Lisa fazia a pré-seleção dos carinhas baseada nos seguintes critérios:

1. Roupas ao estilo astro do rock e/ou motoqueiro.
2. Tez pálida, olhar mortiço e nariz fungão que indiquem um possível problema com drogas.
3. Opcionalmente, pele escura, que indique vagamente que é "farinha do mesmo saco".
4. Filiação ao Partido Social-Trabalhista.

Qualquer uma das características acima bastava para Lisa começar um namoro. Quando conhecia um cara com duas ou mais delas, já era — ficava perdidamente apaixonada. Mamãe, é claro, fazia um escândalo. Assim que Lisa descobriu o efeito que podia provocar, soube que havia encontrado a missão da sua vida: procurar o Príncipe Encrencado. É difícil dizer qual deles foi o pior, mas, pessoalmente, jamais vou me esquecer do russo viciado em anfetamina que enfiou a mão debaixo da minha saia num almoço de domingo. E acho que mamãe também não, já que ele deixou sua seringa usada espetada no porta-rolo de papel higiênico em feitio de dama vitoriana — mais especificamente, na cabeça da dama.

Quando Lisa arranjou um emprego e saiu de casa, resolveu pegar mais leve. Podia não se importar com seus gatões/vagabundos/viciados/motoqueiros na sala de mamãe, mas não estava tão disposta a vê-los fazendo zona no seu próprio sofá. Mas continuou a escolher homens com mais probabilidades de terminarem sendo soltos sob fiança do que na Lista dos Mais Ricos do *Sunday Times*. E nunca parou de arrastá-los até mamãe por pura curtição.

No entanto, não é este o caso de Dan. O namoro dos dois já dura quase dois anos, e a única coisa que sabemos sobre ele é que tem seu próprio negócio. O que pode significar qualquer coisa: antigüidades, imóveis, ações, automóveis. Prefiro apostar no óbvio. Ele não seria o primeiro traficante de drogas de Lisa — o viciado russo tentou me vender algo que decididamente não era açúcar de confeiteiro. Seja lá como for, o fato de ela não ter permitido que Dan se aproximasse de nós só pode querer dizer que há algo de tão podre no reino dele (uma podridão do gênero trinta-anos-sem-direito-a-condicional), que nem ela mesma tem coragem de impingi-lo a mamãe e a papai.

Agora que ela está louca para falar dele, estou nervosa. Só consigo imaginar o pior... Calma lá. Acabei de ter uma idéia. Talvez Dan não exista. Talvez seja como o amiguinho imaginário que Lisa tinha em pequena. Chamava-se Winston. Era jamaicano. Mesmo aos oito anos de idade, Lisa já tinha um faro extremamente aguçado para o que irritava mamãe.

— São duzentas e cinqüenta libras, Lisa... por uma camiseta.

— Duzentas e quarenta e nove e noventa e nove *pence*, para ser exata. E é linda. Vou ficar com ela.

Estamos numa butiquezinha descolada na South Molton Street. Lisa é uma desavergonhada escrava de grifes — uma vez a apanhei arrancando a etiqueta bordada da Chloe do decote de uma blusa para pregá-la de novo *do lado de fora*. Até mesmo suas decisões profissionais foram influenciadas por grifes. Ela trabalha no andar dos estilistas da Selfridges. Uma companhia perfeita, mas sua escolha nada teve a ver com coisas triviais, tais como a qualidade do treinamento, as perspectivas de promoção e os planos de aposentadoria. Depois da entrevista, ela me contou qual fora o fator decisivo: "Eles oferecem disparado os melhores descontos para os membros da equipe, e na saída vi um par de calças da Joseph *que eram um verdadeiro arraso*".

Estamos carregadas de sacolas de lojas. Todas são de Lisa, menos a que contém minhas calças novas. Isso é que eu chamo de ironia. Lisa gastou o bastante para mandar flores para Elton John durante um mês, enquanto que eu só gastei vinte e duas libras. Lisa está eternamente se desviando dos mísseis das companhias de cartões de crédito, enquanto que eu tenho o bastante no banco para mandar flores para Elton John todo dia durante... ahhh, pelo menos dois meses.

As cinco mil libras que Mary me deu por *Anéis nos Dedos Dela* eram mais dinheiro do que eu jamais havia visto na vida, mesmo depois de ela descontar a sua parte. Eu estava encantada e apavorada ao mesmo tempo. Morria de medo de gastá-lo, convicta de que mamãe imediatamente perceberia o consumo conspícuo e julgaria que eu era uma garota de programa ou — pior ainda — uma autora de livros pornográficos.

Quando o livro saiu, um ano atrás, foi saudado por um coro de indiferença. Podia até ter uma capa de mulherzinha, mas os poucos exemplares que chegaram às livrarias foram enfurnados nas estantes de livros eróticos, e vendiam tão devagar que era pequeno o risco de cobrir os gastos do adiantamento. Apesar da perturbadora probabilidade de estar sendo comprado furtivamente por homens que pretendiam lê-lo com uma caixa de lenços-de-papel à mão, isso me tranqüilizou. Enquanto ele permanecesse escondido, meu segredo estaria seguro. Minha incursão no mundo dos livros obscenos teria vida curta, e meu dia-a-dia logo voltaria à sua segura e tediosa normalidade.

Mas, seis meses depois, aconteceu uma coisa estranha. *Anéis* começou a vender. Não muito depressa, mas o bastante para fazer com que Mary me telefonasse para me dar as últimas e animadas notícias sobre as vendas.

— Que é que está havendo? — perguntei a ela.

— A expressão "saída louca" é técnica demais para você? — respondeu ela. — Na realidade, estou exagerando, mas ele está vendendo sistematicamente bem — devagar e sempre. A W. H. Smith pediu uma nova remessa maciça, e eles vão passá-lo da seção dos indecentes para a de ficção geral. Pense nisso, meu anjo, você vai ser companheira de estante de Marian Keyes e Tony Parsons. Seu editor, aquele indivíduo aquém de imprestável, queria que eu acreditasse que tudo se deve a uma estratégia de marketing ardilosamente concebida por ele. Pura parlapatice, meu bem. Nosso livrinho está conseguindo aquilo que os editores vivem vendendo as próprias mães para conseguir: propaganda boca a boca. Não há nenhuma outra explicação para o fenômeno. Parece que as hordas de amantes da literatura de mulherzinha já estão cansadas das histórias em que o herói e a heroína se esbarram num corredor, e captaram o apelo de um livro que contém uma certa dose de *colhões*... nos dois esplêndidos sentidos da palavra.

As vendas continuaram a aumentar, um processo ajudado pelas resenhas elogiosas. Ainda assim, os números não eram de molde a dar insônia a Marian Keyes ou Tony Parsons. Ou mesmo a mim. Pelo menos, não até uma semana atrás. Que foi quando recebi meu primeiro cheque de royalties: £ 36.543.

Trinta e seis mil e quinhentos paus!

Isso me deu um susto que você não faz uma idéia. Tanto que pus um gorro enterrado até as orelhas e óculos escuros quando o depositei.

Agora estamos diante do balcão. Lisa estreita a camiseta contra o peito. Com a mão livre alcança a bolsa e retira seu Barclaycard.

— Não — digo, pondo a mão sobre a dela. — Se você torrar mais grana do que já torrou hoje, ele vai passar a se chamar *carvão de crédito*. Eu compro para você.

— Não posso deixar você fazer isso. Custa duzentas e cinqüenta libras.

— Duzentas e quarenta e nove e noventa e nove *pence*. E, de mais a mais, poderia custar até mesmo duas mil libras, que eu nem notaria. Por favor, me deixa comprar.

— Tá, mas só desta vez... E eu te pago depois.

— Não seja ridícula.

Não é de hoje que Lisa me pede dinheiro emprestado. Até a presente data, me devolveu menos de cinco libras.

Saímos trôpegas da butique como duas burras de carga cheias de sacolas Gucci. Lisa consegue, sei lá como, me dar o braço.

— Obrigada — diz ela. — *Adorei* essa camiseta... Está a fim de tomar um café?

Estamos fazendo compras há quase duas horas, e durante este espaço de tempo o nome de Dan não foi mencionado. Pressinto que o abuso do cartão de crédito (também conhecido como "terapia") acabou, e que agora ela está pronta.

— Hong Kong? — exclamo, quando nossos cafés chegam.

— Isso mesmo — torna Lisa. — Hong Kong.

— Hong *Kong*!

— É, Hon-gueeee Kon-gueee. Do ou-trooo la-dooo do mun-dooo. Idioma principal, can-to-nêêês. Alimento básico, águaaa-vivaaa.

— Água-viva?

— É verdade. Li na Internet.

— Ele não pode levar você para lá, Lisa. Você não pode ir. *Não pode me abandonar.*

— Nem eu quero ir... Mas também não quero perder Dan.

— Então diz a ele para ficar. Se ele ama você, vai...

— Ele não pode ficar.

— Eu sabia. Que foi que ele fez?

— Como assim?

— Tráfico de cocaína? Assalto a mão armada?... Ai, meu Deus, ele *matou* alguém?

Lisa me lança um olhar incrédulo.

— Eu sabia! Ele está fugindo. É um daqueles *triads,* * não é? Você não me disse que ele era chinês.

— Deixa de ser burra. Ele não é chinês e não pode ficar porque sua empresa foi comprada por um pessoal de Hong Kong que quer que ele vá para lá... *Triad? Dããã.*

— Bom, você tem seus antecedentes. E aí, essa *empresa* atua em que ramo?

— É muito complicado. Ele negocia com... umas *coisas*... Mas não são drogas, tá legal? Não sei o que são, mas não é nada ilegal. *Sinceramente.*

Não acredito nela e ela sabe disso.

— Conta, vai. O que é?... Ah, matei a charada. Ele é casado, não é?

— Ele é *solteiríssimo.*

— Então o que é? Ele é adorador de Satã? Pratica *trainspotting*? Come bebês? Ou suas próprias melecas?

— Vi uma mulher lendo *Anéis* no metrô. Tinha no mínimo sessenta anos e um buço. Não tinha cara de quem lê um livro pornográfico.

— E eu tenho cara de quem escreveu um? Pára de ficar mudando de assunto. Dan — *me conta*!

— Já contei.

---

* Membro de uma sociedade secreta chinesa.

Marsha Mellow e eu 65

— Você não me contou nada, além do fato de que ele quer levar você para o outro lado do planeta, provavelmente para te obrigar a engolir preservativos cheios de cocaína, fazendo com que você termine no Hilton de Bangcoc, como a coitada da Nicole Kidman. Enfim, você acha mesmo que mamãe vai te deixar ir embora para Hong Kong com um cara que ela nem conhece?

— Quem disse que eu vou? E mamãe que se dane. Eu vou fazer o que quiser.

— Está muito bem. Você acha que *eu* vou deixar você ir embora com um cara que *eu* nem conheço? Que podre é esse que ele tem, para você o ficar escondendo de mim? Chega de fazer segredo.

— Não estou fazendo segredo nenhum. — Após uma longuíssima pausa, ela diz: — Tive uma idéia. Vamos fazer um trato: eu deixo você conhecer Dan... e aí você me ajuda a decidir se Hong Kong é a idéia mais burra de todos os tempos... mas só se contar a mamãe a verdade sobre Marsha.

— E você chama isso de trato?

— Você sabe que tem que contar a ela.

— Tenho vivido muito bem até agora sem contar nada.

— Mas agora é diferente. Você vive saindo no *Mail*. A coisa só vai piorar daqui para a frente.

— Meu Deus, já são quase cinco horas — digo, quando o coro do Riverdance volta ao meu estômago para o bis. — Preciso me encontrar com Ant para...

— Pára, Amy. Você *tem* que resolver isso.

Encaro Lisa, amedrontada demais para falar.

— Já sei! Você pode contar a ela amanhã, durante o almoço.

O almoço de domingo *chez* mamãe é um ritual sagrado que acontece no primeiro sabá de cada mês. Ir é uma tortura, mas deixar de ir é o mesmo que assinar minha sentença de morte.

— Vamos lá, Amy, nós podemos fazer isso. Vai ser como depilar as virilhas a cera. Uma dor dos diabos, mas depois um êxtase celestial quando a depiladora passa loção infantil no local.

Sei que ela tem razão. Sei disso há séculos, para ser honesta — uma raridade nos dias de hoje. Tenho que sair da minha toca, porque está começando a ficar sufocante aqui dentro.

— Tudo bem — digo lentamente —, vou pensar no assunto... Mas você tem que fazer a sua parte.

— Nem pensar. Não sei escrever nem com uma faca no peito. Não posso dividir o mérito com você de jeito nenhum.

— Você sabe do que eu estou falando.

E, a julgar pela expressão aterrorizada no rosto dela, acho que sabe, mesmo.

Capítulo 5

O inferno deve ser uma casinha geminada de quatro aposentos com um Rover vermelho-escuro e hortênsias desabrochadas na frente. Essa idéia me ocorre enquanto avanço pela Ripon Drive, em North Finchley, rumo à casa onde passei os vinte e dois anos iniciais de minha vida. A cena não poderia ser mais trivial: o céu é de um cinza insípido, alguns pombos escarvam o meio-fio em busca de alimento e outro faz cocô no teto do carro de meu pai. Obviamente o diabo está tentando me proporcionar um falso senso de segurança, mas eu é que não vou cair nessa.

Antes de sair de meu apartamento, supliquei a Ant para vir comigo.

— Eu iria com o maior prazer, Amy, mas isso só pioraria as coisas. Você sabe que não posso passar mais de cinco minutos na companhia da sua mãe desde que você disse a ela que vou me ordenar padre.

— *Por favor* — implorei.

— Meus conhecimentos sobre a Bíblia não estão à altura da situação. Ela vai me fazer alguma pergunta sobre Mateus, Marcos, Lucas e João, e eu vou pisar na bola dando a ela os telefones e o tamanho dos pintos deles.

Ajudando-me a vestir meu mantô, ele disse:

— Boa sorte. Você está agindo bem, pode ter certeza... A propósito, "My Way" ou "Candle in the Wind"?

— Como é?

— Estava aqui pensando qual delas você prefere no seu enterro.

Enfio a chave na fechadura e abro a porta da frente.

— Oi — digo em voz alta e despreocupada, embora esteja me sentindo tudo, menos despreocupada.

— Na cozinha — responde mamãe. — Estou preparando os legumes.

Isso quer dizer que não vamos nos sentar para comer por no mínimo mais uma hora. Na opinião de mamãe, não se pode considerar um legume cozido até que seja mais fácil chupá-lo por um canudo do que equilibrá-lo num garfo. Legumes que fazem "croc" na boca só servem para a escória que vem abaixo até mesmo dos homossexuais — a saber, o IRA e, provavelmente, os autores de livros pornográficos... da Europa continental.

Essa lembrança faz com que eu me sinta um pouquinho melhor. Pelo menos minha confissão não vai começar com "Mamãe... eu sou francesa".

— Você não foi à igreja hoje? — pergunto ao entrar na cozinha.

— É claro que fui. Por quê?

— Seu vestido. É um pouco...

— Que é que há de errado com ele?

Por onde eu começo? É rosa, brilhoso, justo e muito... Lisa, na verdade. Se mamãe o usou na igreja, isso provavelmente justifica um apedrejamento público.

— É lindo. — (Primeira mentira do dia.) — Fica muito bem em você. — (A segunda.) — Cadê papai? — (Mudança rápida de assunto antes que eu cave um buraco fundo demais para conseguir sair depois.)

— Se enfiou na garagem assim que voltamos do culto. Não suporta mais minha presença — diz ela, soltando um profundo suspiro.

É difícil acreditar que quando os anos sessenta estavam no auge meus pais eram mais jovens do que eu hoje. Se não tivesse visto a prova com meus próprios olhos — fotografias chocantes de mamãe com um bolo-de-noiva na cabeça e cílios postiços Mary Quant e papai com grossas costeletas que vinham até bem abaixo das orelhas —, estaria convicta de que eles sempre foram o que são hoje: dois cinqüentões. Para ser franca, tenho certeza de que passaram o Verão do Amor zelando pela preservação da sociedade, enquanto seus contemporâneos fumavam maconha e atiravam pedras nos guardas. Bem, alguém tinha que man-

Marsha Mellow e eu 69

ter as coisas nos eixos, e pode apostar que os hippies ficaram muito gratos aos cabides de papai quando finalmente penduraram seus casacos de pele de cordeiro em meados da década de setenta.

Olho para ele agora, debruçado sobre sua serra elétrica. Ele é mais jovem do que Mick Jagger — sempre foi, embora seja difícil acreditar nisso. Tento visualizá-lo entrando aos pinotes num palco e gritando: "Oi, Los Angeles, estão prontos para um pouco de ROCK 'N' ROLL?". Mas não dá. Pelo menos, não com esse cardigã.

— Oi — cumprimento-o.

— Olá, Amy — diz ele, virando-se para mim.

Ao olhar para ele, fica óbvio de onde herdei meu tipo físico. Não sou careca e grisalha — ainda —, mas tenho várias outras características suas. O gene dos peitões também vem dele — ambas as suas irmãs são bem-dotadíssimas, duas Dolly Partons com um par de muxibas, uma coisa que me deixa ainda mais deprimida do que ter seu nariz um pouco comprido demais.

— O que você está construindo? — pergunto, olhando para o toco de madeira que ele está cortando com... hum... algum tipo de instrumento.

— Ah, é um troço aí para colocar lá no negócio.

— Mais um? Mas e aí, como você tem passado?

— Ah, sabe como é...

Não, para ser franca, não sei. Lembro-me da missão que me comprometi a realizar algumas noites atrás. Só concordei em conversar com papai para fazer mamãe calar a boca, não por achar possível que ele esteja tendo um caso. Tento imaginá-lo depois do show em Los Angeles, com duas groupies vestidas de couro sentadas no seu colo... Totalmente ridículo. Não há a menor possibilidade de meu pai andar fazendo alguma coisa com uma mulher que não seja minha mãe — pensando bem, é altamente improvável que ele ande fazendo alguma coisa até com a mulher que é minha mãe. Pelo menos, não com esse cardigã.

Mas tenho que dizer alguma coisa. Pelo menos cumprir com as formalidades.

— Mamãe me disse que não tem visto muito você ultimamente.

— Ah, é que eu tenho andado extremamente ocupado. A fábrica parece estar finalmente se recuperando — diz ele, num súbito ímpeto de animação. — Todo mundo fala que a recessão é geral, mas as pessoas sempre vão precisar de um lugar para pendurar as roupas.

— Isso se ainda tiverem roupas para pendurar — digo.

— Como?

— As pessoas perdem as roupas... num período de recessão — explico, sem muita convicção.

— Ah... Muito engraçado. Toma aqui, você vai gostar deles — diz papai, debruçando-se sobre um caixote de papelão, de onde retira uma braçada de cabides. — Estes são meu próximo sucesso. Cabides forrados de plástico colorido para a pessoa dividir o guarda-roupa por seções. Azuis para as roupas de trabalhar, cor-de-rosa para as roupas informais, amarelos para... Ah, cada um decide. Leva uns.

Eu sabia, penso, quando ele enfia os cabides numa sacola e os entrega para mim. Longe de estar proporcionando jantares regados a vinho a alguma vaca de minissaia, ele está trabalhando até altas horas para aperfeiçoar o cabide colorido que permite ao usuário dividir suas roupas em seções. O ser humano nunca mais confundirá seu terno profissional com aquelas leggings bate-enxuga que usa em casa, e monumentos serão erigidos em homenagem a meu pai. Mamãe estava redondamente enganada.

— Obrigada, papai — digo, com um sorriso. — Vamos ver se o almoço já está pronto?

Mamãe e papai estão na cozinha, colocando a louça na lavadora, enquanto Lisa e eu nos sentamos à mesa de mogno da sala de jantar que é usada uma vez por mês. Passamos pela entrada e pelo prato principal sem dar uma palavra sobre Marsha Mellow e seu livro hediondo.

— *Covarde* — diz Lisa. — Eu sabia que você não ia conseguir ir até o fim.

— Estou esperando o momento certo — rebato.

— *Me engana que eu gosto.* Eu contei o número de vezes em que se fez silêncio durante a conversa. Dezessete. Você poderia ter aproveitado qualquer uma delas. Mas nunca vai fazer isso. Olha só para você... tem quase vinte e seis anos de idade e eles nem sabem que você fuma.

— Tá, vou contar isso a eles também. Me observe — digo, em tom de desafio. Vou contar a eles *mesmo*.

Mamãe chega com a torta de frutas. Papai vem atrás dela com o creme. Não deixe para amanhã o que pode fazer hoje, penso. Malhe o ferro enquanto está quente. Vou contar. Agora mesmo. *Decididamente.*

Marsha Mellow e eu   71

— Mamãe, papai — começo —, tem uma coisa que quero contar para vocês. Eu sou...

— O reverendo Swinton fez um sermão maravilhoso hoje, não fez, Brian? — pergunta mamãe, me ignorando.

Você não fica com ódio quando isso acontece? Você está prestes a arrasar seus pais com a notícia devastadora de que está grávida/é toxicômana/foi presa por furto de mercadorias numa loja e eles não estão prestando a menor atenção.

Olho para Lisa, que deve estar se sentindo tão frustrada quanto eu, pois está revirando os olhos para o teto. Dou de ombros para ela, com ar de não-tenho-como-fazer-isso-agora, e ela me retribui com um pontapé debaixo da mesa.

— Foi, sim, um sermão excelente — concorda papai, ignorando meu frêmito de dor.

— Ele se inspirou na história que saiu no jornal de ontem — continua mamãe, e torço com todas as minhas forças para que ela esteja se referindo a O BUMBUM NOVINHO DE KYLIE, que apareceu na primeira página do *Sun*. — Aquela sobre a bacanal medonha na escola particular.

Merda, não estava. Olá, dançarinos do Riverdance. Prontos para mais um bis?

— Ele defendeu o ponto de vista brilhante de que, por mais horrível que aquilo tenha sido, demonstra o poder notável da palavra escrita, e de que se as escolas incentivassem mais a leitura dos Evangelhos, talvez os jovens fossem...

— Mamãe, a Amy tem uma coisa para contar a vocês — interrompe-a Lisa.

— Não tenho, não.

Agora é que eu não conto a ela nem em um milhão de anos.

— Tem, sim. Ou prefere que eu mesma conte? — Ela estreita os olhos para transmitir sua total seriedade.

— O que é, Amy? — pergunta mamãe, também estreitando os olhos, pois acaba de farejar problemas.

E papai também. Suas mãos agarram a mesa e os nós dos dedos estão brancos. Ele já viu esse filme e pressente a iminência de um Assunto Difícil. Quem sabe ele não faz o que costuma fazer nessas ocasiões? Lanço-lhe meu olhar de gatinho suplicante.

— Alguém viu aquele documentário sobre animais ontem à noite? — pergunta ele, pegando a deixa. Depois de anos de prática, descobriu que a melhor maneira de desviar os Bickerstaff de um Assunto Difícil é se sair com alguma coisa completamente fora de propósito que desnorteie mamãe e Lisa, deixando-as mudas de perplexidade. Nem sempre funciona, mas só me resta torcer.

— Foi todo sobre o elefante — continua ele. — Animal extraordinário. O único mamífero que tem quatro joelhos, e ainda assim não sabe saltar.

— Shhh, Brian — faz mamãe. — Amy tem uma coisa para nos contar.

Bom, pelo menos ele tentou.

Olho para Lisa novamente. Sua expressão deixa claro que agora não há mais volta. E ela está certa. Eu já devia ter feito isso há séculos. Vai ser um inferno, mas não tenho escolha.

— Na verdade, é uma notícia maravilhosa — digo, dando o mergulho final. — Fantástica, incrível, espetacular...

Papai se anima.

— ... mas vocês podem ficar um pouco chocados a princípio.

O rosto de papai se abate de novo.

Decido matar dois coelhos com uma só cajadada. Enfio a mão no bolso e retiro um Benson & Hedges do maço. Fico brincando com ele enquanto dou um último olhar para mamãe. Essa é a última vez na vida que ela me terá na conta de filha obediente e respeitosa.

— Olhem, não tenho como dourar a pílula — digo, obrigando-me a manter os olhos fixos em mamãe —, de modo que acho melhor falar logo de uma vez. Eu...

No momento em que estou prestes a falar, o sol irrompe de trás de uma nuvem e vara em cheio a janela de sacada, aureolando mamãe com seu brilho cálido. Ela parece se fundir com os vitrais, espalhando-se por todo o seu centro, e já não é mais minha mãe. Agora se tornou uma visão celestial — Santa Charlotte de Finchley.

Muitíssimo obrigada, Deus. Seu timing é simplesmente perfeito.

— Anda, desembucha, Amy — diz ela.

— Eu... Eu... Eu só ia dizer que... Na verdade, quem deveria contar isso a vocês é Lisa.

— Contar o quê? — pergunta minha irmã, assustada.

Marsha Mellow e eu

— Que você talvez vá para Hong Kong com Dan... que é um *triad*.

Lisa quase se engasga com um pedaço de torta, papai tapa os olhos com as mãos e Santa Charlotte me fuzila com os olhos:

— Amy Bickerstaff, por favor me diga que isso na sua boca *não* é um cigarro.

Capítulo 6

George Michael passa e se detém brevemente a fim de olhar para mim.

— Tão linda — sussurra, distraído.

Ele tem toda a razão. Nunca estive tão bonita na vida como agora, deitada em meu caixão aberto. Dica quente: se quiser ficar sensacional, esqueça as dietas, o botox e o cartão de compras da Harvey Nicks — basta visitar um agente funerário.

Ele seca uma lágrima do olho e continua a caminhar até chegar ao palco especial atrás do altar. Apanha um microfone e toma coragem para enfrentar a mais difícil interpretação de sua carreira. A congregação aglomerada na catedral, os milhares assistindo pelos telões do lado de fora e a audiência mundial de bilhões de telespectadores aguardam ansiosamente para ouvir a canção que ele passou noites e noites em claro reescrevendo. Não querendo ser desbancado por Sir Elton, seu amigo íntimo, que se tornou merecidamente famoso por sua habilidade para recriar letras que refletem perfeitamente a dor de uma nação, George escreveu com todo o carinho um comovente tributo para mim. Finalmente pronto, ele solta a voz nos primeiros compassos de...

— Amy!

Levanto os olhos para o outro lado do vagão do metrô superlotado e vejo Julie carregada de sacolas, abrindo caminho aos empurrões em minha direção.

— Estou chamando você há um tempão — diz ela, chegando ao meu banco e jogando a maior sacola que já vi na vida no chão ao meu lado. — Você estava a quilômetros daqui.

Droga! Pela primeira vez um devaneio que preste, e ela o interrompe logo no clímax! *Adoro* "Club Tropicana".

Marsha Mellow e eu   75

— Não reconheci você logo. Que olheiras são essas?
— Ah, estou com uma irritação nos olhos — minto.
— Fim de semana da pesada?
— Pode-se dizer que sim.

Ontem foi um desastre completo. Depois de dar a empolgante notícia de Lisa por ela, foi um deus-nos-acuda. Que criou a diversão de que eu precisava para fugir, mas não acredito que minha irmã vá me perdoar tão cedo. Pelo menos, consegui uma coisa. Mamãe agora sabe que eu fumo. Um segredo revelado... Deus sabe quantos restam. Enquanto mamãe e Lisa quebravam o maior pau, fugi — se não tivesse feito isso, tenho a absoluta convicção de que meu velório teria sido mais do que um devaneio (embora não tenha certeza se George se dignaria de vir cantar numa cerimoniazinha familiar mixa no crematório de Golders Green). Assim que cheguei a meu apartamento, arranquei o fio do telefone da tomada e agradeci a Deus por Ant ter saído e eu não ser obrigada a lhe contar o papel de idiota que fizera.

Também precisei me esconder hoje de manhã. Estou em toda parte. Pelo menos Marsha está. Parece que cada jornal resolveu continuar de onde o *Mail* parou. Até o *Times* me colocou na parte de baixo da página: BISPO ALARMADO COM FURTO DE VELAS DE ALTAR. Todos os outros trazem casos de bacanais em escolas particulares. Não me atrevi a lê-los ainda, mas certamente não posso estar por trás de todos eles — afinal, não fui eu que vendi maconha para aqueles alunos do segundo grau em Harrow. O mais apavorante de todos é o *Mail*. Eles resolveram pegar carona no furo de sábado e estamparam a manchete QUEM VAI DAR NOME À VACA? sobre a silhueta de uma cabeça. Obviamente não sou eu, mas... *ela tem a porcaria do meu penteado*.

Quando dei com ele a caminho do metrô, me refugiei numa drogaria e comprei um par de óculos escuros baratos. Estou me sentindo como Victoria Beckham tentando não ser reconhecida quando dá um pulo no supermercado para comprar fraldas descartáveis. Mas isso não impediu que Julie me reconhecesse do outro lado do vagão.

— Não sabia que você pega a linha de Piccadilly — digo para Julie, quando o trem pára em Finsbury Park. Ela se senta no assento vago ao lado do meu e só então percebo que a sacola no chão é Louis Vuitton, fazendo par com a bolsa aberta no seu colo, que, por sua vez, combina com o porta-níqueis, a nécessaire de maquiagem e o chaveiro no interior. É Louis Vuitton que não acaba mais.

— Essa é a minha linha, agora. Me mudei para Arnos Grove no fim de semana.

— Pensei que você detestasse a Zona Norte de Londres.

— E detestava — diz ela, com um sorrisinho de superioridade —, mas isso foi antes de conhecer Alan. Estamos vivendo juntos.

— Espera aí — disparo. — Você só conheceu o cara na última terça-feira. Só saiu com ele pela primeira vez na... Que dia mesmo que foi?

— Quinta-feira.

— E na sexta de manhã achava que tinha levado um fora.

— Ele não estava me dando um fora — diz ela, fazendo beicinho.

— Estava fugindo dos seus sentimentos. Ele é muito sensível... para um jogador de futebol.

— Estou pasma que você não tenha feito tudo a que tinha direito. Sabe como é, ficar noi...

Ela exibe para mim um anel com um brilhante imenso — grande o bastante para ser usado como soco-inglês nas fuças de qualquer um que tenha a infeliz idéia de tentar assaltá-la para ficar com ele.

— Não se preocupe. Não vamos fazer nada precipitadamente — ela me tranqüiliza. — Alan diz que primeiro precisa se estabelecer no time. A *Hello!* não vai se interessar em fazer as fotos do nosso casamento se ele não estiver no primeiro time. — Enquanto me põe a par dos planos profissionais de Alan, a abundância de Louis Vuitton subitamente faz sentido. *Footballers' Wives*, lá vamos nós, lá vamos nós, lá vamos nós...

Mal me sento à minha mesa, o telefone toca. É Mary. Tinha que ser ela. Consegui passar o fim de semana inteiro sem falar com ela, mas alegria de pobre dura pouco.

— Não é maravilhoso, meu bem? — pergunta ela, empolgada. — Me dá até vontade de convidar o diretor do *Mail* para um encontro caliente e encher o bumbum fofo dele de beijinhos.

Marsha Mellow e eu 77

— Como é que você pode dizer uma coisa dessas?

— Porque ele nos prestou um favor inimaginável, meu anjo. Ele fez um gol contra que é tecnicamente conhecido como Mike Read.

— Como o quê?

— Felizmente, não é do seu tempo. Mike Read era um DJ irritante no tempo em que eu ainda escutava a parada de sucessos e às vezes tinha a ousadia de me enfiar num bustiê. Ele caiu na asneira de usar seu programa de rádio para baixar o pau no disco de um grupo desconhecido de bichas endiabradas. Resultado: a canção delas passou um verão inteiro no primeiro lugar. *Relax, don't do it, when you wanna suck it to it* * — esgoela-se Mary.

— E o que é que isso tem a ver comigo?

— Que mais você quer, que eu desenhe? Se fosse você, começaria a pesquisar seriamente os paraísos fiscais das ilhas Cayman. Você vai precisar de um lugar para guardar seus zilhões quando as vendas dispararem como um foguete. Agora, vamos tratar dos assuntos imediatos. Já contou à sua encantadora mãe?

— Hum, quase — respondo, finalmente conseguindo encaixar uma palavra no diálogo.

— Você vai ter que ir mais longe do que "quase", meu bem, porque acho sinceramente que ela deveria saber como a filha ganha a vida antes que a dita filha comece a escrever seu segundo romance.

— Mas. *Caraca*. O quê? — balbucio, incoerente.

— Eu sabia que você ia dizer isso, mas me escute. Se o incompetente do seu editor tiver uma gota de bom senso, no momento em que terminar de encomendar as reedições, vai telefonar com uma oferta pelo próximo livro de Mellow. Ora, eu estaria faltando gravemente com a minha obrigação se não lhe dissesse para botar a massa cinzenta para funcionar e começar a pensar em algumas histórias. Longe de mim ferir seus brios literários, mas acho que talvez fosse o caso de escrever uma continuação. A maneira como você deixou Donna subindo pelas paredes no final de *Anéis* dá a entender que vem mais por aí. Já posso até ver a safadinha se tornando um Harry Pornopotter. Olhe, estou certa de que você tem trabalho pela frente. A gente se fala. Tenha pensamentos sexy.

---

* Refrão do hit *Relax*, do grupo Frankie Goes to Hollywood.

E com essa ela desliga.

Deixando minha boca falando sozinha no fone mudo.

— Você está com cara de quem viu assombração — observa Julie. — Que foi que aconteceu?

— Ah, nada... Problemas familiares.

— Meu Deus, você e a sua família. Vocês parecem os Waltons depois de tomarem um vidro de Mogadon — diz ela, soltando um falso bocejo.

Não respondo, porque estou olhando para um e-mail.

Por que os óculos escuros? Continua tendo problemas com as lentes de contato ou é apenas uma desculpa esfarrapada para me evitar? Ainda estou interessado em conhecer suas opiniões sobre nossa revista "merreca". Debate sobre Novas Diretrizes no meu escritório, às 9:30. Por favor compareça na qualidade de porta-voz franca e objetiva das leitoras.

Bosta. Nem vi Lewis hoje de manhã, mas ele obviamente me viu. Arrisco um olhar fugaz para o alto, à procura de câmeras de vigilância no estilo *Big Brother*, mas não vejo nada além de placas de revestimento rachadas. Eu tinha me esquecido de que ainda estava usando óculos escuros. Começo a me dar conta de que a razão pela qual as celebridades os usam não é para evitar serem reconhecidas. É a maneira delas de dizer: "Ei, olha para mim. Eu uso óculos escuros em boates furrecas e, portanto, devo ser (a) famoso ou (b) imbecil". Sem a menor sombra de dúvida sou uma (b). Retiro os óculos e os atiro na cesta de lixo.

— Não, Elizabeth — digo, peremptória —, não vou usar minha influência para conseguir um convite para a glamourosa recepção de gala para Ben e J-Lo, o casal mais divinamente perfeito de Hollywood. — Aborrecida, desligo o telefone. É a quarta vez que Liz Hurley ligou hoje de manhã. Será que ela não entende que algumas pessoas têm empregos sérios? Olho para a multidão reunida em volta de minha caríssima mesa de teca, esperando ansiosamente minhas decisões. *Muito bem, ao trabalho.*

— Certo, escutem — anuncio. — Deedee, quero que você cubra a entrevista coletiva de Russell Crowe — e dessa vez tente conseguir uma

Marsha Mellow e eu

foto dele acertando um soco de verdade em alguém... Chris, li sua matéria "No Set com Gwyneth" e não podemos publicá-la. Traga-a de volta quando estiver menos babona — isto aqui não é a *Hello!*. Fiona, preciso que você pesquise locações para a minha entrevista com George Clooney. Nenhum lugar aconchegante demais... não quero que o rapaz fique entusiasmado.

Observando-os dispararem pela sala afora, reflito por um momento sobre a notável transformação nos rumos da *A Profissional*. Imediatamente depois de me convidar para seu debate editorial e ouvir minhas opiniões incisivas e francas, Lewis me promoveu ao cargo de redatora-chefe, e... bem, leia os números de circulação e se rale de inveja, *Cosmo*.

A porta do escritório de Lewis se abre e o bambambã avança a passos largos em minha direção. Ao se aproximar de minha caríssima mesa de carvalho, percebo as gotas de suor em sua testa normalmente imaculada. Imediatamente interfono para a recepção e proíbo a telefonista de transferir minhas ligações. "Até as de Madonna?", espanta-se ela. "*Principalmente* as dela", respondo, curta e rasteira.

Lewis chega à minha caríssima mesa de mogno e se joga sobre ela.

— Oh, Amy, não posso mais levar isso adiante. Está me deixando louco.

— O quê, Lewis?

— Você.

— Mas eu achei que estava indo bem — exclamo, chocada.

— E está. Você está indo maravilhosa, fantástica, extraordinariamente bem. Você é um *tremendo* gênio e este jornaleco de empregos fajuto já teria ido para o beleléu há muito tempo sem você. Mas não entende que é este o problema? Durante todo este tempo em que explorei seus incríveis talentos, enterrei meus *verdadeiros* sentimentos. Mas não posso mais ignorá-los... Amy... eu... te *amo*.

Olho dentro de seus imensos olhos castanhos, que estão úmidos de lágrimas.

— Estraguei tudo, não estraguei? — suspira ele. — Vou compreender se você quiser ir embora e aceitar o emprego na *Vanity Fair*. Não passo de um tolo perdidamente apaixonado.

Meu coração está palpitando. Quero seguir seu impulso, levantar e me atirar em seus braços... Mas, que droga, não posso... Sou uma profissional.

— Pelo amor de Deus, pare de me torturar e diga alguma coisa — implora ele. — No que você está pensando?

— E aí, Amy, no que você está pensando? — pergunta Lewis, estreitando os olhos.

De estalo desperto do devaneio e olho para o grupo reunido ao redor da mesa no seu escritório. Estão presentes Fiona, a editora de lazer, que na realidade não faz nada de divertido nas horas do seu, mas que rabisca em cima da perna artigos baseados no que outras revistas escreveram; Chris, outra jornalista que escreve... não sei muito bem o quê, para ser franca — provavelmente está trabalhando no próprio currículo; e Deedee, a assistente pessoal de Lewis.

Deedee está tomando notas, ao mesmo tempo em que me lança olhares de desconfiança. Ela trata Lewis como se fosse sua propriedade privada, e, quando entrei no escritório dele, ela me fez sentir como se eu devesse levar um tiro por invadir suas terras. Como se encontra no topo da hierarquia secretarial, ela se considera minha chefe. Minto: ela se considera chefe de todo mundo.

O debate já vem rolando há vinte minutos e até agora ainda não articulei uma única opinião, franca e objetiva ou de qualquer outro tipo. Em vez disso, mergulhei na minha fantasia ridícula. Pelo menos isso afastou da minha cabeça a montanha de problemas de que Mary me pôs a par ao telefone.

Mas agora Lewis quer saber no que estou pensando.

No quê?

Eu não estava prestando atenção, estava?

— Acho que... hum... é muito... bom — digo, na esperança de que ele mude de assunto.

— Quer dizer então que você compraria sem pensar duas vezes uma revista que trouxesse uma matéria sobre workshops de street dance? Engraçado, não achava que você é do tipo que se interessa por atividades físicas — comenta ele, sem arredar um milímetro do assunto.

Coro até a raiz dos cabelos e Deedee olha para mim com um sorrisinho irônico, sem dúvida se sentindo justificada na opinião de que a

Marsha Mellow e eu

segunda pessoa menos importante da redação (depois do adolescente espinhento que abastece a copiadora de toner) não tinha nenhum direito de participar de um debate de alto nível. E, embora me custe admitir que ela tenha razão sobre o que quer que seja, quanto a isso, pelo menos, ela tem. Que diabo estou fazendo aqui? E na certa Lewis está pensando a mesma coisa.

— Olha aqui, pessoal — diz ele, brusco —, é óbvio que a Amy está achando tudo isso um porre...

Sinto meu rosto corar ainda mais — um tomate-grande com uma peruca castanho-clara.

— ... e não posso tirar a razão dela. Também estou morto de tédio. Nossa reunião pode render mais do que isso. Vamos ver se arranjamos inspiração nos jornais.

Ah, não, por favor, nos jornais não.

Alheio à minha súplica silenciosa, ele apanha na sua mesa uma pilha de jornais e a atira na mesa de reuniões. *Merda*. A bosta do *Mail* tinha que estar bem por cima.

— Nossa, ela está em toda parte — exclama Fiona, apontando para a silhueta da mulher na primeira página com *a porra do meu penteado*.

— Bom, sexo sempre faz as vendas aumentarem — diz Lewis —, ironicamente, até mesmo quando o jornal adota uma postura crítica em relação a ele, como o *Mail*. É óbvio que essa mulher andou pondo o dedo no suspiro. Quem leu o livro dela?

Por que está todo mundo olhando para mim? É claro que isso não pode estar acontecendo — deve ser outro devaneio implausível. Mas sei que é real, porque agora o pessoal do Riverdance se juntou no meu estômago a um bando de coristas de Las Vegas com as pernas ao léu e um trenzinho de conga bêbado composto por refugiados de uma excursão da Benidorm. Eles podem estar se divertindo horrores aqui dentro, mas eu estou com falta de ar.

Como ninguém responde à pergunta de Lewis, ele prossegue:

— Bom, eu apanhei o exemplar da minha irmã uns fins de semana atrás...

AimeuDeusdocéu, isso não pode *de jeito nenhum* estar acontecendo. Por favor, alguém diga que o cozinheiro do Starbucks jogou um comprimido de LSD no meu cappuccino hoje de manhã.

— ... e, apesar de todas as frescuras de mulherzinha, é surpreendentemente bom.

82   *Maria Beaumont*

Neste momento me sinto dividida entre fugir e começar uma nova vida nas Hébridas Exteriores e dançar em cima da mesa, porque... *Lewis gostou do meu livro.*

— Enfim, o que eu achei não vem ao caso. É óbvio que Marsha Mellow aproveitou ao máximo o Zeitgeist...

Não faço a menor idéia do que esse troço quer dizer, portanto não sei se devo ficar satisfeita por tê-lo aproveitado ao máximo.

— ... e talvez seja um filão que devamos explorar. Alguma idéia?

— Acho que uma das coisas mais interessantes sobre Marsha Mellow é o fato de ninguém saber quem ela é — arrisca Chris.

— Continua — incentiva Lewis.

Não, pára por aí, imploro.

— Bom, ela pode ser qualquer pessoa. Sei lá... Uma stripper do Soho, uma diretora de escola aposentada em Tunbridge Wells ou uma secretariazinha banal... sem querer ofender, Deedee — desculpa-se ela, ignorando a mim, a secretariazinha mais banal do recinto. — Que tal se nós contratássemos um psiquiatra para ler o livro e traçar o perfil psicológico dela? Ou então poderíamos adotar a atitude agressiva dos tablóides de uma vez e oferecer uma recompensa para quem a delatar.

— Não sei se nosso orçamento dá para cobrir uma recompensa, mas valeu a idéia, Chris — diz Lewis, e me encolho na cadeira, tentando deslizar para baixo da mesa sem chamar a atenção. — Amy, você continua calada. Alguma idéia sobre o fenômeno Mellow?

Merda. Agora sou uma porcaria de fenômeno. Fico petrificada no meio do gesto, metade da minha bunda na cadeira, metade fora.

— Hum... Hã... — Que inferno, quais são as minhas idéias, isto é, além do desejo de que a bosta do fenômeno Mellow vá para o quinto dos infernos? — Hum... — E por que toda vez que abro a boca na frente de Lewis não sai nada além de uma série de murmúrios incoerentes?

— ... Ah... — Eu *tenho* que dizer alguma coisa que contenha um sujeito e um verbo — ou, no mínimo, uma *palavra.* — Ah... Eu prefiro... hum... *Bridget... é... Jones.*

— Ah, que legal — diz Lewis, embora eu desconfie que ele não quer dizer *legal* no duro — percebo uma notinha microscópica de sarcasmo no comentário. — Então vamos esquecer essa idéia de Marsha Mellow. Você tem razão, é atual demais para uma revista *semanal.*

Marsha Mellow e eu 83

É sarcasmo, mesmo, não tem nem talvez. Dou um sorriso amarelo... embora obviamente a única coisa que tenho vontade de fazer é romper em lágrimas.

— Se pelo menos você tivesse me contado — diz Lewis, em tom choroso. — Mas, também, como poderia ter feito isso?

Ele alisa carinhosamente minha mão, sentado ao lado de meu leito no hospital.

— Eu me sinto culpado — continua ele. — Se tivesse tirado da cabeça meus problemas ridículos por um segundo que fosse, teria percebido imediatamente que você está sofrendo da moléstia incrivelmente rara e invariavelmente fatal conhecida como Síndrome do Balbucio de Hofflinger, que inflige às vítimas não apenas dores atrozes, como também a terrível indignidade de deixá-las incapazes de se comunicarem por outros meios que não murmúrios incoerentes.

Retiro a máscara de oxigênio do rosto e digo:

— Hum, hã, ah, hum, hum.

— Não, Amy, não sou digno do seu perdão — protesta Lewis.

— Hã, erm, um, ungh.

— Oh, minha querida, como eu queria ouvir isso de você. Eu também te amo.

Ele se debruça sobre mim e, quando franzo os lábios para um beijo, ele sussurra...

— Posso ou não posso levar seu prato?

Levanto os olhos para a garçonete mal-humorada e faço que sim com a cabeça. Enquanto ela leva meu prato, lembro-me de que devo parar de ter devaneios inúteis com Lewis, que não apenas deve pensar que sou uma perfeita idiota, como também, não nos esqueçamos, já tem a sua Ros. Consulto o relógio: duas e trinta e cinco. Estou atrasada. Mas não me importo. Já estiquei meu horário de almoço até o limite, sem a menor vontade de voltar para o desprezo de Lewis, os risinhos de superioridade de Deedee e a vida sexual de celebridade de Julie, para não falar da ameaça dos telefonemas de Lisa furiosa ou, pior ainda, de

Mary superexcitada. Mas não posso ficar nesta lanchonete para sempre. Deixo o dinheiro em cima da mesa e visto meu mantô.

Já na calçada da Wardour Street, ouço um celular tocando. Demoro um momento para perceber que é o meu. A única pessoa que telefona para ele é Lisa — o que pode ter algo a ver com o fato de eu não ter dado o número para mais ninguém. Fico pensando o que será que ela quer, mas não por muito tempo — ela quer me matar, é claro. Retiro o celular da bolsa.

— Oi, Lisa.

— Sou eu, Amy — diz mamãe.

Como diabo ela arranjou o meu número? Com Lisa, obviamente, e, se minha irmã contou isso a ela, o que mais não terá contado?

— Oi, mãe. Tudo bem com você? — pergunto, tentando abafar o pânico.

— Não, não está. Ontem foi horrível.

— Eu sei... A notícia de Lisa. Chocante.

— Não estou falando da notícia de Lisa. Você conversou com seu pai?

— Conversei. Tivemos um longo bate-papo.

Me acreditem, cinco minutos na garagem representam uma conversa extremamente longa com meu pai.

— E aí?

— Mamãe, ele não está tendo um caso. Sinceramente.

— Você perguntou a ele?

— Não cheguei a tanto... Mas deu para perceber. Ele está mesmo ocupado no trabalho. Inventou uns cabides coloridos fantásticos, para a pessoa separar as roupas por seções...

— Ele saiu de casa hoje de manhã usando loção após-barba.

— E daí?

— Ele *nunca* usa loção após-barba. E foi para Birmingham. Procurar novas máquinas para a fábrica... ou, pelo menos, foi isso que disse.

— Mamãe, uma viagem a Birmingham não colaria num tribunal como prova de um caso. Talvez seja mesmo trabalho.

— Conheço seu pai, Amy. Alguma coisa está acontecendo.

— Também conheço papai, mamãe. Você tem que botar na cabeça que ele não está se encontrando com outra...

Marsha Mellow e eu 85

Interrompo-me bruscamente porque vi algo por trás da vitrine de um bar que torna qualquer discurso fisicamente impossível.

— Alô? Amy, *alô*!

— Tenho que desligar, mamãe — consigo dizer. — Estou numa reunião.

— Não está, não. Dá para ouvir o trânsi...

— Te ligo mais tarde. Tchau.

Fecho o celular e espio o bar.

Que diabo papai está fazendo no Soho? Em primeiro lugar, ele deveria estar em Birmingham, e, em segundo, duvido muito que ele sequer conseguisse encontrar o Soho num mapa.

Agora, o que realmente vem ao caso é: o que ele está fazendo num bar moderninho chamado... levanto os olhos para o letreiro... Cuba Libre?

Com uma mulher jovem o bastante para ser minha irmã mais velha?

Estão sentados a uma mesa, conversando animadamente — meu pai conversando *animadamente*! Franzo os olhos para a penumbra. Ela é loura — obviamente — e muito bonita... uma beleza do tipo A Outra que Destrói Lares. Nem sei como percebo isso, mas está usando sandálias de tirinhas e saltos altos que deixam à mostra suas unhas pintadas de rosa-choque. Papai está envergando seu melhor terno — o que só sai do guarda-roupa para casamentos, enterros e conferências do Partido Conservador —, e quase dá para sentir a fragrância de Old Spice de onde estou.

Sinto-me nauseada. Tenho que ir embora. Dou as costas e corro. Minhas pernas jambram. Não me locomovo tão depressa assim desde que tive que participar de uma corrida de revezamento aos dez anos de idade. Só que agora é muito mais excruciante — aos dez anos de idade eu pelo menos tinha a pequena vantagem de estar equipada com um sutiã esportivo. Dobro uma esquina e dou um encontrão numa parede humana de mais de um metro e oitenta trajando preto. No momento seguinte, estou caída de bunda na calçada.

— Amy? — diz uma voz que não me é estranha.

Levanto os olhos e vejo...

Passei a droga da minha vida inteirinha ouvindo as pessoas começarem uma conversa dizendo: "Você nunca vai adivinhar com quem eu esbarrei no West End hoje". No começo eu ficava pasma com o fato de que numa cidade de milhões de habitantes qualquer pessoa pudesse esbarrar com alguém do seu círculo de relações relativamente pequeno. Depois de algum tempo, porém, isso passou simplesmente a me deprimir. Em vinte e seis anos de idade, eu nunca, nem uma única vez, tinha esbarrado com alguém que conhecesse no West End, um fato que fazia com que me sentisse triste e impopular — porque talvez tivesse esbarrado com centenas de conhecidos... se eles não tivessem se escondido na entrada das lojas no momento em que me viram me aproximando.

Mas agora estou descontando por todos esses anos, porque num espaço de menos de cinco minutos minha contagem de esbarrões subiu de zero para dois. Mas é um indicador da minha falta de sorte que ambos sejam pessoas com quem eu desejava desesperadamente não esbarrar: papai com a Vaca Loura Destruidora de Lares, e agora...

— Jake?

Jake Bedford olha para mim de cima — até aí, nada de novo — e em seguida estende a mão para me ajudar a levantar. Por mim, eu não a aceitaria — não mesmo —, mas a calçada está molhada, minha bunda está dolorida e, o pior de tudo, devo parecer uma besta quadrada do ângulo em que ele está olhando para mim. Fico de pé, cambaleante, e olho para ele enquanto esfrego o traseiro. Ele ainda é um cara enxuto e bonito. E, sem a menor sombra de dúvida, um calhorda tarado e manipulador.

— Você está bem? — pergunta ele. — Você caiu como... — Felizmente ele não diz "como um saco de batatas". — Você deve estar atrasada para algum lugar.

— E estou, mesmo... Tenho um... debate editorial.

— Ah, é? Onde você está trabalhando agora?

— Na *A Profissional* — digo, para logo em seguida me arrepender.

Ele dá um risinho debochado — como eu já devia saber que daria — e diz:

— Pelo nome, tem pinta de ser uma revista de negócios para... como direi... damas da noite... Mas é aquele jornal de empregos gratuito, não é? Muito bem, um debate *editorial*. Você agora é jornalista?

Marsha Mellow e eu

— Hum... Sou... Escrevo uma coisinha aqui, outra ali... — Sim, porque, afinal, isso não chega a ser uma mentira, chega?

— Que bom. Que bom para você.

Cretino condescendente.

Dou um olhar bastante significativo para o meu relógio e digo:

— Acho melhor eu...

— Sim, você está atrasada. É melhor ir andando — diz ele. — Mas foi mesmo fantástico rever você. Nós devíamos fazer isso com mais calma. Aliás, vou passar o resto da tarde no Soho. Que tal se a gente se encontrasse mais tarde?

— Eu não estou... Eu acho que não... — gaguejo, procurando desesperadamente uma recusa adequada.

— Que tal no Groucho? Você sabe onde fica, não sabe?

É claro que sei, ora bolas. É o lugar aonde ele costumava me levar para me mostrar de quantas semicelebridades era íntimo.

— Às seis e meia está bem?

Em seguida, sem nem mesmo esperar que eu diga "Você só pode estar brincando, meu filho", ele se vira e vai embora.

Foi exatamente como da primeira vez que ele me convidou para sair. Ele se comportou exatamente com a mesma arrogância, presumindo que eu não poderia me sentir senão honrada por ele estar disposto a abrir um espaço para mim na sua agenda. Na época fiquei tão entusiasmada que me senti no... sétimo céu? Ah, não, no décimo ou no décimo primeiro, no mínimo.

Mas desta vez é diferente.

Não há força no universo conhecida pela física que me obrigue a me encontrar com Jake Bedford.

Capítulo 7

— Desculpe, Amy, isso nunca me aconteceu antes — choraminga Jake, rolando de cima do meu corpo.

— Não esquenta, não — digo, sem me esforçar muito para parecer compreensiva. — Provavelmente você estava um pouco nervoso, não é?

Debruço-me sobre a mesa-de-cabeceira e tiro dois cigarros do maço. Acendo-os e dou um para ele. Certamente não lhe passa despercebido que esse gesto de acender dois cigarros depois do sexo sempre coube a ele quando estávamos namorando.

Mas agora tudo está diferente.

Dou uma tragada e olho para ele deitado ao meu lado. Enroscado nos lençóis de cetim, parece menor do que me lembro. Menos imponente. Menos *significante*. Ele está virado de costas para mim, na esperança de que eu não o veja chorando na penumbra.

— Está tudo bem — tranqüilizo-o. — É só uma ereção. Ninguém morreu.

— Não é isso — diz ele, enxugando uma lágrima.

— Então é o quê?

— Não 'posso te contar. Morro de vergonha.

— Pode, sim. Eu vou compreender.

— É que... eu nunca dormi com alguém que... não, não posso dizer.

— Está tudo bem, querido, pode falar.

— ... alguém que tenha vendido mais livros do que eu. Faz com que eu me sinta...

— Incompetente? — sugiro, com delicadeza.

Ele morde o lábio inferior, que começou a tremer.

— Um fracasso como homem?

Mais lágrimas enchem seus olhos.

— Imprestável e digno de pena, e que o melhor seria jogar tudo para o alto e arranjar um emprego de professor de inglês para estrangeiros?

Marsha Mellow e eu 89

Ele rompe em soluços que sacodem todo o seu corpo. Passo meus braços ao seu redor e digo:

— Vai ficar tudo bem, meu amor. Você vai se sentir melhor... um dia.

Inconsolável, ele sai da cama aos tropeções e veste às pressas suas roupas.

— Me perdoe, Amy, eu devia saber que nunca daria certo — diz ele. — Não posso viver à sua sombra. Você é... *genial* demais.

Me esforço ao máximo para parecer triste quando ele se encaminha para a porta.

— Adeus, Amy — diz, com galhardia. — Sempre recordarei com orgulho o fato... não, *a honra* de ter tido a chance de conhecer você e...

— Vai outra vodca com tônica aí?

Levanto os olhos para o barman que acaba de arrombar meu devaneio. Cachorro. Justamente agora, que estava ficando bom. Faço que sim com a cabeça e ele leva meu copo vazio. Sento-me no tamborete do bar e deixo a indesejada realidade voltar de roldão à minha cabeça, esta noite sob a forma de uma irritante voz interior.

Que diabo você está fazendo aqui, Amy?, indaga ela.

Boa pergunta.

Num dia em que topei com meu pai e sua pistoleira secreta, vi meu alter ego estampado em cada jornal do país e meu chefe finalmente confirmou suas suspeitas de que não passo de uma *secretariazinha banal*, que diabo estou fazendo num clube à espera de Jack?

Que, naturalmente, está atrasado.

E o que leva você a pensar que é páreo para um macaco velho como Jake Bedford?, prossegue a Voz Interior. *O único lugar em que você pode com ele é nos seus sonhos. Ele vai fazer picadinho de você, como sempre fez. A palavra "cama" está até no nome dele, pelo amor de Deus!**

Embora ela obviamente tenha razão, mando-a calar a boca.

O barman põe outra dose de vodca com tônica no balcão. Dou um gole e corro os olhos pelo bar. Jake chamava o Groucho Club de bordel dos famosos, mas não me enganava nem por um segundo: ele adorava este lugar. Mas hoje a freqüência está meio para o segundo time. Tem um cara que acho que já vi apresentando um telejornal, o sujeito

---

* *Bed*: cama.

fresco com uma cara cor de laranja que apresenta aquele programa de antigüidades e um chef célebre cujo nome não consigo lembrar, mas que não é Jamie Oliver nem aquele outro que engrossa com os clientes quando pedem sal.

Mas meu coração dá um salto quando *ele* entra. Não Jake. Jason Donovan. Tudo bem, ele não é do primeiro time — pois se já não era nem quando emplacava um sucesso atrás do outro nas paradas de sucessos —, mas eu o adorava. O que posso dizer? Era mais forte do que eu. Eu tinha *onze anos*.

Vê-lo agora é como voltar no tempo... até a idade em que eu não tinha nada com que me preocupar. Nem mesmo menstruação, que dirá todo este inferno atual. Aposto que Jason não teria bancado o engraçadinho como Lewis durante o debate. Aposto que teria dito: "Bridget Jones? Também a adoro. Vamos jantar no meu restaurantezinho favorito e conversar sobre ela".

Ele se senta num sofá com um grupo de amigos e fico pensando se seria brega sair andando até lá como quem não quer nada e dizer: "Desculpe por incomodar você, mas eu adorei todos os seus trabalhos, até mesmo aquele filme que você fez com Kylie que ninguém se deu ao trabalho de ir ver, menos eu. Será que você se importaria de autografar este guardanapo?". Ora, que idéia é essa?! É claro que seria brega. Mas quão brega? Talvez eu não me desse mal, e, já que tenho mesmo que fazer hora até Jake aparecer...

Droga. Ele chegou. Observo-o atravessar o salão a passos largos, e, embora não tenha combinado as carreiras bem-sucedidas de ator e de músico, nem estrelado um único musical de sucesso no West End, ainda assim bota Jason no chinelo. Ele é lindo *de morrer*. Sorri para mim e tira um cigarro do maço. No passado eu adorava a maneira dele de fumar. Quem disse que os cigarros não são descolados? Nas mãos certas, são instrumentos devastadores de charme, e as mãos grandes e fortes de Jake são ideais para o ritual. Enquanto ele o acende e tira uma longa tragada, suas maçãs do rosto se salientam e sinto um prurido que há muito já esquecera na minha...

Pare com isso já, já, ordena a Voz Interior. *Cumprimente o cara, tome um drinque e depois vamos sair daqui antes que você termine com as calcinhas em volta do tornozelo.*

Quando ele chega ao bar, digo "Oi, Jake", com a voz mais sexy que já consegui fazer na vida.

Marsha Mellow e eu 91

Mas que merda, quem você pensa que é? Mae West?

Ele se inclina e me dá um beijo no rosto.

— Como foi o debate? — pergunta, ocupando o tamborete ao lado do meu.

— Ah... sabe como é. Muito produtivo. Muitas idéias boas...

— Você está deslumbrante — diz ele.

Não caia nessa. Você não está deslumbrante. Está usando as mesmas roupas de quando caiu de bunda na calçada. "Deslumbrante" é uma palavra que se aplica a Cameron Diaz com o vestido que usou no Oscar, não a você, com essas calças cargo banais e essa camiseta branca com uma mancha de maionese de atum na frente.

Abaixo os olhos. A Voz Interior tem razão — o sanduíche que almocei deixou sua marca no meu peito direito.

— Você está diferente — prossegue Jake. — Notei isso assim que vi você hoje à tarde. Que foi que aconteceu?

— Eu rompi com você, só isso.

Cuidado, adverte a Voz Interior. *O tom está amargurado demais — você não quer que ele pense que arrasou você.*

— Não, não é isso — apresso-me a retirar o que disse. — É que eu estou dois anos mais velha.

Muito bom. Esse tom neutro está ótimo. Mantenha-o.

Ele pede outro drinque para mim e eu pergunto:

— E aí, como você está?

Mas agora que pronunciei as palavras, elas soam estranhas. Jake é um dos pouquíssimos homens que já viram minhas pernas apontando para o teto, e cá estou eu nessa conversa mole insípida de "como você está?".

— Caindo pelas tabelas — responde ele. — Tenho andado ocupadíssimo. *A Guerra do Petróleo Venusiana* saiu no mês passado e ainda estou fazendo a publicidade. Preciso de umas férias. Sei que devo estar um bagaço.

Desce daí, mentiroso! É óbvio que ele está sondando você. Não morda a isca.

— Não, você está ótimo — digo, cravando as mandíbulas ao redor da minhoca.

Sua buuuurra!

Ele me oferece um cigarro, inclinando-se para a frente a fim de acendê-lo, enquanto protege a chama com a mão em concha. Um gesto totalmente desnecessário, já que não há nenhum vendaval fustigando o aposento. Na verdade, o lugar parece subitamente abafado. Mal consigo respirar. Só a maneira como ele acende meu cigarro já me deixa toda arrepiada. As pontas de seus dedos roçam minha mão e me lembro do toque delas no meu...

Controle-se, mulher, grita a Voz Interior, bem na hora.

— Quer dizer então que já estão marcadas? — pergunto depressa.

— O quê?

— Suas férias — respondo, como uma cabeleireira de quinta puxando conversa.

— Não tenho tempo nem de pensar nisso. Mas vou marcar. Estou exausto. Não acho que vá conseguir escrever outro livro tão cedo. Minha editora me pediu para...

Ai, eu já tinha esquecido como esse cara pode ser chato de tão egocêntrico.

— ... mas se eu concordar com isso, vou ter que começar a escrever outro imediatamente, e não quero em hipótese alguma...

Ele continua falando, falando, falando...

— ... eu disse que não, é claro. Não sou uma máquina, que droga. Eles não gostaram, mas precisam mais de mim do que eu deles...

... falando, falando. Sobre si mesmo. Que foi que algum dia você viu nele?

— ... e agora estão dizendo que eu sou um dos poucos autores de ficção científica que não se deixam deslumbrar pelo status de cult e que, ao que parece, transcenderam...

Ouve só ele. É apenas um escritor, mas fala como se tivesse acabado com a miséria do mundo e descoberto uma alternativa indolor para a depilação a cera... e, entre uma coisa e a outra, descoberto a cura do câncer. Mas claro, você estava sempre ocupada demais olhando para a bunda dele para perceber isso. Havia duas pessoas obcecadas no seu relacionamento: você com ele e ele consigo mesmo.

— ... mas a qualidade é fundamental e eu não posso garanti-la se não estiver totalmente descansado. Espera aí, aquele é Toby Litt?

Toby quem?

— Me dá licença um minuto, Amy. Tenho que alcançá-lo.

Marsha Mellow e eu

Ele desce do tamborete e eu o observo desaparecer em meio à turba de freqüentadores, que se abre para ele como o mar Vermelho. Ele é Moisés. Não, que diabo, ele é Deus. Ele é...

Quer por favor olhar para si mesma, Amy Bickerstaff? O sujeito é um boçal completo. Homem no mundo é o que não falta, e qualquer um trataria você melhor do que ele jamais tratou. Jason Donovan, por exemplo. Ele ainda é um pedaço, e, agora que não tem mais aquelas matilhas de adolescentes aos gritos correndo atrás dele, você até que poderia ter uma chance. E tem mais: aposto o que você quiser como ele não curte nem um pouco festas de swing.

Essa voz na minha cabeça não vai embora.

E nem Jake. Ele reaparece alguns minutos depois, passando casualmente o braço pelo meu ombro. Ignoro a Voz, que agora está dando gritos histéricos, e digo a mim mesma que ele está apenas ficando à vontade.

— Adoro conversar com você, Amy — sussurra ele.

— Por quê? Porque eu nunca te interrompo?

— Não, porque me compreende. Você é muito sensível.

Seu braço me dá um apertão. Eu não tinha esperado que ele fosse me paquerar tão abertamente, e é difícil resistir. Ele é, sem dúvida, o homem mais atraente que já conheci na vida — com exceção, talvez, de Lewis... Que pensa que sou uma imbecil, não *sensível* ou *compreensiva*... E o que ele ganha sendo tão sarcástico? Grosseirão. Não, Jake é legal, eu poderia tranqüilamente acabar no apartamento dele dentro de algumas horas... ou minutos. Será que isso seria mesmo tão ruim assim?

Seria uma desgraça amarela, esgoela-se a Voz Interior. *Lembre-se do que Ant disse.*

O quê? Para eu ser espontânea, seguir meus instintos?

Não, sua tolinha, ele disse para você ficar longe de Jake. O cara é um aproveitador, um merda.

— Ah, vai embora — digo em voz alta.

— O quê? — pergunta Jake, cuja mão já desceu até meu joelho.

— Nada. Estava aqui pensando... Você está com alguém no momento? — pergunto, da maneira mais casual possível.

Desisto, lamuria-se a Voz Interior.

— Ninguém em especial — diz ele, com uma risada.

Mas a Voz entregou os pontos cedo demais, porque agora fiquei uma arara. Será que Ninguém em Especial está em casa, morta de saudades dele, esperando ansiosamente para se encontrar com ele amanhã? Será que o tamanho do sutiã de Ninguém em Especial é cinqüenta e dois? Ou maior? Será que ela gosta de festas de swing?

— E você? Está namorando? — pergunta ele, interrompendo o desagradável curso de meus pensamentos (que corre para o Mar da Amargura, naturalmente).

Conheço Jake. Se a intenção dele for me levar para a cama, não há de ser uma trivialidade como um namorado que irá detê-lo.

Ele começa a rir novamente.

— Não é uma pergunta difícil, Amy. Você não mudou muito, mudou?

— Como assim? — torno, ríspida.

— Olha só como você está tensa.

Sinto meu rosto enrubescer de constrangimento e raiva.

— Eu estava me sentindo perfeitamente calma, obrigada. E pode ir tratando de tirar a mão da minha perna.

— Desculpe, desculpe! Esqueci como você é. Vamos lá, deixa eu pedir outro drinque. Vejamos se a tática funciona.

— E que tática seria essa? A de me embebedar para eu esquecer o palhaço que você é e acabar indo para a sua casa?

Um pouco forte mas mandou bem, garota. Cheguei a pensar que você estava perdida. A Voz Interior voltou para me dar apoio moral.

— O que leva você a pensar que quero te levar para casa? — pergunta ele, indignado.

— Jake, você está esse tempo todo passando a mão em mim, dizendo coisas carinhosas...

— E daí? Isso não significa que eu queira comer você. O nome disso é simpatia. Sabe qual é o seu problema?

— Ahhh, me deixa adivinhar... Sou muito nervosinha.

— Olha, esquece. Só achei que seria uma boa idéia rever você. Achei que talvez você também quisesse me rever. Mas acho que me enganei.

Ele parece zangado — uma emoção que nunca o vi experimentar antes. Não está gostando de saber que não vou me jogar na sua cama

Marsha Mellow e eu

95

assim que ele estalar os dedos. Ainda não tenho certeza absoluta se vou ou não, mas ele não pode saber disso.

— Você não se enganou, Jake — digo, rompendo o silêncio. — Fui eu que me enganei. Achei que talvez você tivesse mudado.

— E você agora é outra pessoa totalmente diferente, não é?

— Por acaso, sou, sim... Já ouviu falar em Marsha Mellow?

Puta que pariu!, guincha a Voz Interior. *Aonde é que você pretende chegar com isso?*

Para dizer a verdade, não faço a menor idéia.

— Não tenho como esquecer que ela existe neste momento — diz ele, em tom cansado. — É até engraçado, mas meu editor deve um favor a ela e me pediu que escrevesse um comentário para a próxima edição do livro. Estou tentando encontrar tempo para fazer isso. Como se já não estivesse até aqui de trabalho. Por que você perguntou?

Estou aturdida demais para responder. Aonde quer que eu tenha imaginado que iria chegar com a minha cartada, certamente não foi a essa bomba.

— E aí, o que você vai dizer no seu comentário? — finalmente consigo perguntar, com a máxima naturalidade possível.

— Por quê?

— Por curiosidade.

— Bom, eu estava esperando que o livro fosse uma baboseira anódina e romântica com uma ou outra cena de sexo de permeio para quebrar a monotonia, mas fiquei surpreso com o que li. Acho que a prosa dela tem uma textura forte, vívida.

— Isso é bom? — Sei que é, mas agora é a minha vez de sondar o terreno.

— É bom, sim. Obviamente o público-alvo de Mellow eram as fãs da literatura de mulherzinha, mas ela é digna de um público muito mais sofisticado. Todas as matérias que saem sobre seu livro fazem sensacionalismo em cima do sexo, mas o livro dela vai muito além disso. Aliás, para ser franco, embora eu diga *ela*, meu editor e eu achamos que é um homem.

— É mesmo?

— Você não entende muito de marketing, não é? O livro é muito inteligente — percebeu a tendência que *Sex and the City* seguia e bebeu dessa fonte até secá-la. O que me deixa com a pulga atrás da orelha é que nunca encontrei uma mulher capaz de ser tão cruamente explícita quanto Mellow. É preciso ter colhões para escrever assim, tanto literal quanto metaforicamente. É revelador que *Sex and the City* tenha sido concebido por um homem. Não, eu apostaria dinheiro que Mellow é um homem se escondendo por trás de um nome de mulher para tornar os romances mais atraentes para o público feminino.

Que sabichão condescendente! Você não vai levar esse desaforo para casa, vai?

Conseguindo sei lá como ignorar os gritos da Voz Interior, controlo o ímpeto de lhe sapecar uma bolacha e digo entre os dentes meio trincados:

— Quer dizer então que as mulheres não têm capacidade para escrever sobre sexo? Como se não estivessem na cama quando ele é feito.

— Não é isso. O que estou dizendo é que as mulheres não conseguem escrever sobre sexo sem cederem ao impulso de tornar o texto meloso — sabe como é, rechear a cena com as velas aromáticas e os "eu te amo" obrigatórios.

— Meu Deus, eu nunca tinha me dado conta plenamente de como você é chauvinista.

— Está vendo o que quero dizer? Extremamente tensa. Nós não podemos nem ter uma discussão civilizada sem que seus mecanismos de defesa dêem o ar da sua graça. Enfim, seja ela homem, mulher ou animal, o livro de Mellow é bom. Você deveria ler... talvez te ajudasse a abrir a cabeça. Você é uma mulher bonita e inteligente, mas é tão contida que ninguém jamais percebe isso. Corra uns riscos de vez em quando. Nunca se sabe, você é capaz de gostar. — Ele se recosta, sua boca se curvando nos cantos num sorriso de superioridade.

Manda o sigilo para o espaço, garota, conta tudo a ele, grita a Voz Interior, perdendo toda a compostura. *Desde o dia em que esse trolha condescendente te deu o fora até o presente. Vamos ver se ele ainda vai se sentir tão superior assim quando descobrir que você é a mulher que carrega os colhões de Marsha Mellow.*

Não me rendo e, contendo-me ainda mais do que Jake julga possível, digo:

— Por acaso, li o livro dela. Abriu muito os meus olhos.

— O quê...? Quer dizer que agora você beija com a boca aberta? — Ele dá um sorriso debochado.

Seu merda!, grita a Voz Interior.

— Seu *merda*! — repito, apanhando meu mantô. — O provérbio está errado. Tamanho é documento, sim, e você é disparado o maior boçal que já conheci na minha vida.

Essa foi boa, diz a Voz Interior. *Gostaria que tivesse sido minha.*

Atravesso o bar sem olhar para trás... e torno a ver Jason Donovan. Será que...

Se você está pensando em pedir o autógrafo dele agora, a resposta é NÃO. Não é descolado. Sai do palco pela esquerda... PASSA FORA!

A Voz Interior tem razão. Demonstrando a mais total indiferença por Jason ao passar por sua mesa, saio com andar altivo do Groucho Club para a rua.

Quando desço do ônibus em Crouch End, sinto-me horrível. A empolgação da vitória que senti ao sair do Groucho durou exatos cinco minutos. Daí em diante, foi ladeira abaixo. E eu nem mesmo consegui um autógrafo de Jason.

Ao me arrastar para meu apartamento, não consigo tirar da cabeça a imagem de papai com a Loura Destruidora de Lares. Sou uma pessoa bastante típica, no sentido de que nunca tive estômago para imaginar qualquer um dos meus pais fazendo... *aquilo*... mas isso é pior do que tudo que já tive que enfrentar. O que faz com que eu me sinta triste, e também enojada. Por que ele não podia se contentar com a sua serra elétrica? Vi o anúncio em que ela se metamorfoseia magicamente em mil configurações diferentes, parecendo uma coisa saída do *Kama Sutra*. Será que isso não era o bastante para satisfazer os desejos dele?

Parte de mim quer acreditar que não é nada, que existe alguma explicação perfeitamente inocente. Mas qual? "Amy, menti para a sua mãe e disse a ela que viajei a trabalho para Birmingham porque ela nunca teria acreditado que eu simplesmente estava indo a um bar modernérrimo no Soho para renegociar o meu limite de crédito com a gerente do banco que, por coincidência, é jovem, bonita, loura e gosta de coquetéis cubanos e sandálias de tirinhas." Caso encerrado, infelizmente.

Ao me aproximar de meu edifício, a porta da entrada se abre e um vulto vestindo algo em violeta cintilante desce ventando os degraus. Demoro um momento para me dar conta de que é a minha mãe.

Instintivamente me atiro contra uma cerejeira. Escuro o toc-toc-toc cada vez mais alto de seus saltos na calçada e dou graças a Deus por meu mantô ser de uma cor que lembra a de um tronco de árvore — talvez ela não me veja. Mas, ó Deus, por que não fizestes meu peito chato? Os dois se projetam da lateral da árvore como alertas infláveis de minha presença. Encolho-me toda quando ela passa por mim... sem me ver. Está com a cabeça baixa, mergulhada em reflexões. Ela alcança seu carro e, ao observá-lo a se afastar, o pânico que senti ao vê-la é substituído por outro muito pior. Que diabo ela estava fazendo no meu apartamento? Olho para minha janela. A luz está acesa. Deduzo que Ant está em casa. Que é que andou acontecendo lá em cima? É insuportável pensar nisso, de modo que não penso. Em vez disso, enceto a minha segunda e sacrificada corrida do dia.

Quando desabo na minha sala, vejo Ant no sofá. A coisa é pior do que eu tinha temido. O rosto dele está branco, suas mãos trêmulas e sua mandíbula caída num ângulo que faz com que pareça deslocada.

— Que foi que aconteceu, Ant? Que foi que ela fez com você? Ela não está sabendo da...

— Não, não está... Mas eu estou sabendo muito mais sobre ela do que jamais imaginei que seria possível.

— Como assim?

— Acabei de receber minha primeira confissão autêntica, *de verdade*.

— Como é que é?

— Ela confessou seus pecados... e eu a absolvi.

— Mas você não é padre.

— Não é isso que ela pensa, é?

— E ela nem é católica! *Odeia* os católicos.

— Ela veio ver você. Estava muito transtornada. Obviamente queria conversar e...

— Você recebeu a confissão dela? Como é que pôde fazer isso? Que coisa mais hipócrita!

— A idéia foi *dela*. Ela não me deixou escolha. De mais a mais, quem foi que inventou a mentira de que eu era padre? E você preferia que eu tivesse dito "Desculpe, Sra. B., mas não sou de fato um religioso. Isso foi uma invenção da sua filha para esconder o fato de que

Marsha Mellow e eu 99

me mudei para Nova York a fim de levar uma vida de sodomia vinte e quatro horas por dia, sete dias por semana"?

Desisto. Sei o quanto mamãe pode ser... hum... *persuasiva* quando quer alguma coisa, e posso até vê-la encurralando Ant.

— Não sei como você se virou — digo. — Afinal, quando foi a última vez que foi a uma missa?

— Quando tinha quinze anos. Não foi fácil. Eu não conseguia me lembrar das palavras daquela parte do *in nomine Patri* — acho que a abençoei em nome de *Eu, Cláudio.**

— Mas e aí, que foi que ela confessou?

— Não posso te contar — rebate ele, indignado. — É confidencial. Só Deus é testemunha do que é dito entre aquele que busca a absolvição e o seu confessor.

Começo a rir. Mas ele não está achando a menor graça.

— Ant, você *não* é padre. Não fez nenhum voto. Que foi que ela te contou?

— Não posso dizer. Estaria traindo a confiança dela.

— Deixa de ser ridículo. Anda, vai, me conta.

— Amy, você não conseguiria nem em mil anos esconder dela que ficou sabendo, e ela perceberia que eu te contei. Seria uma desgraça para todos nós.

— Santo Deus, que foi que ela fez? Roubou uma bala no supermercado? Assassinou alguém?

— Uma coisa pior do que a primeira... mas não tão ruim quanto a segunda.

— Me conta, me conta, *me conta*!

— Não posso, Amy. — Em seguida, como estou quase prestes a explodir, ele diz: — De mais a mais, não acho que a sua mãe seja a única que tem uma confissão a fazer, não é?

— Do que você está falando?

— Onde é que você estava até agora?

— Trabalhando — me apresso em dizer.

— É mesmo?

— Tive que trabalhar até tarde. Isso não é nenhum pecado mortal, é?

---

* Título de um romance do autor inglês Robert Graves (1895-1985) sobre a vida do imperador romano Cláudio I.

— Não, mas mentir para o seu melhor amigo é. Tem um recado para você na secretária eletrônica. Ele ligou na hora em que sua mãe estava chegando, de modo que deixei a secretária atender. Amy, qual é a sua, se encontrando com esse cara de novo? Sua vida já não está bastante enrolada?

Ignoro-o e aperto o *play* na secretária eletrônica.

— Amy... hum... eu estava muito, muito ansioso para ver você hoje à noite, e estraguei tudo. O que posso dizer? Eu não estava legal... e... queria pedir desculpas...

O quê? *Desculpas?* O cara pode ter um vocabulário do tamanho de um pequeno planeta, mas nunca o ouvi dizer *essa* palavra antes, nem mesmo num sussurro tímido para eu não escutar.

— ... adoraria fazer alguma coisa que apagasse a má impressão que causei... se você me der uma oportunidade. Por favor, me liga... Mesmo que seja só para me dizer que eu sou um babaca.

O recado termina e o silêncio que se segue é tão pesado que não sei como eu e Ant não morremos soterrados debaixo dele.

— Eu nunca tinha ouvido a voz dele antes — comenta Ant. — Ele fala igual a Pierce Brosnan. *Meu nome é Bastard. Jake Bastard.* Espero que você não esteja pretendendo ligar para ele.

— É claro que não.

E estou falando sério. Nem todas as forças do universo juntas conseguiriam me arrastar até um telefone.

Capítulo 8

— Aonde você vai? — pergunta Julie.

— Sair — respondo.

— Isso eu estou vendo. Sair para onde?

— Tenho que fazer umas compras.

— Que pena. Queria que você viesse comigo dar uma conferida num bar. Pelo jeito, é superdescolado. Estou a fim de dar lá meu coquetel de noivado com Alan. Chama-se Cuba Libre.

Aaaiii!

— Desculpe, tenho que ir — digo, vestindo às pressas meu mantô e fugindo da redação.

A menção ao lugar onde vi papai com Aquela Mulher é insuportável. Papai e Aquela Mulher são duas das pessoas em quem estou tentando não pensar esta manhã. A lista já está bastante grande. Fazem parte dela o novo e *arrependido* Jake — prefiro nem pensar nisso. Lewis, que voltou a agir como se eu não existisse. (Aliás, ele passou dez minutos conversando com o garoto espinhento de dezesseis anos, de modo que acho que agora sou oficialmente a pessoa menos importante da redação.) Mamãe, Ant e aquela droga de confissão. Que diabo terá ela feito? E também Lisa. Seu silêncio tem sido ensurdecedor — só posso deduzir que ela pôs minha cabeça a prêmio. Eu devia ligar para ela e pedir desculpas... Mas não tenho coragem. E, finalmente, Marsha Mellow.

Minha tática para não pensar em nenhum deles foi meter a cara no trabalho, e estava me saindo maravilhosamente bem até meia hora atrás, quando Mary ligou.

Às vezes, durante o horário de almoço, cada centímetro do gramado de Soho Square fica tomado por secretárias em trajes sumários. Mas não hoje. Talvez porque esteja chovendo a cântaros. Hoje a única pessoa aqui sou eu, encolhida num banco ensopado. Consulto meu relógio. Mary está vinte minutos atrasada. Seu escritório fica a apenas dois minutos daqui, em cima de uma pizzaria na Dean Street, de modo que acho melhor ela ter uma boa desculpa. Já estou quase desistindo e voltando para o trabalho quando a vejo correndo em minha direção como uma hipopótama inflável.

— Desculpe, meu bem, desculpe — solta ela de um jorro, ofegante, despencando ao meu lado no banco. — Tive que despistar aquela repórter do *Mail*. Ela ainda está nos meus calcanhares. Fiz com que ela me seguisse até minha academia. Falei com meu professor psicótico de pilates e pedi a ele para raptá-la para a aula de uma e quinze. Com sorte, a esta altura ele já provocou uma grave lesão na coluna dela.

— Estou encharcada, Mary — interrompo-a, mal-humorada. — Não dá para a gente ir direto ao assunto?

— Desculpe por arrastar você para a rua, mas é importante. Vi logo que não poderíamos conversar por telefone, com você sem poder discutir coisa alguma sem ser aos cochichos. Agora se prepare para uma notícia maravilhosa.

Vou logo me preparando para o pior. Meu conceito de "maravilhoso" e o de Mary residem em planetas diferentes.

— Meus espiões me disseram...

— Que espiões? — atalho-a, em pânico.

— Você está ficando paranóica, meu bem. É só uma figura de sintaxe, como quando a gente diz "um passarinho me contou" ou "eu soube pelo telégrafo sem fio". Enfim, *um passarinho me contou pelo telégrafo sem fio* que *Anéis* vai fazer sua estréia na lista de best-sellers da semana que vem.

Eu estava enganada. Isso é mesmo *maravilhoso*. Apesar do pânico e da náusea que sinto toda vez que alguém toca no assunto Marsha Mellow, o fato de ela — não, *eu* — ter escrito um best-seller me envaidece tanto que quase me esqueço da chuva.

— É maravilhoso, não é? — pergunta Mary, sentindo minha alegria. — Só posso lhe dar meus parabéns de todo coração. Não é todo dia que conto com uma autora de best-sellers autêntica na minha lista de clientes. Conforme previ, o *Mail* fez nosso romancezinho voar das

Marsha Mellow e eu 103

prateleiras, e, conforme também previ, seu editor, aquele trolha desclassificado, telefonou hoje de manhã.

Mary nunca morreu de amores pelo meu editor. O que é estranho, considerando que seu trabalho é vendê-lo para mim, sua cliente. Mas, como ela disse na ocasião em que tentou vender meus originais: "Ninguém quer conhecer Marsha Mellow. É forte demais para aqueles bibelôs de biscuit". Eu não estava em condições de fazer exigências.

Todos os grandes editores e a maioria dos pequenos recusaram *Anéis*. Até que um belo dia ela me perguntou:

— Já ouviu falar na Smith Jacobson?... É claro que não. É uma editorazinha minúscula com uma lista de títulos anoréxica. Ainda é dirigida por um dos seus fundadores, Adam Jacobson. Em circunstâncias normais, eu jamais me aproximaria dele. Muito cheio de frescuras para o meu gosto, se é que você me entende. Enfim, dei um pulo na loja de revistas lá perto de casa para comprar minha dose diária de fofocas e chocolates e lá estava ele examinando a prateleira mais alta — não a que tem as revistas de caratê, se é o que você estava pensando. E tive uma idéia genial ali mesmo. Eu tinha andado preocupada demais em encontrar um editor que reconhecesse o mérito literário do seu trabalho, quando na verdade o que precisava era de um que, para falar sem rodeios, ficasse cativado pelo dilúvio de fluidos corporais que contém. Fiz a proposta a ele ali, no ato, e, como ele carregava um exemplar de *Sutiãs Transbordantes*, não estava em condições de recusar. De mais a mais, ele não é um homem que se possa chamar de exigente. Sem querer desmerecer a sua obra, meu bem, ele faria uma oferta até pela lista de supermercado de Jordan se achasse que poderia lançá-la em capa dura para o Natal.

Mary nunca pintou Adam Jacobson como nada além de um tipo sórdido e inescrupuloso, apenas um furo acima do sujeito que abria a capa para mim e Lisa quando voltávamos para casa da escola. Mas não tenho como saber se ela está certa, porque não o conheço pessoalmente.

— Ele quer conhecer você — diz Mary, sob a chuva que desaba ainda mais forte.

— Mas não pode. Sou um segredo — grito.

— Me ouça, meu anjo. Ele quer fazer uma oferta a você e disse que não está disposto a arriscar, segundo suas palavras, "uma quantia considerável" numa autora que não conhece pessoalmente.

— Ele que fique com o dinheiro dele. Não vou me encontrar com ele nem em mil anos. Nem mesmo quero escrever outro livro.

— O quê? Vai permitir que Marsha Mellow seja uma rapidinha literária? *Vapt-vupt, valeu, leitor?* Isso seria uma tragédia... Mas, claro, é uma prerrogativa sua. No entanto, sugiro que você se encontre com ele e ouça o que ele tem a dizer antes de se decidir.

— Não vou fazer isso, Mary. *Anéis* foi um golpe de sorte. Eu não conseguiria escrever outro livro por nenhuma quantia de... Quanto é que ele vai oferecer, afinal? Dez ou vinte mil?

— Como o pessoal gritava naquele programa, *The Price Is Right*, "mais, mais".

— O quê, trinta mil por um livro que eu ainda nem escrevi? Isso é ridículo.

— Não, minha querida, isso é o mercado editorial. Pagar por livros que ainda não leram é o que os editores fazem, e eu dou graças aos deuses quase todos os dias por isso. E, a propósito, se Jacobson quiser o próximo livro de Mellow, vai ter que desembolsar uma quantia muito mais interessante do que trinta mil.

— Mary, não vai haver um próximo... Quão mais interessante do que trinta mil? Por hipótese, porque eu não tenho capacidade para escrever outro livro.

— Ah, esta conversa é pura perda de tempo, Amy — torna ela, brusca. — Se você não tem nenhuma intenção de voltar a tirar a tampa da sua caneta, não vejo por que eu deva ficar sentada aqui debaixo de uma chuva torrencial falando de adiantamentos hipotéticos de *seis dígitos* por livros inexistentes.

Droga! Agora ela prendeu minha atenção e sabe muito bem disso.

— Olha, vamos supor que eu me encontre com ele... por cortesia, é claro.

— É claro.

— O que vai impedi-lo de dar com a língua nos dentes?

— Já pensei nisso — diz ela, enfiando a mão dentro da bolsa, de onde retira um envelope que entrega a mim. — Não precisa ler agora.

Marsha Mellow e eu 105

É um acordo que eu e meu advogado redigimos ontem. Proíbe Jacobson até mesmo de insinuar a verdadeira identidade de Marsha Mellow, sob pena de ter seus ovos arrancados pelos Rottweilers de toga e peruca. Tenho certeza de que ele concordará em colocar sua impressão digital suja na linha pontilhada.

— Espera aí — solto. — Vocês redigiram isso ontem? Você disse que só falou com Jacobson hoje de manhã.

— Minha querida, não é plantando a minha megabunda numa cadeira que eu ganho meus quinze por cento. Eu me adianto aos acontecimentos... ao contrário da minha autora e do editor dela.

Volto para a redação me sentindo no... ah, décimo terceiro ou décimo quarto céu. *Seis dígitos.* A menos que ela esteja contando o ponto decimal e os quebrados, são mais de cem mil libras. Bem, poderiam até ser exatamente cem mil libras, que ainda assim seria uma fortuna. Um dinheirão desses seria muito bem-vindo. Eu poderia quitar minha hipoteca... *Que chatice.* Tudo bem, poderia comprar um daqueles Audis fofinhos que parecem o carro da Barbie (tenho que aprender a dirigir primeiro), uma casa de praia de madeira sobre palafitas nas ilhas Maldivas (onde quer que fiquem) ou salvar algumas baleias (bem poucas, imagino, com cem mil paus). Poderia comprar o perdão de Lisa com uma dúzia de guarda-roupas novos ou...

Não poderia, não, diz a Voz Interior. *A menos que pretenda contar a Ela.*

Merda. Eu tinha me esquecido de mamãe. Sinto o moral despencar, e chego ao trabalho ensopada e de saco cheio.

A realidade é uma *merda.*

Alguma coisa está diferente na redação. Já sei. As flores. Não consigo ver minha mesa por trás delas. Lírios brancos cobrem quase cada centímetro quadrado do espaço que divido com Julie. É só porque seu cabelo atingiu as dimensões dos das personagens de *Footballers' Wives* que consigo ver os caracóis ruivos projetando-se acima delas.

— São lindas, Julie — comento ao me sentar. — Alan deve estar mesmo caído por você.

— Não são para mim. São para você.

— De Alan?

— Acho bom que não sejam. Anda, lê logo o cartão, porque eu estou aqui me roendo de curiosidade, esperando para saber quem mandou.

Tateio os acres de celofane atrás do envelope e o abro. Retiro o cartão e leio:

Amy — Mil perdões pelo meu comportamento. Gostaria que você me deixasse desfazer a má impressão que causei convidando-a para jantar. Beijinhos, Jake

Despenco na cadeira, chocada. Flores e perdões. De Jake. O sujeito mais avesso a perdões *e* flores do mundo. Mas fico entusiasmada, além de atônita. Ele até encerrou o bilhete com beijinhos. Embora não tenha dito onde são esses beijinhos. Não, é melhor não pensar nisso... *Flores.* De Jake. *Uau.*

Pára com isso, ordena ríspida a Voz Interior (que, é preciso que se diga, já está começando a me dar nos nervos). *Ele só quer saber de comer você.*

— E aí, de quem são? — pergunta Julie.

— De um ex-namorado.

— Ele deve estar desesperado para comer você.

O que foi que eu disse?, pergunta a Voz Interior, convencida como ela só.

— Não estou sabendo qual é a dele — digo.

E, para ser franca, não faço mesmo idéia de qual seja a de Jake. Mas não tenho tempo para pensar nele, porque ouço uma voz acima do meu ombro:

— Não sei como você espera trabalhar com a sua mesa parecendo a Exposição de Flores de Chelsea.

É Deedee. *A Profissional* já teve treze diretores antes de Lewis assumir o cargo. Deedee conseguiu botar todos eles para correr. O antecessor de Lewis tinha ódio dela. As coisas ficaram tão feias que ele a levou para almoçar fora, a fim de "pôr os pingos nos is". Dois dias depois estava era pondo suas coisas em uma caixa de papelão. Ou, como disse

Marsha Mellow e eu 107

Julie: "Ele deve ter dito a ela durante o almoço: 'É você ou eu, Deedee.' Não acho que o pobre coitado tenha achado que acabaria sendo ele".

— Desculpe, Deedee. Eu já ia tirar daqui.

— Bom, quando terminar, Lewis quer falar com você — avisa ela, em tom de desdém.

— Ihhh, ele deve ter visto as flores — grita Julie. — Se sentiu desafiado e agora tem que tomar uma atitude.

— Eu não cantaria vitória antes da hora — diz Deedee.

Quem é que está cantando vitória aqui? Estou é cantando derrota, achando que ele quer me despedir por ter me comportado como uma imbecil na reunião de ontem.

— E por que ele não haveria de querer sair com ela? — pergunta Julie, indignada.

Posso pensar em milhares de motivos.

E Deedee também, porque adota um tom de voz condescendente:

— Bom, a Amy é uma *ótima* moça. Mas amarrar um homem como Lewis é *impossível*. Ele se encontra com *dezenas* de mulheres, entende? Mulheres dinâmicas, *bem relacionadas*...

Santo Deus, ela está pintando Lewis como se fosse o diretor do *The Times*. Isto aqui é uma porcaria de revisteca gratuita.

— ... e, sem querer ofender, Amy — continua ela, deixando bastante claro que está prestes a dizer algo profundamente ofensivo —, você não é nem uma coisa nem a outra. Precisava ver só com quem ele vai sair hoje à noite. Ela é uma deusa. E chiquééérrima. — Lança um olhar de desaprovação para minha saia ensopada de £ 29.99. — Ela trabalha no banco, de modo que é um jantar "de negócios", claro. — As aspas desenhadas no ar tornam supérfluas quaisquer explicações adicionais. Só estou aqui me perguntando se ele terá contado sobre sua Ros para a Gerente de Banco Chiquééérrima.

Deedee se afasta para infernizar algum outro infeliz a respeito do horário de trabalho/padrões indumentários da companhia/uso não autorizado da Internet/uso correto do organizador de canetas/não atendimento do telefone depois de três toques ou menos...

— *Filha-da-puta* — diz Julie entre os dentes, num sussurro quase inaudível. Vira-se para mim e diz: — Não vejo por que Lewis não haveria de sair com você.

— Porque tem uma Ros. Que tal?

108   *Maria Beaumont*

— Uma o quê?

— Deixa para lá. Se você tivesse me visto durante aquele debate, saberia por quê. Eu me comportei como a retardada mental da firma. Tem havido rumores de demissões há semanas, e eu dei a ele uma desculpa perfeita para fazer de mim a primeira.

— Ele não vai fazer isso — diz ela, com uma expressão sinceramente preocupada.

— Estou pouco me lixando se fizer — rebato, depositando com esforço as flores no chão. — Ele é um filho-da-mãe grosseiro, arrogante. Posso passar muito bem sem este lixo de emprego. — Mas não acrescento "porque estão prestes a me oferecer um adiantamento de seis dígitos por um livro que ainda nem escrevi".

— Se você não está nem aí, por que está examinando seu rosto na tela do computador?

— Não estou, *não* — torno, indignada, rapidamente desviando o rosto da tela do computador. Estou horrível. Já ouvi falar de ratos afogados mais apresentáveis do que isso. Levanto e aliso a saia molhada contra as coxas. Em seguida atravesso a redação a passos determinados... bem, quase determinados.

No momento em que alcanço a porta de Lewis, toda a determinação de que estava imbuída já se evaporou. Não quero ser despedida, com ou sem um adiantamento de seis dígitos. Dou uma espiada pela janelinha. Ele é *tão* bonito. Se já não quero ser despedida, *imagina* por um homem tão bonito. Ele está sentado à sua mesa com a cabeça baixa, escrevendo. Dou uma batidinha nervosa na porta e, sem levantar a cabeça, ele me manda entrar.

— Já te atendo em um minuto. Senta aí.

Sentar onde, cara-pálida? Ele tem um sofazinho encostado na parede, mas é bege-claro e minhas roupas molhadas vão deixar marcas d'água enormes nele. Não quero que ele pense que me mijei, ainda mais agora, que vai me demitir. ("Ainda bem que nos livramos daquela mulher, Deedee. Ela sofria de incontinência urinária.") Puxo uma das cadeiras da mesa de reuniões, viro-a e me jogo nela. Droga. A cadeira está bem no meio do aposento, a uns dois metros da mesa dele. Sinto-me exposta, e *vou mesmo estar*, se por acaso ele levantar os olhos quando eu cruzar as pernas. Vou ter que mantê-las bem juntas. E ainda por cima está um calorão aqui dentro, parece uma sauna. O ar abafado

Marsha Mellow e eu

está tornando minhas roupas molhadas ainda mais grudentas. Dou um olhadela furtiva na minha blusa úmida. Merda. Meu sutiã. Está completamente visível, que porcaria. Ele vai pensar que passei meu horário de almoço participando de um concurso de camisetas molh...

— Lamento pela demora — diz ele, não parecendo lamentar nada. Põe a caneta em cima da mesa e levanta os olhos — *uuiiiii!* — direto para o meu sutiã. — Enfim, a reunião de ontem foi um desastre...

Lá vamos nós. Respire fundo e tente não chorar, Amy.

— ... um fiasco do começo ao fim. Uma perda de tempo para todo mundo...

Tudo bem, tudo bem, já entendi.

— ... e, como tudo o mais por aqui, de uma falta de dinamismo e de imaginação deprimente...

Ele se interrompe e me fulmina com os olhos mais franzidos ainda. Tudo considerado, prefiro a versão com os olhos líquidos que vislumbrei na manhã de segunda, porque essa cara que ele está fazendo é *de dar medo.*

— Vou ser honesto com você, Amy...

Opa. Não apenas está se dirigindo a mim pelo primeiro nome, como vai ser *honesto* comigo. A parte *lamento muito mas vamos ter de demiti-la* da conversa não pode estar muito longe.

— ... os editores me deram dois meses para dar uma guinada neste lugar. Se eu fracassar, a revista fecha. Vai ter que haver algumas mudanças significativas...

Sim, sim, mudanças, demissões. *Por favor,* vai direto ao assunto, porque isso é um suplício.

— ... no entanto, para falar francamente, tudo que vi até agora é tão medíocre que nem sei por onde começar.

Você está começando por mim, não está? Por que outro motivo estou sentada aqui?

E por que esse cachorro tinha que ser tão bonito? E inteligente? Por que não posso ser despedida por um cretino feio e burro com caspa no colarinho e três fios de cabelo penteados por cima da careca? Tenho certeza de que tiraria isso de letra.

— Quando conversamos outro dia de manhã, você me disse exatamente uma coisa que nenhum diretor gosta de ouvir...

Como então, vai ser essa a desculpa dele. O fato de eu ter dito que a revista era merreca.

— ... depois de todas as abobrinhas vazias e interesseiras que ouvi soltarem — prossegue ele, zangado —, foi um grande...

Acho melhor ele acabar logo com isso, porque estou sentindo meus ductos lacrimais começarem a se congestionar, preparando-se para um berreiro histórico.

— ... alento.

Espera aí, isso não estava no programa.

— Foi uma opinião honesta e me deu o primeiro fiozinho de esperança de que não estamos totalmente ferrados. Enfim, eu gostaria muito de ouvir mais opiniões suas. Que tal se nós saíssemos para almoçar?

Estou estupefata. Cá estava eu toda preparada para romper num dilúvio de lágrimas, e lá está ele estragando tudo com... *o quê*? Que diabo ele está fazendo? Me paquerando? Mas está com um ar aborrecido. Ele não pode estar me paquerando... Não estou entendendo mais nada.

— Ou jantar, se você preferir. É, talvez um jantar fosse melhor. Que tal? — pergunta ele, seus olhos subitamente parecendo dois pires.

Cacilda. Ele *está* me paquerando. E quer uma resposta, que, obviamente, deveria ser "sim", porque jantar é uma idéia *fantástica*. Mas espera aí um minuto. E a Ros dele? Talvez agora seja a *ex-Ros* dele, em qual caso jantar *ainda* é uma idéia fantástica. Se eu pelo menos tivesse alguma dica. Por favor, Deus, dai-me um sinal.

— Hum... É... Hum — murmuro.

Será que o problema é comigo ou está mesmo fazendo um puto calor aqui dentro? Merda, o que é isso, vapor? A bosta da minha saia está *fumegando*. Que constrangimento horrível.

— Fica a seu critério, Amy — diz ele, apanhando a caneta, impaciente. É óbvio que não está disposto a esperar os dois anos que vou levar para concluir a frase.

— Não, não, um jantar seria ótimo — digo, subitamente dotada da faculdade da fala. — Eu gostaria muito...

Interrompo-me porque lá está ele: o sinal que pedi estava na minha frente o tempo todo. Um lindo porta-retratos de madeira. E não está vazio. Há uma foto de mulher dentro dele. Sua Ros? Ela... meu Deus, é um *avião* — lembra um pouco aquela modelo, como é mesmo o nome dela?, que aparece rolando na areia em preto-e-branco nos anúncios de

Calvin Klein... Christy Turlington, é essa. É jovem demais para ser a mãe dele. Ele me vê olhando para o porta-retratos e lhe dá um empurrãozinho com falso ar distraído, deslocando-o o suficiente para que eu não possa mais ver o retrato... Não resta nenhuma dúvida não é a mãe dele. Ele está me paquerando *sem* ter acabado com a sua Ros. Ela ainda está no páreo — e no porta-retratos. Ele é comprometido. Um calhorda comprometido. E a tal gerente de banco Chiquéérrima, a do jantar *de negócios* de hoje à noite? *Meu Deus,* que é que há com os homens? Ou, para ser mais exata, que é que há com os homens que eu conheço?

— Fala com Deedee quando sair e pede a ela para marcar uma hora — sugere ele, abaixando a cabeça e tornando a mergulhar no trabalho. Estou sendo despachada.

Embora louca da vida, não consigo criar coragem e gritar "Você só pode estar brincando, seu conquistadorzinho barato e traiçoeiro", de modo que apenas murmuro "Tudo bem".

Descolo minhas roupas molhadas da cadeira e saio em meio a uma nuvem de vapor.

— *Jantar?* — pergunta Deedee, mal conseguindo esconder a incredulidade.

Balanço a cabeça como uma idiota. Não faço a menor idéia da razão por que estou parada diante da mesa dela, quando deveria estar tentando tomar a máxima distância possível deste lugar. Deve ser meu medo congênito de autoridade — Lewis pode até ser um merdinha mulherengo, mas ainda assim é meu patrão. Isso é típico de mim. A rainha poderia mandar me decapitarem, que eu me ofereceria para ajudar desenhando uma linha pontilhada em volta do pescoço.

— E aí, que dia é mais conveniente para você? — pergunta Deedee. O de São Nunca.

— Meu Deus, já são três horas? — exclamo. — Quase me esqueci. Tenho que ir... ao oculista! Minhas lentes de contato. Um pesadelo.

Deedee me lança um olhar desconfiado.

— Eu falei sobre isso, Deedee... na semana passada. Desculpe. Preciso ir andando.

E não me locomovo a essa velocidade desde aqueles cem metros aos dez anos de idade.

Capítulo 9

— Deixa eu ver se entendi, Amy — diz Ant. — Um editor quer te pagar mais de cem mil libras, o seu ex — que na minha opinião é um idiota, mas que sei eu? — comprou tantos lírios para você que está fazendo jus ao título de veado honorário e o seu patrão bonito e gostoso quer sair com você.

Faço que sim com a cabeça.

— E hoje foi o pior dia da sua vida?

— Hum-hum.

Ele arqueia uma sobrancelha, com ar de deboche.

— Você não entendeu nada — protesto. — Não é tão simples assim.

— Ah, me perdoe. Devo ter perdido alguma coisa. Acho melhor você me contar tudo outra vez.

Torno a encher nossos copos de uma segunda garrafa de vinho — a primeira acabou em tempo recorde (eu estava desesperadamente necessitada) — e volto ao ponto de partida.

— Não posso escrever outro livro. Não sei como fiz *Anéis*. Foi um golpe de sorte.

— Para um golpe de sorte de trezentas e tantas páginas, você se saiu muito bem.

— Eu estava zangada. Estava me vingando de Jake. Foi um filho único.

— Deixa disso. A despeito do que tenha te motivado, você não poderia ter feito isso se não soubesse escrever. Entenda, quando você consegue fazer uma coisa uma vez, consegue fazê-la de novo.

— Mesmo que conseguisse, Ant, o que vou fazer com todo aquele dinheiro?

— Ah, *foda-se,* coitadinha de você, meu bem. Vai dizer isso para aquele sujeito descalço que vende exemplares da *Big Issue* diante da Woolies.

Marsha Mellow e eu   113

— Pára de bancar o espertinho. Você sabe do que estou falando.

— Você devia contar para a sua mãe. Ela vai sobreviver. Taí, é capaz até mesmo de te surpreender.

— Que diabo ela confessou para você ontem à noite, Ant?

— Não muda de assunto.

— Olha, eu tentei contar a ela... mas não dá.

— Não vai ser tão ruim quanto você pensa. Eu contei aos meus pais que sou gay.

— *Só* cinco minutos antes de ir embora para Nova York. "Tchau, pai, tchau, mãe. Vou sentir muitas saudades suas e, a propósito, não sinto tesão por mulheres... Ih, olha aí o meu radiotáxi!" Aliás, já visitou os dois desde que chegou?

— Eu andei ocupado.

É minha vez de olhar para ele com ar de deboche.

— Andei *mesmo* — protesta ele. — Mais para a frente dou um pulo lá.

— Confessa, Ant. Contar a eles ferrou completamente o relacionamento de vocês.

— Tá, não é o ideal, mas, me acredite, é melhor do que quando eles não sabiam. Todas aquelas mentiras estavam me pirando — fingir que a razão pela qual eu gostava de *Baywatch** era a mesma dos outros homens... Mas já chega desse assunto. Por que a perspectiva de sair com o Tesão é tão apavorante?

— Com o Tesão?

— Seu chefe, não aquele babaca do Jake.

— Meu Deus, Ant, o escritório dele estava parecendo um banho turco. Foi tão humilhante.

— Pelo que você contou, teve lá o seu charme. Enfim, ele está a fim de você e você está a fim dele. Sai com o coitado do cara.

— Olha, em matéria de homens, eu sou um ímã de calhordas. Você tinha razão em relação a Jake, e Lewis é pior ainda. Só Deus sabe quantas namoradas ele tem ao mesmo tempo. Pelo menos Jake era só um merda com uma mulher de cada vez... acho eu.

— Não tire conclusões precipitadas em relação a ele. Essa mulher com quem ele vai sair hoje à noite pode ser mesmo só uma coisa de trabalho.

---

* Seriado de TV que mostrava o dia-a-dia dos salva-vidas, interpretados por atores bonitos e atléticos.

— Conversa. Ninguém sai para *jantar* com uma gerente de banco. E eu já te falei da foto.

— Você perguntou a ele quem era? De repente é alguma irmã dele.

— Qual é o cara que põe um porta-retratos com uma foto da irmã na mesa de trabalho? A menos que seja... *Eca!* É nojento demais. Não, ele está envolvido com alguém, o que faz dele um merda que eu não deveria querer ver na minha frente nem pintado... *Ugh*, isso é tão *deprimente* — digo, esvaziando meu copo, para logo em seguida tornar a enchê-lo. — Por que não posso conhecer uma versão hetero de você? Não, esquece o que eu disse. Você está transando com metade da ilha de Manhattan... perto de você, Jake e Lewis parecem ter feito voto de castidade. Já decidiu o que vai fazer em relação a Alex e Freddie?

— É *Frankie*. Não, ainda não decidi. Achei que seria mais fácil estando a quase cinco mil quilômetros de distância... mas não é. Eles parecem se fundir numa só pessoa. Meu Deus, como é *difícil* — diz ele, esvaziando seu copo. Quando torno a enchê-lo com o restinho da garrafa, ele acrescenta: — Vou dar um pulo na loja de bebidas para comprar outra.

Ponho o avião no piloto automático, prendo o pára-quedas nas costas e apanho o sobressalente no chão da cabine de pilotagem. Em seguida volto para onde meus dois passageiros estão nervosamente sentados em suas poltronas.

— Estamos com um pequeno problema técnico — anuncio, com toda a calma. — Pelo visto, esqueci de reabastecer o tanque do avião. Que cabeça-de-vento que eu sou às vezes, tão mulherzinha! Enfim, em alguns minutos os motores vão parar e nós vamos cair na selva impenetrável. A boa notícia é que tenho pára-quedas. A má notícia é que só tenho dois. Como estou com um deles, talvez o mais justo fosse jogar o outro fora e deixar vocês dois morrerem. Afinal, quem vai sentir falta de dois vermes desprezíveis como vocês?

— Não, es-es-espera aí — gagueja Jake. — Eu sou um *escritor*. Tenho *fãs*.

— Ha! Um bando de nerds barbudos fãs de *Jornada nas Estrelas*? — debocho. — Não venha falar de fãs justamente comigo, uma autora de *best-sellers*, um tremendo fenômeno de vendas, "a nova e audaciosa voz da ficção feminina" (*Company*). Não, se quiser sobreviver, vai ter que me dar um motivo bem melhor do que esse.

Marsha Mellow e eu

115

Escarmentado pela brutal verdade, Jake se encolhe em sua poltrona.

— E você, Lewis? — prossigo. — Está tão quietinho...

— Quantas vezes vou ter que explicar, Amy? — pergunta ele, fitando-me com seus grandes olhos castanhos. — Ela é um rosto num porta-retratos. Não significa nada para mim. *Nada,* estou lhe dizendo. É você que eu amo... foi por você que esperei toda a minha vida.

— Humpf! Aposto como você diz isso para todas quando está prestes a despencar numa selva infestada de aranhas venenosas e ursos-pardos, enquanto implora pelo pára-quedas que ainda resta.

— Você falou em ursos-pardos? — pergunta Jake. — Eles não vivem em florestas tropicais.

— Silêncio! — ordeno, ríspida. — São... hum... ursos-pardos da Selva Amazônica. Olha aqui, o sonho é meu e os ursos vivem onde eu quero, tá legal? E por ser um filho-da-mãe chato e dono da verdade, você não ganha o pára-quedas.

Jake começa a soluçar. Ao seu lado, Lewis se recosta na poltrona, todo o seu corpo visivelmente relaxando de alívio.

— Eu não ficaria tão satisfeita — digo a ele —, porque vou usar os dois pára-quedas... a menos que você me dê uma explicação convincente para aquela fotografia — uma explicação em que não entrem esposas, namoradas... ou incesto.

— Ela... Ela... é sua irmã.

— Como é que é?

— Eu perguntei: "Você não acha melhor telefonar para a sua *irmã?*" — repete Ant, destruindo completamente minha fantasia bêbada tão caprichosamente elaborada — já enxugamos uma terceira garrafa e funcionou às mil maravilhas.

— Deixa ela sofrer mais um pouquinho — digo, com voz pastosa.

— O perigo disso é que provavelmente ela está tramando uma vingança... Claro, se você não se importa que a sua mãe apanhe o *Mail* amanhã e veja na primeira página algum retrato seu fora de foco tirado nas féri...

Caio do sofá e agarro o telefone antes que ele termine a frase.

— Lisa, sou eu. Me desculpe. Não, me desculpe mesmo, mesmo, *mesmo* — solto de um jorro no bocal. — Por favor, não faça isso.

— Isso o quê? — pergunta ela, entre os dentes.

— Sei lá... O que quer que você estivesse pensando em fazer.

— Eu estava pensando em matar você, Amy.

— Eu mereço *mesmo* morrer. Sou uma cachorra. Não sei o que me deu.

— Eu sei. Você é uma covarde. Já estou habituada, mas que é que você tinha que me meter na história? Agora mamãe está querendo confiscar meu passaporte.

— Mas você não quer ir para Hong Kong mesmo... ou quer?

— Não é essa a questão. Cabe a mim decidir, exatamente como deixei você decidir quando iria contar a ela sobre o seu maldito livro... coisa que você nunca vai fazer. *Deprimente.*

— Você algum dia vai me perdoar? — choramingo.

— E por que diabo haveria de fazer isso? De mais a mais, você está com voz de bêbada. Quantas garrafas teve que entornar para criar coragem e me telefonar?

— Me perdoa, Lisa.

Silêncio.

Decido experimentar a tática de papai, da inesperada mudança de assunto.

— Papai está tendo um caso — solto.

— Ihhh, você está bêbada *mesmo.*

— Não estou inventando, não. Ele está enganando mamãe.

— *Papai?* Conta outra.

— *Está*, sim. Eu vi a mulher. É loura e usa sandálias de tirinhas que deixam à mostra o esmalte de unha, e ele passa loção após-barba quando vai se encontrar com ela.

— Estou indo para aí agora. Aconteça o que acontecer, não ferre no sono.

— Que diabo nós vamos fazer? — pergunto.

— Encostar papai na parede, é claro — diz Lisa, como se fosse o óbvio.

Ela já está aqui há uma hora. Já enxugamos uma quarta garrafa e ela me acompanhou, numa incredulidade estupefata. Ao contrário de sempre, Ant não pronunciou uma palavra sobre o assunto — o que

Marsha Mellow e eu

provavelmente se deve ao fato de que quem está bebendo mais é ele. Mas agora ele toma a palavra:

— Se eu fosse vocês, deixaria as coisas como estão.

— Como é que você pode dizer isso, Ant? — choca-se Lisa. — É o nosso próprio *pai*. Não podemos deixá-lo fazer papel de idiota desse jeito.

— É claro que podem. Ele é um homem adulto. Quem são vocês para julgá-lo? De mais a mais, vocês não ficam umas feras quando ele se intromete na vida de vocês, dizendo com quem vocês podem ou não podem... ir para Hong Kong, por exemplo?

— Isso é diferente — diz Lisa, indignada.

— É, Lisa tem razão — finjo concordar. Ela ainda está furiosa comigo, de modo que é o mais inteligente a fazer.

— Pelo menos antes de se meterem na vida dele e lhe dar ordens, tenham certeza de que estão a par dos fatos — argumenta Ant.

— E que grandes fatos há para nós ficarmos a par? — pergunta Lisa. — Ele está transando com uma vagabunda que usa sandálias de tirinhas.

— Santo Deus, olha só ela falando. Parece uma turba medieval enfurecida. *Sandálias de tirinhas! Queimem a bruxa!* A única coisa que vocês sabem é que ele tomou um drinque com ela.

— É, depois de dizer para mamãe que ia a Birmingham ver umas máquinas de dobrar cabides — relembro. — Por que ele mentiu, se não tem culpa no cartório?

— Tá, tudo bem, talvez ele esteja mesmo tendo um caso. Ainda assim, vocês não sabem de tudo — diz ele, em tom misterioso. Ou talvez seu tom não tenha nada de misterioso, apenas dê essa impressão, porque estou bêbada.

— Como assim? — pergunta Lisa.

Ant dá de ombros.

— Espera aí — grito. — A confissão de mamãe. Que foi que ela contou a você, Ant?

— Do que diabo vocês estão falando? — indaga Lisa.

— Mamãe apareceu aqui ontem à noite antes de eu chegar — explico. — E se confessou com o padre Anthony, da Ordem de São Liberace.* Ele não quer me contar o que ela disse, mas deve ter alguma coisa a ver com papai e a Srta. Sandálias de Tirinhas.

---

* Liberace: pianista gay que se apresentava com roupas extravagantes, tocando num piano igualmente extravagante versões floreadas de clássicos da música pop.

— Não tinha nada a ver com isso — diz ele. — E, antes que me pergunte, Lisa, você poderia me torturar à vontade, que nem assim eu contaria o que ela me disse.

Ela lhe lança um olhar fulminante, mas ele não lhe dá a menor bola.

— Olha, a melhor coisa que vocês podem fazer é esquecer seus pais. Deixem que eles resolvam isso entre si. Preocupem-se com os seus problemas... que, pelo visto, vocês já têm em boa quantidade.

— Cala a boca, Ant — solta Lisa, brusca. — Você não diria isso se fosse o casamento do seu pai e da sua mãe que estivesse indo por água abaixo.

— Está muito bem. O que é que você vai fazer a respeito? Convidar um terapeuta de casais para o almoço de domingo? Contratar um detetive particular?

Antes ele não tivesse dito isso.

Capítulo 10

*A*ntes ele *nunca* tivesse dito isso.

— Por que diabo eu concordei em fazer isso? — murmuro, seguindo Lisa por uma escada decrépita num prédio velho e horroroso em Clerkenwell.

— Porque é a atitude certa — responde ele, com certeza absoluta.

Chegamos ao alto da escada, onde nos vemos diante de uma porta verde caqueirada. O letreiro nela diz AGEN IA DE IN EST GA ES PARAMO NT (IN ERNACI AL), que teria toda a pinta de um sinistro aviso em latim, se minha mente já não tivesse preenchido os espaços.

— Este lugar não poderia ter uma pinta pior — comento. — Vamos embora antes que seja tarde demais.

— Você não pode dar para trás agora. Fica calada, deixa que eu falo — diz Lisa, empurrando a porta.

— Entrem, entrem — troveja uma voz roufenha. Vem de um homem de meia-idade, gordo e suado, espremido atrás de uma mesinha. Isso está ficando cada vez melhor. Ele está com o fone no ouvido, uma das mãos cobrindo o bocal. — Podem estacionar as bundinhas bonitinhas — prossegue, indicando com um gesto duas cadeiras de plástico.

Lisa e eu retiramos os documentos empilhados em cima delas, sentamos e ficamos esperando que ele termine de falar ao telefone.

— Eu sei que estava um breu, Arthur... E também que você estava imprensado entre os galhos de uma árvore... Seu quadril não anda muito católico, estou sabendo disso tudo, mas a primeira coisa que você devia ter visto era se tinha tirado a porcaria da tampa da lente... Sejamos justos, o investigador particular Magnum não trabalhava com casos de infidelidade conjugal, mas, se trabalhasse, pode apostar que teria tirado a porra da tampa da lente... O que eu quero que você faça? Quero que grude no velho como uma craca e pegue ele de novo com a mão na massa... Não, isso é o fundamental... Bom, que é que você espera que eu mostre para a madame? As fotos que tirei nas férias? Se vira... *Por favor*... Tá, eu também te amo.

Ele desliga o telefone e me flagra fulminando Lisa com os olhos estreitos. Por que diabo deixei que ela me convencesse a fazer isso?

— Desculpem a demora, senhoritas. Um dos meus agentes mais antigos. Acho que não vou mais trabalhar com ele — explica, dando-nos um olhar de alto a baixo... o que não é nada difícil no caso de Lisa, porque a saia que ela está usando não cobriria os joelhos de uma Barbie. Ele levanta com esforço o corpanzil e estende a mão roliça.

— Vamos deixar as formalidades de lado. Colin Mount, diretor-executivo e primeiro-investigador da Agência de Investigações Para*mount*... Internacional. E agora, em que posso ajudar? — pergunta às pernas de Lisa.

Ela está ocupada revirando sua bolsa atrás da única foto de papai que conseguiu encontrar em cima da hora — uma em que ele está vestido de Papai Noel, com a cara amarrada, no Bazar Natalino de Artesanato do Clube dos Conservadores. A julgar por sua expressão, estava pensando: *Por que diabo deixei que me convencessem a fazer isso?* Tal pai, tal filha; tal mãe, tal outra filha. Lisa tira a foto da bolsa e a entrega a ele, que olha e ri.

— Você quer que eu encontre o bom velhinho? Mas será que ninguém te explicou, meu amor? Ele é só um personagem de conto de fadas, uma fantasia. — Olha para nossos rostos perplexos e a risada morre. — Desculpem... Não resisti.

— Ele está tendo um caso — diz Lisa, impassível.

— Foi flagrado enrabando os ajudantezinhos? — diz ele, contendo outra risada. — Desculpem, desculpem, esqueçam o que eu disse. É que eu tive uma manhã daquelas. Preciso desanuviar um pouco. Você disse que ele está tendo um caso? E com qual das duas princesas ele é casado?

— Ele é nosso pai — diz Lisa, num tom que sugere que está começando a se dar conta de que abrir ao acaso as Páginas Amarelas e ligar para o primeiro detetive particular que encontrou foi uma das idéias mais infelizes que já teve na vida.

— Pai de vocês? E eu aqui pensando que ele não devia ser bom da bola para enganar um brotinho como qualquer uma de vocês. Agora, se não se importarem que eu rasgue um pouquinho de seda para mim

Marsha Mellow e eu 121

mesmo, vocês procuraram o homem certo. Infidelidade conjugal é a minha especialidade. Não existe um caso de boca na botija que eu não consiga destrinchar. Me contem o que estão sabendo e depois a gente discute os planos e as estratégias.

— *Agência de Investigações Paramount? Caso de boca na botija?* — disparo, ao que saímos para a rua aos tropeções. — Você ouviu o que ele disse? Chamou nós duas de *brotinhos*. E, se tivesse se abaixado mais para tentar ver sua calcinha, teria caído no chão.

— Já acabou, tá legal? — torna Lisa, ríspida. — Eu cuido disso daqui por diante.

— Sim, mas sou eu que vou ter que pagar a conta desse cafajeste ordinário. Não consigo acreditar que acabei de dar um cheque para ele. *De trezentos paus.*

— Ué, você não estava se perguntando com o que gastar o seu dinheiro? Essa é a atitude certa a tomar. A gente não pode encostar papai na parede sem saber exatamente o que ele anda aprontando. E pára de se lamuriar sobre o dinheiro. Você me deve.

Devo mesmo. Acho que se preciso desembolsar algumas centenas de libras para cair nas boas graças de Lisa depois da bomba de Hong Kong, então é dinheiro bem empregado. Só preferia ter comprado um vestido para ela, em vez de tê-lo gasto com um detetive que faz o homem que abria a capa para nós ao voltarmos da escola parecer um pilar da comunidade.

Consulto o relógio. Estou mais de duas horas atrasada para o trabalho e ainda nem telefonei para lá.

— Você está quase três horas atrasada — diz Deedee, com a voz impassível, quando chego à redação.

— Desculpe, desculpe — peço. — Minhas novas lentes não ficaram prontas ontem. Tive que voltar lá para apanhá-las hoje de manhã.

— Não sei por que você não usa óculos — diz ela, fuzilando-me por trás dos seus, dois pires de vidro atarraxados um ao outro.

— Já sei, você acha que é ridículo, que eu não uso por vaidade — digo, dirigindo-me à minha mesa antes que ela possa acrescentar alguma coisa sobre o fumegante desastre no escritório de Lewis.

— Você hoje está a rainha da popularidade — anuncia Julie quando me sento. Apanha um bloco de recados e começa a ler. — Ligou uma mulher. Não quis dar o nome, mas disse que quer que você ligue para ela para falar sobre o troço.

— Sobre o quê?

— Foi isso que ela disse. O *troço*.

Só pode ter sido Mary.

— Sua mãe ligou. Não disse o que queria. Parecia meio aflita. Ant também ligou. Parece ser um cara supergente fina. Tem certeza de que ele é gay?

— Absoluta.

— Que pena. Enfim, ele disse que esperava que você e sua irmã não tivessem feito nenhuma bobagem...

Só uma bobaginha de trezentos mangos.

— ... e quer que você ligue para ele. Disse que é muito, *muito* urgente. Ah, e ligou também um cara chamado Jake. Tem um ar *descolado*. É o das flores?

Balanço a cabeça.

— O que ele queria?

— Mandou eu te dizer que vai fazer greve de fome até você ligar para ele. O cara está *desesperado*, menina.

— Bom, por mim ele pode morrer de inanição, porque não vou ligar para ele nem em um milhão de anos. Minha vida já está complicada demais. Mais alguém?

— Hum-hum. Lewis ficou rondando por aqui como um abutre no cio. Não quis falar comigo. Está esperando você aparecer. O que aconteceu no escritório dele ontem? Ele não despediu você, despediu?

— Não exatamente — respondo, esperando que ela não me pressione. Mas não tem jeito. Julie não seria Julie se não sugasse as fofocas de suas vítimas até deixá-las secas.

— Vamos lá, desembucha — pressiona ela.

— Não foi nada. Chatice, coisa de trabalho.

— Que *coisa* de trabalho?

— Não foi *nada*. Chatice — digo. — Fim de papo. Certo?

— Errado. O que foi?... Já sei. Ele te convidou para sair, não convidou?

Não respondo.

Marsha Mellow e eu 123

— Eu sabia! — diz ela, triunfante. — Espero que você tenha aceitado. Se eu não estivesse louca por Alan, até gostaria de passar umas horinhas com Lewis sentada no seu pin...

— Não, eu não aceitei. Ele é um Calhorda com C maiúsculo e quero mais que vá para o inf...

Não posso terminar a frase, porque Lewis acabou de sair do escritório e está vindo na minha direção.

Merda, merda, *merda*. O que vou dizer a ele? Sim, porque ele é mesmo um Calhorda com C maiúsculo, mas não posso dizer isso para ele, posso? Não tenho escolha. Enfio a mão na bolsa e vasculho-a atrás de meu caderno de telefones. Abro-o na letra B, pego meu telefone e teclo o número, afobada. Por favor, por favor, *por favor,* esteja em casa, penso, enquanto Lewis se aproxima. Ele atende no quarto toque e me brinda com um "alô" mal-humorado.

— Jake... sou eu.

— Oi, Amy — diz ele, seu tom amolecendo como sorvete sob um secador de cabelo. — Que bom que você ligou... Acho. Vai me dizer que eu sou um palhaço, não é?

Lewis vê que estou ao telefone e se detém a uma distância discreta — longe o bastante para não ferir as regras da boa educação, mas perto o bastante para ouvir cada palavra que estou dizendo.

— Não... hum... não, que é isso, Jake. Na outra noite, acho que nós dois... entende?... começamos com o pé esquerdo. É por aí.

Que diabo de papo é esse?, solta a Voz Interior. *Por que está livrando a cara desse merda?*

Já entendi seu ponto de vista. Estou totalmente louca. Mas agora que já comecei...

— É muita gentileza sua, Amy — diz Jake. — Não precisava dizer isso. Eu me comportei muito mal. Me perdoe.

Uau, mais um pedido de perdão! Saído da boca de Jake Bedford!

Não caia nessa, garota, adverte a Voz Interior. Tarde demais. Já estou quase pulando pela janela.

— Enfim, nós podemos tentar de novo, não é? — prossegue ele. — Que tal um jantar?

— Isso, um jantar! Seria maravilhoso, *Jake* — digo, observando Lewis fingir estar fascinado pelo aviso de Deedee — NÃO COLOQUEM BEBIDAS QUENTES EM CIMA DA COPIADORA (ao qual Julie acrescentou:

OU SUAS BUNDINHAS SUADAS DE FORA). A esta altura suas orelhas devem estar pegando fogo.

— E aí, o que vai fazer amanhã?

— Hum... Acho que nada.

Merda, por que eu disse isso? Não deveria dar a impressão de que estou com a agenda toda tomada? *Para sempre,* acrescenta a Voz Interior.

— Tudo bem, amanhã, então — decide Jake. — A que tipo de restaurante você está a fim de ir? Italiano? Francês? Que tal aquele novo...

— Não sei... qualquer um. Me faz uma surpresa. Tenho que desligar. Acho que meu chefe quer alguma coisa... Tchau... Ah, sim, Jake, obrigada pelas flores. São lindas.

Desligo o telefone e observo Lewis decidir que não quer falar comigo e se pegar de papo com o garoto espinhento de dezesseis anos. *Yesss!* Funcionou. Julie olha para mim, assombrada.

— Que foi?

— Não sabia que você tinha esse dom. Você foi demais!

Demais? Você foi louca de pedra, isso sim, lamenta-se a Voz Interior.

— Como assim?

— Ora, você deu um ultimato a Lewis, não deu? Se ele tiver um mínimo de hombridade, agora vai *fazer o possível e o impossível* para conquistar você. Parabéns.

— Não foi essa a minha intenção, Julie — digo, sentindo-me sinceramente preocupada. — Só quero que ele me deixe em paz.

— Corta essa, já dei esse golpe um milhão de vezes. Espera só. Ele vai grudar no seu pé como um chiclete. Mas, afinal, por que você quer que ele te deixe em paz?

— Porque ele já está namorando outra pessoa.

— E daí?

— Ele tem um retrato dela na mesa. É óbvio que a coisa é séria. Ele é um rato.

— Esse negócio de "a outra" nunca foi obstáculo para mim — diz ela, ajustando seu boné de beisebol da Burberry (a compra de hoje, pois ontem foi a vez do coração da Tiffany) e dando de ombros. — Mas acho que nós duas somos diferentes.

Marsha Mellow e eu 125

Acho que somos mesmo, mas essa é a menor das minhas preocupações. E se ela tiver razão? E se meu telefonema para Jake transformar Lewis num tarado de língua de fora? Mas e se ela estiver errada e Ant certo e eu tiver me equivocado totalmente em relação à Ros do porta-retratos? E se Lewis estiver no seu escritório agora cafungando uma garrafinha de líquido corretivo até se sentir grogue o bastante para cortar os pulsos com um abridor de cartas? As duas hipóteses são insuportáveis. Mas ainda é mais fácil pensar em qualquer uma delas do que... *aimeuDeusdocéu*... em um encontro. Em *outro* encontro. Com Jake Bedford. Eu devo estar completamente fora do meu juízo normal.

Meu telefone toca.

Fico olhando para ele e pensando: *Tomara que não seja Jake, tomara que não seja Jake...*

Julie deve ter dons telepáticos, porque pergunta se quero que ela atenda para mim. Balanço a cabeça.

— Aqui fala a assistente pessoal da Srta. Bickerstaff — diz, com voz estridente. — Em que posso lhe ser útil? — Em seguida tapa o bocal com a mão e cochicha: — É a mulher do *troço*. Mando ela ir tomar no *negócio*?

Estendo a mão para o telefone. Acho que dá para encarar isso.

— Às vezes eu me sinto tão no escuro quanto a sua pobre mãe — queixa-se Mary, antes que eu diga uma palavra. — Você não me disse que seu cargo lhe dava direito a uma assistente.

— E não dá, pode crer... Que barulho foi esse?

Pareceu um pum prolongado. De um elefante enorme.

— Foi uma barca que passou tocando a buzina, meu anjo. Estou ligando de um telefone público no Embankment.

— Por quê?

— Porque não posso mais confiar na linha do meu escritório. Aposto como o *Mail* já mandou grampeá-la. Apanhei a reporterzinha deles revirando meu lixo ontem à noite. Felizmente, eu estava um passo à frente dela. Já tinha posto uma verdadeira bomba dentro da lata — uma cavala defumada que estava na minha geladeira com o prazo de validade vencido há alguns dias. Agora sinto o cheiro da cretininha do outro lado do Soho, embora não tenha certeza se isso é uma vantagem. Não importa. Vamos ao que interessa. As coisas tomaram um novo rumo...

126   *Maria Beaumont*

Não gostei disso.

— ... vamos nos encontrar com Jacobson amanhã, na hora do almoço...

Não gostei nada, nada *disso*.

— ... reservei uma suíte para nós no Hilton...

Pelo amor de Deus, que é que nós vamos fazer? Almoçar ou participar de um *ménage à trois*?

— ... e, por favor, não imagine que a coisa vai descambar para uma orgia mellowesca...

Ah.

— ... eu sabia que você jamais concordaria com nada disso, a menos que fosse a portas fechadas e longe de olhares indiscretos... E então, o que você acha?

— Não sei, não.

— Por que não vem e conhece o sujeito? Ouve o que ele tem a dizer, e então toma uma decisão. Juro que não vou pressionar você para aceitar o dinheiro dele. A decisão é inteiramente sua. *Inteiramente.*

— Não sei, não. Não sei *mesmo*.

— Meu anjo, você nunca vai se perdoar no futuro se não se encontrar com ele.

— Você disse que não iria me pressionar — digo entre os dentes.

— Disse que não iria pressionar você para aceitar o dinheiro dele. Mas acho sinceramente que seria um grave erro não se encontrar com ele. Você vai passar o resto da sua vida se perguntando o que poderia ter acontecido... e acabar clinicamente deprimida. Tomando Prozac antes de chegar aos trinta. A um passo de um hospí...

— Tá bem, tá bem, eu vou!

— Excelente. Maravilhoso. Confie em mim, você está tomando a atitude certa...

Foi exatamente isso que Lisa disse sobre o detetive particular.

— ... agora, se me permite um conselho: vestido.

— Que é que tem?

— Use um. Que seja bem *tchan*. Sem querer lhe faltar com o respeito, até hoje só vi você com joggings ou saias admiravelmente bem-comportadas. Talvez, se você vestisse alguma coisa que projetasse um pouco do que escreve, isso ajudasse a dar uma aquecidinha na mão com que Jacobson assina os cheques. Ele pode estar no ramo da palavra

Marsha Mellow e eu

escrita, mas é igual a todos os homens... Para dizer a verdade, é pior do que a maioria. Como dizer isso de uma maneira delicada? Ele precisa de um pequeno estímulo visual.

— Santo Deus — solto —, eu concordo com um simples encontro e agora você quer que eu apareça vestida como uma stripper.

— Desculpe, meu anjo. Passei dos limites. Estou me saindo uma bela cafetina — coisa que, por vias transversas, acho que sou mesmo. Vista-se como quiser. Minha ficha está quase acabando. Já vou indo. Um abraço e um beijo, uma goiabada e um queijo. Até amanhã, à uma hora. No saguão. Se eu me atrasar um pouco, não se preocupe — é porque vou estar despistando minha perseguidora. Lá vem o sinal. Adeusinho!

E desliga, me deixando sob o impacto da notícia.

— Você é um enigma, Amy. Com quem é que vai se encontrar vestida como uma stripper? — pergunta Julie. É claro que ela prestou atenção a cada palavra — ainda bem que Mary falou a maior parte do tempo (e bota maior nisso), tornando-lhe praticamente impossível saber onde o galo estava cantando.

— Com ninguém — respondo.

— Não estava com jeito de ser ninguém.

— Mas é. O... hum... gerente do meu banco. Quero prolongar o prazo da minha hipoteca.

— Eu experimentei fazer isso uma vez — diz ela. — Botei um top de barriga de fora e um shortinho quando o NatWest me arrastou até lá por causa dos meus saques sem garantia. Não adiantou. Os filhos-da-mãe ainda reduziram à metade o limite de crédito do meu cartão de saques. Mas manda ver. Eu pagaria duzentos contos pelos seus peitos.

E cai no quiriquiqui, sem fazer a menor idéia do quanto está próxima da verdade.

— Oi, Ant — saúdo-o em voz alta, entrando no meu apartamento. — Desculpe por não retornar sua ligação, mas é que eu não tive um minuto livre. Você não vai acreditar no dia que passei. Estou precisando muito conversar com você... Ant?... *Ant!*

Vejo uma carta em cima da mesa. Mesmo a distância parece comprida demais para um bilhete de "dei só uma saidinha para comprar leite". Apanho-o, nervosa.

Amy,

Quando você ler esta carta, já vou estar num avião. Desculpe te abandonar assim, mas telefonei para avisar. Explicação: tomei uma decisão. Alex telefonou hoje de manhã, às quatro, hora de Nova York. Sinal inequívoco de interesse! Estou perdoado. Nem mesmo quer que eu entre para os Sexólatras Anônimos, ou seja lá qual for o nome. Conversamos durante uma hora. Foi fantástico. Ele é fantástico. Não sei o que vi em Frankie. Obrigado por me hospedar. Adorei os dias que passei aí. Serviram para me lembrar de que não há amigos melhores do que aqueles que a gente faz no jardim-de-infância. Não vamos mais ficar tanto tempo sem nos vermos daqui para a frente. Aparece em Nova York. A qualquer hora. Agora você não pode usar mais aquela desculpa esfarrapada de "não tenho dinheiro". Não consigo acreditar no que você se tornou. Uma blablablá famosa! (Não vou escrever a palavra para o caso de algum espião ler esta carta.) Sei que você está baratinada por causa disso, mas vai passar. Um dia você vai acordar e ver que é a coisa mais incrível que já fez na vida. O táxi chegou. Te ligo assim que Al e eu terminarmos os beijos da reconciliação... O que talvez demore um pouco.

Com todo o carinho, Ant

Sinto vontade de chorar. *Preciso* de Ant, mas ele está numa droga de avião... jurando a si mesmo que vai ser fiel a Alex, mas, conhecendo-o como eu conheço, comendo com os olhos algum comissário de bordo, para não perder a oportunidade. Atiro-me no sofá e acendo um cigarro. Fecho os olhos e visualizo Jake e Jacobson andando em círculos ao meu redor, babando... Meu Deus do céu, como é que isso não me ocorreu antes? Até os nomes dos dois têm uma semelhança suspeita... como se eles estivessem envolvidos em uma conspiração.

Estou sendo idiota. Tenho que pensar nisso racionalmente. Sinto-me como se não tivesse escolha, a não ser levar em frente esse encontro com Jacobson. Mary disse que eu jamais me perdoaria se não o levasse, mas, na verdade, é ela quem nunca vai me perdoar. Tudo bem, já sei como lidar com ele. Vou entrar lá, apertar a mão dele com ar recatado, ouvir seu trololó-pão-duro e ir embora. Dá para encarar. E vou usar meu vestido mais cafona — um que mamãe (ou pelo menos sua versão anterior a Edwina Currie) aprovaria.

Mas e Jake? Como tática para fazer Lewis largar do meu pé, o telefonema não podia ter dado melhor resultado. Ele passou o resto do dia fechado no seu escritório. Mas agora não consigo deixar de pensar que

Marsha Mellow e eu 129

um simples "Obrigada, Lewis, mas não acho que jantar fora seria uma boa" teria surtido o mesmo efeito — com a vantagem de não me obrigar a sair com *ele*...

Coisa que parte de mim — e esse é o verdadeiro problema — quer desesperadamente fazer. Não a parte chata da Voz Interior, obviamente. (Que não parava de me dizer que perfeita idiota que eu sou. Felizmente, por volta das quatro da manhã ela já tinha gritado tanto que estava rouca, e calou a boca.) Não, estou falando da zona de meu cérebro que ainda se sente atraída por Jake — que sempre se sentiu atraída por ele, mesmo quando ele estava sendo um cachorro, dois anos atrás. Ora, afinal de contas, ele pediu perdão. Talvez tenha mudado.

"É, e talvez os ursos façam cocô em privadas limpinhas e o Papa seja um budista praticante", diria Ant... se não estivesse numa droga de avião.

Tenho que falar com alguém que me diga que sou louca só de pensar em tornar a vê-lo...

Lisa.

Ela sabe o filho-da-mãe que ele é.

Ela me viu passar pelo inferno de levar um fora.

Ela vai me dissuadir.

Apanho o telefone e teclo seu número.

Capítulo 11

O saguão do Hilton está cheio. Europeus elegantes se misturam a turistas japoneses envergando roupas caras, num vai-e-vem civilizado. Mas todos, sem exceção, param quando as portas do elevador se abrem e *ele* sai. Mesmo vislumbrado por entre uma floresta de lacaios prosternados, ele é inconfundível. John Travolta — com sua beleza hollywoodiana, seu bronzeado cor de teca e milagrosamente esbelto outra vez, como quando usou aquela camiseta preta na inesquecível apoteose de *Grease*. Ele atravessa o foyer com altivez, sem olhar para os lados, até quase chegar às portas giratórias e ver o vestido... bom, quer dizer, *a mim* dentro do vestido.

Ele fica imóvel, sua visão periférica registrando o fulgor dos canutilhos negros como azeviche do corpete espartilhado. Ele se vira para mim e analisa o tecido esticadíssimo que se cola ao meu corpo como uma segunda pele — uma pele dolorosamente costurada a cada curva minha por grandes cirurgiões plásticos. Em seguida avança como se fosse o dono do mundo até onde estou sentada. Detém-se a alguns passos e me encara — meu Deus, e como *encara* — com aqueles olhos que não perderam nada da sua vivacidade juvenil. Estala os dedos e alguém de seu *entourage* imediatamente se destaca do grupo, correndo para o lado do patrão.

— Ligue para os agentes da Cameron e diga que muito obrigado, mas não — ordena Travolta, sem desviar os olhos de mim. — Ela é a mulher... *a mulher que eu quero.**

Sem me abalar, lanço-lhe um olhar levemente curioso.

— Desculpe — diz ele, dirigindo-me a palavra pela primeira vez. — Fiquei tão cativado pela sua beleza que deixei a educação de lado. Rodei meio mundo atrás da mulher que vai contracenar comigo em

---

* Referência à canção *You're The One That I Want*, da trilha sonora de *Grease*.

A Volta dos Embalos de Sábado à Noite — Os Anos do Gangsta Rap. Agora, pelo menos, minha busca acabou.

— Mas, Sr. Travolta...

— Por favor, me chame de John.

— John, eu nunca fiquei na frente de uma câmera na minha vida.

— Pode ser, mas você tem aquele indefinível... *algo mais*. Comigo ao seu lado, *sei* que vai conseguir... Só resta uma dúvida.

— Sim?

— Em *A Volta dos Embalos de Sábado à Noite* você fará o papel de minha amante. A integridade do roteiro *exige* que alcancemos todos os píncaros da paixão humana e façamos amor poético como jamais foi feito no cinema. Você acha que poderia... comigo? — pergunta ele, brincando nervosamente com a legendária covinha de seu queixo mitológico. — Ou será que prefere...

— ... lamber a poeira do cascorão de um vagabundo sujo.

— Perdão? — digo, enquanto Mary desaba numa poltrona ao lado da minha, fazendo com que a visão do Travolta esguio se evapore.

— Minha corrida de táxi foi um pesadelo. Peguei o chofer mais grosso do mundo. Ele ainda teve o desplante de me pedir uma gorjeta, e eu lhe disse que preferia lamber... Deixa para lá. Viu John Travolta passar agorinha?

— O saguão inteiro viu, Mary. Eu não sabia que este hotel era tão chique.

— Minha cliente famosa merece do bom e do melhor. Caramba, você não acha que ele está parecendo uma mulher grávida? Nós dois quase ficamos entalados na porta giratória. Sei que tenho telhado de vidro, mas até um exército de personal trainers suaria a camisa para conseguir fazer com que aquela barriga coubesse de novo numa calça trinta e oito. Que tragédia... Ah, as lembranças que isso me traz! Meu Deus, hoje estou com a corda toda. Vamos para a nossa suíte esperar o capitão-pagador.

Quando me levanto, ela me olha detidamente pela primeira vez e exclama:

— Nossa, Amy, não esperei que você fosse levar o que eu disse tão ao pé da letra. Você está... *espetacular*!

— Sufocada, se quer mesmo saber.

Tento puxar a barra do vestido para deixá-lo de um comprimento mais decente, mas o tecido está tão justo ao redor de minhas coxas que qualquer movimento é difícil. Já sinto meus pés começarem a formigar, em conseqüência da constrição do fluxo sanguíneo.

— Bom, você está simplesmente deslumbrante — diz Mary, enquanto cambaleio atrás dela rumo ao balcão da recepção —, e, se a língua de Jacobson ficar pendurada até os tornozelos, você vai entender a razão. Mas não precisava gastar os tubos com um vestido novo.

— Não gastei. É de Lisa.

Liguei para minha irmã ontem à noite. Ao contrário de mim, ela não ficou com medo dos Homens com J, muito pelo contrário. Onde vi um pesadelo, ela enxergou uma oportunidade de ouro, e a primeira coisa em que pensou foi o figurino.

— Se você quer impressionar seu editor, *tem* que exibir o visual da mulher que escreve os livros mais safados do mundo — explicou.

— *Livro* — corrigi-a.

— Ah, você vai escrever outro — disse ela, tranqüilíssima. — E o que funcionar com o seu editor vai funcionar com Jake.

— A última coisa que eu quero é *funcionar* com Jake — protestei.

— Não foi isso que eu quis dizer. O que você precisa fazer é esfregar na cara dele o que ele está perdendo. O que você tem no guarda-roupa que esteja à altura da ocasião?

— Hum...

— Foi o que pensei. Estou aí em meia hora.

Chegou com um saco de lixo abarrotado de roupas sexy.

— Não posso usar isso — disse eu, espremendo meus peitos dentro do modelo com um corpete espartilhado bordado de canutilhos. — Jake e Jacobson vão pensar que estão sendo torpedeados.

— Ótimo. Os homens só têm três obsessões: peitos, futebol e armamento pesado. Combine dois deles e não tem erro. Também tenho os sapatos perfeitos — disse ela, tornando a vasculhar o saco de lixo. — Mas, se você os usar, tem que ter cuidado para não bater com a cabeça em algum lustre mais baixo.

Marsha Mellow e eu

Sento-me num dos sofás da suíte, descalço os saltos dez de Lisa e esfrego os pés massacrados um no outro. O vestido está começando a causar em mim sérias dificuldades respiratórias, e estou me sentindo tentada a despi-lo e vestir um dos roupões brancos e fofos do banheiro do Hilton... mas o que Jacobson não pensaria disso?

Por que vivo dizendo amém para as idéias loucas da minha irmã? O detetive particular de ontem e o pretinho minúsculo de hoje são apenas os exemplos mais recentes. Há um muito mais significativo, que é o fato de meu livro ter sido publicado. Se não tivesse sido por Lisa... bom, eu não estaria sentada num hotel cinco estrelas correndo o risco de ficar deformada para o resto da vida.

— Andam dizendo por aí — anuncia Mary, saindo do banheiro — que semana que vem vai surgir um novo nome no primeiro lugar.

Qual? Gareth Gates? S Club Pre-school? Já saiu o novo álbum de Robbie Williams? Não fazia a menor idéia de que ela acompanhava o hit parade.

— *Anéis nos Dedos Dela* está dando uma surra em todos os concorrentes.

AimeuDeus, esse primeiro lugar.

— Isso é incrível... No primeiro lugar? — consigo a custo dizer. — Não pode ser.

— Meu espião na Waterstone's disse que nunca tinha visto nada igual desde o último *Harry Potter.* Se JKR não quiser ficar para trás, vai ter que botar Harry fazendo strip-tease e sacudindo a bundinha espinhenta.

— *No primeiro lugar* — digo, num sussurro aturdido.

— Você, meu anjo, é a galinha dos ovos de vinte e quatro quilates de Jacobson — prossegue ela, ignorando meu choque. — É claro que ele vai encher seu rabo de lambidinhas, minha querida... não literalmente, embora vendo você nesse vestido a idéia vá de fato lhe ocorrer. Mas não deixe que esse tratamento cinco estrelas lhe suba à cabeça, porque vai ser uma tentativa calculada de amaciá-la em relação ao dinheiro. Quando ele citar a quantia, vai esperar que você se ajoelhe em sinal de gratidão... Coisa que você, em hipótese alguma, deve fazer.

— Olha, Mary, nada mudou — digo, me recompondo. — Não quero o dinheiro dele. Nem acho que conseguiria escrever outro livro.

— Pelo amor de Deus, *não* diga isso a ele! Para ele, sua cabeça está pululando de romances sexy fazendo fila para serem digitados. Entendeu?

Balanço a cabeça.

— Agora, quero que você experimente fazer um pequeno exercício — continua ela. — Olhe para mim como se eu tivesse lhe dito que não, você não pode comer outro Cornetto.

Faço uma cara cujo objetivo é transmitir decepção — acho que é isso que ela está querendo.

— Nada mau — diz ela. — É o que eu quero ver quando Jacobson citar a quantia, por mais astronômica que seja. Faça uma expressão arrasada.

O telefone toca e Mary atende.

— Ele chegou, minha querida — diz ela, após um momento. — Agora, não diga uma palavra. Apenas relaxe, esbanje estrogênio e se deslumbre com a agente especial Mary McKenzie em ação.

Meu editor não é o homem que eu tinha imaginado. Toda a preparação de Mary fez com que eu projetasse a imagem mental de... bom, do cara que abria a capa para Lisa e para mim, e que, para grande frustração da polícia, nunca conseguimos descrever em maiores detalhes da cintura para cima. Mas, ao contemplar Mary abraçando Jacobson como se fosse um amigo que não vê há muito tempo, ele me parece elegante, até boa-pinta... para um cara que tem idade para ser meu pai. É alto, magro e tem uma abundante cabeleira grisalha penteada para trás — algo assim como Christopher Lee num terno de tweed fazendo o papel do mocinho pela primeira vez na vida.

Mary se afasta dele e diz, fazendo um salamaleque com seu braço flácido:

— Adam, gostaria de lhe apresentar a autora de *Anéis nos Dedos Dela*.

Tento me levantar, mas sinto uma dor aguda nas costelas... E será que ouvi um estalido? Torno a afundar no sofá e me pergunto se um vestido espartilhado já matou alguém. Talvez eu entre para os anais da medicina como o primeiro caso.

— Finalmente conheço a jóia misteriosa que está cativando o público leitor... E, sinceramente, que jóia — diz ele, a língua pendendo um pouco como Mary me avisou, o que me proporciona o primeiro lampejo do verdadeiro Jacobson. — Mary, como é que você pôde manter essa jovem em segredo? Ela é encantadora... o sonho de um publicitário.

Começo a corar, enquanto ele me despe mentalmente. (Na verdade, "despe" é a palavra errada — me tirar de dentro deste vestido exigiria a ajuda dos bombeiros com equipamento de corte especial.) Ele caminha para mim e toma minha mão. Ah, meu Deus, ele não vai beijá-la, vai? Mas ele apenas a segura e diz:

— Marsha Mellow, não tenho palavras para descrever o quanto estou encantado em conhecê-la.

Que esquisito. Ninguém jamais me chamou de Marsha Mellow, assim, na minha cara. Sempre pareceu o nome de outra pessoa, alguém na capa de um livro. Mas acho que pelos próximos trinta minutos ou o tempo que esse encontro durar vou ser Marsha. Estou representando um papel, e este vestido ridículo em que entrei à força é a minha fantasia. A última vez que representei foi na escola primária — fiz a Sra. Beaver de *O Leão, a Bruxa e o Guarda-Roupa*. Agora estou representando... bom, não sei como dizer isso, mas, como Ant sem dúvida alguma observaria, uma personagem que tem algo em comum com a Sra. Beaver.*

— Também estou encantada em conhecê-lo, Adam — respondo, surpresa com a compostura da voz de Marsha Mellow.

— Incrível, absolutamente incrível — maravilha-se Jacobson, sentando-se no sofá diante do meu. — Você desmente a regra segundo a qual os escritores nunca são... como dizer isso delicadamente?... nunca são como o que escrevem. Alguma vez já se perguntou por que Andy McNab se recusa a dar as caras? Escreve histórias do Special Air Service como quem vai às goiabas, mas pessoalmente é uma grande decepção... Me diga, Marsha, você é de Londres ou das províncias?

— De Londres — respondo automaticamente. — De Crouch En...

Mary me dá um pontapé — *forte* — e diz:

— Ora, ora, Adam. Você conhece o protocolo. Marsha não está aqui para lhe contar a história da sua vida.

— É claro, Mary — concorda ele, em tom bajulador. — Sabe de uma coisa? Antes de tratarmos de negócios, acho que devíamos ligar

---

* *Beaver*: gíria para os órgãos sexuais femininos.

para o serviço de quarto e pedir champanhe. Devemos um brinde à autora desse notável romance de estréia... e, é claro, ao diretor do *Mail* por fazer com que a nação voltasse sua atenção para ela.

Hummm, gostei. Ele não é tão mau assim, afinal das contas. Recosto-me no sofá e relaxo totalmente pela primeira vez desde que acordei hoje de manhã. Um grande erro, porque, assim que ele tira o fone do gancho, tento cruzar as pernas e ouço algumas costuras arrebentando. É melhor manter os joelhos juntos, se não quiser descobrir a maneira mais rápida de tirar esta merda de vestido.

Minha cabeça dá voltas. Duas flûtes de espumante e já entrei no papel. Sou Marsha Mellow, a gata que está "mudando sozinha o perfil da ficção popular", a tchutchuca que é "sem dúvida, a jovem autora mais importante da Inglaterra hoje", a safadinha cuja "prosa tórrida está soltando um jorro de vapor férvido nos embolorados corredores da publicidade". Ou coisa que o valha — estou triscada demais para lembrar palavra por palavra. Seja como for, Jacobson está rasgando quilômetros e quilômetros de seda para mim, e eu estou adorando.

Ele estoura a rolha de uma segunda garrafa e torna a encher minha flûte. Estou me sentindo... muito... reee... laxada. Tanto é que minha bunda já está ameaçando deslizar pelo sofá. Espero que na hora em que ele parar de me dizer o quanto sou deslumbrantemente maravilhosa e vá finalmente ao que interessa, eu já não tenha ferrado no sono. Pelo visto, Mary está pensando o mesmo que eu, pois decide apressar as coisas.

— Bem, Adam, por mais agradável que seja ouvir a sua lúcida avaliação do trabalho de Marsha, tenho certeza de que não é por essa razão que estamos aqui.

— É verdade, Mary, é verdade — retruca Jacobson, parecendo aliviado por poder deixar de lado o puxa-saquismo servil por um momento. — Como você deve saber, estamos encantados por termos adquirido o primeiro romance de Marsha. No entanto, estamos interessados em desenvolver um relacionamento a longo prazo. Não há nada mais gratificante para um editor do que ver um de seus autores crescer e amadurecer. Com isso em mente, gostaríamos de oferecer um adiantamento a Marsha... — Ele se interrompe e olha para mim. — ... *a você* pelos seus três próximos romances.

Três! Ele disse *três*? Não tenho nem mesmo certeza se consigo escrever *um*. Preciso me concentrar. Empertigo-me. Uma idéia infeliz, porque o vestido não quer acompanhar meus movimentos. Sinto outra costela estalar e um *ai* involuntário sai de minha boca. Mary tenta contê-lo pisando no meu dedão já torturado.

— Você tem alguma cifra em mente, Adam?

— Certamente. Nós da Smith Jacobson levamos muita fé em você, Marsha, e acreditamos que a oferta que estamos dispostos a fazer reflete essa fé.

Ele pega o bloco de anotações do hotel em cima da mesa de centro, destampa a caneta e escreve algo nele. Em seguida arranca a folha, dobra-a ao meio e a empurra sobre a mesa para Mary. Tento espiar por cima de seu ombro enquanto ela lê, porém mais algumas costuras arrebentam e desisto, antes que meus peitos pulem para fora e a situação degringole de uma vez. Mary torna a dobrar o papel e o passa para mim. Abro-o e, ao olhar para o número escrito na caligrafia fina e irregular de Jacobson, começo a rir. Mary pisa no meu pé de novo e me lembro de suas instruções: "Faça uma expressão arrasada". Dada a combinação do choque com a tonteira que estou sentindo, não sei de que jeito sai minha expressão, mas provavelmente é menos de decepção do que de "Puta que pariu, esse idiota acabou de me oferecer £ 425.000!".

É isso aí, *quatrocentas e vinte e cinco mil libras*.

Para escrever três livros.

Sobre sexo.

Enquanto tento assimilar a bomba, Mary diz calmamente:

— Obrigada, Adam. É óbvio que a sua proposta exigiu muita reflexão. No entanto, creio que não podemos aceitá-la.

Agora é a minha vez de pisar no dedão dela. Que diabo está fazendo? O cara acaba de oferecer uma fortuna e ela está recusando. Sem nem me consultar primeiro.

Jacobson se recosta na poltrona e olha para ela por cima de seus óculos. Sua expressão é indecifrável, mas isso talvez se deva ao fato de que estou começando a ver dois dele.

— Quem sabe você não gostaria de voltar, conversar com a sua equipe e repensar o assunto? — conclui Mary, amável.

138   *Maria Beaumont*

— Não acredito no que você acabou de fazer, Mary — solto, furiosa, assim que Jacobson vai embora. O álcool acabou completamente com a minha inibição. Massacrou-a brutalmente, na verdade — há pedaços de inibição morta espalhados por todo o aposento. A metade do meu cérebro que normalmente fugiria aterrorizada só de pensar em tanto dinheiro entrou em coma, e a metade gananciosa e fominha está bem acordada e louca da vida.

— Calma, minha querida — tranqüiliza-me Mary. — Acredite em mim, se eu achasse por um segundo que quatrocentas e vinte e cinco mil libras seriam a oferta mais alta dele, eu a teria agarrado com unhas e dentes. Escreva o que estou lhe dizendo, ele vai voltar, certo como o exterminador do Schwarzenegger. De mais a mais, você não desistiu de escrever? Pensei que não quisesse o dinheiro dele.

— E... hum... não quero, mesmo. Mas digamos que quisesse... *hipoteticamente*... você podia ter ferrado tudo... em teoria — digo, com a voz pastosa.

— Meu bem, já negociei mais contratos com editoras do que a sua Donna teve transas alucinadas com estranhos cujos nomes nem sabia. Eu não ferrei nada — diz ela, categórica. — Deixe as negociações comigo e apenas continue escrevendo... Ah, mas eu já ia me esquecendo. Você se aposentou, não é mesmo?

— Me aposentei... Não... Ah, sei lá, Mary. Três livros? É impossível.

— Ah, talvez não pareça uma tarefa tão mastodôntica assim quando você estiver sóbria, meu bem. Dickens conseguiu escrever algo em torno de uma dúzia.

— Pelo amor de Deus. Não sou Charles Dickens.

— Graças a Deus. Ele é extremamente superestimado, na minha opinião. Não, Amy, você é Marsha Mellow e, deixando de lado aquelas baboseiras untuosas que Jacobson jogou em cima de você, você é, de fato, uma autora muito talentosa. Se quiser escrever mais livros, escreverá. Esse é o ponto: se *quiser*.

— Não sei... *Quatrocentos mil*. Meu Deus... É tudo tão excessivo... Não posso pensar nisso agora.

E isso porque acabei de ver que horas são: quase quatro da tarde. Tenho que dar um jeito de cambalear de volta para o trabalho com os sapatos de Lisa, sentar à minha mesa por uma hora sem entrar num estado vegetativo persistente, e em seguida trocar as pernas rumo à segunda prestação do dia com os Homens com J.

Marsha Mellow e eu

Vou me encontrar com Jake num lugar chamado Sanderson.

Que parece um bom nome para uma casa de ferragens,* mas que, pelo que dizem, é um hotel badaladíssimo.

Exatamente o tipo de lugar em que os escritores fazem ponto para remoer suas dúvidas sobre adiantamentos astronômicos.

Cacilda, estou bebinha, bebinha.

---

* *Sanderson:* lixadeira.

Capítulo 12

*M*inha cabeça está me *matando*. Se existe alguma coisa pior do que acordar de ressaca é ficar de ressaca antes mesmo de ter ido dormir. E ainda não são nem sete da noite.

— Um Bloody Mary, por favor — murmuro para o barman.

Nunca tomei um antes. Nem mesmo sei se gosto de suco de tomate, que dirá de todas aquelas porcarias temperadas que entram na mistura, mas é o que as pessoas de ressaca tomam, não é? Para rebater — ou, como diz o outro, "mordida de cão, pêlo do dito"... que dá a impressão de que o troço tem gosto de... pêlo... de cachorro... *eca*.

Recosto-me no comprido balcão do bar do Sanderson enquanto espero meu drinque. O lugar está ficando cheio de homens assustadores vestindo preto (na maioria), homens que são catedráticos em tédio e cinismo (em outras palavras, à imagem e semelhança de Jake), e mulheres esqueléticas envergando vestidos sexy e reveladores com muito mais desenvoltura do que eu jamais seria capaz. O estilo de meu modelito até deveria fazer com que eu me sentisse à vontade, mas só me deixa mais constrangida. E os meus *pés*. A menos que eu tire meu peso de cima deles, vão acabar explodindo de dentro dos sapatos de Lisa. Agora sei por que ela os chama de "saltos dez de arrasar" — têm saltos dez, de fato, e estão arrasando meus pés, realmente. Tento escalar um tamborete do bar, mas o vestido está apertado demais para que eu possa levantar a perna até o apoio lateral de madeira. Eu precisaria de um guindaste para me içar até ele, mas, *surprise, surprise!*, hoje não há nenhum dando sopa por aqui. Vou ter que agüentar as pontas até Jake chegar.

E, quando ele chegar, acho bom tomar cuidado com seu comportamento, intromete-se a Voz Interior, com um tom enfurecedoramente atrevido e sóbrio. *Ao primeiro sinal de mutreta, eu dou o fora daqui.*

Marsha Mellow e eu 141

— Ah, não... enche o saco — minha boca faz a mímica da frase, mal-humorada. Estou com cara de quem está para *mutretas*? E por que a Voz Interior está parecendo a minha mãe?

Não estou parecendo a sua mãe, não senhora. E estou falando sério, entendeu? Já fiz minhas malas, estão prontinhas. Vou embora procurar alguém que me leve a sério.

Meu Bloody Mary chega num copo fino com tudo a que tem direito, até um talo de aipo afiado que trato de tirar antes de dar um gole — poderia arrancar meu olho com ele. Levo o copo aos lábios e... *Meu Deus,* porra, minha Mãe do Céu, como *queima.* Quantos temperos puseram nele? A mucosa de minha boca está sendo devorada viva por Tabasco e meus olhos lacrimejam a cântaros — o que significa que vou ter que dar uma conferida no rímel antes de Jake chegar.

Mas agora que a bebida está assentando no estômago, dá para sentir que está fazendo alguma coisa. Está *surtindo efeito.* Ainda estou mal sob vários aspectos, mas, de alguma maneira, me sinto melhor. Não tenho escolha. Aperto o nariz com uma das mãos, pego o drinque com a outra e emborco o conteúdo de um só gole, sem respirar.

Aaaaaaaaaaaaaaaaaaaaaaaiiiiiiiiiiiiiiiiiiiii!

A sensação é... boa. Um formigamento mágico percorrendo o corpo inteiro. A dor de cabeça passando. Acho que vou tomar outro. Faço o pedido ao barman e em seguida relembro as instruções finais de Lisa referentes a Jake Bedford (enfrentamento do dito-cujo). Não devo sob nenhuma circunstância:

1. Deixá-lo saber que meu último namorado foi... hum... Jake Bedford.
2. Insinuar que minha auto-estima foi abalada, minada, despedaçada ou afetada de qualquer outra forma pelo fato de ele ter ido embora.
3. Ir para casa com ele.

Ela insistiu muito no item número três. E está absolutamente certa. Por mais tentador que seja, não devo acabar na cama com aquele canalha. Agora que me reanimei com um Bloody Mary, sei que posso fazer isso. Vou me armar de uma força de vontade férrea. Vou ser como Jesus no deserto... A questão é que Satanás só o tentou com uns pãezinhos mixurucas. Se tivesse materializado a garota dos sonhos de Jesus — alguma coisa tipo J-Lo com uma batinha larga de algodão —, as coisas poderiam ter sido diferentes... Não, já chega. *Dá para encarar.*

Meu drinque chega e, quando estou prestes a repetir o truque do Trago Único, minha bolsa vibra na altura do quadril. É o celular. Tiro-o da bolsa e o barman me lança um olhar de reprovação. *Qual é?* Meu telefone não é descolado o bastante para o Sanderson? Pois se tem até uma tampa cor-de-rosa toda estampada de coraçõezinhos roxos... bom, acho que é meio *Meninas Superpoderosas*. Quando o ponho no ouvido, o cara diz: "Aqui dentro a senhora tem de desligá-lo". Tarde demais, porque já ouço a voz de minha mãe falando. "Amy... Amy, você está aí?" Se eles desaprovam celulares, desaprovarão ainda mais telefonemas da minha mãe num lugar badalado desses.

— Oi, mãe — cochicho, como se isso de alguma forma fosse tornar menos óbvio o fato de eu estar com um telefone cor-de-rosa ilegal colado ao ouvido.

— Por que você não retornou minha ligação, Amy?

— Desculpe. Andei muito ocupada. Qual é o problema?

Torço para que ela não queira falar sobre papai. Sabendo o que eu sei, não acho que conseguiria mais mentir de maneira convincente — *Bom, mamãe, Lisa e eu pusemos um detetive particular na cola dele, mas não se preocupe, tenho certeza de que não é nada.*

— Na realidade, não é com você que eu preciso falar — diz ela, constrangida. — É com An*th*ony...

Ant? Meu Deus, a confissão.

— ... tentei entrar em contato com ele. Você sabe onde ele está?

— Ele voltou para Nova York.

— Ah — diz ela, parecendo extremamente decepcionada.

— Mãe, que é que está havendo? O que você contou a ele?

— Por quê? O que ele contou a você? — pergunta ela, em pânico.

— Ele não me contou nada, mas por que você está se desabafando com ele?

— An*th*ony é um rapaz profundamente espiritualizado — defende-se ela. — Ele tem *vocação* e suas palavras me proporcionaram um imenso conforto.

Pela madrugada! Ant? *Espiritualizado?* Se Jesus aparecesse para ele numa visão, ele lhe pediria seu número de telefone e lhe perguntaria se é passivo ou ativo.

Marsha Mellow e eu   143

— Mãe, Ant é... Ele é... — Que é que eu vou dizer? — ... é católico.

— Não seja preconceituosa, Amy. Por acaso não lhe ensinei a ser tolerante?

Não *a-cre-di-to*. Mamãe? *Tolerante?* Perto dela, Ian Paisley parece um liberal fofinho, desses que a gente tem vontade de apertar a bochecha.*

— ... além disso, pode-se aprender muito com a fé católica. Os ensinamentos deles sobre sexo extraconjugal, por exemplo. Muito sensatos. Apanhei alguns folhetos na Igreja de Saint Mary...

Mary! Ela hoje está em toda parte — é a santa, é o drinque, é a agente...

— ... e estou pensando em... me converter.

— Você vai se converter? — disparo.

Imagine todos os aiatolás do Irã subitamente se tornando judeus. Imagine Bernard Matthews soltando seus perus e se tornando um vegetariano radical.** Ambas as fantasias são muito mais plausíveis do que minha mãe dando as costas para a Igreja Anglicana. Que diabos Ant fez com ela?

— Só estou *pensando* nisso, querida — diz ela. — Ainda não tomei nenhuma decisão. Mas, voltando a Ant*hony*. Gostaria muito de discutir algumas coisas com ele. O seminário tem telefone?

Bom, ter, tem, mas se você ligar para lá vai ter que agüentar a batida techno do fundo musical e o vozerio geral de homens com roupas de couro discutindo tudo, menos seu relacionamento com Deus.

— Tem, tem telefone sim, mãe. Mas não tenho o número aqui comigo. Eu ligo para te dar. — Não acrescento "no Dia de São Nunca".

Encerro o telefonema e desligo o celular com a cabeça girando, e não exclusivamente por obra e graça de um Bloody Mary e meio. Penso nos quatrocentos mil, na outra bloody Mary*** convicta de que tenho *"no mínimo"* mais três livros pornográficos na cabeça e no quanto vai ser ainda mais difícil contar a verdade para minha mãe se ela abraçar o catolicismo e as bandeiras do NÃO AO ABORTO, NÃO AOS PRESERVATIVOS

---

* Pastor da Irlanda do Norte, membro do Partido Democratic Unionist, conhecido por seu radicalismo.

** Dono da empresa homônima de criação e venda de perus.

*** Literalmente, "a desgraçada da Mary".

e, para resumir a ópera logo de uma vez, NÃO AO SEXO EM QUALQUER CIRCUNSTÂNCIA.

Muitíssimo obrigada, An*th*ony.

Afundo o rosto nas mãos sentindo vontade de chorar, mas minha maquiagem já deve estar uma catástrofe e Jake vai chegar a qualquer...

Dou um pulo quando uma mão toca meu ombro. Ao aterrissar, meu sapato esquerdo falseia... e desaba. Uma dor aguda corre pela minha perna acima e me abaixo para segurar o tornozelo, sentindo mais uma dezena de costuras estourarem quando faço isso.

— Você está bem?

Agachada, levanto o rosto e vejo Jack me fitando com ar preocupado. Quer dizer, preocupado *mesmo* — ele não está nem se aproveitando da oportunidade caída do céu para dar uma espiada no meu decote.

— Hum-hum, acho que sim — respondo, me levantando. — Sapato novo.

— Sapato novo *sexy*. E o seu vestido... *Uau.* É isso que vocês usam para trabalhar na *A Profissional*?

Não. Levei meu primeiro esporro formal de Deedee hoje à tarde. Principalmente porque estava atrasadíssima do almoço, mas também porque para ela eu havia levado o título da revista ao pé da letra e me vestido conforme. Enquanto estava parada diante da mesa dela escutando seus impropérios, podia ver Lewis me espiando pela janela da porta de seu escritório. Eu nunca tinha visto seus olhos mais franzidos, e foi assustador.

Mas ele é um Canalha com C maiúsculo e eu não estou dando a *mínima.*

Estou me contorcendo de dor. Jake põe as mãos na minha cintura e me senta no tamborete do bar. Uma proeza e tanto — o vestido pode ter me forçado a adquirir a silhueta silfídica de uma modelo sexy, mas, pode crer, eu não tenho nada de sílfide nem de sexy. Meu primeiro instinto é dar um bofetada nele, mas meu alívio por finalmente estar sentada é tamanho que também sinto vontade de lhe dar um beijo. Ele se abaixa e delicadamente ergue minha perna. Passa a mão pelo meu tornozelo... *aaah*, que *delícia*... e diz:

Marsha Mellow e eu   **145**

— Não está torcido, pelo visto. Só um tornozelo muito bonito. Vamos ver se a nossa mesa está pronta?

Deslizo do tamborete e me dou conta de que os sapatos me deixam quase da altura dele — sua igual. Espera aí, com uma oferta de adiantamento de quatrocentos mil, sou *mais* do que sua igual. Quando nos dirigimos para o restaurante, passo meu braço pelo dele.

Já chega!, grita a Voz Interior.

Mas ela não precisa ficar alarmada. Eu sei *muuuuuuuuito* bem o que estou fazendo.

— Você mudou mesmo, Amy — diz Jake, quando chegam os nossos cafés.

Vochê não chabe da micha a metage, benginho, penso, bêbada — santo Deus, até meus pensamentos estão saindo pastosos. Mais um Bloody Mary e meia garrafa de vinho me ajudaram a entrar novamente no papel de Marsha Mellow, a safadinha literária, e Jake sentiu o benefício durante os três últimos pratos. Não cheguei propriamente a dizer a ele que sou Marsha Mellow, a safadinha literária, mas, bem, mais um drinque e sou capaz de ir até o fim.

— Não me refiro à sua aparência — prossegue ele —, mas... a tudo. Você parece mais tranqüila. Mais segura de si. E isso torna você muito atraente.

Sua mão inicia uma trajetória serpenteante pela mesa, ultrapassando os copos vazios e o galheteiro, até as pontas de seus dedos tocarem as dos meus. Não os retiro. Na verdade, minha mão desliza para a frente.

Isso está começando a pintar como uma merda federal, geme a **Voz Interior**.

Mas nós só estamos de mãos dadas, pelo amor de Deus. Isso não é sexo.

Ainda.

Ah, cala a boca.

— Obrigada, Jake — murmuro. — Eu mudei mesmo. Aconteceu muita coisa nestes últimos dois anos. Você nem acreditaria.

— Me conta.

— Vou contar... mais tarde.

Ohhh, nunca banquei a misteriosa antes — talvez seja o álcool, mas acho que sou capaz de me sair muito bem.

Se sair muito bem? Você está de cara cheia, garota. O que você é é um fracasso, isso sim.

Ignoro a voz, principalmente porque meus sapatos estão me machucando mais ainda. Descalço-os, estico as pernas e mexo os dedos... Que é isso? *Ugh!* É peludo. *Droga.* A perna de Jake. Meu pé direito subiu sei lá como pela perna esquerda da calça dele, e um grande sorriso se estampou no seu rosto.

Para mim, já chega. Tô fora, solta a Voz Interior, brusca. *Passe bem!*

Foi *por acaso...*

Nenhuma resposta.

Ui, ui, acho que agora estou por conta própria. Mantenho o pé onde está, mas apenas porque ficaria estranho se eu o tirasse bruscamente. De mais a mais, isso é pura paquera, que droga. Não é sexo.

E se fosse? Não sou só eu que mudei. Jake também está diferente. Está a anos-luz do sujeito que enfiou drogas talvez ilegais no meu nariz enquanto eu estava algemada à sua cama e que me convidou para uma festa de swing como se fosse uma ida ao McDonald's para comer uma Happy Meal. Ele fez análise. Me contou tudo sobre isso. Acredita que tinha dificuldades em se importar com os sentimentos alheios (quanto a isso não posso discordar dele): "É por isso que nossa relação não deu certo, Amy. O problema não era com você, era comigo. Eu era uma ilha, completamente alheio ao que qualquer pessoa poderia sentir". Está vendo só? Pobre homem. Ele era uma *ilha*, pelo amor de Deus. Como alguém pode ser feliz assim? Pelo visto, o problema era sua mãe. Era dominadora de mais. Ou dominadora de menos. Não me lembro, mas fez sentido quando ele me contou.

Mas numa coisa ele não mudou. Esse sorriso que está me dando enquanto meu dedão alisa um pedaço carnudo de sua panturrilha... ele pode ter quarenta e poucos anos, mais ainda roubaria a cena numa boy band... Será que ele sabe cantar? Baaah, quem se importa?

— Este hotel é fabuloso — diz ele, num sussurro sexy que me obriga a me inclinar até bem perto para ouvir, o que acho que é a sua principal razão de ser.

— É maravilhoso — murmuro.

Marsha Mellow e eu **147**

— Não só o bar e o restaurante. Os quartos são deslumbrantes. Um verdadeiro triunfo do pós-modernismo minimalista.

— É mesmo?

— Hum-hum. Quer conferir um deles?

— Quê? Agora?

— É... Eles têm uns telefones transadíssimos, e os chuveiros são...

— Tudo bem.

Olha aqui, o item número três de Lisa dizia "Não vá para casa com ele", e eu não estou indo para casa com ele.

Tá legal?

— Você não faz idéia do quanto senti sua falta, Jake. Você foi um canalha dois anos atrás, mas isso nunca me impediu de sentir uma atração louca por você.

Não digo isso, é claro. Não poderia nem que tivesse atrevimento para tanto, porque a boca dele está colada na minha. E se a sua língua não estivesse arremetendo contra as profundezas da minha garganta à procura de restos da minha sobremesa, ele poderia estar dizendo: "Meu Deus, tem razão, eu fui um canalha imperdoável, mas, por favor, me dá uma chance de te compensar pelo que fiz".

Tá, tudo bem, provavelmente não.

Mas não me importo, porque este é o meu melhor beijo desde a última vez em que nos beijamos, o que faz tanto tempo que já até me esqueci, de modo que, na realidade, é o melhor beijo *da minha vida*. As portas do elevador deslizam, nos jogamos no corredor — eu quase despenco no chão — e nos dirigimos para o nosso quarto. Uma vez lá, ele me enlaça pela cintura, mas eu me desvencilho — tenho que bancar um pouco a difícil. Tudo bem, balançar a cabeça como um cachorrinho assim que o cara sugere que a gente suba para conferir o "triunfo do pós-modernismo minimalista" merece nota dois e meio em qualquer teste de jogo duro, mas mesmo assim preciso me esforçar um pouquinho.

— Telefone legal — digo, olhando para a bolota espacial prateada na mesa-de-cabeceira, que tanto pode ser um telefone quanto algum objeto deixado pelo ocupante anterior, que agora já voltou para Marte.

— O telefone que se dane. Vem cá.

148   *Maria Beaumont*

Ignoro-o e vou até a janela, onde finjo observar fascinada o vai-e-vem de táxis quatro andares abaixo. Posso sentir os olhos dele nas minhas costas... ou, mais provavelmente, na minha bunda.

— Você mudou — diz ele... em tom de admiração, acho.

Ele tem razão. Dois anos atrás eu nunca ousava me desvencilhar dele — nem mesmo quando se aproximou de mim com as algemas.

— Não sou mais a garota que era — respondo, quase acrescentando "Agora sou uma *mulher*", mas me contenho bem a tempo: posso estar de porre, mas teria que estar bêbada como três gambás para soltar uma cafonice dessas. Em vez disso, digo: — Agora uma coisa tem que ser muito punk para me chocar... muito punk mesmo.

Putz, isso soou genial. Eu devia tentar bancar a misteriosa mais vezes. Estou me sentindo uma perfeita Kim Bassinger. Dou meia-volta, avanço em direção a ele... e passo batido. Continuo andando até chegar ao banheiro. Fecho a porta atrás de mim e desabo contra ela. Estou enjoada. Por um breve momento no quarto pensei que iria vomitar em cima dele. Isso teria estragado o momento — em geral sombriedade e mistério não funcionam quando seu jantar está voando na direção do seu parceiro.

Respiro fundo... Inspiiiiro... Expiiiiro... Inspiiiiro... Expiiiiiro... Agora está passando. Graças a Deus. Bebi e comi demais. Sinto minha cintura querendo explodir de dentro de seu corpete-prisão, e não sei quantas costuras mais podem arrebentar neste vestido antes de ele ir parar no chão. Mas não tem problema, ele vai sair daqui a um minuto, mesmo. Com licença: como diabo eu vou voltar a entrar dentro dele? Mais tarde eu me preocupo com isso.

Vou até a pia e encho um copo de água. Bebo-o a largos goles e em seguida outro. Estou me sentindo muito melhor agora. A náusea está passando. Olho-me no espelho e, embora já passe das onze e eu tenha bebido mais num só dia do que em geral consigo em um mês, estou linda de morrer... ou talvez só pense que estou, por causa da quantidade de bebidas que ingeri. Não sei. Seja lá como for, Jake está praticamente arfando do outro lado.

Vasculho a bolsa, retiro o batom e o rímel. Está aí uma coisa que nunca fiz antes — retocar a maquiagem imediatamente *antes* de ir para a cama —, mas quero deixar Jake subindo pelas paredes durante um ou

Marsha Mellow e eu 149

dois minutos. Ouço-o andando pelo quarto. Agora ele está falando. Tomara que esteja chamando o serviço de quarto, porque um cafezinho cairia bem. E um pipizinho também, mas essa é uma operação de quinze minutos dentro deste vestido desgraçado, e não quero deixá-lo esperando tanto tempo assim. Aperto as coxas e volto a passar o batom.

Franzo os lábios, sopro um beijo para mim mesma e digo: "Sua autora de best-sellers mais vendida e linda de morrer".

Marsha Mellow está pronta para o seu público.

Jake está na cama e dirijo-me direto para ele. Sinto-me segura o bastante para dar aos quadris uns requebros de passarela, mas ouço mais algumas costuras irem para o espaço e literalmente perco o rebolado. Sento-me ao lado dele e descalço os sapatos. Lisa me disse que são os únicos que ela deixa nos pés quando transa, mas sinto muito, Jake, não vou ficar com eles nem mais um segundo.

— Para quem você estava ligando? — pergunto. — Serviço de quarto?

— Hum-hum.

— Legal.

Ele se inclina sobre mim, me beija e desta vez eu deixo. É tudo tão sexy como no elevador... mas, por fim, somos obrigados a dar um tempo para recuperar o fôlego. Enquanto ele se move e morde meu pescoço, digo:

— Você não vai acreditar no que eu fiz, Jake.

— Agora, no banheiro?

— Não, uns dois anos atrás.

— Quando nós... hum... acabamos?

— Mais ou menos.

— Me conta.

— Foi incrível. Eu escrevi um... *Aaaai,* meu Deus, Jake, que *delícia.*

Não, ele não encontrou o meu ponto G. Ele encontrou o zíper do meu vestido e o puxou. Posso respirar novamente. *Uau.* Que *alívio* maravilhoso. Se o sexo for metade tão bom quanto isso...

— Continua — diz ele, puxando o corpete dos meus peitos. — Você escreveu o quê?

— Mais tarde — respondo, empurrando-o na cama. Arregaço o vestido acima das coxas e, finalmente capaz de me mexer novamente, subo em cima dele.

— Cara, como senti sua falta — diz ele, puxando-me até si e enfiando o rosto em meus peitos, a quem o comentário provavelmente foi dirigido... mas, neste exato momento, estou pouco me lixando.

Batem à porta. Serviço de quarto. *Droga*. De quem foi a porcaria de idéia de pedir café?

— Ah, vamos deixar isso para lá — murmuro.

Ele descola a boca de um peito e diz:

— É melhor eu ir atender.

Rolo de cima dele e ele se levanta. Pego um canto da colcha e o puxo para cima do peito quando abre a porta. A morena esguia que entra no quarto não se parece com nenhuma garçonete de serviço de quarto que já vi na vida. Está usando um vestido azul-safira justo, mais revelador do que o que ainda tenho pela metade em cima de mim. Seus sapatos são de uma altura estratosférica e ela parece estar muito mais à vontade com eles do que eu estava com os de Lisa. Hotel impressionante, produz os empregados como se fossem modelos... Mas espera aí, onde é que está a bandeja dela?

— Amy, eu gostaria de te apresentar a Kia.

Kia — que, começo a desconfiar, não faz parte da folha de pagamento deste lugar — abre um sorriso de dentes brancos para mim:

— Oi, gata. Jake tinha razão. Você muito linda — diz ela, com um forte sotaque do Leste Europeu. Ela fala como uma Bond girl. Ela *parece* uma Bond girl — se seus zigomas fossem mais altos, um alpinista precisaria de oxigênio para chegar até eles. Que diabo está acontecendo? Instintivamente puxo a colcha até o queixo.

Jake se senta na cama e passa o braço por meu ombro:

— Kia veio nos ajudar a termos a noite mais fantástica das nossas vidas.

Como assim? Ela canta? Conta piadas? Faz mágicas?

Jake se põe a relaxar meu corpo agora tenso. Enquanto tenta enfiar a mão por baixo da colcha em direção à minha bunda, meus olhos continuam fixos em Kia. Ela tira seu spencer e o coloca sobre uma poltrona antes de se virar e puxar as alcinhas finíssimas do vestido, enquanto caminha para a cama.

Espera aí um minuto. Eu conheço essa cena. *Anéis nos Dedos Dela.* Capítulo dezoito.

Marsha Mellow e eu 151

Donna não tirava os olhos da prostituta, enquanto ela despia seu sutiã e subia na cama de molas do hotel. Ela veio avançando de quatro, como um gato de longas patas, até chegar ao seu destino — o cacete de Paul, que Donna aninhava na mão, apresentando-o a ela como se fosse...

Sentindo-me magoada, zangada e, de súbito, incrivelmente sóbria, dou um tranco em Jake. Ele cai de costas e arrasta a colcha consigo, deixando meus peitos à mostra. Kia — a *prostituta* — quase perde o fôlego:

— Nossa, Jake, você não exagerou. Ela garota *grande*.

Agora estou furiosa *para valer*. Dou um olhar de ódio para Jake, que parece estar começando a sentir que talvez tenha pisado na bola.

— Que é que você pensa que está fazendo, porra? — grito.

— Mas eu achei que... Você disse...

— O quê? Que foi que eu disse que te levou a achar que eu aceitaria isso?

— Pensei que você tinha mudado. Você me disse... quais foram mesmo as suas palavras?... que eu ficaria surpreso com o quanto uma coisa precisava ser punk para chocar você.

— Não foi nada disso que eu quis dizer, Jake — disparo, levantando da cama e tentando enfiar os peitos de volta dentro do vestido de Lisa. O que não é nada fácil quando a pessoa está puta da vida, meio cega pelas lágrimas iminentes e diante de uma platéia estupefata. Kia está petrificada no meio do quarto, sem saber o que fazer com seus próprios peitos à mostra. Considerando o quanto seu inglês é bom, era de esperar que tivesse percebido que metade da sua clientela não está exatamente dando pulinhos de alegria com a sua chegada.

Jake se arrasta pela cama em minha direção.

— Desculpe, Amy. Entendi tudo errado. Me desculpe mesmo — diz ele. — Vou pedir a Kia para ir embora e nós podemos recomeçar.

— Eu achei que essa noite era para a gente recomeçar. E só o que a gente fez foi retomar as coisas exatamente de onde parou dois anos atrás.

— Me desculpe. Por favor, me perd...

— Ah, vai à merda, Jake!

E essas deveriam ser minhas palavras finais. Eu deveria ir embora agora. Sair da vida de Jake Bedford para sempre. Mas há um pequeno

152   Maria Beaumont

problema. Por mais que puxe com força, não consigo fazer com que a metade de baixo do vestido cubra a bunda, e a de cima só está cobrindo os peitos porque minha mão a está segurando no lugar. Desde que ele puxou o zíper, meu estômago se expandiu com prazer ao seu estado natural, e agora não está nem um pouco a fim de voltar à força para a sua prisão.

Mas não posso ficar neste quarto nem mais um segundo. Apanho a bolsa e o blazer e giro nos calcanhares. Escancaro a porta e saio para o corredor com passos indignados. Alcanço o elevador, finalmente conseguindo puxar o vestido por cima da bunda com uma das mãos, enquanto a outra aperta o blazer contra o peito nu. Enquanto espero o elevador, sinto ódio, náusea... e mais outra coisa, também. A maciez do carpete sob os pés descalços... *Merda,* a porra dos sapatos de Lisa. Agora não posso voltar para buscá-los. Mas o que foi mesmo que ela disse? "Um arranhãozinho neles e eu te mato. São insubstituíveis."

Santo Deus, quem ouvisse Lisa falar pensaria que eram vasos Ming.

Não posso ir embora sem eles.

Dou meia-volta e me dirijo ao quarto. Bato à porta. Com força. Não quero que o filho-da-mãe pense que estou sem graça. Depois de um momento, a porta é aberta por Kia, que está totalmente vestida, com spencer e tudo — pelo visto, não vai ficar como prêmio de consolação de Jake. Ele está sentado na beira da cama e levanta o rosto para mim, surpreso:

— Amy...

— Quero meus sapatos — participo, impassível.

Passo direto por Kia e entro no quarto. Sem olhar Jake nos olhos, abaixo-me e apanho os sapatos. Ao mesmo tempo ouço um ruído apavorante. Não uma sirene uivante anunciando um ataque nuclear iminente. Nem o grito de um lobisomem saltando de dentro do guarda-roupa. É muito pior: o som de um longo rasgão, no momento em que o vestido de Lisa finalmente entrega a alma a Deus.

Estou na rua tentando chamar um táxi. Acho que este é o tipo de hotel em que o porteiro faz isso para a gente, mas não posso me dirigir a ele com a bunda de fora do vestido rasgado. Uma mão segura a frente do blazer, enquanto a outra, que segura os sapatos de Lisa, está às minhas

Marsha Mellow e eu 153

costas, tentando manter juntos dois pedaços de tecido. Não espanta que eu esteja chorando. Pelo menos não segui o conselho de Lisa de pôr um fio-dental — um par de calcinhas *decentes* está cobrindo a maior parte da minha bunda. À minha direita, observo desolada o porteiro sair às carreiras do hotel e estalar os dedos para um táxi que passa. Ele freia cantando os pneus e o porteiro abre a porta. Fico tentada a me atirar dentro dele, mas, antes que possa tomar coragem, uma figura em azul-safira passa por mim, o toc-toc de seus saltos arranha-céu avançando seguros em sua direção.

Kia.

Vaca.

Ao entrar no táxi, ela me vê... e acena para mim.

Vaaaaaaca!

— Onde você mora? — grita ela, pela porta aberta.

— Hum... em Crouch End. Na Zona Norte de Londres.

— Eu também! Em Archway. A gente racha táxi. Jake paga — diz ela, acenando com um maço de notas de vinte.

Capítulo 13

— Lisa — começo, sondando o terreno —, você algum dia... sabe como é... participaria de um *ménage à trois*?

— Um o quê?

Como se ela não soubesse do que estou falando.

— Você sabe... Sexo... com um homem e outra mulher.

— Ah, eu já fiz isso — rebate ela, displicente, sem parecer se preocupar com o fato de estarmos num bar apinhado de gente que acabou de sair do trabalho.

— Mentira! Quando? Como? Com quem? — disparo.

— Lembra quando fui para Corfu com Devon?

— Qual deles era Devon?

— O que parecia com Wesley Snipes. Dirigia um caminhão-grua.

— Ah, sim, eu gostava dele. O que ele está fazendo agora?

— Cumprindo pena de três anos, se não me engano. Por tráfico de objetos roubados. Enfim, nós conhecemos uma alemã numa boate. Foi com ela.

— Ah, claro, *com ela* — digo. — Quem? Me conta. *Imediatamente!*

Ela põe o copo na mesa, sorri e se debruça para mais perto:

— Ela era simpática, bem sexy... para uma alemã. Nós todos estávamos de cara cheia e acabamos no apartamento dela. Passamos um tempo enxugando as bebidinhas de free shop que ela serviu. Aí notamos que Dev tinha desaparecido. De repente a gente ouve uma voz de Barry White vindo do quarto: "Vamos lá, senhoras, vamos nessa... nós três". Então, eu e Geisla — era o nome dela, se não me falha a memória — nos entreolhamos e meio que concordamos. E foi assim que a coisa aconteceu.

— Vocês meio que *concordaram*? Simples assim?

Marsha Mellow e eu   155

— Simplérrimo. O mais engraçado de tudo foi que assistir a duas garotas transando era obviamente a fantasia dos sonhos de Dev, mas ele estava tão chumbado que emborcou e perdeu a cena. Coitado... provavelmente estava se preparando para isso desde sua primeira ereção. Mas, enfim, não gostei muito... não é a minha praia.

Ela se cala e toma um gole de vinho. História encerrada. Ela é *um horror* em matéria de incluir detalhes interessantes. Sempre tenho que arrancá-los à força.

— Você não pode parar por aí, Lisa. E o sexo? Por que não é a sua praia?

— Não sei quanto a você, mas a parte do sexo de que eu gosto é o *sexo* propriamente dito... Sabe como é, o fuc-fuc. E isso uma mulher não pode fazer.

— Deixa eu ver se entendi. Você está dizendo que a princípio não desgosta da idéia de fazer sexo com uma mulher. Uma mulher pode atrair você...

— Claro. Você nunca se sentiu atraída por outra mulher?

— Não recentemente. — (Minha melhor tentativa de passar um tom casual e descolado.) — Mas, como eu estava dizendo, uma mulher *pode* atrair você. Então, por exemplo, se uma mulher usar uma daquelas trapizongas postiças...

— Uma prótese?

— Isso. Você encararia?

— Acho que sim. Nunca pensei nessa hipótese. Mas por que esse súbito interesse por *ménages à trois*? Alguma pesquisa para o próximo livro?

— Não — digo, um pouco apressada demais.

— Então o quê?... *Merda*... Ontem à noite. Que foi que aconteceu?

— Nada.

— Mentirosa. Me conta.

— Não aconteceu absolutamente nada, juro.

— Você foi para casa com ele, não foi?

— Não — respondo, com sinceridade.

Mas ela não cai nessa. Ergue uma sobrancelha e não consigo resistir. A polícia poderia perfeitamente parar de bater nos suspeitos para arrancar confissões deles — só precisaria recorrer a Lisa e à sua sobrancelha.

— Tá legal, tá legal — entrego os pontos. — Ele tentou me forçar a transar com uma mulher.

— Você disse que não tinha ido para casa com ele.

— Foi no Sanderson.

— O quê? No saguão?

— A gente estava assim meio... como direi... num quarto.

— Você foi para um quarto com ele... Amy, sua *idiota*. Que foi que eu te disse?

— Só fui ver a decoração. Ele disse que era um triunfo do pós-sei-lá-o-quê moderno.

A sobrancelha se ergue mais alguns centímetros.

— Tá legal. Eu ia transar com ele. Mas aí *ela* apareceu.

— Quem? A namorada dele?

— Não... Uma garota de programa.

— *Minha mãe do céu.*

— Ela era muito simpática. Polonesa. Só está aqui há alguns meses, mas seu inglês é excelente.

— *Puta merda...* Você chegou a *transar* com ela?

Ela está lívida do choque. O que serve para ela obviamente é indecoroso demais para sua irmã mais velha e careta... a que, por acaso, escreveu um romance pornográfico.

— Não, não cheguei — explico. — A gente rachou um táxi para casa.

— *In*-super-crível, menina. Você quase fez uma besteira, mas conseguiu se livrar. Foi por um triz. Bom, valeu como experiência. Mas, enfim, Jake que vá à merda. Como foram as coisas com o Jacobson?

Conto a ela da oferta.

— Quatrocentos e vinte e cinco mil? — grita ela.

— Quatrocentos e noventa. Mary ligou hoje de manhã. A oferta subiu.

— Isso é o máximo. Um escândalo. Você *tem* que aceitar.

— Pois já recusei.

— Você está louca?

— A conselho de Mary. Ela acha que pode espremer mais dele.

— *Uau!* Você vai ficar rica, menina.

— Não sei, não, Lisa. Não sou uma escritora de verdade.

MaRsha Mellow e eu   *157*

— É claro que é, sua pastel. Você vai aceitar — diz ela, segura de si. E, por acaso, acho que vou, mesmo.

Ontem à noite no táxi. Kia. Ela é uma garota maravilhosa. E seu inglês é surpreendente. Acho que ela queria adquirir prática em conversação, porque não consegui fazer com que calasse a boca. Entre o West End e Archway ela me deu os três primeiros capítulos do próximo romance de Marsha Mellow.

Hoje de manhã me senti tão inspirada que desafiei minha ressaca, tomei as rédeas de minha vida nas mãos e comecei a escrevê-lo no trabalho. Meus dedos voavam pelo teclado como se eu estivesse fazendo de novo meu exame de digitação. Nunca pareci tão ocupada. A certa altura Julie me mandou parar, antes que eu fizesse com que os outros fossem postos no olho da rua.

— Quer dizer então que meu vestido bombou ontem — diz Lisa. — Fez com que Jake subisse pelas paredes e Jacobson te oferecesse zilhões.

Droga, eu estava torcendo para que ela não mencionasse o vestido. A única razão pela qual nos encontramos hoje à noite é para que eu possa devolvê-lo, pois ela precisa dele para uma festa no fim de semana. Mas estou sem coragem de lhe dizer que o deixei na lavanderia. Espero que o cerzido invisível deles tenha melhorado desde a última vez em que recorri aos seus préstimos — a fieira de pontos frouxos no rasgão das minhas calças favoritas podia ser visto até Crouch End Broadway.

— Onde é que ele está? — pergunta ela.

— Meu Deus, esqueci de ir buscar! — grito, com toda a dramaticidade que consigo fingir.

— Amy!

— Desculpe.

— Na verdade, você até me fez um favor. Dan não queria mesmo que eu o usasse na festa. Até tivemos uma briga por causa disso.

— Como é? Ele te diz o que você pode e não pode usar? — me espanto.

— Não, nunca, mas...

— Não vai me dizer que ele é um daqueles caras possessivos que sobem nas tamancas quando algum outro homem olha para a mulher deles — tagarelo, minha imaginação a mil por hora. Não estou mais achando que Dan é um membro da sociedade secreta chinesa e sim um psicótico da máfia jamaicana de drogas. Ele está segurando um revólver. E uma machadinha. Está de pé diante de minha aterrorizada irmã, prestes a desmembrá-la por ter dado um olhar distraído na direção de um homem que não era ele. Parece paranóia minha, mas já *vi* os caras que minha irmã namora.

— Lisa — digo lentamente —, ele... bom... alguma **vez**... *bateu* em você?

— Não seja ridícula — ela bufa, mas está esfregando o braço por baixo da manga. Aposto que há uma equimose dolorida ali.

— Você devia se abrir sobre isso, sabia? Encobrir a violência é a pior coisa que uma pessoa pode fazer. Vi isso na *Trisha*.

— *Amy,* quer calar essa boca? Dan *não* bate em mim. Nós brigamos por causa do vestido porque é uma festa chique e ele não achou que o vestido estava à altura da ocasião... entendido?

Estou longe de me dar por convencida e dá para ver.

— Ah, dane-se, acredite no que quiser — diz ela, cansada. — Vamos mudar de assunto, está bem? Como é que você vai esconder quatrocentos e noventa mil paus de mamãe? Ela é capaz de começar a desconfiar de alguma coisa quando você aparecer para o almoço de domingo numa Ferrari.

Hummm... mamãe. Não quero pensar nessa pessoa agora.

— Ela agora está agindo de uma maneira estranha — digo.

Conto a Lisa sobre o telefonema esquisito que recebi dela ontem à noite.

— Mamãe, se convertendo ao catolicismo? — diz Lisa. — Isso é quase tão ridículo quanto papai e a Srta. Sandálias de Tirinhas. E, por falar nisso, recebi um telefonema do nosso detetive particular hoje... Não, ele ainda não descobriu nada. Foi só uma desculpa que o cafajeste arranjou para me convidar para tomar um drinque. Mas ele me fez um relatório provisório.

— A Srta. Sandálias de Tirinhas?

— Nem sinal. Mas papai foi seguido até uma lanchonete. Ele comprou um sanduíche de queijo e picles.

— *AimeuDeus!* Queijo e picles? Não pode ser!

— Espera aí, tem mais.

Marsha Mellow e eu   *159*

— O quê? Vai me dizer que ele também comprou uma Coca diet?

— Não enche, Amy. Ele estava com um exemplar do *Guardian* debaixo do braço. Incrível, não é?

Lisa beberica seu vinho, enquanto assimilo o significado da notícia. Para mamãe, papai só poderia cometer um pecado pior do que dormir com outra mulher: votar no Partido Trabalhista. É claro que ser apanhado com o *Guardian* não lhe valeria uma condenação num tribunal por esquerdismo radical, mas é prova mais do que conclusiva para a nossa mãe. *"Mas, querida, foi só uma vez. Eu só comprei por causa da seção de críquete. Juro que nem olhei para as colunas de política. Não significou nada para mim. Você sabe que eu sempre amarei o Mail."* O pobre homem poderia protestar inocência até sua cara ficar azul (do tom exato do Partido Conservador), que mamãe ainda assim tiraria suas roupas do armário e as espalharia pelo gramado diante da casa em sessenta segundos cravados.

Sacudo a cabeça. Papai está pisando em terreno extremamente perigoso. Mas, enfim, qual de nós não está? Não consigo parar de pensar em Lisa e no membro da sociedade secreta chinesa/mafioso jamaicano/espancador de mulheres. E ela está pensando em se enfurnar no outro lado do mundo com ele, para que ele possa vendê-la como escrava?

— Você já decidiu o que fazer em relação a Hong Kong? — pergunto, nervosa.

— Que pesadelo. Ele está fazendo uma pressão danada para eu me decidir.

— Eu *sabia*. Ele anda *batendo* em você.

— Não esse tipo de pressão. Ele só precisa de uma decisão e...

Ela se cala quando minha atenção é atraída para um rosto na rua. Olho por cima do ombro dela para a vidraça quadriculada na frente do bar.

— Que é, Amy?

— Não olha agora não, mas tem um cara com o rosto encostado na vidraça olhando para cá.

— Como ele é?

— Uns trinta e poucos anos. De terno e gravata. Óculos. Meio gorducho. Um ar meio de nerd, também... Caramba, ele está me encarando na maior.

— Está sozinho?

— Parece... *Merda*, está entrando... Está olhando para nós... Está vindo para cá.

Vejo-o avançar resoluto em minha direção como se soubesse exatamente quem eu sou.

— *Puta merda*, aposto como é um repórter. Que é que eu faço?

Ela não tem tempo de responder, porque ele já chegou à nossa mesa e está parado diante de nós. Levanto os olhos para ele quando se debruça e...

... dá um beijo em Lisa — um beijo babado, com a boca meio aberta, que não fica nada bem para alguém que mal acabou de conhecer. Indignada, pulo de pé para defendê-la:

— Ei, qual é...

Lisa ergue a mão para que eu me cale:

— Amy, esse é Dan.

— Tenho vontade de matar você, Lisa — solto, quando Dan vai ao bar.

— Como é que eu sabia que era ele? Você disse para eu não me virar. Enfim, eu é que deveria estar puta da vida com você. Primeiro você acusa Dan de bater em mim e depois o chama de nerd.

— Por que você não me disse que ele vinha? — cobro, ignorando seu argumento inteiramente razoável, que põe o dedo na ferida do meu constrangimento.

— Pensei em te fazer uma surpresa. Mas ele não pode ficar, vai viajar para Chicago amanhã de manhã. E aí, o que achou dele? Além de ter ar de nerd.

Olho para Dan, que acena com uma nota de vinte libras na vã esperança de ser atendido. Parece ser do tipo de cara que fica invisível no momento em que tenta comprar um drinque. Acho que o fato de ele ter um metro e sessenta de altura não ajuda em nada.

— Ele não é exatamente como eu esperava — digo, hesitante.

Bom, para começo de conversa ele é branco, e, embora meus conhecimentos sobre a cultura das gangues criminosas sejam extremamente limitados, tenho certeza absoluta de que isso o desclassificaria tanto como membro da sociedade secreta chinesa como da máfia jamaicana. Outra coisa: Lisa sempre deu muita importância à aparência, e Dan... bom, ele deve ter muita beleza *interior*. E onde é que estão as fieiras de

MaRsha Mellow e eu

marcas de picos nos antebraços? O crucifixo invertido e/ou a ampola de sangue pendurada no pescoço? A suástica tatuada de Charlie Manson na testa? Ele não tem nenhuma das marcas registradas dos namorados regulamentares de Lisa... A menos que tenha um piercing... sabe como é... *lá embaixo*. Não, ele não faz o tipo, não com esse terno. Ele parece... que droga... *respeitável* demais.

Deve haver algum caroço nesse angu.

— Ele parece ser um cara supergente fina — digo, usando uma expressão que jamais empreguei em relação a nenhum dos ex de Lisa. — E, sinceramente, ele não tem ar de nerd... É que eu não estava enxergando direito, entende?... pela vidraça.

Dan conseguiu finalmente atrair a atenção do garçom — o que pode ter alguma coisa a ver com o fato de que agora é o único cliente no bar — e se vira para nos dar um sorriso vitorioso, inseguro... e sua cara (por favor, Deus, me perdoe) tem o ar mais nerd do mundo.

Dan passou a última meia hora tentando explicar como ganha a vida. Ele é dono da Rushe Fundos de Renda Fixa, e faz... hum... calcinhas de traseiro rendado. Não com a renda em babados, ou pregas, ou debruns, mas fixa, entende... Não, não faço a menor idéia do que sejam. Sinto-me uma burra, mas extraio um certo consolo do fato de que Lisa, que o está namorando há *dois* anos, faz um súbito progresso e dispara: "Só agora que eu entendi! Como então, não tem *nada* a ver com calcinhas de traseiro rendado!".

Hora de mudar de assunto.

— E aí? Hong Kong. Uma grande mudança — digo.

— De seis mil trezentas e setenta e sete milhas náuticas, para ser mais exato — diz Dan, me dando a impressão de que a exatidão é um dos seus pontos fortes. — Eu tenho um certo... hum... renome nos mercados asiáticos — prossegue, retirando os óculos e pondo-se a brincar com eles. — Eles me querem lá, e, bem, tiveram que comprar a companhia para me levar. Só espero conseguir convencer Lisa a me acompanhar.

— É um passo importantíssimo — digo, em defesa de minha irmã —, e não sei se ela está muito animada com a perspectiva das águas-vivas.

162   *Maria Beaumont*

Dan parece confuso.

— Eu já falei com você — relembra Lisa. — Eles comem águas-vivas lá.

— Mas comem outras coisas também — rebate ele. — Galinha, carne de boi, filhote de veado, garoupa, raposa, cobra, lesma-do-mar...

Lisa está ficando verde. Ele devia ter parado na carne de boi.

— Bom, é uma decisão muito, muito séria para Lisa — digo.

— Eu sei o que ela está passando — torna Dan, pousando a mão num gesto reconfortante sobre a dela. — Você também me viu passar por uma fase meio complicada, não viu, amorzinho?

Ela o fulmina com os olhos franzidos.

— Você sabe — continua ele —, quando eu tive que engolir o sapo e renunciar à... *Ai!*

Ou ele foi mordido por uma vespa — uma vespa bem grande, porque está com a mão na canela e os olhos cheios de lágrimas —, ou Lisa lhe deu um pontapé.

— Você não tem que ir para casa fazer as malas? — diz ela, mas isso não é uma pergunta... é uma ordem.

— Qual foi o motivo disso? — pergunto, depois de assistir à melosa despedida dos dois.

— Disso o quê?

— Você sabe, da patada voadora debaixo da mesa. Ao que foi que ele teve que renunciar?

— Nada. Bobagem, uma cadeira no comitê municipal.

— Ora, Lisa, sou *eu*. Conheço você melhor do que qualquer um. O que foi?

— *Nada.* Eu só queria que ele fosse para casa, porque tem que acordar ao amanhecer. E você não me conhece nem um pouco. Achava que eu estava namorando um gângster truculento.

E se cala, mal-humorada.

Preciso chegar ao fundo disso, porque ela está escondendo alguma coisa. Estou começando a achar que Dan pode ser o pior de todos os namorados dela até hoje — pior do que o traficante de crack bígamo, do que o ladrão de carros alcoólatra *e* do que o bookmaker esquizofrênico. Talvez esse jeito de nerd seja uma fachada para ocultar alguma coisa escusa verdadeiramente perigosa.

MaRsha Mellow e eu 163

— Qual é a de vocês dois? Por que esse sigilo? Ele parece ser um cara maravilhoso — provoco-a, esperando arrancar uma confissão dela. — Parece ser carinhoso, inteligente, confiável... Confesso que ele não é o que eu imaginava ser o seu tipo, mas...

— É exatamente isso, Amy! — exclama ela. — Ele não é o meu tipo.

— Eu ia dizer que isso é *bom*. Enfim, você ama o cara. Que mais importa?

— Tudo bem. Lembra aquele negócio que eu fiz no meu diário uma vez? *Meu Ideal de Homem.*

Balanço a cabeça. Lembro nitidamente. O desenho de um homem parecido com Tim Roth depois de um curso intensivo de esteróides e uma visita a um tatuador profissional. Era acompanhado por uma lista de requisitos profissionais. Ele tinha que saber tocar baixo de thrash metal, compreender a mecânica de cartas-bombas de Semtex (a serem enviadas a vivissecadores de animais) e ter um plano viável para erradicar o capitalismo global.

— Dan não se encaixa exatamente no retrato, se encaixa? — pergunta Lisa.

— Naquela época você tinha quatorze anos. Você cresceu. Olha aqui, é óbvio que você está louca por ele. Eu não devia dizer isso, porque vou morrer de saudades de você, mas você devia parar de ficar choramingando e ir para Hong Kong. — Não é absolutamente o que eu penso, mas preciso arrancar a verdade dela. — Você sempre pode voltar, se detestar aquilo lá. E levar Dan até lá em casa para conhecer mamãe. Acaba logo com isso de uma vez. Não sei do que você está com medo. Ela vai adorá-lo.

— É isso que está pegando — murmura ela.

— Como é? — exclamo, incrédula. — É esse o seu problema? Ter finalmente se apaixonado por um cara de quem mamãe vai gostar?

Lisa dá de ombros, constrangida. Justamente ela, a pessoa menos sujeita a ficar constrangida que conheço. Nunca a vi assim. Em seguida ela se recompõe e solta, ríspida:

— Tudo bem, Amy, eu vou te contar, e depois não quero mais discutir o assunto.

Ai, ai, ai, lá vamos nós. Finalmente a verdade sórdida, imunda. Preparo-me psicologicamente.

— *É verdade* que Dan é maravilhoso — prossegue ela. — E *é verdade* que mamãe o adoraria. E não só porque ele é tão respeitável. Ela ficaria louca por ele por causa... — E se cala.

— Do quê?

— Daquilo a que ele teve que renunciar.

— O que foi? A presidência da Ku Klux Klan?

— Por acaso, você não passou tão longe assim da verdade. Ele ia representar o Parlamento nas próximas eleições. Foi escolhido como candidato de Chingford...

— Ele está metido em política? Tudo bem, não é exatamente rock 'n' roll, mas também não é o fim do mundo.

— ... pela porra do Partido Conservador.

Lisa não precisa se preocupar, porque eu não poderia mais discutir o assunto nem que quisesse. Estou às gargalhadas.

Capítulo 14

Ah, como as coisas podem mudar em apenas algumas semanas!

Quinze dias atrás — depois que consegui parar de rir da revelação de Lisa — a realidade voltou com força total, vingando-se de mim. A inspiração que eu tivera ao conhecer Kia e o começo do novo livro fizeram com que eu chegasse até o fim do dia sem pensar em mais nada. Mas isso não podia durar e, quando saí do bar, já estava morta de medo novamente. Você sabe, coisas do tipo como contar sobre minha sórdida carreira secreta a mamãe, o que fazer sobre o caso tórrido de papai, como superar o fato de tanto Jake quanto Lewis serem membros do Clube dos Mentirosos, Calhordas & Pervertidos e como orientar minha irmã a emigrar para o outro lado do mundo com um conservador hidrófobo.

Como tudo isso parece trivial agora!

Mary tinha razão. Nada é tão ruim quanto a gente imagina.

Recapitulando do começo:

Mamãe ficou empolgada com Marsha Mellow. Sim, eu contei a ela. Assim, na bucha. À queima-roupa.

— Mamãe — anunciei —, sou autora de um livro pornográfico da pesada. Como você se sente em relação a isso?

— Você não incluiu chuvas-de-ouro e cenas de bestialismo na história, incluiu? — perguntou ela, nervosa.

— De jeito *nenhum*. Acho isso um nojo.

— Que bom — suspirou ela. — É preciso estabelecer um limite. E paga bem?

— Cara, uma fortuna.

— Graças a Deus. Eu vivia preocupada com você atolada naquele empreguinho sem futuro. Estou muito feliz por você ter encontrado uma carreira que concilia a segurança financeira com o estímulo intelectual — disse ela, passando um Perfex na bancada da cozinha.

Quanto a papai, eu não podia estar mais enganada. A Srta. Sandálias de Tirinhas era a irmã mais velha que eu jamais soubera que tinha. Mamãe e papai pensaram que a haviam perdido para sempre devido a um trágico erro do hospital — pelo que consta, ela desapareceu da maternidade depois de ser posta numa cesta da lavanderia cheia de lençóis do berçário. Eles nunca tiveram coragem de mencionar sua existência com Lisa e comigo. E então, um belo dia papai a conheceu numa conferência internacional de cabides em Wembley, e *soube* instantaneamente quem ela era. Ela não apenas tinha os peitos dos Bickerstaff, como também estava no mesmo ramo que ele — desde jovem sentia uma atração irresistível por cabides de arame, como se estivessem nos seus genes... e acho que estavam mesmo. Enfim, ele finalmente a trouxe à nossa casa, para se reunir à sua verdadeira família, e, *meu Deus*, foi tão emocionante. Exatamente como aqueles casos que a gente vê no programa da Cilla, *Surprise, Surprise*, só que sem as câmeras de televisão. Você tinha que estar lá.

Mildred — esse é o seu nome, infelizmente, mas ela é tão encantadora em todos os sentidos que não faz diferença — é uma de nós agora. Amanhã partimos todos juntos em nossas primeiras férias em família há séculos — as primeiras com a família completa, agora que temos nossa Mildred conosco. Vamos fazer um cruzeiro pelo Caribe. Pago pelo adiantamento gigantesco de Jacobson, que chegou a setecentas mil libras.

Na realidade, descobri que tenho o bastante no banco para pedir ao comandante que faça um pequeno desvio e deixe Dan e Lisa em Hong Kong, para iniciarem sua nova vida como o Sr. e a Sra. Rushe. Ela finalmente percebeu como fora boba, como eu já sabia que aconteceria. Compreendeu que quando a gente ama um cara de verdade, simplesmente não faz diferença se ele acredita na volta da palmatória às escolas, no isolamento britânico do resto da Europa por todos os séculos dos séculos, amém, e no projeto de mandar asilados políticos para campos de trabalhos forçados juntamente com gays, toxicômanos e mães solteiras.

Ah, e adivinha quem mais vai participar do cruzeiro conosco?

Jason!

É isso mesmo. Jason Donovan.

Demos um esbarrão, literalmente, numa rua do Soho, e foi amor à primeira vista. No caso *dele*, pelo menos, pois nunca pusera os olhos em mim antes (salvo por aquela tarde no Groucho, em que não estava olhando com atenção), ao passo que eu já estava apaixonada por ele desde "Too Many Broken Hearts".

Ele tem sido maravilhoso comigo. É carinhoso, meigo, atencioso e não fica falando sem parar sobre seu passado de astro da música pop — só quando lhe peço para reviver aqueles dias loucos de playback nos shoppings-centers. E, o melhor de tudo, ele me fez esquecer completamente aqueles outros dois caras... Como eram mesmo os nomes deles? Jack e Louis? Jim e Leroy? Deixa para lá. *Perdedores*.

Jason faz absolutamente tudo por mim. Acabou de pôr o jantar no fogão (um prato incrível à base de pato e páprica que faria Nigella* cair morta de inveja) e, enquanto a iguaria cozinha, arruma a minha mala para o cruzeiro.

— Jason — digo de longe —, não se esquece de pôr na mala os sutiãs dos meus biquínis. Posso escrever livros pornográficos tórridos e sem o menor vestígio de censura, mas acho que ainda não tenho coragem de fazer topless na frente da minha mãe.

Enquanto escuto sua risada vindo do quarto (ele me acha tão engraçada), penso que o espírito desta cena é lindo e maravilhoso para se terminar uma história.

Porque é o ponto final.

O fim.

Vivemos felizes para sempre etc. e tal.

---

* Célebre gastrônoma inglesa.

Capítulo 15

Para dizer a verdade, não.
Ponto final.
Fim.
Acabou-se.
Amy Bickerstaff saiu do edifício.

Capítulo 16

Quem me dera, cara.

Tudo aquilo que escrevi páginas atrás é mentira. Pensamento positivo. Também conhecido como conversa para boi dormir. Inventei tudo. Menos a oferta de Jacobson. Que está em setecentas e setenta e três mil libras. (Por que essas três mil libras? Como se fossem pesar na minha decisão a favor dele.) Durante os últimos dias, cada vez que ele telefona para Mary a quantia sobe um pouquinho. Um poucão, na verdade. E eu sei que deveria estar entusiasmada, mas é apenas outra parte do pesadelo. Cada libra que dispara faz minha pressão sanguínea subir um ponto.

Porque não posso contar nada disso à minha mãe, e, se não posso fazer isso, minha única opção será fugir do país e mandar para ela um cartão-postal de Mônaco, meu exílio fiscal — o que, na verdade, não é opção coisíssima nenhuma, porque eu não quero viver num lugar onde, tirando a princesa Caroline, todo mundo tem mais de sessenta anos e os poodles dirigem seus próprios Porsches pela cidade afora. Podem me chamar de chata, mas eu gosto de Crouch End.

Não posso contar à minha mãe por todas as antigas razões, e mais uma novinha em folha: acho que ela está ficando pinel. Aposentou aquele visual estrambótico de Edwina Currie e adotou outro mais estrambótico ainda: o preto total. Não me refiro àqueles pretinhos básicos charmosos de coquetel, nem ao preto vamp do estilo gótico, mas ao tipo de preto que a gente vê nos países do Mediterrâneo. Aquele negror incondicional que vai do lenço de cabeça aos sapatos, usado pelas senhoras de idade. Cujos maridos morreram. Agora sei por que papai tem andado calado a maior parte do tempo, embora tenha certeza absoluta de que ele ainda não morreu. E não é só o preto. Há também o chacoalhar constante das contas do rosário de madeira sendo manuseadas. E o grosso crucifixo pendurado no pescoço. Se é grande?

170 *Maria Beaumont*

Se ela o girasse algumas vezes como uma funda, derrubaria Arnold Schwarzenegger. E, como se isso já não bastasse, ela me telefonou algumas noites atrás:

— Amy, acabei de ver a coisa mais espantosa do mundo.

— O que foi?

— A Madonna.

No subúrbio de Finchley?, pensei. Será que ela não está levando sua paixão pelas coisas de Londres um pouco longe demais?

— Sério?

— Na batata...

Putzgrilla. Mamãe está mesmo ficando velha — a locução "na batata" é daquele tempo em que se usavam locuções agrícolas "pra chuchu".

— Estou com ela na mão neste exato momento. Eu estava fatiando algumas batatas para acompanhar o frango e lá estava ela, a Virgem Maria...

Ah, *essa* Madona.

— ... o rosto dela olhava para mim de uma batata-inglesa. Eu a embrulhei em plástico e a pus na geladeira, mas tenho medo de que murche. Vou tirar algumas fotos dela, escrever um bilhetinho e mandá-las para o Vaticano. E você precisa me dar o número de An*th*ony. Ele vai ficar empolgado ao saber disso. Acontece cada uma, não? Nossa Senhora, a *Mãe* de Jesus, numa batata de supermercado.

Desisto.

E culpo Ant.

Só que não posso dar um esporro nele, porque fui eu mesma que comecei essa história do padre An*th*ony.

Gostaria muito de conversar com papai sobre ela, mas ele está ocupado...

Com a Srta. Sandálias de Tirinhas.

E, se por um lado seu comportamento me enoja, por outro não posso tirar a razão dele. Sim, porque olha só com quem o pobre-diabo casou: uma mulher que se veste como se ele já estivesse morto e enterrado, e tem visões sagradas num tubérculo. Se eu estivesse no lugar dele, também buscaria refúgio nos braços de uma loura oxigenada com unhas do pé pintadas de rosa-choque.

Marsha Mellow e eu

O comportamento de meu pai.

É dele que estou prestes a descobrir os detalhes escabrosos. Lisa e eu estamos subindo a escadaria imunda que conduz ao escritório de Colin Mount, investigador particular internacional. Ontem ele ligou para Lisa, a fim de lhe dizer que escreveu um relatório e... tirou *fotografias*.

— Sabe de uma coisa? O que eu acho é que nós devíamos seguir o conselho de Ant — digo, ficando para trás de minha irmã.

— O quê? Dar para trás agora? Vamos ver pelo menos o que ele descobriu. Vamos ter que pagar a ele, mesmo, quer nos encontremos com ele ou não.

— *Eu* é que vou ter que pagar a ele. E, de mais a mais, o que vamos fazer com as informações? Será que papai não tem o direito de ferrar a vida dele, se quiser? Como disse Ant, ele é um homem adulto.

— Isso é típico de você. Está enterrando a cabeça na areia outra vez. Fazendo o mesmo que fez com o caso de Marsha Mellow e...

— Marsha Mellow — diz uma voz rascante em tom lascivo atrás de nós. — Taí uma cachorra cujo telefone eu não me importaria de ter na minha caderneta.

Colin Mount sobe as escadas, resfolegante, com o peito chiando e uma cara escarlate que entrega seu almoço líquido.

Estamos encurraladas.

— Vocês devem estar se sentindo arrasadas, bonecas. Acreditem em mim, eu sei como é difícil — diz Colin Mount, fazendo o possível para transmitir o tom de um terapeuta especializado em vítimas de traumas. — Quer dizer, o que vocês estão vendo deve estar sendo um puta choque para as duas, com o perdão da má palavra.

O que nós estamos vendo é um puta neca de pitibiriba, isso sim. Há uma quantidade de fotos em preto-e-branco desfocadas e granulosas espalhadas sobre a mesa à nossa frente. Foram tiradas à noite e mostram os fundos da pequena fábrica de nosso pai em Edmonton. Um homem meio parecido com papai está de pé no minúsculo estacionamento, perto de uma van branca, em companhia de uma mulher.

— É ela? — me pergunta Lisa.

Bom, ela é loura, mas é difícil dizer. As fotos foram obviamente tiradas de uma grande distância, e a trama da cerca de arame em pri-

172   *Maria Beaumont*

meiro plano atrapalha a vista de papai e da mulher. É como estudar aquelas fotos vagabundas de OVNIs que não se parecem em nada com naves espaciais e provavelmente foram feitas no fundo do quintal de alguém com um pedaço de barbante, uma travessa da Tupperware e plástico adesivo.

— Acho que sim — respondo. Ajudaria se as fotos fossem coloridas, pois aí talvez as unhas rosa-choque dos dedos do pé sobressaíssem e a entregassem. — Mas, mesmo que seja ela, isso não prova nada. Só mostra que papai bateu um papo com uma mulher num estacionamento.

— A mesma mulher com quem ele estava *bebendo* no Soho — acrescenta Lisa, como se fosse Helen Mirren em *O Suspeito* e acabasse de descobrir a prova fundamental que soluciona o caso.

— Ela pode ser qualquer pessoa, Lisa. Provavelmente é alguma cliente. A encarregada da compra dos cabides de arame da Sketchley ou algo assim.

— Não é, não, a menos que ela tenha outro emprego — interrompe Colin Mount. — O nome dela é Sandra Phillips. Sand para os íntimos. Tem vinte e nove anos e trabalha no Bufê Premier, no Soho.

— Está vendo? Nada a ver com cabides de arame — exclama a inspetora Tennyson... quer dizer, Lisa.

— Ela vive em Wood Green e sai para dançar no Lite Fandango, na rua principal — prossegue Colin Mount. — Gosta de tomar Southern Comfort com limonada e pinta os cabelos no Kurlz 'n' Tintz. E o sutiã dela é quarenta e seis... embora vocês provavelmente não precisassem saber disso.

Lisa se recosta na cadeira e cruza os braços. Caso encerrado.

— Olha — argumento —, só porque papai conhece uma funcionária de bufê...

— Uma funcionária de bufê loura e *vulgar* — acrescenta Lisa, num tom muito parecido com o de mamãe, o que é preocupante.

— Que seja. Só porque ele conhece a criatura, isso não prova que esteja dormindo com ela. Ele pode estar planejando alguma coisa, tipo uma grande feira de amostras de cabides de arame, e ela vai ficar encarregada dos aperitivos de salsicha. Não devemos tirar conclusões precipitadas.

— Lá vem você de novo, Amy. Tira essa cabeça da areia e sente o cheiro de perfume barato! Encara os fatos! Papai nunca planejou um

Marsha Mellow e eu   *173*

evento na vida, é um verdadeiro eremita. O que estava fazendo com ela, se os dois não estão de caso?

— Acho que sua irmã acertou na mosca — diz Colin Mount. — Vocês são moças finas e eu não queria ter que mostrar isso para vocês.

Ele abre uma gaveta, retira outra foto e a coloca na mesa à nossa frente. Mostra um homem que lembra papai sentado na traseira aberta de uma van branca, com as pernas penduradas para fora... e uma loura agachada diante dele. Olho para Lisa, que ficou tão pálida quanto eu me sinto.

— Ela podia estar se abaixando para afivelar as sandálias de tirinhas — arrisco... embora saiba muito bem que não é nada disso que ela está fazendo.

Enojada, subo no trem do metrô que me levará de volta ao trabalho. Acho que deveria ser capaz de enfrentar a situação. Sou Marsha Mellow. Segundo o *Sun*, escrevi o livro com o mais alto "teor de fuc-fuc" da língua inglesa (e eles mostraram os resultados de seu exaustivo "trepômetro" para provar isso), mas minha cabeça não aceita uma foto de meu pai mandando brasa. Mas quem aceitaria? Quer dizer, *pais* e *sexo*... é uma coisa... nojenta demais. E perturbadora. *Estou com ódio do meu pai.*

Tiro um livro barato da bolsa e tento me esquecer dele. O livro é um romance de Patricia Cornwell totalmente destituído do mais leve vestígio de pornografia, onde os únicos corpos nus estão deitados em mesas de autópsias com etiquetas presas nos dedões dos pés. Mas não consigo me concentrar. Estou com *tanto* ódio do meu pai... E me dou conta de que é a primeira vez que ele me desperta um sentimento profundo. Já tive ódio de mamãe muitas vezes — afinal, ela pede. Mas papai? Ele sempre foi... como direi... uma *peça da mobília.* Mas agora percebo que, se estou com tanto ódio dele assim, é porque devia amá-lo muito antes.

E isso não ajuda nada.

Só me deixa com vontade de chorar.

O trem pára em Holborn. Duas garotas sobem e se atiram nos assentos em frente ao meu. Olho para elas brevemente antes de enfiar o nariz no livro, mas meus olhos não se concentram nas palavras.

— Caraca, mané! — grita uma das garotas. — Você leu isso?

A frase chama a minha atenção e levanto os olhos. Elas estão lendo o *Mail*. A manchete da primeira página diz em letras garrafais: O PREÇO DO PORNÔ: UM MILHÃO, em cima da silhueta de uma mulher com meu penteado — que ainda é (graças a Deus) o mais perto que eles conseguem chegar de um retrato de Marsha Mellow. Mas de onde foi que tiraram esse milhão? A oferta, na realidade, é de setecentos mil, fora os três mil quebradinhos.

— Eu poria a minha vida sexual no papel, se achasse que alguém pagaria um milhão por ela — continua a garota, com uma voz tão alta que parece ter tirado um megafone da bolsa. O vagão inteiro pode ouvi-la, e todo mundo fica de orelha em pé. Ela continua falando, alheia à sua platéia. — Ouve só isso: "O adiantamento que está sendo oferecido a Mellow por seus próximos três romances é surpreendente, considerando que muitos críticos classificaram a autora secreta como sendo apenas uma sensacionalista sórdida".

— Isso é uma babaquice — berra sua amiga, também tirando um megafone de dentro da bolsa — afinal, há pessoas no vagão ao lado que podem estar tendo dificuldades para ouvi-las. — Você leu *Anéis nos Sei-lá-o-quê Dela?*

— Li. É genial — urra a primeira garota.

— Supersacana, isso sim — esgoela-se a sua amiga. — Eu até que sinto pena da coitada. Estão pintando ela como se fosse uma verdadeira criminosa. Não admira que ela queira permanecer no anonimato. Mas que eu adoraria saber quem ela é, ah, isso adoraria.

— Eu também. Mas vem cá, não é você, não, é?

Vejo as duas explodirem em gargalhadas estridentes, enquanto o trem chega à Tottenham Court Road. Quando as portas se abrem, atravesso-as e saio galopando pela escada rolante acima como um rato subindo num cano.

Avanço pela Oxford Street com as pernas bambas. Meu queixo treme e lágrimas riscam minhas faces. Ninguém se aproxima mais de três metros de mim e recebo olhares estranhos, um misto de medo e do clássico constrangimento britânico: *"Aaaah... hum... ou ela é uma daquelas*

Marsha Mellow e eu 175

pacientes de clínica psiquiátrica pública que se esqueceu de tomar os medicamentos ou brigou com o namorado".

Por que sou uma nulidade em matéria de enfrentar a vida? Lisa tem razão. Ao primeiro sinal de crise já saio desembestando à procura do buraco mais próximo. *Abram alas, avestruzes, aí vem a Amy!* Mas não há nada que se possa evitar para sempre, há? E hoje tudo está acontecendo ao mesmo tempo. Um dos meus pais está se transformando em Madre Teresa de Finchley, o outro pensa que é Robbie-tchaca-tchaca-Williams e um jornal de circulação nacional quer trazer de volta os açoitamentos públicos, a forca e a morte na fogueira só para mim.

Não posso entrar na redação com este astral... ou com esta *cara* — acabei de ver de relance meu reflexo numa vitrine. Meu rosto está coberto de manchas vermelhas, meu nariz está escorrendo e estou parecendo uma daquelas crianças pequenas que a gente vê dando pitis homéricos nos corredores dos supermercados. As pessoas estão atravessando a rua para me evitar, preferindo se arriscar a morrer sob as rodas de um chope-duplo a sequer roçar em mim. Tenho uma fugaz lembrança da deslumbrante e christyturlingtonesca Ros no porta-retratos de Lewis. Não posso *de jeito nenhum* voltar para o trabalho. Estou no começo da Dean Street. Será que Mary está no escritório? Ela sempre tem lenços-de-papel.

— Você se arriscou demais vindo aqui — diz ela. — E se a repórter do *Mail* estivesse aqui em frente? Você deu sorte em pegá-la na primeira folguinha que tira em semanas para fazer pipi. Ela deve ter uma bexiga do tamanho de uma bola de praia.

Ela tem razão. Eu não devia ter vindo. Mas, agora que estou aqui, sinto-me segura. Sempre gostei do escritório dela. Não sei por quê, já que sempre fede a pizza do restaurante embaixo — acho que ela mandou instalar um ducto saindo de lá até o escritório. Também é minúsculo. Mal há espaço para Mary aqui dentro, que dirá para todo o lixo que ela deixou se acumular. Principalmente embalagens de pizza. E toneladas de livros. Bom, esses já eram de esperar no escritório de uma agente literária, mas a questão é que noventa e nove por cento são sobre dietas. Estou sentada em cima de um. *A Dieta Pukka*, de Jamie Oliver, está cobrindo um rasgão gigantesco na minha poltrona.

Estamos conversando há uma hora. Entre um berreiro e outro, consegui contar a ela de minhas crises e estou me sentindo um pouquinho melhor — pelo menos acho que vou poder tornar a pisar na rua sem fazer com que todo mundo saia correndo em busca de abrigo.

— Segredos, hein? — diz ela. — Nunca são uma boa idéia. Aí está você com os seus, e agora seu pai está pintando o sete como um garoto atrás do bicicletário. E sua mãe fazendo confissões secretas para o seu melhor amigo, que ela pensa que é padre porque você tem medo de contar a ela que é gay. E há também a sua querida irmã escondendo o namorado, e por quê? Porque é rico, bem-sucedido e altamente respeitável? Qual é o problema com os Bickerstaff? Se eu fosse um dos olheiros de Jerry Springer, estaria ligando para ele neste exato momento para dizer que tenho uma matéria completa para ele.

A custo esboço um sorriso. Se parecemos ridículos, é porque somos mesmo.

— Com o seu pai descobrindo pela segunda vez na vida que seu pirulito não serve apenas para fazer pipi e com a sua mãe ficando lelé, esta poderia ser a hora ideal para jogar seu missilzinho debaixo do radar. Talvez passasse despercebido em meio ao caos familiar.

Boa idéia... Mas duvido muito.

— Que bom que você parou de chorar — prossegue ela —, porque podemos falar um pouquinho de negócios. Jacobson telefonou pouco antes de você aparecer. Setecentos e quarenta mil.

— *Meu Deus.*

— Disse que fez mais uma hipoteca de sua casa em Blackheath e do seu *gîte* na Dordogne para levantar a quantia necessária. Não me surpreenderia que também tivesse vendido sua esposa filipina para o catálogo de onde a comprou. Ele alega que é sua *última* oferta *mesmo* e me inclino a acreditar nele. Portanto, acho que devemos torturá-lo durante um ou dois dias e depois você deve acei...

— Mary — interrompo-a, subitamente me sentindo tensa outra vez —, de onde o *Mail* tirou aquela cifra de um milhão?

— Eles podiam estar apenas inventando, filhinha. Vocês, autores, não sabem nada sobre o prodigioso poder criador dos jornalistas. No entanto, tenho cá minhas suspeitas de que Jacobson a deixou transpirar depois de exagerá-la um pouquinho — afinal, um número redondo

Marsha Mellow e eu 177

sempre cai melhor numa manchete. E, agora que paro para pensar nisso, provavelmente foi ele quem pôs a excomungada daquela repórter nos meus calcanhares.

— Aquele filho-da-mãe.

— Por mais que me desagrade defendê-lo, devo dizer que ele está apenas fazendo o seu trabalho. *Anéis* ainda está em primeiro lugar, e ele simplesmente quer que continue lá. E o *Mail* está fazendo um trabalho de marketing espetacular para ele.

— Mas se ele deixou transpirar isso, o que mais não estará planejando contar?

— Lembra do acordo de sigilo? Ele sabe que vou transformar seus ovos em amuletos de sorte se rompê-lo. Além disso, o que mais ele sabe de concreto sobre você, além da cor do seu cabelo e do fato de não poder tomar champanhe sem ficar bêbada?

Ela tem razão. Mais uma vez. Relaxo.

Em seguida vejo as horas e sinto um tranco no estômago.

— Que merda, Mary, são quase cinco. Tenho que pelo menos dar as caras no trabalho.

— Santo Deus — murmura ela. — A mulher está prestes a ganhar zilhões e ainda se preocupa em não perder o emprego.

Enquanto visto meu mantô, Mary dá uma espiada pela janela.

— Minha perseguidora voltou. É melhor pegar a saída de incêndio e sair pela pizzaria. Vou ligar para lá antes e mandar que eles lhe dêem uma embalagem vazia, para você sair carregando... E acho que vou aproveitar e pedir uma *Quattro Stagioni* para mim.

— Amy! Por onde você andou? — pergunta Julie, quando despenco na minha cadeira. — Deedee está botando fumacinhas pelo nariz. Ela quer que Lewis te dê uma advertência por escrito.

— Deixa ela — digo, cansada.

— Vamos esquecer isso. Você vai lá hoje à noite, não vai?

— Hoje à noite?

— No meu coquetel de noi*vaaaa*do...

Não sei como, mas isso tinha saído completamente da minha cabeça.

— ... você *tem* que ir. Metade do time do Arsenal vai estar lá. Menos os franceses. Ou seja, a maioria. Filhos-da-mãe seb...

— Julie, acho que não vai dar.

— Está brincando! — lamenta-se ela. — Você não pode me deixar na mão. Não posso pedir a Deedee para puxar o zíper do meu Versace novo. *Poooor favoooor,* Amy. Vai ter bebida de graça aos montes. Lewis pagou cento e cinqüenta contos para o bar.

Lewis. Aaaaiii! Agora é que não posso ir mesmo.

— Desculpe, mas tenho que... — Calo-me, tentando pensar em alguma desculpa. — ... tenho que... Não posso ir e pronto. Me desculpe mesmo.

Bom, não posso contar a ela que vou para casa encher a banheira de água quente e cortar os pulsos com um Ladyshave, posso? Julie me fulmina com os olhos... Talvez me poupe o trabalho de ter que me matar. Ou, se não me poupar, talvez Deedee poupe. Está atravessando o escritório a passos duros em minha direção.

Meu telefone toca.

Obrigada, meu Deus.

Ela pára abruptamente quando o atendo. É Lisa.

— Amy, a gente tem que fazer a coisa hoje a noite.

— Fazer que coisa?

— Encostar papai na parede. Andei olhando as fotos de novo e não dá para esperar. A gente tem que dizer a ele para parar de agir como se quisesse se transformar em Rod Stewart de uma hora para a outra. Ele é nosso *pai*, pelo amor de Deus.

— É, a gente precisa mesmo fazer isso — digo, tentando desesperadamente pensar em alguma razão para adiar o confronto. — A gente tem que ir lá... malhar o ferro enquanto está quente... só que... eu não posso. Não hoje à noite.

— Amy, é importante! Por que não?

Bingo!

— Por causa do coquetel de noivado de Julie... você sabe, minha melhor amiga aqui no trabalho. Não posso deixá-la na mão. Quem mais vai puxar o zíper do vestido dela? De mais a mais — tagarelo —, vou ser a dama de honra, os jogadores de futebol vão estar lá e o escambau.

Julie me encara, em estado de choque. Talvez eu devesse ter pulado a parte da dama de honra.

— Mas, Amy... — protesta Lisa.

Marsha Mellow e eu 179

— Amanhã a gente vai. Sem falta. Tenho que desligar. Falo com você depois. Tchau.

Quando desligo, Julie diz:

— E aí, você vai ou não vai?

— Vou... Não... Sei lá.

Mas não estou me concentrando de fato nela, porque lá vem Deedee outra vez avançando na minha direção como um trem. Ao chegar à minha mesa, o telefone torna a tocar. Ela me olha com ódio quando atendo e anuncio com minha voz telefônica mais melíflua:

— Alô, revista *A Profissional,* aqui fala Amy Bickerstaff. Em que posso ser útil?

— Tem certeza de que é você, Amy? — pergunta uma voz grosseira e familiar. — Ou seria Marsha Mellow?

Meu coração pára... literalmente pára.

— Não sei do que o senhor está falando — torno eu, fraca.

— É claro que sabe, querida — diz Colin Mount.

— O senhor discou o número errado.

— Eu não desligaria se fosse você, porque meu próximo telefonema vai ser para o *Daily Mail.* Tenho certeza de que eles pagariam uma baba pelo que eu sei.

Silêncio.

Deedee ainda está parada à minha frente, ameaçadora. Perplexa, Julie olha ora para ela, ora para mim.

— Quer saber como foi que descobri? — pergunta ele.

Quero. Desesperadamente. Como é que ele sabe, *porra?*

— Foi sua irmã...

Tinha que ser ela, não tinha?

— ... se não tivesse aberto a boca na minha escada, eu não teria a menor idéia. Enquanto vocês duas estavam olhando as fotos do seu pai, tive uma das minhas intuições. Achei que provavelmente não era nada, mas que diabo, quem não arrisca não petisca, não é mesmo? E segui você quando estava voltando para o trabalho. Só que você não foi direto para aí, foi? Deu um pulo no escritório da sua agente, que fica no caminho, para tomar um chá.

Mary! *Puta merda.* O nome dela já saiu no *Mail* uma dezena de vezes nestas últimas semanas, junto com um retrato seu usando o lenço de cabeça e os óculos escuros, chapando a mão na lente do fotógrafo.

— Como já disse, eu poderia ir para os jornais — continua ele. — Mas meu palpite é que uma moça discreta como você deve estar disposta a pagar para preservar sua privacidade. Achei que seria no mínimo justo perguntar a você primeiro.

Ah, é muito razoável da sua parte, seu merda gordo e ordinário.

— A verdade é que eu já estou até aqui de subir em árvores para ficar tirando fotos de tarados como o seu pai — prossegue ele. — Estou de olho numa casinha no Algarve. Os imóveis ainda custam uma ninharia por lá, de modo que não estou pedindo muito.

— Eu... É... Hum — murmuro. Não tenho a menor idéia de como lidar com a situação, e mesmo que tivesse não poderia fazer isso diante de uma platéia.

— Provavelmente é muita coisa para você assimilar de uma só vez, meu bem, de modo que sugiro que a gente saia para tomar um drinque e conversar sobre o assunto... por minha conta. Aí você pode me contar de onde Marsha Mellow tira a inspiração, sua safadin...

Bato com o telefone e meu coração volta a bater — a mil por hora, em busca do tempo perdido. Julie e Deedee estão me encarando.

— Engano — digo. — Um maluco.

— Precisamos conversar — diz Deedee.

— Não posso — digo, meus olhos se enchendo de lágrimas. — Minhas lentes de contato estão quase explodindo.

Apanho meu mantô e quase derrubo Deedee na pressa de fugir dali.

Capítulo 17

Já faz vinte minutos que estou me escondendo. Estou parada diante da porta da *A Profissional*, espiando pelo vidro. Não posso ir embora. Colin Mount está à minha espreita diante da porta de uma loja do outro lado da rua. Mas não posso voltar a subir, porque só vou encontrar Deedee esperando por mim com o meu aviso de demissão. É óbvio que não posso passar a noite inteira aqui, mas não tenho a menor idéia do que fazer. Meu único consolo é que enquanto o mau-caráter estiver sob minha vista, não estará ao telefone falando com o *Mail*.

Mas é um consolo para lá de mixuruca, porque este é indubitável, inequívoca e decididamente o maior pesadelo da minha vida — até agora. E eu ainda por cima tinha que arrumar um chantagista — ou por outra, Lisa tinha que arranjar um chantagista para mim. Na porcaria das Páginas Amarelas.

Aí, valeu, mana.

Tenho vontade de matá-la.

Porque, agora que paro para pensar no assunto — e não fiz outra coisa nos últimos vinte minutos —, percebo que é tudo culpa dela. *Tudo*. O fato de ter soltado sua língua de trapo na escadaria de Colin Mount. O fato de ter conseguido publicar meu livro, antes de mais nada. O fato de eu ter ido me encontrar com Jake vestida como Jordan e de ter quase acabado na cama com uma prostituta polonesa (que se revelou um amor de pessoa, mas isso não vem absolutamente ao caso). A verdade é que esse negócio de Lisa viver me metendo em roubadas já vem rolando há anos. Quando eu tinha quatorze anos, quem foi que me empurrou para a frente de uma câmera quando Michael Barrymore e seu programa *My Kind of People* deram as caras em Brent Cross? *Lisa*, ora quem mais. Só cantei um verso de "The Wind Beneath My Wings" e a cena nunca foi ao ar, mas só a lembrança já me faz suar frio.

Mas matar Lisa não seria justo, seria? Não, eu deveria amarrá-la e lhe infligir as mais dolorosas torturas com utensílios de cozinha durante semanas a fio... E aí, sim, matá-la.

— *Amy,* o que você está fazendo?

Viro-me e vejo as portas do elevador se abrindo. Julie se espreme por entre um bando de mulheres do escritório. Ela está... *um arraso.* Mais para a nova Sra. David Beckham do que para a noiva de um reserva de que ninguém jamais ouviu falar.

— Pensei que você já tivesse ido embora — diz ela, chegando até mim.

— Não — respondo, entrevendo minha chance de escapar —, achei que seria sacanagem não puxar o zíper do seu vestido.

Atiro-me no meio da mulherada que vara a porta em direção à rua. Julie me dá o braço, aparentemente satisfeita com a minha presença. Depois de algum tempo caminhando pela rua, dou uma espiada por cima do ombro.

Droga.

Fui vista. Colin Mount está uns dez metros atrás de nós e acena para mim discretamente. Retomo o passo, praticamente levantando Julie do chão.

— Por que a pressa? — grita ela. — A gente tem a noite inteira.

Minha tática habitual nas festas é encontrar um cantinho e tentar me confundir com a parede. Tenho vários vestidos de noite estampados no estilo papel-de-parede-floral comprados com esse propósito específico. Mas não esta noite. Esta noite sou uma locomotiva, parando de grupo em grupo e falando pelos cotovelos. Já discuti a queda na renda da publicidade em face da competição crescente com a chefe de vendas da *A Profissional*, imóveis multipropriedade na Flórida com um sujeito careca cujo nome não gravei, já escutei cinqüenta opiniões imbecis do garoto espinhento de dezesseis anos que abastece as copiadoras e até mesmo conversei com os jogadores de futebol. Alan, o noivo de Julie, me explicou o que um ponta-esquerda faz, e não tem nada a ver com militância comunista. E um cara alto, forte, supergente fina chamado Sol, que me disseram que joga na Seleção, me explicou a tática do

Marsha Mellow e eu   183

quatro-quatro-dois. Já ia me explicar também o que é impedimento, mas fui logo dizendo:

— Ei, não sou uma dessas mulherezinhas que não têm noção do que seja impedimento e pedem para o cara fazer demonstrações idiotas com um saleiro e um pimenteiro.

Estou exausta.

A única razão pela qual estou mantendo este esquema é que, enquanto estiver conversando com alguém, aquele chantagistazinho de merda vai me deixar em paz. Ele está sentado num tamborete do bar e não tirou os olhos de mim a noite inteira.

— ... que nada, não vejo um fotolito há séculos — diz Vic, da produção, meu mais recente interlocutor.

— É mesmo? — respondo, tentando ao máximo parecer interessada.

— Pode crer. Acabaram quando a impressão passou a ser digital. Hoje em dia tudo é na base do pixel. Isso me deixa doido.

— Aposto que deixa mesmo — digo, me perguntando que diabo será um pixel e esperando que ele não me faça perguntas depois.

— Mas, enfim, meu amor, faz um favorzinho para mim: toma conta da minha bebida enquanto eu dou um pulo no banheiro. Minha bexiga está estourando.

Ele me entrega a garrafa e dá as costas, me deixando em pânico. *Ninguém com quem conversar*. Colin Mount já percebeu a chance e está descendo do tamborete. Meus olhos percorrem freneticamente o aposento em busca de alguma pessoa (*qualquer uma*) a quem me agarrar. Sol parece estar de bobeira, mas não tenho mais nenhuma pergunta sobre futebol e não posso confessar que, para ser franca, não faço a mais pálida idéia do que seja impedimento. Vejo o adolescente espinhento de dezesseis anos e decido que provavelmente dá para fingir umas gargalhadas quando ele me contar pela quinta vez a piada do *"Ff-f-fanho que não s-sabia q-que t-t-também era g-g-gago"*. Abro caminho rapidamente pela multidão em direção a ele, mas não chego a alcançá-lo, porque Deedee me segura. Não sabia que ela vinha à festa, mas ela já deve estar aqui há algum tempo, porque parece bêbada — depois de alguns segundos, ainda está grudada em mim para se amparar.

— Amy, esta festa está caidaça — diz ela, com a voz enrolada. Pelo visto, esqueceu que algumas horas atrás queria me despedir.

— Está? — digo, dando uma espiada por cima do ombro dela para conferir se o safado voltou quietinho para o seu tamborete.

— Está cheia de jogadores de futebol, uma droga — lamenta-se ela.

— Bom, é por causa do noivo de Julie... é a profissão dele.

Agora o olhar dela está fixo em Julie, cujo corpo se entrelaça ao de Alan. Pelo visto, a língua dele está se aventurando por um território aonde nenhum dentista jamais conseguiu chegar. *Filha-da-mãe de sorte.* Nenhum problema. Nenhuma preocupação. Nada mais estressante para enfrentar do que um cara alto e atlético que mal pode esperar para tirar seu sutiã de duzentas e cinqüenta libras da La Perla.

— Meu Deus, só mesmo uma mangueira de bombeiro para separar aqueles dois — diz Deedee.

Cheia de inveja como estou, seu tom me deixa irritada.

— Mas não vai durar — prossegue ela. — Seis meses no máximo.

— Pelo menos, ela tem alguém. É mais do que eu ou você podemos dizer.

— Bom, eu prefiro não ir para a cama com qualquer homem que conheço — torna ela, irritada.

— Talvez, se você experimentasse fazer isso de vez em quando, se livrasse desse olho-grande que não diminui nem quando você tira os óculos — rebato, ríspida. Meu Deus, eu disse mesmo isso? Só posso estar bêbada.

Mas Deedee não está escutando. Sua atenção se voltou para o bar, onde uma morena alta está esperando para ser atendida. Ela nem precisava da nota de vinte com que acena para atrair a atenção do garçom — seus lábios, busto e pernas de anúncio de meia-calça são capazes de fazer isso por conta própria. Embora seja deslumbrante, não é sua beleza que me deixa atônita e sim o fato de Lewis estar ao lado dela.

— Aquela é a nova namorada de Lewis — diz Deedee, com um risinho de desprezo, levando-me a desconfiar que ele talvez tenha andado arrastando a asa para cima dela também.

— Você a conhece?

— Ela foi à redação uma tarde na semana passada. Lewis diz que ela é o máximo... Mas eu não sei, não. Meio fria. Não vejo o reinado dela durando muito.

Pois eu vejo. Olha só para aqueles lábios... aquele busto... aquelas pernas. Essa nasceu com a bunda virada para a lua, mesmo. Mas, afinal,

Marsha Mellow e eu

185

que mulher haveria de querer que seu reinado durasse com um cachorro como Jake? Quer dizer, como papai. Quer dizer, como *Lewis*. Santo Deus, que estresse. Estou embaralhando todos os meus calhordas.

As bebidas da morena chegam. Ela entrega um copo para Lewis antes de tirar um celular da bolsa. Enquanto atende a ligação, ele se aproxima de nós. Tenho sido nota dez em matéria de me esconder dele nas últimas três semanas, mas parece que agora estou num mato sem cachorro — não posso sair de perto de Deedee, porque Colin Mount está esperando para me dar o bote como uma pantera gorda e cheia de cerveja na pança.

— Deedee, você me faria um favor? — pergunta Lewis, quando chega até nós.

— É claro — diz ela, em tom adulador.

— Quando a Ros desligar o telefone, leva ela para conhecer o pessoal. Ela ficaria muito satisfeita.

AimeuDeus, essa é a *Ros* dele!

Em carne e osso!

Ao vivo e em cores!

Diante destes olhos que a terra há de comer!

Mas essa não é a mulher do porta-retratos. Deve ser a Ros *original*, a que lhe ligou naquele dia em que ele falou comigo pela primeira vez. Ah, coitada. Será que ela está sabendo da mulher no porta-retratos? Ele pega uma atrás da outra — é como Jake num surto de potência depois de uma overdose de Viagra. Ainda bem que não dei bola para ele. Por que haveria de querer namorar um cara que delega à sua assistente pessoal a incumbência de apresentar a namorada aos outros? Já ouvi falar de patrões que mandam as secretárias comprarem flores e lingerie para as suas mulheres, mas isso é indigno. Será que ele vai mandar Deedee dar um fora nela quando não estiver mais a fim?

— Com todo o prazer, Lewis — solta Deedee, e imediatamente vai atrás de Ros. Ela é mais burra ou mais frívola do que eu pensava. Provavelmente, as duas coisas.

Lewis e eu ficamos parados, num silêncio constrangido... que ele por fim se encarrega de romper:

— Bom, Amy, pelo visto estamos finalmente a sós... fora os cinqüenta ou sessenta convidados bêbados, um bando de jogadores de futebol e o pessoal que trabalha no bar.

— É... Hum...

Vê se eu me agüento. Automaticamente entrei em Modo de Murmúrio. E estou encarando Lewis. Ele está lindo. Esses olhos grandes. E sua camisa é superelegante — turquesa, brilhante e um pouquinho apertada. Aposto como ele tem uns peitorais maravilhosos debaixo da...

Pára com isso, pára com isso, *pára com isso*! Ele é um calhorda. Com uma namorada. Provavelmente mais de uma, a se dar crédito aos fatos (ou aos porta-retratos).

— Você está bem? — pergunta ele. — Tem andado distante ultimamente.

— Hum... Estou... é... ótima. Só meio... hum... ocupada.

— É que achei que fosse por minha causa, entende? Alguma coisa que eu tivesse feito.

E o que você poderia ter feito, Lewis? Isto é, além de fazer com que eu ficasse a fim de você, de me convidar para sair enquanto uma sósia de Christy Turlington o contempla de um porta-retratos na sua mesa e de aparecer numa festa com a pobre e traída Ros?

— Não... Hum... Ah, não... Você não fez nada.

— Tem certeza? Eu sou meio...

Metido? Arrogante? Palhaço?

— ... brusco, às vezes...

Vá lá, por ora aceito "brusco".

— ... mas nunca tenho a intenção — diz ele, com uma voz mais amável do que jamais ouvi. Não amável *demais*, mas tudo é relativo. — Aquela tarde, no meu escritório... talvez você tenha tido a impressão err...

Esquece, Lewis. É tarde demais para tentar me convencer de que no fundo você é um cara legal que nunca engana as namoradas e deixa pires de leite do lado de fora para os gatinhos vira-latas.

— Você não fez nada de errado, sinceramente — digo, um pouco agressiva.

— Que bom... Que bom. Enfim, o que você achou dela? — pergunta ele, gesticulando em direção a Ros, que Deedee, praticamente chumbada, arrasta pela mão de um lado para o outro.

Por que você haveria de se interessar pela minha opinião sobre a sua namorada?

Marsha Mellow e eu   187

— Ela parece ser... hum... *legal* — digo, friamente.

— E é mesmo. Acho que vai tornar minha vida muito mais fácil.

Ah, que bom para você!

— Há quanto tempo você a conhece? — pergunto, em tom ainda gélido.

— Eu a entrevistei na semana passada.

Não conseguindo mais conter minha indignação, finalmente explodo em voz alta:

— Você a *entrevistou?*

— Entrevistei — confirma ele, um pouco desconcertado. — Ela começa semana que vem.

— Ela *começa* semana que vem? — grito, agora indignada. — Você marca uma data para as suas *namoradas* assumirem o cargo?

— Minha namorada? Ela não é minha... Ros é minha nova redatora-chefe.

Minha boca está aberta. E nada sai de dentro dela.

E, é claro, Lewis está rindo. Às gargalhadas.

Normalmente, numa situação destas, eu agiria racionalmente e picaria a mula, mas não posso ir a parte alguma sem meu chantagista favorito me seguir. Assim sendo, fico parada e abro a boca mais ainda.

Ele finalmente se recompõe.

— E aí, agora que já ficou provado que não vou me casar com Ros em breve, o que me diz de você?

— De mim? — pergunto, praticamente sussurrando, morta de medo de dar mais um fora.

— Bom, da última vez que eu chequei, você estava ao telefone. Marcando um encontro. Como é que vai o namoro?

— Ah... É... Hum... Não vai.

— Que pena. E ele mandou umas flores tão lindas para você. Muito... hum... abundantes.

— Ele é um filho-da... Não teria dado certo.

— Isso quer dizer que... você sabe... hum...

Por que ele ficou todo tímido e murmurante agora? Mal ouço o que ele diz.

— ... será que eu poderia... é... ressuscitar aquele convite... para jantar?

Será que eu ouvi direito? Acho que sim, e já começo a me indignar outra vez. Afinal, como ele pôde esquecer a mulher no porta-retratos? Sim, porque ela até pode ser apenas a nova redatora-chefe, mas tenho certeza absoluta de que não é de praxe colocar retratos de empregados em porta-retratos bonitos na mesa de trabalho.

— Seria maravilhoso, Lewis — digo, num tom de voz muito formal. E agora, o *gran finale*: — Por que você não convida a sua *namorada* para vir também?

— Quem? — pergunta ele, tentando ganhar tempo, sem dúvida enquanto bola uma boa explicação.

— Aquela na sua mesa.

— Quem é que está na minha mesa? Não estou entendendo, Amy — diz ele, constrangido.

— No porta-retratos — solto, irritada. — A que se parece com Christy Turlington.

Ele agora está sorrindo. Sem um pingo de vergonha. Exatamente como Jake. Provavelmente vai me convidar para participar de um *ménage à trois* nojento com ela.

— Ela é *mesmo* Christy Turlington — diz ele. — Eu adoraria convidá-la... mas sabe de uma coisa? Perdi o número do telefone dela.

Como é que é?! É minha vez de fazer uma expressão confusa, porque (a) como ele pode estar namorando Christy Turlington? e (b) se está, como pode ter sido burro a ponto de perder o número do telefone dela?

— Você hoje não está dando uma dentro, está? — pergunta ele. — Aquele porta-retratos era um presente de aniversário para a minha mãe...

Minha boca. *Que droga.* Está aberta de novo.

— ... comprei na hora do almoço. E ainda estava com o retrato da loja. Você sabe, aquele retrato que eles põem para mostrar como seus parentes feios de doer vão ficar lindos quando você os puser lá dentro.

Buraco, ordeno-te que te abras IMEDIATAMENTE!

— Eu estou... Eu nem sei... Meu Deus... Me desculpe — a custo consigo dizer.

— Você está morrendo daquele mal que é o que mais mata depois do câncer e das doenças do coração, não é? — Ele sorri, pousando a mão no meu braço.

Marsha Mellow e eu   189

— Qual? — pergunto, em pânico. Como se não me faltasse mais nada, ainda sofro de uma doença terminal.

— Constrangimento.

— Me desculpe, sinceramente — murmuro. — Você deve estar achando...

— Para ser franco, o que eu estou achando é que a gente devia parar de ficar jogando conversa fora...

Ele retomou seu tom profissional, Eu-sou-o-chefe, e está começando a ficar meio assustador de novo.

— ... e sair qualquer hora dessas.

Ah.

— E aí, o que você acha?

O fato é que eu adoraria sair com ele, agora que sei que ele não está dormindo com Ros ou Christy — principalmente com Christy —, e que há uma chance de no fundo ser realmente um cara legal.

Portanto, trato de dizer:

— Desculpe, Lewis, mas... hum... esta não é uma boa hora.

Desculpe, Lewis, mas esta não é uma boa hora?

Em todos os manuais de namoro que já li, até mesmo os furrecas, não é isso que se diz quando o Pedaço de Mau Caminho convida a mulher para sair. Mas por que ele tinha que escolher logo *O Pior Dia da Minha Vida (Disparado)* para revelar que, na realidade, ele não é um monstro sexual sem princípios e em seguida me convidar para sair? Ele está com um ar decepcionado, e não consigo encará-lo. Preciso dar um jeito de escapar. Meus olhos contornam o bar... e pousam em Colin Mount. *Que merda.* Eu já tinha me esquecido dele. Ele me dá um sorriso forçado. E já deve estar cheio de ficar esperando um intervalo na conversa, porque está descendo do tamborete... *Puta que pariu*, está vindo para cá. Que é que eu faço agora?

Já sei... Súbita mudança de tática em relação a Lewis.

— Pensando bem, esquece o que eu disse, Lewis — solto estabanadamente. — Vamos sair, tá legal?

— O quê?

Uau, isso o pegou totalmente de surpresa.

— Agora! — acrescento, agarrando sua mão e puxando-o para a saída. Furo uma galera de jogadores de futebol de um metro e oitenta e tantos de altura, empurrando-os para os lados como se fossem os membros da equipe dente-de-leite de netball. Só olho para trás para ter certeza de que Lewis ainda está comigo. Está, e alguns momentos depois estamos na rua.

— Amy, que é que você está fazendo?... Aonde é que nós estamos indo? — pergunta ele, nervoso, mas não estou prestando atenção e sim procurando um táxi, torcendo para que pelo menos uma vez na vida tenha sorte e... *Ufa!* Graças a *Deus*. O som do motor de um táxi preto. Estico o braço e ele freia cantando os pneus na nossa frente. Agarro a porta, escancaro-a e puxo Lewis para dentro.

— Para onde? — pergunta o motorista.

Merda, eu não tinha pensado nisso. Viro a cabeça em direção ao bar e vejo Colin Mount saindo ao ar livre.

— Vai dirigindo — grito.

— Você anda vendo filmes demais, benzinho — murmura o motorista, mas dá a partida assim mesmo. Viro-me e olho pela janela traseira. Colin Mount está parado no meio-fio, olhando para os lados, procurando por um táxi feito um louco... Mas, pela primeira vez na vida, tenho sorte e ele fica para trás. Viro-me e meus olhos se fixam nos de Lewis. Ele está me encarando como se eu fosse completamente louca, como se não fizesse a menor idéia se tirou a sorte grande ou se caiu nas mãos da psicótica de plantão da *A Profissional.*

— Que é que está acontecendo, Amy? — ele torna a perguntar.

— Não sei, Lewis — respondo, sem forças. — Não sei mesmo.

Meus olhos se enchem de lágrimas.

— São as suas lentes de contato? — pergunta ele, olhando para as lágrimas.

As comportas se abrem.

— Não, não são as suas lentes. — Ele passa o braço pelo meu ombro e me puxa para si. — Está tudo bem — me tranqüiliza.

— Não está, não — soluço.

— Me conta o que está acontecendo.

Eu me sinto tentada, e muito... mas — um Mas com M maiúsculo — se algum dos manuais de namoro que li por acaso fazia menção à hipótese de uma mulher confessar sua vida secreta como autora de livros pornô/vítima de um chantagista/filha de um mulherengo/de uma fanática religiosa, tenho certeza de que concluía que era uma péssima idéia, passível de provocar um grande estrago em qualquer relacionamento futuro.

Marsha Mellow e eu 191

Quem me dera que tudo isso desaparecesse num passe de mágica. Que Colin Mount se entediasse e desistisse, Jacobson descobrisse uma autora ainda mais indecente do que eu e o *Mail* encontrasse outra pessoa para apedrejar, e me deixassem em paz para relaxar no abraço de Lewis e permitir que ele me beijasse...

Mas é claro que isso não vai acontecer, e, mesmo que acontecesse, aonde isso nos levaria? Estaríamos condenados do mesmo jeito. Imagina se saíssemos e nos divertíssemos às pampas. Aí, teríamos que sair outra vez. E mais outra. Em seguida estaríamos transando, e, se fosse bom, transaríamos de novo e de novo, e provavelmente a essa altura estaríamos nos dando tão bem que acabaríamos noivando, casando e tendo cinco ou seis filhos encantadores e, quando déssemos por nós, já estaríamos cercados por netos brincando, e comemorando nossas bodas de ouro. Finalmente, um dia estaríamos aposentados, sentados no pátio do chalé de nossos sonhos em Wiltshire ou onde quer que fosse, e acabaríamos fazendo aquele jogo idiota que as pessoas de idade que estão juntas há milênios sempre fazem: o jogo da verdade. Eu seria uma criatura tão atormentada pelo sentimento de culpa que não conseguiria me recusar. Esperaria nervosamente, enquanto ele confessasse alguma bobagem sem a menor importância, e, em seguida, seria a minha vez. "Eu era Marsha Mellow", diria eu, com a voz trêmula. Ele ficaria arrasado. Como eu pudera ter escondido isso dele? Como pudera tê-lo traído desse jeito? Com seu amor por mim estilhaçado, ele tiraria a velha espingarda de cima da lareira (porque esses chalés de Wiltshire sempre vêm com uma). Ele a apontaria para mim, puxaria o gatilho e *bum*! Em seguida enfiaria o cano na própria boca e...

Os segredos sempre separam os casais. Eu sei. Já perdi a conta de quantas vezes vi isso em *EastEnders*.

Mas a verdade também.

Meu Deus, estamos condenados de um jeito ou de outro.

— Quem sabe você não se sentiria melhor se falasse sobre isso, Amy? — incentiva-me ele, com delicadeza.

— Não posso... fazer isso — respondo, afastando-me dele. Inclino-me para a frente e ordeno ao motorista que pare.

— Amy — implora Lewis, quando abro a porta.

Saio do carro e dou um último olhar para ele.

— Desculpe — digo, antes de me virar e fugir.

Capítulo 18

As portas da traseira da van se abrem e a luz do sol invade seu interior, quente e brilhante. Enquanto meus olhos se acostumam à claridade, diviso duas pessoas à minha espera: um homem e uma mulher, ambos com ternos cinza-escuros, ambos usando Ray-Bans. A mulher me parece curiosamente familiar.

— Bem-vinda ao Programa de Proteção às Testemunhas, senhora — anuncia o homem com uma voz grossa e arrastada de Tommy Lee Jones.

— Ela não é propriamente uma *testemunha*, senhor — diz sua parceira, quando saio para a rua.

— Bom, nesse caso, ela é o quê, agente Flugmann?

Ela olha para a sua prancheta.

— Aqui diz *escritora*, senhor... *ficção sexualmente explícita*.

O homem toma a prancheta de sua parceira e verifica por si mesmo. Empurra os óculos até a ponta do nariz para poder me estudar melhor. É então que vejo que ele não tem apenas a voz de Tommy Lee Jones — ele *é* Tommy Lee Jones. Mas nada me surpreende mais.

Ele ergue os olhos da prancheta e pergunta:

— A senhora tem certeza de que precisa de proteção federal?

— Talvez ela tenha se cadastrado para o refúgio de verão dos escritores — sugere a agente Flugmann. — Fica no próximo vale.

Acabo de compreender por que ela também me parece familiar. É a Velma de *Scooby-doo* — agora uma mulher feita, trabalhando no FBI. Não, *nada* me surpreende mais.

— O que devemos fazer, senhor? — pergunta ela. — Mandá-la de volta?

— Eu *preciso* de proteção — digo, atropelando as palavras. — Estou fugindo... da minha mãe.

— Nesse caso, a senhora está no lugar certo — diz Tommy Lee Jones, gesticulando em direção à casa pintada de branco que deverá ser

Marsha Mellow e eu 193

meu novo lar. — A maioria dos seus vizinhos é composta por informantes da Máfia. Também temos alguns fugitivos dos cartéis colombianos e um ou outro espião russo — remanescentes da Guerra Fria que não têm coragem de ir embora. No geral, uma gente muito boa, com grande espírito comunitário... Ah, e não deixe de visitar o garoto da casa 37. Ele só tem quatorze anos, mas vocês dois têm algo em comum. A mãe dele descobriu sua coleção de revistas pornográficas debaixo do colchão e ele teve que fugir de casa.

Para mim, já chega. Não tenho vida, não tenho amigos, não tenho família. Minha única perspectiva é conhecer um bando de alcagüetes da Máfia e traficantes de drogas aposentados... ah, sim, e um garotinho que está com medo da *mamãe*.

Começo a chorar.

Tommy Lee Jones acena com a cabeça para a agente Flugmann — *Velma* — e ela corre para mim, oferecendo-me um lenço branco e novo em folha do FBI.

— Vamos, vamos, senhora — ela me consola, cerimoniosa, dando tapinhas no meu braço. — A emissão fluida ótica é uma reação muito comum às súbitas separações forçadas dos padrões da vida familiar. Com o tempo, a senhora vai se adaptar e...

— ... em nome da Virgin Atlantic, gostaria de agradecer a todos por voarem conosco. Esperamos tornar a vê-los em breve.

Vocês o quê...?... *Merda*... Já chegamos?

Abro os olhos e sinto meus ouvidos darem um estalo quando o jato mergulha nas nuvens. Dormi durante o vôo inteiro para Nova York e estou me sentindo arrasada. Pela primeira vez na vida estou na classe executiva e perdi tudo: o champanhe, a massagem, os vários milhares de filmes à minha escolha, as voltas pelo corredor com os passos silenciosos de meus chinelinhos atoalhados gratuitos — provavelmente até um show, também, com dançarinos, malabaristas e algum *stand-up comedian* famoso de Nova York. *E* a comida. O que quer que as comissárias de bordo tenham servido, com certeza foi melhor do que o *Galinhaoucarne?* a que estou habituada dos meus vôos charter para Alicante — no mínimo, deve ter sido alguma coisa comestível.

194   *Maria Beaumont*

Desembolsei mais grana com a minha passagem do que gosto de pensar, e tudo isso só para ter um sonho idiota com a Velma de *Scooby-doo*. Tá legal, Tommy Lee Jones também, mas, mesmo assim, foi ridículo. Foi a noite de sono mais cara que já tive. Eu devia estar mesmo precisando.

Depois de fugir de Lewis ontem à noite, fui direto para casa, torcendo para que Colin Mount não me seguisse até lá. Embora nunca tenha lhe dado meu endereço, ele é um detetive particular. Não é nenhum Sherlock Holmes, mas conseguiu descobrir quase tudo sobre a Srta. Sandálias de Tirinhas, até mesmo o tamanho do seu sutiã. Descobrir onde eu moro não vai ser muito difícil.

Assim que fechei a porta da rua, fui telefonar para a companhia aérea. E descobri que uma pessoa pode ir para onde quiser, contanto que o dinheiro não seja um obstáculo. Vinte minutos depois, já estava com a passagem, pensando com meus botões que seria capaz de me habituar a ser podre de rica. Hoje de manhã minha campainha tocou e dei uma espiada pela janela para ver meu radiotáxi. Depois de uma rápida inspeção para ver se meu chantagista não estava à espreita atrás de alguma árvore, corri para a porta e me pus a caminho.

Eu tinha algumas ligações a fazer durante o trajeto até o aeroporto de Gatwick. A primeira, para o trabalho. Esperava que caísse na caixa-postal, mas Deedee decidiu que a minha ligação seria a única que ela atenderia este mês.

— Desculpe — pedi —, mas acho que não vou poder trabalhar durante alguns dias.

— Não é só você. Depois da bebedeira de ontem à noite, está todo mundo telefonando para dizer que foi acometido por uma *desordem estomacal*.

Droga. Era a desculpa que eu ia dar.

— Eu estou mesmo doente, Deedee. Acho que é... catapora.

(Foi a primeira doença que me passou pela cabeça. A segunda, aliás — a primeira foi lepra, mas achei que soaria um pouco fantasioso demais.)

— Ai, que nojo! — gritou Deedee. — Nesse caso, não chega perto de mim!

Marsha Mellow e eu   195

Que era exatamente o que eu esperava que ela dissesse.

— Tira quantos dias de licença quiser — prosseguiu, tentando adotar o tom compreensivo que sempre estará além das suas possibilidades. — Acho que Lewis e eu vamos ter que dar um jeito e nos virar sozinhos por aqui.

Em seguida, dei uma ligada para Ant, a fim de avisar que estava a caminho. Ele não tinha dito para eu aparecer? *A hora que quiser.* Enquanto digitava seu número, calculei que deviam ser três da madrugada por lá. A secretária eletrônica atendeu, e ouvi a voz de Alex pela primeira vez. Eles ainda deviam estar no clube. Desliguei antes do sinal. Achei que não fazia sentido deixar um recado. O que eu poderia ter dito? É melhor apenas dar as caras, pensei.

Já no aeroporto, mudei de idéia. O que eu estava fazendo? Com certeza fugir não era a solução. Em algum momento eu teria que voltar. Além disso, quando Colin Mount descobrisse que a sua maior fonte de renda dera no pé, não partiria automaticamente para sua segunda opção e me venderia para os jornais? Foi então que vi uma pilha de exemplares do *Daily Mail* diante da W. H. Smith. "MANCOMUNADOS" era a escandalosa manchete. Embaixo, havia dois retratos. O primeiro era de Jacobson — devia ser antigo, porque seu cabelo estava preto. O segundo era de Mary. Não me dei ao trabalho de ler a matéria, mas ver meus dois cúmplices estampados na primeira página como se fossem dois terroristas procurados deixou tudo muito claro para mim.

Se o *Mail* vai *dar nome à vaca*, raciocinei, então prefiro mil vezes que isso aconteça enquanto eu estiver em outro continente. Viajar para o mais longe possível foi a melhor idéia que já tive na vida.

Depois de minha primeira corrida num táxi amarelo, estou numa rua que fica entre a Broadway e a Bowery. Pelo visto aqui é o Lower East Side, embora também possa ser o Upper Northwest, porque eu não manjo lhufas de pontos cardeais. É meio-dia e estou diante do prédio de apartamentos de Ant. Ele e Alex na certa devem estar na cama. Dou alguns passos para trás e contemplo os quatro andares do edifício de tijolos. É exatamente como Ant o descreveu: "Se ele tem um certo jeitão de fábrica de sapatos velha e caqueirada, é porque um dia foi exatamente isso. A única maneira de se perceber do lado de fora que foi transformado em um prédio de lofts chiques para gente montada na grana é o vidro à prova de balas da portaria para impedir a entrada dos viciados em crack". Olho para a grande porta de metal e vejo uma fieira de seis reentrâncias superficiais, cada uma do tamanho de uma moeda de dez *pence*. Lembro-me de Ant me contando que o namorado da dona de um dos apartamentos metralhou a portaria com uma Uzi depois de uma discussão sobre canais de tevê.

Merda, estou em Nova York. A cidade das Uzis, dos Busta Rhymes e do *"Have a nice day, muthafucka"*.*

Entro em pânico. Tenho que sair da rua antes que me torne mais um dado estatístico, apenas uma entre as dez mil vítimas diárias de disparos efetuados por motoristas que depois fogem a toda a velocidade (o que deve ser verdade, porque foi o que o *Mail* disse). Rapidamente vistorio os nomes na fieira de campainhas do porteiro eletrônico até ver A. RITTER & A. HUBBARD. Meu dedo paira imóvel acima do botão. E se eles estiverem dando uma orgia lá dentro? Afinal, não é isso que os gays fazem diariamente? (Idem, o *Mail*).

Que fazer?

Estou num dilema.

A morte certa por levar um tiro de um viciado na rua ou a vergonha certa por ser a única pessoa com peitos numa festa Traga-um-tubo-de-vaselina?

Que fazer, *que fazer?*...

Vejo um cara negro de um metro e oitenta e tantos caminhando na minha direção, e me decido. Ele deve estar a uns quinze metros de mim, mas tenho certeza de que seu longo sobretudo cinza esconde uma metralhadora. Afundo o dedo na campainha e não o tiro de lá, enquanto rezo para ouvir a voz de Ant.

Depois de alguns segundos, ouço os chiados no minúsculo bocal.

— Quem é? — pergunta Ant.

Agora o cara negro está a menos de cinco metros. Ele está sorrindo para mim — um sinal inequívoco de que está prestes a sacar de uma arma.

---

* *Have a nice day*: Expressão tipicamente americana, equivalente ao nosso "passe bem". *Muthafucka*: a maneira como a classe baixa nova-iorquina pronuncia a gíria *motherfucker* [filho-da-puta].

Marsha Mellow e eu 197

— Ant, sou eu, Amy. Abre a porta para mim — solto de um jorro.

— Amy, que diabo você está...

— Abreaportapramim*agora*!

Ouço um zumbido e empurro a pesada porta. Entro correndo com minha mala e bato a porta atrás de mim. Pelo pequeno quadrado de vidro à prova de balas espio meu aspirante a assassino. Ele chegou até a porta e se vira para mim. Ainda sorrindo, abre as duas partes do seu sobretudo e revela... dezenas de cintos de couro pendurados de um lado do forro e uma ampla gama de relógios pendurada do outro.

É isso aí — ele ia me espancar até a morte com um Rolex falso.

Que tipo de idiota sou eu? E Lisa teria adorado um daqueles relógios. Agora que ele foi embora, perdi a chance. Ainda me sentindo uma besta, subo as escadas rumo ao terceiro andar, onde Ant me espera à porta. Está usando um quimono curto de seda, que deixa à mostra suas pernas musculosas e pés ossudos e descalços. Seu cabelo está numa gaforinha despenteada e seus olhos mal se abrem, dois tracinhos sonolentos no rosto com a barba por fazer. Ele está um bagaço.

Mas nunca me senti tão feliz na vida por ver alguém, e caio em seus braços, soluçando.

Meia hora depois, estamos sentados em tamboretes altíssimos, vertiginosos, numa ilha de aço inoxidável instalada no meio da maior extensão de tábuas corridas sintecadas que já vi fora de uma academia de ginástica. É tão ampla que os New York Sei-Lá-Quem poderiam disputar uma partida de basquete aqui, que a equipe de ginástica romena ainda teria espaço para fazer seus exercícios de solo no canto. Mas nada disso está acontecendo. Somos só Ant e eu conversando em meio ao espaço gigantesco e minimamente mobiliado que constitui o lar dele e de Alex.

Como então, é isto que é um loft. Sempre tive curiosidade de saber. Quando os corretores imobiliários de Londres anunciam algum imóvel ao estilo de um loft, estão se referindo a alguns metros quadrados de tábuas antigas dando para a eclusa de um canal entulhada de lixo na zona portuária — ou seja, nada muito imponente. Mas isto aqui é de uma imponência incrível, inenarrável, *humilhante*.

Estamos na nossa segunda jarra de café (que ele está bebendo mais do que eu) e minhas lágrimas praticamente já secaram. Contei tudo a Ant.

— Você acha que cometi um erro, não acha? — pergunto, nervosa.

— Em fugir? Sim e não. É quase certo que o porco do seu chantagista vai para os jornais, mas pelo menos isso se encarregará de dar a notícia à sua mãe. E desse jeito você não vai precisar estar presente quando acontecer...

Sorrio, porque esse também foi o meu raciocínio *brilhante*.

— ... mas, é claro, você não vai ter nenhum controle sobre as tintas com que vão pintar a coisa... Isso vai ficar nas mãos do *Mail*.

Meu sorriso murcha.

— Você não disse a ninguém que está aqui? — pergunta ele. — Nem mesmo a Lisa ou àquela sua agente?

— A ninguém.

— Tudo bem, vou te dizer o que fazer.

Ai, *meu Deus*, ele quer que eu *faça* uma coisa. Quando é exatamente da obrigação de fazer alguma coisa que estou fugindo.

— Você vai relaxar, se divertir e esquecer tudo isso... — prossegue ele.

Aleluia! Doce música para os meus ouvidos.

— ... pelo menos até ter que voltar para a Inglaterra.

Ah.

Ouço um ruído. Uma movimentação no extremo do loft dividido por uma divisória que isola a área em que, presumo, Ant e Alex dormem. Alex deve estar acordando. Tenho um sobressalto, mas minha reação não é nada comparada com a de Ant. Ele leva um susto brutal, como se tivesse se esquecido de que vive com alguém.

— Você deve estar morta de fome — diz, apressado.

— Até que não. Não comi nada no avião, mas...

— Vamos almoçar. Tem uma cafeteria aqui em frente. Por que você não vai para lá agora e pede alguma coisa? Eu me visto e te encontro em dez minutos.

— Não precisa. Eu espero. Sinceramente, não estou com muita fo...

Mas Ant já me empurrou do tamborete e está me tocando para a porta. Que é que está havendo? Por que ele está tão desesperado para me tirar do caminho? Será que não quer que eu conheça Alex? Ihhh, talvez Alex seja uma *má* pessoa. Talvez ande *armado*. Afinal, estamos nos Estados Unidos.

Marsha Mellow e eu   199

Chegamos à porta. Ant está prestes a abri-la quando torno a ouvir uma movimentação. Viro-me, olho para o fundo do loft e vejo Alex sair de trás da divisória. Olho para Ant, que está petrificado. Alex, usando um quimono igual ao de Ant, avança a passos silenciosos em nossa direção. Embora seja difícil afirmar dessa distância, ele é menor do que eu havia imaginado. Tem um corte de cabelo curto e repicado e um rosto de menino, com feições quase delicadas...

Opa. Acabei de ter uma idéia que explica o porquê desse pânico todo. Talvez esse não seja Alex. É melhor me assegurar — nunca é bom negócio me basear em suposições quando se trata do meu melhor amigo.

— Esse é Alex? — cochicho.

— Não — responde Ant, também cochichando. — Ele está visitando a família em Buffalo. É Frankie.

— *Ant!* — cochicho entre os dentes. — Pensei que você já tinha resolvido esse assunto.

— E tinha — torna ele, desanimado.

Chegando à conclusão de que provavelmente é tarde demais para me pôr para fora, volta comigo para o loft. Aproximando-se da ilha de aço, Frankie esfrega os olhos ainda sonolentos e olha para nós, desconfiado. Ele tem *mesmo* feições muito delicadas — não faz o tipo sarado, que toma suplementos vitamínicos no café, por quem Ant geralmente se sente atraído.

— Bom-dia — diz ele. — Ainda tem café na jarra?

Espera aí. *Putzgrilla.* Eu disse *ele*?

Porque Frankie decididamente não é *ele*.

— E aí, Ant, que tal é? — pergunto.

— O quê? Transar com uma mulher? Não é tudo isso que os homens dizem, não. A xexeca é meio... *molenga.* Passei o tempo todo com vontade de virá-la de bruços e enfiar o pau no...

— Ant! *Por favor.*

— Mas e aí, o que você acha? Que estou ficando completamente louco?

— *Pela madrugada!* O que eu acho, Ant? Eu *acho* que ainda estou em estado de choque.

Depois de baixar em Frankie um furacão falastrão, enquanto simultaneamente se vestia, tomava café, falava ao celular e se maquiava, ela saiu para trabalhar, deixando Ant a explicar a situação e a mim aturdida e confusa. Agora faço uma idéia do que ele sentiu quando descobriu que eu era Marsha Mellow. E também — embora deteste admitir isso, porque não sei se deveria estar experimentando tal emoção — estou me sentindo traída. Como uma dessas pobres coitadas nas seções de aconselhamento das revistas que chegam em casa e encontram o marido na cama com um sujeito do time de dardos do bar — embora eu não seja casada com Ant e nem Frankie pareça do tipo que joga dardos.

— Por quê? — pergunto a ele.

— Nem eu mesmo entendo. Apenas me senti atraído no momento em que pus os olhos nela, e...

— Você me disse tudo isso em Londres. E também que Frankie media um metro e oitenta cinco e tinha um cavanhaque... Você gosta dela por ser tão masculina?... É isso?

Silêncio.

— Por que não me contou a verdade?

— Essa é boa vindo de você, Marsha... Eu não podia te contar.

— Eu sou sua melhor amiga desde sempre. Você sempre me contou *tudo*. Não contou?

— Contei, sim, mas se não conseguia explicar o que estava acontecendo nem para mim mesmo, como poderia explicar para você?

— Podia ter só aberto o jogo. Talvez tivesse te feito bem.

— Vontade eu tinha, mas estava com medo.

— *Com medo?* Mas não devia ser ao contrário, Ant? Não é para você ter medo quando diz às pessoas que é *gay*?

— Eu *sou* gay. Essa é a questão. Sempre fui um desses veados que *odeiam* os bissexuais. Como se fosse uma afetação — um modismo —, ou gula pura e simples. Agora, olha só para mim.

— Você não pode controlar seus sentimentos. Se ama Frankie, por que negar isso?

— Eu não amo Frankie. Agora estou cem por cento certo disso. Gosto muito dela, mas jamais poderia *amá-la*. Agora que nós transamos, sei disso.

— Mas você e ela estão se vendo há meses.

Marsha Mellow e eu 201

— Sim, mas ontem à noite foi a nossa primeira transa. Até então eu estava apavorado demais para dormir com ela. *Meu Deus,* as desculpas que inventava... tive mais dores de cabeça do que a mulher no anúncio de Tylenol. Enfim, a gente chegou às vias de fato e simplesmente não foi bom para mim. Tive que apagar as luzes e imaginar que ela tinha um cacete. E o *barulho*? Vocês, mulheres, *gritam* que é um horror.

— Nem todas nós — digo, indignada. — Isso deve ser coisa das nova-iorquinas.

Não sou de gritar *mesmo*. Dá para ouvir uma mosca voando quando tenho um orgasmo... embora eu tenha sérias dificuldades para me lembrar da última vez que *isso* aconteceu.

— Que seja — prossegue Ant. — Este tempo todo pensei que ela me atraía e... foi pura curiosidade. Eu estava curioso para ver como é ser *hetero*.

— E aí, o que você vai fazer?

— Romper com ela, acho.

— Agora estou com pena dela. Parece estar superamarrada em você. O que vai dizer a ela?

— A verdade.

— Que você já tem outra pessoa?

— Ela sabe disso. Eu quis dizer que vou contar a ela que sou gay. Ela pensa que Alex é uma modelo de lingerie.

Capítulo 19

Depois de dois dias em Nova York, já me sinto uma nova mulher. Pequeno exagero. É mais como se minha antiga personalidade tivesse passado por uma recauchutagem geral. Segui o conselho de Ant à risca e tratei de esquecer tudo, o que não é muito difícil num lugar como este. Apesar de já o ter visto em milhares de filmes, ainda assim deu um nó na minha cabeça. É tão... nova-iorquino.

Estive no alto do Empire State Building (não vi absolutamente nada, devido ao nevoeiro espesso), dei um passeio de barco em volta da Estátua da Liberdade (só fiquei um pouquinho enjoada) e contemplei, com assombro e medo, o buraco na silhueta da cidade onde ficavam as Twin Towers. E, superando meu pavor de me tornar vítima de um disparo de motorista/assalto/outro crime violento qualquer, até mesmo me aventurei a atravessar o Central Park ao cair da tarde, sem que minha freqüência cardíaca sofresse qualquer aumento significativo.

Não me limitei a visitar apenas os pontos turísticos. Consegui descobrir o que não consta de nenhum guia: o único bar em Manhattan onde ainda é permitido fumar. Deu trabalho descobri-lo e, quando pedi orientação a um guarda, ele olhou para mim como se eu quisesse saber como chegar ao ponto de crack mais próximo. Eles têm mesmo horror a cigarros por aqui. É o bastante para me fazer parar de fumar. Não pelo fato de eu não poder fumar em parte alguma, mas pelo fato de ter *podido* naquele bar. Todos os fumantes dos Estados Unidos estavam lá, uma aglomeração de gente desesperada em busca de asilo. Depois de uma cerveja, meus olhos já estavam lacrimejando, e minha blusa branca, mais amarela do que o filtro do meu Benson & Hedges.

Também fui fazer compras. Não sou nenhuma Lisa em termos de abuso de cartão de crédito, mas ninguém pode se dar ao trabalho de viajar até Nova York para não fazer compras, pode? Dito isso, descobri exatamente as mesmas lojas vendendo as mesmas coisas que em

Marsha Mellow e eu 203

Londres — todas, com exceção da Marks & Spencer. Ainda assim, consegui a proeza de encher a quarta parte do loft de Ant e Alex (o que não é pouca coisa) com sacolas sortidas. E também gastei uma nota preta com uma mala prateada imensa onde vou guardar minhas compras quando voltar para a Inglaterra.

Inglaterra. Aaaaaaaaaaiiiiii!

Vou voltar amanhã. Andei acalentando a idéia de ficar mais um pouco — *para sempre*, na verdade —, mas não posso. Tenho que enfrentar a realidade. Tirar minha cabeça da areia. Assumir as responsabilidades. Todo esse papo-furado de gente adulta. Só Deus sabe o que vou encontrar quando voltar. Não me atrevi a telefonar para ninguém a fim de pedir notícias. E, como já disse, foi isso que passei os últimos dois dias tentando esquecer. Mas agora que faltam menos de vinte e quatro horas para eu ir embora, minhas entranhas estão me dando uma prévia do que vem por aí.

Ant decidiu tirar essa perspectiva da minha cabeça me levando para a rua. Estou vestida e pronta. Demorei três minutos para enfiar algumas roupas e borrar um traço de delineador em cada pálpebra. Ant, ao contrário, está trancado no banheiro há sessenta e sete minutos (sessenta e oito em breve). Ai, meu saco. Às vezes ele é tão gay.

E Frankie nunca notou.

Coitada. Como será que ela está se sentindo agora?

Ant rompeu com ela na tarde do dia em que cheguei. Foi procurá-la no trabalho, esperando que a paz, a serenidade e a clientela podre de rica de uma galeria de arte de alta classe minimizassem sua histeria. Não minimizaram. Agora ela quer processá-lo por danos morais e a galeria está atrás dele por danificar uma gravura de Hockney. Mas não vejo como possam culpá-lo. Afinal, ele apenas se abaixou para se proteger.

Mas, sinceramente, Ant merece tudo que acontece com ele. Eu não lhe disse isso, é claro. Logo *eu* vou passar um sermão *nele* sobre insinceridade? Seria o roto dando um puxão de orelha no esfarrapado — como Pavarotti dizendo a Placido Domingo para cortar as tortas de creme da sua dieta. Ant sabe que não posso dizer nada. Agora, precisava vir para cima de mim com aquele papo de que a sua experiência devia me ensinar alguma coisa sobre a confusão que os segredos e as mentiras podem causar? Cretino presunçoso.

Não posso dizer que estou numa boa com ele no momento. Ele está tenso e pouco à vontade desde que cheguei, embora eu não tenha chegado a vê-lo muito. Com Alex viajando, ele tem andado "superocupado" no clube. Isso pode até ser verdade, mas desconfio que também é uma desculpa para me evitar. Estou me sentindo como se tivesse feito alguma coisa errada, mas não tive culpa por flagrá-lo com *a sua* namorada. Quem foi que me disse para aparecer *a hora que quisesse*?

Sua atitude é outra das razões pelas quais sinto que devo ir embora. Embora tenha curtido adoidado a cidade, não me sinto muito bem-vinda aqui. Alex volta amanhã e não quero atrapalhar. *Atrapalhar!* Que idéia mais ridícula. Com todo o espaço que eles têm, se eu me sentasse quietinha num canto, eles não me notariam durante semanas.

Estou me sentindo magoada. Viajei quase cinco mil quilômetros no auge de uma crise épica em minha vida e meu melhor amigo no mundo praticamente esqueceu a minha existência. Eu *nunca* faria isso com ele. Quando chegou a Londres algumas semanas atrás, eu me pus inteiramente à sua disposição (menos quando tinha que ir trabalhar e/ou fazer frente às minhas várias crises pessoais, coisa que me tomava um tempão, mas, mesmo assim, dei a maior *força* para ele). Sei que vamos sair agora, mas tenho certeza de que ele só está me levando por obrigação, por ser a minha última noite aqui. Pois bem, ele não precisa se dar a esse trabalho. Vou sozinha para o meu bar favorito fumar dois bilhões de cigarros. Vou avisar isso a ele assim que sair do...

Clic.

A porta do banheiro se abre. Ant sai, e está... *sensacional*. Está vestindo uma camisa de lamê verde com aquele seu jeans favorito que parece ser de quarta mão, mas que lhe custou quase todo o salário de um mês: "São necessárias muitas horas-homem de mão-de-obra altamente especializada e dois designers chamados Dolce e Gabbana para fazer uma roupa com esse ar de que saiu da boca de um cachorro". Embora meu vestido seja novo, sinto-me cafona até dizer chega ao lado dele.

— Você está ótimo — digo.

— Você também — torna ele.

— Não estou, não — faço beicinho.

— Bom, eu te comeria... se ainda estivesse interessado nesse tipo de coisa.

Não acho graça. Não acho a *menor* graça.

Marsha Mellow e eu 205

Estamos num táxi rumo a *uptown*. (*Uptown, downtown*, para mim é tudo grego e tenho que me fiar na palavra de Ant.)*

— Aonde estamos indo? — pergunto.

— A um novo restaurante. O paraíso dos tietes. Não me pergunte o que eu tive que fazer com o maître para descolar uma mesa para a gente — diz ele, tentando manter o tom alto-astral que adotou no apartamento. Mas não está colando, e caímos num silêncio constrangido. Olho pela janela para as tampas fumegantes dos bueiros (estou pasma que realmente existam — pensava que fossem um efeito especial), quando Ant se remexe no banco... e segura a minha mão.

Qual é a dele?

— Eu lamento muito — murmura ele.

— E é para lamentar mesmo — respondo. — Você provavelmente fez com que Frankie tomasse horror dos homens para o resto da vida. E Alex? Tudo que fez o coitado passar...

— Não, eu lamento muito pelo que fiz com você.

— Eu? — Volto meu rosto para ele. — Você não fez nada comigo, Ant. Tirando mentir, ignorar minha existência durante os últimos dois dias e me abandonar sozinha no mundo com o meu cartão de crédito.

— Relaxa. Você agora está montada na grana. Do que está com medo?

— Eu já estava me esquecendo. Ou tentando, pelo menos.

— Sabe por que eu estava com medo de te falar de Frankie?

Faço que não com a cabeça.

— Não sei como dizer isso, porque vai fazer com que eu pareça... sei lá... acho que pretensioso... Eu estava com medo de que, se você soubesse que eu estava saindo com uma mulher, ficasse...

Sei exatamente aonde ele está querendo chegar. Ele estava com medo de que eu ficasse magoada. De que me sentisse traída. *Enciumada.*

Pois bem, estou.

Muito, muito, muito.

---

* *Uptown:* referente à zona norte da cidade, essencialmente residencial; *downtown:* referente ao centro da cidade.

E não consigo acreditar que estou me sentindo assim. Ant e eu ficamos amigos aos quatro anos de idade, e em vinte e dois anos nunca, *nem uma única vez* olhei para ele *desse* jeito. Nem mesmo quando brincamos de médico e ele, com meus tornozelos em volta das orelhas, iluminou com uma lanterna a minha... Olha aqui, nós éramos *crianças*. Quando chegamos à adolescência e eu poderia ter olhado para ele *desse* jeito, estava fora de cogitação, porque nós dois gostávamos de garotos (dos mesmos, via de regra). A idéia de me sentir atraída por ele nunca esteve em pauta. Não que fosse absurda — ele é inteligente, divertido e bonito, mesmo sem roupas —, mas para que perder meu tempo malhando em ferro frio?

Pois tudo isso mudou há dois dias. Quando vi que Frankie era uma mulher chamada Francesca, uma única idéia invadiu minha consciência, uma idéia que eu até então fizera de tudo para reprimir. E que, naturalmente, era: *nesse caso, que é que há de errado comigo, Anthony Hubbard, seu filho-da-mãe?*

Agora cá estou eu sentada esperando que ele termine a frase, mas ele não precisa fazer isso. Somos amigos há tanto tempo que um sabe exatamente o que o outro está pensando.

— Que é que ela tinha de tão especial assim? — pergunto.

— Fisicamente?

Balanço a cabeça.

— Você mesma disse outro dia. A primeira vez que vi Frankie, pensei que *fosse* um garoto de seus quatorze anos, e achei isso superatraente.

— Pelo amor de Deus, não me diz que você transa com garotos de quatorze anos.

— Não desde a época em que eu também tinha quatorze anos... Enfim, tirando aquele nome de gângster do East End, foi isso que me fez achar que estava atraído pela... pela... hum... óbvia ausência de *feminilidade* dela. Ela é o total oposto de você, Amy. Se não me falha a memória, você já precisava usar um sutiã esportivo no jardim-de-infância.

Instintivamente cubro meus peitos, provando que ele tem razão.

— Você nunca sentiu vontade de... enfim? — pergunto.

Marsha Mellow e eu 207

— Uma vez, quando nós tínhamos dezesseis anos e você estava namorando aquele cara que jogava rúgbi.

— Jeremy Crane... *eca!*

— Não era o que você achava na época. Eu te flagrei quando você estava no quarto, na festa da Carol Lennon.

— Eu não te vi.

— Você estava tão ocupada que não teria me visto nem que eu fosse a Troca da Guarda do Palácio de Buckingham.

— O que você tinha ido fazer lá?

— Procurar um canto para dar uns amassos no irmão mais velho da Carol.

— Eu não sabia que ele era gay.

— Nem ele, meu amor. Enfim, isso não vem ao caso. Quando flagrei você e o atacante no maior love, senti aquele mal-estar durante semanas... Mais propriamente um tesão do que um mal-estar, para dizer a verdade. Mas era só ciúme. Você era a minha melhor amiga e eu te queria só para mim. A idéia de que nunca poderia transar com você me incomodava à beça.

— Você nunca tomou a iniciativa — digo... ou por outra, lamurio-me com ar patético.

— Ora, Amy, olha só para a gente. Eu boto Bambi no chinelo e você tem um corpo que faz Marilyn Monroe parecer uma sapatona. Frankie foi uma crise de loucura. Agora sei disso.

E eu também. Anthony Hubbard é um gay puro, autêntico, cem por cento verdadeiro. É estranho como essa idéia me tranqüiliza — pelo menos uma coisa no meu mundo está no lugar certo.

— Desculpe por ter me comportado como um cretino nestes últimos dias — continua ele. — Não era a minha intenção, mas você andava com uma cara tão amarrada...

— Não andava, não — digo, de cara amarrada.

— ... que eu soube que chocaria você. O engraçado é que me sinto mal por ter ferrado a vida de Frankie, sem contar a de Alex — *uma vez atrás da outra* —, mas a pessoa que estou com mais medo de ter magoado é você... Você sempre me apoiou nos momentos difíceis, e espero que sempre apóie.

Merda, agora estou chorando.

208

Maria Beaumont

Acabamos de sair do restaurante e Ant está procurando um táxi. O jantar foi... hum... será que nós chegamos a comer alguma coisa? Já vi um monte de lugares em Nova York ostentando cartazes com os dizeres TUDO QUE VOCÊ CONSEGUIR COMER POR $9.99. Mas o de hoje à noite não foi um deles. Só mastigando queimei mais calorias do que havia no meu prato. E as *cadeiras*? Foram concebidas para bundas de top-models — e eu tenho *duas* dessas. Também eram muito reluzentes e ligeiramente inclinadas para baixo, com o objetivo de depositar o freguês no chão o mais rápido possível, assim aumentando o número de assentos — afinal, por mais famosa que seja a bunda sentada, há sempre uma ainda mais famosa esperando para sentar.

Porque — e isso é que foi legal — era *realmente* o paraíso dos tietes. Foi como entrar num exemplar da *Hello!*, só que sem aquelas garotas chulés que apresentam a previsão do tempo e os coadjuvantes do elenco de *Emmerdale*. Todo mundo era alguém, todos esticando os pescoços para conferir se havia alguém que fosse mais alguém do que eles. Enquanto eu encarava embasbacada Al Pacino batendo papo com Susan Sarandon e Tim Robbins, entre uma troca de beijinhos com Helen Hunt e Liza Minelli, Ant disse:

— Que ironia, não? Pelo menos em termos de Inglaterra, você é uma das pessoas mais famosas aqui, e ninguém jamais saberia.

Entramos num táxi e pergunto a Ant aonde estamos indo.

— Vai ter uma inauguração hoje à noite. Alex e eu recebemos convites. Você pode usar o dele.

Uma *inauguração*.

Na cidade de *Nova York*, que, pelo visto, é tão *bacana* que até a rebatizaram. (Mais uma coisa que, junto com as tampas fumegantes de bueiros e aquele negócio de *down-/up-/mid-/sidewaystown,* dá um nó na minha cabeça.)

Dez minutos depois, o táxi nos deixa diante de um grande edifício de pedra. A fachada inteira foi pintada com um lindo mural de pêssegos, ameixas e romãs.

— O que é isso, Ant?

— Uma loja. Chamada Fruit. Por incrível que pareça.

Não se parece com nenhuma quitanda que já vi na vida.

Marsha Mellow e eu

— O que eles vendem?

— Espere e verá.

Passamos por uma equipe de tevê na entrada, onde uma aglomeração de convidados cheios do tutu exibe seus convites para os porteiros de terno preto. Juntamo-nos a eles e em questão de minutos estamos entrando no rebu mais glamouroso a que já compareci desde a festa de lançamento dos meus sonhos para *Anéis nos Dedos Dela* (locação: um iate de um quilômetro de comprimento ancorado na costa de Mustique; lista de convidados: Madonna, os dois Georges — Clooney e Michael —, J-Lo e Ben Affleck... Ah, você pegou o espírito da coisa).

— Ant, isso é in*crí*vel — exclamo, prendendo o fôlego.

— Está pegando fogo, não é?

Não sei nem para onde olhar primeiro. Para os grupos de beautiful people de Nova York bebericando champanhe e beliscando canapês? (*Canapês!* Estou morta de fome.) Para o interior em estilo gótico fabulosamente exagerado, todo em preto, vermelho-sangue e ouro-velho? Para os sortimentos empilhados em pirâmides altíssimas de cremes para prolongar a ereção, consolos de duas pontas e...

Espera aí um minuto. Que diabo está acontecendo aqui?

— Pô, Ant, isto aqui é uma sex shop — digo entre os dentes, quando uma mulher com um bustiê tão apertado que é um milagre que ainda consiga respirar, que dirá andar, aproxima-se cambaleando de nós com uma bandeja de flûtes de champanhe.

— Senso de observação nota dez — responde ele, apanhando duas flûtes.

— Por que foi que você me trouxe aqui, pô?

— Você podia pelo menos agradecer. Agora pode justificar sua viagem como sendo para fins de pesquisa e deduzir as despesas do imposto de renda.

— Você é meu amigo, não meu contador, ora bolas. Isso até me lembra Jake tentando me arrastar para aquela festa de swing.

— Quer desencanar, por favor? Sexo é só sexo. Todos nós fazemos. Você, melhor do que ninguém, deveria saber disso.

Ant sempre tem resposta para tudo. É por isso que gosto dele. E por isso que às vezes ele me irrita até dizer chega.

Faço o que ele diz e tento relaxar.

Beberico meu champanhe e dou uma olhada mais atenta ao meu redor. Se o restaurante foi como entrar num exemplar da *Hello!*, aqui é como entrar num exemplar da *Penthouse*... ou num romance de Marsha Mellow. A Fruit são quatro andares de sexualidade — hetero, homo e todos os seus dégradés. Pode até ser uma sex shop, mas é tão diferente da Ann Summers quanto a Fortnum & Mason é diferente da lojinha de conveniências no fim da minha rua. É tão luxuosa quanto qualquer butique que já vi na vida. Até os manequins são lindos de morrer, e só consigo distingui-los dos convidados porque estes últimos não estão usando baby dolls ou trajes sadomasô de couro tacheado... bom, pelo menos a maioria não está.

— Deve haver um monte de estrelas do cinema por aqui — comenta Ant.

— Acho que já vi mais do que esperava no restaurante.

— Não desse tipo, tolinha, do cinema *pornô*. Li não sei onde que atualmente existem mais estrelas do cinema pornô do que instaladores de carpete nos Estados Unidos, e acho que a maioria delas vai pintar por aqui.

Agora que ele as mencionou, acho que posso identificá-las. Nunca estive no mesmo aposento que uma estrela pornô, mas elas têm uma aparência toda delas e dá para vê-las a dois quilômetros de distância. Ou melhor, ver seus peitos, que chegam vários segundos antes das donas. Pela primeira vez na vida, me sinto pateticamente subdotada.

Que maravilha.

— Agora sei por que o nome é Fruit — digo, com uma risadinha. — Só vi melões nessa quantidade na seção de hortifruti do supermercado.

— Não sei por que fazem tanto estardalhaço em cima de peitos — rebate Ant. — Não passam de uma bunda que não conhece o seu devido lugar.

Esvaziamos nossas flûtes e pegamos mais duas. Em seguida roubamos uma bandeja de canapês de uma garçonete que passa. Depois de devorarmos tudo, partimos para o andar térreo, onde ficamos flanando. Nada do que vendem é *excessivamente* escandaloso — nenhum dos uniformes de couro e vinil, das fitas e DVDs, dos sex toys e da lingerie vaporosa teria parecido deslocado em *Anéis*. O vibrador cor-de-rosa descrito na página dezessete está lá, e, não muito longe, um traje de enfermeira

Marsha Mellow e eu 211

com tudo a que tem direito, até luvas cirúrgicas, quase igual ao que é usado no capítulo oito. Felicito-me por ter sido tão fiel à realidade.

Ant me arrasta pela mão até os sutiãs.

— Esse é *a sua cara*, Amy — exclama ele, apanhando um cabide com um sutiã de renda preta indizivelmente sexy. Ao erguê-lo até meu peito, sou abordada por uma mulher deslumbrante de um metro e oitenta de altura, cujos lábios estão competindo com os peitos o prêmio de Maior Quantidade de Aditivos Artificiais.

— Esse é tão *tesuuudo*, baby — ela arrasta a voz, passando os dedos por uma das taças do sutiã. — Seus peitos vão ficar presos dentro dele. Compra, compra, *compra*.

Afasta-se requebrando os quadris e olho para Ant, cujo queixo caiu no chão.

— Pensei que você tinha superado toda essa babaquice hetero — comento.

— E superei, mas ele é *o que há* em matéria de cabarés gays — diz ele, sem fôlego.

— *Ele?*

Deve ter algo a ver com a diferença de fuso horário ou coisa que o valha, porque estou embaralhando os gêneros desde que cheguei aqui.

— Vou comprar esse sutiã para você — anuncia Ant. — Alex não vai acreditar quando eu contar para ele que foi *tocado* por Maxxxi Mantis.

Ele está praticamente babando de empolgação e precisa de outra bebida. Trocamos nossas flûtes vazias por outras cheias, tratamos de esvaziá-las e pegamos mais duas — bom, a boca é livre e pegaria mal não aproveitar. Em seguida nos dirigimos à escada rolante, rumo ao primeiro andar. Enquanto subimos, as coisas se tornam mais sombrias, uma advertência de que o que vimos até agora foi apenas um aperitivo.

— É como uma loja de discos — diz Ant, quando passamos por um letreiro que diz PORNÔ SOFT É PARA MULHERES. — Eles enfiam todos aqueles CDs chulés das quarenta mais pedidas e dos maiores sucessos na frente da loja. Quem leva música a sério tem que pesquisar um pouco mais a fundo.

Para quem leva sexo a sério, então, pesquisar mais a fundo deve ser exatamente o que eles têm em mente. Para esses, o primeiro andar e os outros são um paraíso terreno: amantes do sadomasoquismo, dos trajes de borracha e das algemas ficarão totalmente à vontade. Se a idéia de ficar pendurado num arreio transadíssimo usando uma máscara de borracha sem nenhum furinho de ventilação perceptível enquanto é açoitado por um chicote de pregos atrai você, então venha direto para a Fruit. Eles têm correntes, grilhões, réplicas das algemas do Departamento de Polícia de Nova York e cordas à prova de arranhões em quantidade para quem curte ficar literalmente com as mãos atadas. Topamos com equipamentos ginecológicos suficientes para equipar uma clínica na Harley Street,* e também cintos de castidade (forrados em veludo para maior conforto do usuário) em todos os tamanhos, até o GGG. E a minha favorita: uma réplica de cadeira elétrica ("Igual à que aparece em *À Espera de um Milagre*"), uma pechincha por apenas $2.990. O vendedor nos diz que o fabricante teve o cuidado de ajustar a voltagem para "estimular prazerosamente", não "fritar, seu filho-da-mãe assassino".

Mas tudo isso é apenas a ponta do iceberg. Todo e qualquer fetiche tem vez aqui. Você se excita à idéia de ser tratado como um bebê? Pampers Gigantes e lenços-de-papel kingsize no corredor cinco. Ou prefere se sujar? Nesse caso vá para o corredor três, onde encontrará a genuína lama do Mississippi. Você gosta de arrebentar a boca do balão? Embalagens sortidas embaixo dos aparelhos mecânicos, Hamsters Anais com resgate garantido (os mesmos que foram usados por Richard Ge... não, é melhor não dizer).

Cá estou eu, a "Annabel Chong da ficção erótica" (*Time Out*), e estou boquiaberta.

E bêbada.

— Não consigo *acreditar* que este lugar existe — digo com voz pastosa, ao esvaziar minha quinta, sexta ou sétima flûte de champanhe. — Não sei se vomito ou tomo notas.

— Bom, eles estabelecem um limite — diz Ant, com a voz tão pastosa quanto a minha. — Acabei de perguntar onde podia encontrar um traje de borracha que desse num veado de dois metros e o filho-da-mãe seboso disse que eles não trabalham com animais.

Sei que não tem *tanta* graça assim, mas rimos como quando tínhamos seis anos de idade e Ant escreveu a palavra *cocô* no quadro-negro.

---

* Rua de Londres onde se concentra o maior número de consultórios de médicos de prestígio.

Marsha Mellow e eu

Recebemos olhares glaciais de alguns convidados para quem sexo é coisa muito séria.

— Acho melhor irmos embora antes que nos expulsem — diz Ant.

Na saída, Ant pára ao lado de uma cesta cheia de vibradorezinhos fosforescentes de $6.99.

— Que tal levar um de lembrança para Lisa? — pergunta.

— Não, ela vai ter que se contentar com a Estátua da Liberdade de plástico que comprei.

Não posso repetir o comentário que Ant fez.

— Obrigada, Ant. Me diverti *horrores* — digo no táxi. — E quer saber de uma coisa? Acho que nunca mais vou me chocar com nada na vida.

— É mesmo? — torna ele. — E que tal isto? *Sei que ele nunca viu nada igual antes, e a idéia me excita. Sento-me escarranchada nas costas de Deborah, cavalgando-a, e toco em seus seios pendurados. Então agarro seus cabelos e de um tranco puxo sua cabeça para trás, antes de forçá-la a pôr a boca no pau de Ri...*

— Que negócio é esse? — disparo. E não sou a única ali que está se perguntando isso. O motorista de táxi iraniano, que não falava uma palavra de inglês quando entramos, subitamente adquiriu conhecimentos básicos da língua inglesa e está espichando o pescoço para escutar.

— Não, espera aí, agora vem a melhor parte — diz Ant, ignorando meu protesto. — *... antes de forçá-la a pôr a boca no pau de Richard. Aliso-o enquanto Deborah o chupa, sentindo que ele está prestes a gozar. Quando chega àquele ponto em que não dá mais para segurar, afasto-a dele, levando-o a ejacular por toda a...*

— Pára!

— Vê se eu posso com você. Foi você quem escreveu isso, mulher. Por que fica tão... qual é o termo certo... envergonhada?

E ele ainda pergunta?

— Mas não precisava vir me lembrar disso logo agora que estou me divertindo tanto — rebato.

— Bom, pode me chamar de desmancha-prazeres, mas amanhã você vai voltar à vida real.

— Você é um desmancha-prazeres. *Ai, meu Deus,* não quero voltar para a Inglaterra.

— E nem precisa fazer isso, por enquanto. Vamos a um clube agora.

— O Seminário? — grito, entusiasmada. Estava roxa de curiosidade para conhecê-lo.

— A única maneira de entrar lá é deixando seus peitos na entrada. Não, vamos para um lugar chamado En Why.* Dizem que é superdescolado — pelo menos, para um clube de heteros. Alex quer que eu dê uma conferida.

Não sei, não. Não sou muito amiga desse tipo de lugar, mas a idéia de voltar para o apartamento e ir dormir faz com que o pesadelo de voltar para a Inglaterra pareça ainda mais próximo. Decido acompanhá-lo.

— A propósito, como é que você sabe trechos inteiros de *Anéis* de cor?

— Ah, minha memória estava ficando horrível, eu vivia esquecendo meus compromissos, minhas chaves... até meu próprio nome. Comprei uma fita chamada *Melhore a Sua Memória*. É fantástica. Agora consigo recitar do capítulo um ao capítulo três do seu romance, e quase todos os sobrenomes de assinantes começando com a letra A do catálogo de Nova York. Só que continuo esquecendo as minhas chaves.

---

* Brincadeira em cima de um erro de pronúncia da palavra *ennui* [tédio].

Capítulo 20

Acaba de dar as cinco da manhã e estou me sentindo *muuuuito* feliz. Isso não pode ter nada a ver com o fato de que daqui a poucas horas vou ter que tomar um avião de volta para a Inglaterra e enfrentar um pelotão de fuzilamento composto por minha mãe, meu chantagista e o diretor do *Daily Mail*. Não, deve ser o ecstasy.

Eu tomei ecstasy!

E!

Uma droga!

Nunca tinha usado uma substância psicotrópica na minha vida, fora aquele estimulante que Jake enfiou debaixo do meu nariz, e ainda por cima sem meu consentimento. Tudo bem, eu bebo e fumo, mas anfetaminas? Nunca. Pois se fico nervosa só de estourar um Anadin de dentro da cartela!

Quando estávamos no En Why, os primeiros sintomas de minha habitual fobia de boates já começavam a se fazer sentir, apesar das vodcas que estava entornando. Ant percebeu-os e tentou me arrastar para a pista de dança, mas eu não queria ir nem a bala. Foi quando ele retirou um comprimidinho branco do bolso.

— Experimenta — disse ele.

— Não precisa — respondi. — Só estou um pouco cansada. Não estou com dor de cabeça.

— É X. Experimenta.

— É o quê? — berrei mais alto do que a música, que já estava, agora que eu prestava atenção, começando a me dar dor de cabeça.

— Ecstasy! — berrou ele também.

— Puta que pariu, Ant — gritei, me afastando de um pulo dele como se estivesse me oferecendo uma placa de Petri cheia de antraz. — Onde é que você arranjou isso?

— Nós estamos num clube, Amy. Dá só uma olhada. Não é a bebida que está fazendo esses caras agirem como se fossem malucos que acabaram de dar uma boa trepada.

Dei uma geral no salão e todo mundo parecia mesmo meio louco. E *alegre*.

— Manda ver — encorajou-me ele. — Você não vai virar uma viciada babona só por causa disso.

Pensei com meus botões: que diabo; vou morrer daqui a umas horas mesmo... pelo menos que morra com um sorriso idiota na cara. Apanhei o comprimido e o pus na língua, engoli e... não aconteceu nada. Nenhuma tonteira, náusea, convulsão violenta e dolorosa, descarga de adrenalina ou alucinação esdrúxula em que o clube se transformava no interior roxo do útero de um elefante e as pessoas se metamorfoseavam em gnomos, trolls ou seja lá o que for que acontece nas alucinações esdrúxulas.

Assim sendo, dei de ombros e fui ao bar buscar umas bebidas. Minhas lembranças do que aconteceu depois disso estão um pouco nebulosas. Será que cheguei mesmo a pegar as bebidas? Só lembro que, de repente, estava me atirando na pista de dança, meus peitos balançando em volta das orelhas como aqueles coques em feitio de headphone da Princesa Leia. Eu estava sendo a *melhor* dançarina da história do movimento corporal ao som de música. Nem precisava de uma dublê de corpo para meus passos mais difíceis, ao contrário daquela perna-de-pau de *Flashdance*. Nada mau, considerando que eu normalmente tenho vergonha até de acompanhar o ritmo batendo com o pé no chão, e tive uma crise de pânico medonha da última vez que fui obrigada a dançar (na apresentação de Natal do jardim-de-infância, "Eu Sou um Floquinho de Neve"). Sacudi meu esqueleto de um lado para o outro durante horas e ainda estaria sacudindo, se Ant não tivesse finalmente me arrastado para fora.

— *Uau* — exclamei, sem fôlego, piscando ao ver o primeiro brilho do amanhecer. — A aurora em Manhattan. É tão... sei lá... *luminosa*.

— Isso não é o sol, Amy. É só uma porcaria de um poste. Acho melhor levar você para casa.

Agora estamos num táxi. Ele estaciona diante de um enorme prédio de tijolos vermelhos. Não faço a menor idéia de onde estamos, mas sei que não é o edifício de Ant.

MaRsha Mellow e eu

— Onde nós estamos? — pergunto.

— No Seminário.

— Não vou ter que deixar meus peitos em algum lugar, vou?

— Não esquenta. Eles já devem estar fechando. Acho que está limpo.

— Um clube vazio tem qualquer coisa de deprimente — digo. — São as pessoas que fazem o lugar... E o DJ. O DJ é *fundamentaaaal* para o clima.

— Ouve só ela — diz Ant, rindo. — Um tablete de ecstasy e você se transformou na Mais Procurada do Manumission.

Estamos na parte principal do Seminário, a que era uma igreja, no tempo em que costumava ficar cheia de jovens trajando batinas pretas, não roupas de couro pretas. Não há mais nenhum banco ou crucifixo, só uma grande pista de dança e suportes de luzes e alto-falantes high tech.

— Pelo que vejo, vocês conservaram alguns dos detalhes arquitetô-nicos originais — digo, olhando para um gigantesco vitral que se ergue, imponente, sobre o local onde devia ficar o altar.

— Não conservamos, não. Se você olhar de perto, vai ver que a Virgem Maria é Ru Paul e que o Cristo agonizante é Rock Hudson... O Papa teria um chilique se visse isso. Vem, vamos beber alguma coisa antes que eles fechem.

Ele atravessa o aposento até sua extremidade, onde fica o longo bar. Um homem está limpando o balcão. Tem a cabeça raspada e usa um cole-te preto justo, e percebo o brilhozinho de ouro em sua sobrancelha.

— Esse é Christ — apresenta-o Ant. — Chris, para encurtar. Ele era bombeiro.

— É mesmo?

Os músculos ele tem, mas não se parece muito com a idéia que eu faço de um bombeiro.

— Hum-hum, e estava lá quando as Twin Towers caíram. Não agüentou mais o rojão depois disso.

— Meu Deus — sussurro. — Um verdadeiro *herói*.

— Ant, meu amor, o que você está fazendo aqui? — berra Chris. — É a sua noite de folga?

— Essa é a minha amiga Amy, da Inglaterra — retruca Ant. — Eu queria mostrar a ela o lugar onde trabalho.

— Trabalha?! *Ha!* Onde você *briiiiinca*, fofinho.

Ele não poderia ser mais fresco nem debaixo de cem ventiladores. Será que reprimia esse lado de sua personalidade quando trabalhava no corpo de bombeiros? Quando toma minha mão e a beija, olho para os piercings nos mamilos que se projetam sob a laicra de seu colete e me pergunto se os bombeiros têm permissão para usá-los. Taí, quem sabe não servem para pendurar as mangueiras?

— Sorte a sua não ter trazido a Amy duas horas atrás — diz ele a Ant. — Baixaram uns motoqueiros homo horrorosos de Long Island. Teriam comido a coitadinha viva. Quer beber alguma coisa?

— Uma água, por favor — solto, ofegante.

Estou começando a ter um leve ataque de pânico. Já ouvi histórias horríveis de adolescentes que tomaram ecstasy e seus cérebros se desidrataram, levando-os a beberem litros e litros de água até explodirem... ou coisa parecida. Não consigo me lembrar, mas estou *morta de sede*.

A água chega e bebo-a de um só gole.

Agora me sinto melhor.

— E aí — digo para Chris, sondando o terreno —, quer dizer então que você é um dos *heróis*?

— Que heróis, gatinha?

— Do Sessenta-e-Nove — respondo, com a maior seriedade.

Ele me olha fixamente, sem compreender.

— Acho que ela quer dizer do *Onze* do Nove — explica Ant.

Chris rompe em gargalhadas escandalosas e me sinto encolher... de vergonha, não de desidratação.

— Santo Deus, pensei que ela estava me atribuindo o título de campeão mundial de *boquetebol* — grita Chris, em meio ao quiriquiqui. Então fica sério e diz: — Mas, enfim, o Onze do Nove. Que é que tem?

— Ant disse que você fez parte da equipe de resgate.

— Quem me *dera*. Todos aqueles bombeirões parrudos, sujos... Não, eu estava em Miami na ocasião.

— Mas você não trabalhava no corpo de bombeiros?

— Minha flor, a única vez em que estive num carro do corpo de bombeiros foi quando eu tinha quinze anos de idade e um bombeiro de noventa quilos me ensinou com quantos paus se faz uma canoa...

Marsha Mellow e eu   219

Acho que ele não está se referindo a uma aula de construção naval.

— Que diabo Ant andou contando a você?

Viro-me para meu melhor amigo, que está abafando seus risos na manga.

— Seu filho-da-*puta* — digo entre os dentes.

— Desculpe — pede ele —, mas é que eu sentia falta de ter alguém tão crédulo por aqui.

Estou prestes a matá-lo quando o telefone toca. Chris caminha sem pressa até ele e atende.

— Seminário — diz, com ar despreocupado. E, depois de um momento: — Desculpe, queridinha, nós já estamos quase fechando... Padre *quem*?... Nós recebemos uns cardeais no fim de semana, mas acho que eles não querem que a gente saia por aí fazendo propaganda disso para todo mundo... Hum-hum, aqui é o Seminário... Olha, acho que você discou o número errado... Não esquenta, fofinha, *c'est la vie*.

Desliga o telefone e diz:

— Uma mocréia doida querendo falar com um *padre*, vê se pode. Um sujeito chamado padre An*th*ony.

Nem precisava ter se dado ao trabalho de explicar, porque a ficha caiu assim que ele desligou o telefone. Minha mãe deve ter descoberto como usar o serviço de auxílio internacional. Olho para Ant, que ficou lívido. É óbvio que já pescou tudo, como eu.

— Merda — diz ele.

O telefone volta a tocar.

— Merda, merda, *merda*!

— O que a gente vai fazer? — pergunto, afobada.

— É melhor eu atender — diz Ant, subindo no bar e agarrando o telefone antes que Chris tenha chance de pôr as mãos nele.

— Pronto, é do Seminário — solta Ant, com uma voz melodiosa e jovial que contrasta brutalmente com a expressão de pânico em seu rosto pálido. — Olá, Sra. Bickerstaff, aqui é o An*th*ony... Sim, vou muito bem, e a senhora?... É mesmo?... *Não me diga*... Ah, meu Deus...

"Ah, meu Deus"? Que diabo estará acontecendo lá em casa? Ela deve ter descoberto. Devo ter saído no *Mail*. Olho para Ant em busca de algum sinal que indique que ela sabe, mas ele está enfronhado demais no seu papel de padre para me notar.

— ... como diz Mateus, capítulo dois, versículo oito, *Aquele que dormir com o camelo*... hum... *nunca passará pelo buraco da agulha*... Bem, quem sabe se a senhora falasse com o sacerdote da sua paróquia... Eu gostaria muito de ir para aí, sinceramente, mas tenho que... hum... revisar minha monografia sobre Jesus...

Monografia sobre Jesus? Quem ele está tentando enganar?

— ... e minha primeira comunhão importante está próxima... É, o estilo conta pontos... Nossa, Sra. Bickerstaff, é uma notícia um tanto chocante...

Porra, ela sabe.

— ... é um assunto muito delicado para eu orientá-la assim, por telefone... A senhora deve estar a par dos ensinamentos católicos sobre o divórcio...

Divórcio! Então ela *não* está sabendo de mim. Espera aí. *Divórcio?*

— ... e acho que a maioria dos conventos não vê com bons olhos solicitações de mulheres casadas...

AimeuDeus, ela quer ser freira?

— ... quem sabe se a senhora reunisse sua família e procurasse extrair forças dela? Eu sei, eu sei, estão todos muito ocupados, mas será que a senhora tentou... Amy?

Puta que pariu, não me mete nisso. Faço sinais frenéticos para Ant encurtar o telefonema.

— ... por coincidência, ela está aqui comigo...

Aaaaaaaaaaaiiiiiiiiiiiii!

— ... ah, ela não contou à senhora? Pois é, o estresse da vida em Londres estava fazendo muito mal a ela. Ela precisava de um tempo para tornar a entrar em contato com a sua espiritualidade, e nós oferecemos um retiro aqui... Sim, até mesmo para pessoas de outras religiões... Bem, eu poderia ver se damos um jeito de encaixar a senhora...

Não, não, não, *nãããããããããããããão!*

— ... Amy, isso mesmo... Ela chegou há um ou dois dias... Tenho certeza de que gostaria muito de falar com a senhora... Acho que ela está na capela, vivendo um momento de comunhão com Deus. Espere um pouco, por favor, enquanto procuro por ela.

Ele pousa o fone no bar e me dá um olhar desamparado.

— Que diabo você está fazendo? — rosno.

Marsha Mellow e eu

— Desculpe. Não sabia mais o que dizer. Você me ouviu. Ela está quase perdendo a cabeça e o fato de estar convencida de que eu sou uma porra de padre só está piorando as coisas, não o contrário.

Chris, que não sem razão prestou atenção a cada palavra, está com uma expressão particularmente intrigada.

— Por que ela está perdendo a cabeça? Que diabo aconteceu?

— Depois eu te conto... Mas agora é melhor falar com ela.

— Não posso. O que vou dizer?

— Por que não conta a verdade a ela?

— A verdade? Ela não consegue *enfrentar* a verdade — grito, me perguntando por que será que essa frase me soa tão familiar.

— Talvez consiga. E, pelo que posso ver, a maior parte dos seus problemas familiares decorre do fato de vocês não conseguirem contar nada uns para os outros.

— Pô, Ant, isso não é hora para terapia de família!

— Fala com ela, Amy — diz ele, apanhando o fone e estendendo-o para mim. — Ou prefere que eu mesmo conte a ela?

Tomo o fone da mão dele.

— Oi... mãe — digo, nervosa.

— Amy! Que diabo você está fazendo em Nova York? Estou tentando encontrar você há dias. Ninguém sabia onde você estava. Disseram no seu escritório que você estava com catapora. Eu estava morta de preocupação.

— Desculpe, mas é que eu tinha que dar um tempo.

— Bom, preciso de você aqui — diz ela, engolindo os soluços. — Meu casamento com seu pai está *desmoronando*.

Lisa deve ter mostrado as fotos a ela. *Bosta.*

— Você esteve com Lisa? — pergunto.

— Aquela sua irmã... Ela nunca retorna as minhas ligações.

Então ela *não* viu as fotos.

— ... enfim, o que pode ser tão terrível na sua vida para você precisar dar um tempo? — pergunta ela com sua voz condescendente, a que emprega para indicar que nada pode dar seriamente errado no meu mundinho, que as únicas crises dignas de respeito são as dela. Talvez Ant tenha razão. Talvez eu deva contar a ela, para lhe mostrar o que é uma Crise com C maiúsculo.

E, fazendo um grande esforço, ainda dá para sentir um restinho de euforia, tudo que sobrou do supersurto de autoconfiança deflagrado pelo E. Não é muito, mas talvez o bastante para me ajudar a levar isso até o fim.

Tudo bem. Dá para encarar. Lá vai.

— Mamãe, tem uma coisa que eu preciso te contar...

Olho para Ant, que me encoraja com acenos de cabeça.

— ... eu já deveria ter te contado há séculos. Você nem vai acreditar...

Onde é que já ouvi esse discurso antes? Naquele almoço de domingo na casa de mamãe. Mas agora *estou falando sério*.

— ... é absolutamente incrível — continuo.

Os acenos de Ant se transformam em socos no ar, do tipo *Vai nessa, garota!*, como aqueles que a gente vê no programa de Jerry Springer.

— ... e, depois que você se acostumar com a idéia, sei que vai ficar encantada...

Acho que estou fazendo suspense demais — é o ecstasy falando mais alto. Preciso ir direto ao ponto.

— ... é Ant...

As sobrancelhas de Ant disparam ao alto da testa como dois foguetes.

— ... ele é gay.

Ah, sim, isso foi *um sucesso*. Um estrondoso sucesso.

Com essas duas palavrinhas todos os antigos preconceitos de mamãe contra os padres católicos voltaram à tona, estilhaçando seus sonhos de entrar para um convento e passar o resto dos seus dias na contemplação de Deus. Não, ela não reagiu bem.

Pelo menos, agora Ant está livre. Não tem mais que ficar revirando a memória atrás de versículos dos Evangelhos para dispensar orientação espiritual à única ovelha do seu rebanho. Na verdade, é improvável que ele torne a ver minha mãe, e, se isso acontecer, vai ser só por um átimo de segundo, antes de ser atacado pelo feroz Rottweiller que ela sem dúvida alguma vai comprar para mantê-lo a distância.

— Pedi para você ovos, bacon, panquecas, batatas e cebolas fritas, tudo regado a um litro de *maple syrup*. Não sei se vai adiantar alguma

Marsha Mellow e eu

coisa, mas mal não pode fazer — diz ele, sentando-se à nossa mesa ao lado da janela. Estamos na cafeteria em frente ao Seminário.

— A situação está ficando cada vez pior, Ant — lamurio-me. — Em menos de três horas vou ter que embarcar num avião e enfrentar toda essa... *merda*.

— É brabo, Amy, mas tenho certeza de que você pode fazer isso — diz ele, segurando minha mão. — Você vai contar a ela... Quando mais não seja, porque seu estoque de segredos que possam feri-la está acabando. Em breve, o único que vai sobrar é o de Marsha Mellow. E aí, quando for revelado e ela souber, nada mais vai importar. Aquele merdinha não vai ter com o que chantagear você, o *Mail* vai poder escrever o que quiser...

— Ant, eu *não consigo* contar a ela. Você me ouviu ao telefone. Quando chega a hora H, eu simplesmente não consigo ir até o fim.

— Deixa eu te contar uma coisa. Provavelmente você vai ficar perturbada, mas, talvez, por incrível que pareça, facilite a sua vida. Eu não devia em hipótese alguma contar isso a você, porque... você sabe, meus votos sagrados e o escambau....

A confissão. Eu tinha me esquecido dela.

— ... sua mãe teve um caso.

Quase despenco do banco. *Isso não é possível.* Ainda menos possível do que a total impossibilidade de meu pai estar tendo um caso. As opiniões de minha mãe sobre sexo extraconjugal são tão arraigadas que ela considerou seriamente a hipótese de se tornar republicana quando Lady Di botou a boca no trombone ao descobrir o caso de Charles e Camilla. Lembro-me da cena nitidamente: mamãe repetindo que "um adúltero jamais deverá ocupar o trono da Inglaterra" (fazendo vista grossa para o fato de que várias gerações de adúlteros já fizeram isso), enquanto embalava sua coleção inteira de suvenires da família real. Mandou papai guardar no canto mais afastado do sótão três caixotes de pratos e canecas comemorativos, além dos porta-rolos de papel higiênico da Rainha-Mãe. A cristaleira de mogno na sala de jantar ficou vazia durante mais de *três* anos, um poderoso símbolo da catastrófica decadência moral da elite.

— Isso não é possível — digo, ao recuperar o fôlego.

Não é *mesmo.* Lembro-me de como ela esteve a um triz de renunciar à sua filiação ao Partido Conservador quando os jornais fizeram o maior auê em cima do caso de John Major com Ed...

Valham-me Nosso Senhor Jesus Cristo e todos os santos do céu. Será que acabei de ter um momento de lucidez ou é impressão minha? Edwina *Currie*. A mudança. Aquele visual esquisito de piranha do Partido Conservador que mamãe adotou e que não decifrei na ocasião, mas que desconfiei tratar-se de uma tentativa de seduzir meu pai de volta ao leito conjugal... mas cuja verdadeira razão de ser era o fato de ela estar se comportando como uma safada *sem-vergonha*.

— Me desculpe por ter tido que te contar — pede Ant, lendo meus pensamentos.

— Quem era ele?

— Ninguém que você conheça. Um cara chamado Pat. Ele é jardineiro.

— Um *jardineiro*?

— Não esquenta. Ela não desceu de nível ou se misturou às classes baixas. Ele é um desses jardineiros metidos a besta que aparam meia dúzia de arbustos, instalam um tanque no jardim ou coisa que o valha e se intitulam *arquitetos-paisagistas*. Eles se conheceram na Exposição de Flores de Chelsea. Foi amor à primeira begônia.

— Não quero saber. Eles ainda estão juntos?

— Não. Já tinha acabado quando ela veio se confessar. Morta de sentimento de culpa... tanto é que estava desesperada para acreditar que seu pai também estava pulando a cerca.

— E estava... *está*.

— Pois é, mas ela não tinha certeza disso na ocasião, e ainda não tem. Estava desesperada para justificar sua escapada. Cortei um dobrado para convencê-la de que Deus era seguramente do tipo misericordioso e que ela não iria necessariamente para o inferno... Acho que ela só dormiu com o cara uma vez, se é que isso melhora as coisas.

Nem um pouco. Porque, mesmo que tenha sido só uma vez, agora tenho que arquivar a imagem mental de minha mãe e *Pat* rolando nas plantas perenes junto com o retrato de meu pai num estacionamento levando uma chupada de *Sandra*, a funcionária do bufê. Qual é a desses dois, *pô*? Será que eles não têm um pingo de vergonha na cara? Eles não têm o direito nem de transar um com o outro, que dirá com outras pessoas.

— Porra, Ant, não sei como você pode dizer que isso facilita a minha situação — digo, ao me compenetrar de toda a verdade sórdida sobre mamãe e papai, os reis do papai-e-mamãe.

Marsha Mellow e eu 225

— É claro que facilita. Pensa bem. Primeiro, sua mãe não é a santa virtuosa que você sempre pensou que fosse. E segundo, se ela tiver um mínimo de consciência, isso vai tornar muito mais difícil para ela condenar você pelo seu livro.

Ant pode muito bem ter razão, mas não consigo enxergar isso. Não consigo enxergar mais nada além dos corpos frenéticos e suados de dois cinqüentões copulando — dois cinqüentões que, por acaso, vêm a ser meus *pais*.

Uma pancadinha na vidraça ao meu lado me arranca de minha lama. É Chris. Nós o deixamos no clube, com o queixo ainda caído das revelações que testemunhara. E agora é óbvio que ele está prontinho para um bis. Entra aos pulinhos na cafeteria e senta no banco ao meu lado.

— Padre An*th*ony — diz, com voz sensual e arquejante —, já faz seis meses que me confessei pela última vez, e *Deus do céu*, tenho sido um menino *safadinho* desde então.

— Mais uma palavra e está despedido — solta Ant, ríspido. Acho que ele está falando sério.

— Ah, deixa de ser desmancha-prazeres. Me manda rezar seis avemarias e dá umas palmadinhas no meu bumbum.

— Por favor, Chris, não é uma boa hora — torna Ant.

— Vocês dois... *incrível* — continua Chris, ignorando o baixo-astral. — Eu teria que assistir àqueles programas que eles passam de dia durante semanas para ver todas as baixarias que ouvi de vocês dois hoje de manhã. — Olhando para nossos rostos deprimidos, acrescenta: — E aposto que isso não é nem um décimo da história.

— Por que não conta para ele, Amy?

— Como é que é? — disparo.

— Ora, vai ser um bom exercício para quando você enfrentar a sua mãe. De mais a mais, duvido muito que uma boneca como Chris algum dia vá esbarrar com ela no Bazar Beneficente do Clube dos Conservadores.

Ele tem razão.

Viro-me para Chris e anuncio:

— Eu sou Marsha Mellow.

— *Sai pra lá!* — grita ele. Em seguida: — Quem é essa?

— Você *tem* que me pôr no seu próximo livro, fofinha — implora Chris, quando termino de lhe contar. — *Por favor...* Eu não me importo de comer algumas garotas, sério.

— Não vai haver um próximo livro se eu não conseguir contar para a minha mãe — murmuro.

— Mães. São uma droga, não são? — diz Chris. — Na verdade, até que a minha não era tão má assim. Quando contei a ela que era bicha, ela disse: "Isso mesmo, me dê esse orgulho, filho. Só um *homem* de verdade consegue agüentar um punho inteiro no cu".

— Ela não disse isso — torna Ant, incrédulo.

— Tem razão. Não disse. Mas também não me matou.

Visivelmente frustrado, Ant se volta para mim:

— Amy, concordo que do ponto de vista estatístico é muito provável que você venha a ser assassinada por um membro da sua família. Ainda assim, você sinceramente acredita que uma mulher tão obcecada com manchas como a sua mãe se arriscaria a sujar de sangue as capas protetoras dos estofados matando você?

Não respondo... porque, para ser franca, acho que ela *se arriscaria, sim.*

— Tive uma idéia — diz ele, subitamente entusiasmado.

Qual? Eu mudo de nome, fico aqui e me caso com um americano para conseguir o green card? *Excelente plano! Onde é que eu assino?*

— Que tal se eu voltasse com você?

Ah.

— Você faria isso? — choramingo.

— Bom, Alex vai ficar puto da vida quando a gente entrar pela porta, mas, como eu disse ontem à noite, nossa amizade tem mais vinte anos do que meu namoro com ele. Vamos fazer nossas malas.

Capítulo 21

— *E* stamos voando a uma altitude de doze mil metros e estimamos que o tempo de vôo seja de pouco mais de seis horas, de modo que chegaremos ao inferno um pouco antes do previsto. O calor por lá é abrasador, portanto vamos esperar que todos vocês tenham se lembrado de pôr seus protetores solares na mala...

— Toalha quente, senhora? — pergunta a comissária de bordo, me arrancando do meu cochilo.

Pego a toalha de sua mão e, enquanto esfrego o rosto, Ant se volta para mim:

— Vai dar tudo certo. Prometo.

— Taí! — digo, experimentando um súbito surto de otimismo. — E se Colin Mount tiver um ataque do coração e morrer? Sim, porque ele parece ser do tipo que tem uma taxa de colesterol muito alta... E se os jornais perderem todo o interesse? Mais cedo ou mais tarde eles sempre perdem, e inevitavelmente vai acontecer alguma outra coisa que vai fazer com que eles se esqueçam de mim. De repente, o casal da moda muda o papel de parede na semana que vem... Acho que isso daria conta do recado. Talvez eu nem chegue a ter que contar para mamãe.

— Vai dormir, Amy — diz ele, cobrindo os olhos com a máscara distribuída pela companhia. — Você vai precisar de todas as suas forças quando a gente chegar.

Capítulo 22

Já passa da meia-noite quando empurro a porta de meu apartamento e ouço o *bip-bip-bip* incessante da secretária eletrônica.

— Eu escuto os recados pela manhã. Agora tenho que ir dormir.

Mas Ant não está para recusas. Joga a mala ao lado da secretária e aperta o *play*.

— Você. Tem. Dezoito. Novas. Mensagens...

Bip.

— Amy, sou eu. Onde é que você está? Viu o retrato da Mary no *Mail*? Você nunca me disse que ela era *tão* gorda. Enfim, *preciso* conversar com você sobre o Dan...

Dan?... Ah, o namorado. O membro do Partido Conservador que tem ar de nerd. Tinha me esquecido dele.

— ... um pesadelo. E papai. Um *duplo* pesadelo. Me liga.

Bip.

— Amy, me perdoe pelos assobios indecentes ao fundo, mas é que estou ligando de uma cabine telefônica perto das obras de um edifício... medida de contra-espionagem, filhinha. Bem, minha querida, sempre quis ver a minha cara feia na primeira página de um jornal, de modo que não posso me queixar. Me ligue para discutirmos os próximos passos. Os safados estão fazendo cada vez mais pressão.

Bip.

— Oi, mana. Eu de novo. Estou *desesperada* para falar com você. Uma fulaninha metida como ela só no seu escritório disse que você estava com catapora. Por favor, me diz que é mentira e que você está só matando trabalho. Tchau.

Bip.

— Oi, Amy, aqui é o Lewis...

Aaaaaii! Sinto meu rosto pegar fogo com a lembrança.

Marsha Mellow e eu   229

— ... hum... Lewis, do escritório. Deedee me disse que você está
com catapora... mas desconfio que talvez não seja isso. Eu fiquei...
hum... *preocupado* quando você saiu correndo ontem à...

Atalho-o, apertando o *delete*. Não posso enfrentar Lewis agora...
Pensando bem, nem agora *nem nunca.*

Bip.

— Amy... aqui é o Jake. Espero que talvez você já tenha se acalmado o bastante para falar comigo... você sabe... sobre aquele nosso *mal-
entendido* no hotel...

Como é que é?! Mal-entendido?! Eu podia estar bêbada e abestalha-
da aquela noite, mas em que momento disse "Sabe, Jake, desde que
nós rompemos, meu único sonho é sair de um banheiro de hotel e descobrir que você contratou uma prostituta para nós"?

Apaga, apaga, *apaga.*

Bip.

— Amy, aqui é a Julie. A bruxa me disse que você está com catapora. Coitadinha. Eu ia vestir meu uniforme de enfermeira para o Alan
hoje à noite, mas quer que eu vá aí e cuide de você? Ontem à noite foi
o máximo. Por que você foi embora tão cedo? Tchau.

Bip.

— É você ou a porcaria da sua secretária eletrônica?... Detesto esses
troços. A propósito, aqui é a sua mãe...

(Como se eu não soubesse.)

— ... liguei para você no seu trabalho e disseram que você está com
catapora. Não vejo como isso seja possível, porque você apanhou catapora quando tinha sete anos... e como passou mal! Já chamou um
médico? Como se eu já não estivesse até aqui de preocupações. Se
cubra bem, fique na cama e, se for *mesmo* catapora, *o que eu duvido
muito, não* coce as bolhas. Quer que eu dê um pulo aí e leve uma sopa
para você?... Aliás, pensando bem, vou aí de qualquer jeito, porque
preciso desesperadamente conversar com você... É o seu... *pai...* Tomei
uma decisão.

Bip.

— Amy Bickerstaff, por favor me diga que você não está se escondendo debaixo das cobertas. Por que, em nome de Deus, você não me
contou — sou sua *agente,* caso você tenha se esquecido — que estava
sendo chantageada? Sim, eu recebi um telefonema daquele calhordinha

sem-vergonha. Vou me encontrar com ele dentro de uma hora para tratar disso. As coisas que sou obrigada a fazer para ganhar meus quinze por cento! Não desapareça, ouviu?

Bip.

— É a sua mãe de novo. Esqueci de dizer para você *parar de fumar*. É um vício horrível e tenho certeza de que não faz nada bem quando a pessoa está com catapora ou seja lá qual for a doença grave que você tem. Mas, enfim, não posso ficar conversando com uma máquina o dia inteiro. Vou à igreja agora acender umas velas para todos nós.

Bip.

— Amy, essa voz é sua?... É seu pai...

Meu pai? Ele não me telefonou *uma vez sequer* em vinte e cinco anos.

— ... quero apresentar uma pessoa a você. É muito importante. É uma moça com quem tenho... Não posso falar agora. Sua mãe está por perto. Ainda é segredo. Me liga quando tiver um tempinho.

É incrível. Ele quer me apresentar à filha-da-mãe da...

Bip.

— Amy, é a Mary. Estou ligando de uma cabine na estação de Piccadilly. Está cheia de turistas japonesas, de modo que espero que você consiga me ouvir. Bem, primeiro a boa notícia. Já dei um jeito no... Com licença, meu jovem, estou usando este telefone. Quer fazer o favor de dar o fora?... Onde é que eu estava mesmo? Ah, sim, o *problema*. Já dei um jeito nele. Temporariamente, pelo menos... Agora, prepare-se para a má notícia. A edição de amanhã do *Mail* vai publicar uma matéria revelando que Marsha Mellow vive na Zona Norte de Londres. Só Deus sabe como eles descobriram isso. Até onde apurei, o mau-caráter do seu chantagista não andou falando mais do que devia com eles, e nem mesmo Jacobson sabe onde você vive. Enfim, o lado positivo da coisa é que eles não têm nenhum nome. Mas estão decididos a publicar a matéria. Para tentar desentocar você, acho. Você precisa entrar...

Bip.

— ... essas porcarias de secretárias eletrônicas nem dão tempo à gente de terminar de falar. Eu ia dizer que você *precisa* entrar em contato comigo imediatamente, porque desconfio que a coisa está prestes a estourar. *Me ligue.*

Bip.

Marsha Mellow e eu 231

— Olá. Aqui é David Dawkins, do Serviço Funerário Familiar Dunston & Dawkins...

Como é?! Um engano... *tomara.*

— ... mil desculpas por incomodá-la neste momento *difícil*, mas ainda tenho algumas dúvidas em relação aos preparativos para o enterro de sua tia-avó...

Ufa. Não tenho nenhuma. *Delete.* Surrealista demais.

Bip.

— Aaaaaaaaaaaiiiiiiii! Viu o *Mail*? Como é que eles descobriram onde você vive? Não admira que esteja se escondendo. Mamãe vai ficar louca (varrida, de pedra e de hospício) quando ler. Ela sempre achou Crouch End meio suspeito. Me liga. *Logo.*

Bip.

— E ainda preciso conversar com você sobre papai e Dan...

Bip.

— Pô, Amy, que é que está acontecendo? Acabei de ligar para casa e aquilo lá está um pandemônio. Falei com papai. Ele disse que mamãe não estava em casa, mas dava para ouvir o som de pratos quebrados. Você contou a eles sobre o livro? E que história é essa de Ant ser um padre pedófilo? Me liga, *pomba*! Estou com medo.

Bip.

— Alô... aqui é David Dawkins novamente. Mil desculpas, mas é que esqueci de esclarecer que o ataúde do pacote De Vere Millennium Eternity Deluxe é feito de madeira de teca selecionada, extraída de florestas preserváveis, e o...

Xô!

Bip.

— Amy, aqui é o seu pai...

De novo?

— ... tente não ficar muito chocada, mas... a sua mãe foi presa.

Capítulo 23

— Onde é que ela está, Lisa?

— Ainda no xadrez. Papai está lá, tentando negociar a fiança dela. Onde *diabo* você estava, Amy?

— Em Nova York. Voltei há meia hora.

— O quê? Você foi para lá com catapora?

— Não, é claro que não.

— Estava matando trabalho? Em Nova York? Esteve com Ant?

— Ele está aqui. Está pagando o radiotáxi.

— Acho melhor dizer a ele para se mandar para os Estados Unidos de novo antes que mamãe volte para casa. Não acho que ela esteja muito satisfeita com ele.

Neste momento, Ant entra na sala de estar de meus pais.

— E aí, que foi que ela fez? — pergunta ele, despreocupado. — Esqueceu de pagar o imposto da TV?

— Quem dera — responde Lisa. — Foi apanhada pichando a porta da Igreja de Nossa Senhora de Finchley.

— Pela madrugada — exclamo. — Que é que ela estava escrevendo?

— *Vão para o inferno, padres ve.*

— O que isso quer dizer?

— Acho que ela ia escrever *veados*, mas os guardas a flagraram antes de terminar... Acho bom vocês dois me contarem que diabo está acontecendo, porque eu e papai não estamos entendendo xongas.

Contamos a ela sobre o telefonema de mamãe para o Seminário.

— Pelo amor de Deus, Amy, se você tivesse tido um pouco de coragem naquele almoço de domingo e contado a verdade a ela, talvez nada disso tivesse acontecido — solta Lisa, zangada.

— Não, Lisa. Se eu tivesse contado a verdade a ela, estaria morta, e você, aguardando o julgamento por assassinato. Sim, porque olha só

Marsha Mellow e eu   233

como ela reage quando descobre uma bobagem, como o fato de um amigo meu por acaso ser gay.

— Uma *bobagem*? *Por acaso* ele também é o confessor dela, graças a você e à porcaria da sua mentira.

— Lisa, isso não está ajudando — diz Ant, com delicadeza, tentando acalmar os ânimos.

— Ah, vai à merda, Ant — grita ela. — Você é igual a Amy. Por que diabos tinha que ir pela cabeça dessa idiota?

— Espera aí, Lisa — berro eu. — Por que diabos *eu* tinha que ir pela *sua* cabeça, isso sim! Para começo de conversa, se você nunca tivesse despachado o meu livro para aqueles agentes...

— Sabe de uma coisa? — Lisa me interrompe. — Eu não estou mais dando a mínima. Já estou cheia dessa família de loucos. Vocês dois que são brancos que resolvam esse bode.

Dá meia-volta e sai correndo da sala. Segundos depois, ouvimos a porta da frente sendo batida. Estamos sozinhos.

— Começamos com o pé direito — diz Ant. — Que tal se eu fizesse um chazinho para nós?

Não respondo. Acabei de ver o exemplar de ontem do *Mail* em cima da mesa de centro: "RAINHA DA FICÇÃO PORNÔ LOCALIZADA EM SUBÚRBIO LONDRINO". Apanho-o e leio a matéria por alto. Como Mary me garantiu no seu recado, eles não têm meu nome, mas têm uma descrição de mim. Segundo eles, sou uma "mulher comum, de cabelos castanhos e aproximadamente vinte e cinco anos" que vive em "Crouch End, um subúrbio na Zona Norte de Londres, de resto respeitável".

— Que puta cara-de-pau deles, chamar você de "comum" — diz Ant, lendo por cima de meu ombro.

Não consigo falar, porque estou experimentando uma sensação totalmente nova. Os dançarinos do Riverdance, que tinham tirado merecidas férias durante minha estada em Nova York, voltaram com tudo, mas desta vez estão tendo uma trip sinistra de LSD, e trocaram os saltos de sapateado por tênis de corrida com pregos.

— Onde será que eles conseguiram isso? — a custo consigo perguntar.

— Não faço a menor idéia, Amy. Sua agente, de repente. Ou Lisa. Ela parece estar puta da vida com você no momento.

Faço que não com a cabeça.

— Então deve ser o seu chantagista.

— Mary disse que já tinha dado um jeito nele. E, mesmo que não tivesse, você não acha que ele teria dado ao jornal mais do que uma descrição física?

— E o seu editor? — especula Ant.

— Ele não sabe nem o meu nome, que dirá onde eu vivo.

Quebro a cabeça tentando me lembrar de cada palavra que disse a ele quando nos conhecemos. Talvez eu tenha deixado escapar alguma coisa. Mas não me ocorre nada.

— Ele não teria feito isso. Por que se arriscaria a ferrar o acordo que tem com você te entregando? — argumenta Ant. Em seguida me abraça, porque, é claro, estou chorando.

— Não dá para a gente voltar para Nova York? — choramingo.

Estou falando sério. Não me importa quantas armas, balas perdidas e pontos de crack eles têm, eu me sentia infinitamente melhor quando estava lá.

— Você não pode mais fugir — diz Ant, baixinho.

E ele tem razão. Não posso mesmo. Mas só porque estou ouvindo a porta da frente se abrindo. Papai deve estar chegando com a prisioneira.

— *Merda,* Ant, você não devia estar aqui — digo entre os dentes.

Mas nenhum de nós se move. Estamos de pé, presos ao chão, colados num abraço sobre o tapete. Imagino que haja maneiras melhores de morrer do que nos braços do nosso melhor amigo.

A porta da sala se abre.

Mas é apenas Lisa, e não parece estar mais furiosa.

— Desculpe — pede ela. — Eu não devia ter perdido a cabeça.

— Tudo bem — respondo. — Nem eu.

Afasto-me de Ant e abraço minha irmã caçula.

— Papai acabou de ligar para o meu celular — diz ela. — Está vindo para casa.

— É melhor você ir embora, Ant — aconselho.

— Não, acho que por enquanto estamos seguros. Ele está sozinho — explica Lisa. — Mamãe vai ter que passar a noite lá... Pelo que entendi, atirou a bolsa por uma janela da delegacia. O sargento na recepção precisou levar três pontos.

Marsha Mellow e eu 235

Minha mãe, mártir da causa dos valores familiares decentes, passando a noite numa cela de delegacia com um bando de bêbados e ladrões de carros. A coisa está ficando cada vez melhor.

— Que tal uma xícara de chá? — sugere Ant.

Dirige-se para a cozinha enquanto Lisa e eu nos sentamos para esperar. Provavelmente eu deveria contar a ela agora sobre a farrinha de mamãe com Pat, o jardineiro. Ela deveria ficar a par de todos os fatos, não é mesmo? Mas não posso fazer isso. Ela já tem problemas demais.

— A gente precisa ter uma conversa séria com papai sobre a Srta. Sandálias de Tirinhas — diz ela.

— Sim, mas não hoje à noite.

— Tem razão. Vamos tentar resolver o problema de mamãe primeiro — concorda. — Não vamos encostar papai na parede hoje à noite... Não, de jeito nenhum.

— Você não acha que nos deve uma explicação, papai? — indaga Lisa.

— Onde foi que vocês arranjaram isso? — pergunta ele, olhando para as várias fotos espalhadas sobre a mesa de centro.

Seu rosto está mortalmente pálido. Já estava bastante pálido quando ele voltou da delegacia, mas agora passou para um tom ainda mais pálido e mortal. Sei que ele é um calhorda hipócrita etc., mas não consigo deixar de sentir pena dele. Ele deve estar passando exatamente pelo mesmo que passei quando Colin Mount me telefonou com suas chantagens.

A determinação de Lisa de adiar a cobrança sobre a Srta. Sandálias de Tirinhas durou... ah, uns dez minutos. Ela perdeu as estribeiras quando papai, compreensivelmente nervoso com os acontecimentos do dia, voltou-se contra mim e Ant e nos acusou de provocar o colapso nervoso de mamãe. Lisa decidiu que não podia permitir que ele esquecesse o seu papel na história e saiu em nossa defesa, como uma Lara Croft vestindo Versace. Nesse momento Ant fez uma retirada estratégica, acreditando que mais chá ajudaria muito a situação.

— Não importa como nós conseguimos as fotos, papai — diz Lisa.

— Que é que você pensa que está fazendo?

— Eu estava me encontrando com ela — murmura ele em voz baixa, aparentemente sem saber mais o que dizer.

— Isso é ó óbvio. E não vem para cima de nós com esse papo de que ela é só uma *colega de trabalho*. Nós sabemos *exatamente* quem ela é. Sandra Phillips. *Sand* para os íntimos. Vive em Wood Green, gosta de tomar Southern Comfort e...

— Como é que vocês sabem disso tudo? — pergunta papai, arregalando os olhos. — Nem eu sei tanto assim sobre ela, e olha que venho me encontrando com ela há semanas.

— Quer dizer então que você admite — diz Lisa, triunfante, como se estivesse interrogando uma testemunha-chave num tribunal. — Bom, caso você esteja interessado em saber, para o Dia dos Namorados, o sutiã dela é quarenta e seis.

— O sutiã... como é que é? E *o quê* eu estou admitindo, afinal das contas? — dispara papai, embora eu ache que ele está exagerando na sua confusão. Nós o apanhamos desprevenido, não resta a menor dúvida. — E como diabo vocês arranjaram essas fotos? — prossegue ele, agora indignado. — Vocês andaram me espionando...

Dããã.

— ... minhas próprias filhas me *espionando*. Será que esta família inteira perdeu completamente o juízo?

Dããã, dããã.

— Não sei como é que você ainda se atreve a nos acusar de alguma coisa, papai — digo. Até agora tinha ficado quieta, mas sua falsa inocência está começando a me irritar. — É você quem tem uma amante.

— Amante? *Amante!*... — Seus olhos arregalados e assustados pulam de Lisa para mim e de volta para Lisa. — Ela não é minha amante. É funcionária de um bufê. Uma mulher que organiza festas, pelo amor de Deus.

— Disso nós já sabemos, mas o que é que você está fazendo com uma mulher que organiza festas?

— Organizando uma porcaria duma festa, eis o quê! — explode ele, uma veia roxa subitamente estufando e latejando na sua têmpora.

Nunca vi essa veia antes. Mas, também, nunca vi meu pai explodir, e estou com medo. E também começando a ter uma tênue, vaga sensação de que talvez, apenas talvez, nós tenhamos nos enganado.

— Sua mãe faz sessenta anos mês que vem, caso vocês tenham se esquecido — prossegue ele, aos berros. — Nunca fiz nada especial para

Marsha Mellow e eu

237

a coitada, e pensei em remediar as coisas organizando uma porcaria de uma festa para ela, se vocês não tiverem nada contra.

— Pois ao que parece é você quem anda curtindo festinhas particulares no estacionamento — berra Lisa, sem acreditar numa só palavra de defesa dele.

— Como assim?

— Olha — diz ela, apontando acusadoramente para a prova A, a foto que o mostra sentado na van e a Srta. Sandálias de Tirinhas ajoelhada. Eu tinha me esquecido dessa. *Bosta*. Nós não nos enganamos coisíssima nenhuma.

— E o que diabo você quer que eu olhe? — diz papai, sem abaixar a voz.

— Por favor, papai, não nega — digo, tentando ao máximo dar à voz um tom apaziguador. — O que está acontecendo é óbvio.

— Pois eu não acho, mocinha.

— Corta essa, papai — grita Lisa, perdendo as últimas reservas de tranqüilidade que ainda restavam. — Ela está te dando uma chupada, pomba!

Eu disse que papai explodiu um minuto atrás? Bom, aquilo não foi uma explosão. *Isso* sim é que é uma explosão: ele agarra a fotografia na mesa, pula de pé e brande-a a cinco centímetros do nariz de Lisa.

— Quer fazer o obséquio de olhar para essa foto? Está vendo isso aqui? Está vendo essa coisa grande aqui? Esse troço protuberante? — urra ele, brandindo o dedo para o...

Meu Deus, para que *troço* grande e protuberante ele está brandindo o dedo?

— É uma porcaria de tubo de *hélio* — continua ele. — Para a porcaria dos balões. Para a porcaria da festa. A porcaria da comemoração feliz que eu estava organizando para a *porcaria* da minha família de malucos. A moça se ajoelhou para me mostrar como se fecha a porcaria da válvula.

Atira a foto de volta à mesa de centro e, embora eu esteja toda encolhida contra uma parede, consigo vê-la de relance. Inconfundivelmente há um troço... e é grande e protuberante demais para ser algo que meu pai ou qualquer outro homem pudesse carregar confortavelmente entre as pernas. Lisa deve estar chegando à mesma conclusão que eu, porque se calou, aturdida.

Papai anda de um lado para o outro, passando os dedos com raiva pelos poucos fiapos de cabelo que ainda cobrem seu couro cabeludo — muito menos numerosos do que ontem de manhã, imagino.

— Pai — digo, praticamente sussurrando —, a gente lamenta muito... não lamenta, Lisa?

— Pelo amor de Deus — grita ele, ignorando minha tímida tentativa de fazer as pazes. — Por que estou me dando ao trabalho de explicar alguma coisa para vocês duas, suas...

Pirralhas intrometidas?

Fedelhas burras?

Retardadas em último grau?

— ... suas *idiotas*, porra?

AimeuDeus, choque total. Meu pai conhece o palavrão "porra".

— Olha só o estrago que vocês fizeram — continua ele, subitamente mais calmo. — Sua mãe está numa cela de delegacia neste exato momento. Quase sessenta anos de luta, e qual é a recompensa? Duas filhas que a deixam à beira de um ataque de nervos. E eu, então? Francamente, não acho que esteja muito longe disso.

Olha para nós à espera de uma resposta, mas, quanto a mim, não faço a menor idéia do que dizer, embora não ache que ele tenha sido inteiramente justo — afinal, não fui eu que retirei um aerossol de tinta da bolsa e vandalizei uma igreja com ele.

— Acho melhor vocês irem embora — diz ele, com o rosto inexpressivo.

Lisa e eu nos entreolhamos, ambas sem sabermos o que dizer.

— Eu disse para *irem embora*...

Ant aparece à porta com uma bandeja de chá e cream-crackers.

— ... e levem esse excomungado desse *padre* homossexual com vocês!

Capítulo 24

— Você nem imagina há quanto tempo eu quero fazer isso — sussurra Lewis, empurrando minha blusa para cima e tocando meus seios pela primeira vez.

E você nem imagina há quanto tempo eu quero que você faça isso, penso eu. Minha mão está pousada na perna dele, e avança lentamente por sua coxa até chegar ao...

Não estou sonhando acordada.

Está realmente acontecendo.

Como foi que saí de um dos papéis principais na família mais desajustada de Finchley e passei para uma cena de sexo com Lewis em menos de doze horas? Inacreditável. Na verdade, eu mesma não acredito. *Só posso* estar sonhando acordada..

Mas não estou.

Está realmente acontecendo.

Tenho que me explicar. Volto a fita até...

2:02h da manhã: Lisa, Ant e eu saímos da casa de meus pais arrastando nossa vergonha atrás de nós. Tento convencer Lisa a ir para o meu apartamento, para que possamos curtir nossas mágoas juntas, mas ela *quer ficar sozinha*. Como gosta de um drama...

No táxi de volta para Crouch End, pergunto a Ant se, apesar do caos e da histeria que acabou de testemunhar, ainda acha que eu deveria contar a verdade sobre Marsha Mellow aos meus pais.

— Sem a menor sombra de dúvida, meu bem — é a convicta resposta. — São as mentiras que te jogaram dentro desse buraco. Você tem que dar um basta nisso.

O que é, sem sombra de dúvida, a coisa mais certa que já ouvi às duas e pouco da manhã.

E a mais deprimente.

3:15h da manhã: Como não consigo dormir, obrigo Ant a enxugar comigo a única bebida que encontro no apartamento — estávamos estressados demais no vôo de volta para nos lembrarmos de dar um pulo no free shop. Desencavo duas garrafas de vinho branco ordinário, morno. Não surte efeito. Pergunto a Ant se ele se lembrou de contrabandear uns comprimidinhos de ecstasy no rabo. Não se lembrou. *Droga*.

3:33h da manhã: O vinho está finalmente começando a me embotar. Desabo no sofá e minha mente vagueia... Visualizo a porta de uma loja numa rua fria e molhada de Londres. Há um colchonete sujo e rasgado comigo dentro. Estou segurando uma lata de cerveja... *Hummm*, agora há uma possibilidade.

4:10h da manhã: Volto para casa. Mas ainda não consigo dormir, porque estou agitada demais. Cutuco Ant:

— Vou ligar para a Mary.

— Porra, Amy, eu estava quase pegando no sono... Você não pode ligar para ela agora.

— Pois ela liga para mim de madrugada toda hora.

— É mesmo?

— Uma vez ligou às três e meia para me dizer que eu devia ser condenada à forca por um solecismo na página sessenta e sete de *Anéis*.

— Por um *o quê*?

— Não faço a menor idéia, mas pelo visto eu tinha escrito um. Vou ligar para ela.

Ela atende no terceiro toque.

— Já passsa das quatro — resmunga ela —, o que significa que só pode ser você, Amy, ou a polícia, para me dizer que encontrou o seu corpo.

— Sou eu.

Marsha Mellow e eu   241

— Graças a *Deus*. Por onde diabo você andou, menina?

— Eu estava em Nova York.

— Um conselho para o futuro, minha querida — repreende-me ela, subitamente bem acordada: — A melhor ocasião para tirar férias é quando as coisas estão meio devagar, não quando aquilo que cem cachorros fazem em cem tapetes cai naquilo que tem hélices e refresca o ambiente. Agora, me responda: por que em nenhuma das nossas conversas você mencionou um certo chantagista?

Ah, meu Deus, será que ela está *aborrecida*?

— Desculpe — murmuro —, é que eu... sei lá... entrei em pânico.

— Ora, e para quê você acha que eu estou aqui? Um lembrete, meu bem: da próxima vez que entrar em pânico, faça isso na minha direção, por favor. Meu manequim é quarenta e oito, de modo que você não tem como errar. Mas, enfim, você vai ficar aliviada de saber que já dei um jeito nele. Por enquanto.

— Obrigada, Mary... Como foi que você conseguiu?

— Astúcia animal combinada com a velha estratégia da cenoura pendurada na ponta de uma varinha.

— Você o comprou?

— Nada disso. Eu me encontrei com ele e... caramba, onde foi que você achou esse sujeito? Ele é anti-higiênico por excelência. Enfim, não precisei de muito tempo para constatar que sabia absolutamente tudo a seu respeito, menos o seu tipo sanguíneo. Obviamente, meu primeiro pensamento foi: que se dane esse boçal xexelento, ele que bote a boca no trombone, se quiser, mas eu não tinha a menor intenção de fazer isso sem o seu conhecimento, de modo que...

— Obrigada, Mary, *obrigada*.

— Por favor, me deixe terminar. Quero voltar a dormir. Passei para o plano B. Disse a ele que você tinha se escondido num lugar isolado, mas que eu tivera uma longa conversa com você e que você concordara em dar a ele uma entrevista exclusiva e fotos...

— *Mary!*

— *Me deixe terminar*. Um material que seria dele para vender a quem pagasse mais. Eu sabia que isso agradaria a ele — mais do que ficar fuçando o chão como um extorsionistazinho sórdido, ele se tornaria famoso, e também rico. Enfim, para encurtar a história, porque estou realmente muito, muito cansada, anotei num papel um endereço e lá se foi ele com um bloquinho e uma Pentax. Os vôos para lá são esporádicos, mas a esta altura ele já deve estar em Maláui.

— Onde?

— Nos confins da África. Tenho uma prima que mora lá, de modo que estou vagamente familiarizada com a região. Falando sem rodeios, é um cafundó-do-judas da pior espécie. Os transportes públicos praticamente não existem, o sistema de telecomunicações se resume a duas latas unidas por um pedaço de barbante e a pessoa pode ser presa por enfiar o dedo no nariz. Não preciso dizer que ele pode demorar algum tempo por lá.

— Ele caiu nessa?

— Devo lhe dizer que ele é de uma estupidez espetacular, minha querida. Realmente não sei onde você o achou. Mas há um pequeno porém. Ele fez questão que eu pagasse sua passagem e demais despesas. Não se preocupe, vou deduzir a quantia do seu próximo cheque de royalties. Da maneira como as vendas estão aumentando, desconfio que você não vai sentir a facada.

— Nem sei como te agradecer.

— Depois. Agora, se não se importa, eu realmente gostaria de dormir um pouqui...

— Mas e quando ele voltar, Mary?

— A essa altura, meu anjo, tudo que ele sabe vai ser inútil.

— Não entendi.

— A essa altura, você já vai ter contado à sua mãe, e, quando ela souber, certamente não importará quem mais saiba. Estou sendo perfeitamente clara?

— Mas eu ainda não tenho certeza se vou...

— *Chega!* Boa-noite.

Clic.

4:54h da manhã: O telefone toca.

— Puta merda, Amy, que é que há com este lugar? — geme Ant, antes de enfiar a cabeça debaixo do travesseiro.

Levanto da cama para atender.

— Uma coisa que eu esqueci de mencionar, minha querida, e que por acaso é da máxima urgência — anuncia Mary, sem esperar pelo

Marsha Mellow e eu 243

meu "alô" —, é que Jacobson ficou uma pilha de nervos quando você desapareceu. Ele retirou a sua oferta final...

— Não brinca.

— ... e a substituiu por outra. Assim, quando sua mãe estiver baixando o braço em você, console-se com o fato de que oitocentas e cinqüenta mil libras devem cobrir o custo da plástica reparadora. Seja lá como for, ele quer uma resposta imediata. Acho que a paciência dele está por um fio.

— Pois sabe o que ele pode fazer com o dinheiro nojento dele, Mary? Enfiar no rabo imundo.

À menção do nome de Jacobson, tenho uma lembrança fulminante de nosso encontro: ele me perguntando casualmente se eu era de Londres; eu balançando a cabeça como uma débil mental e quase vomitando as palavras "Crouch" e "End" antes que Mary me desse um pontapé violento na canela. Isso, acrescido de minha descrição física, são as únicas coisas que ele sabe de mim e, curiosamente, também as únicas que saíram no *Mail*.

Que *filho-da-mãe*.

Neste momento estou pouco me importando se nunca mais publicar outro livro, mas tenho certeza de que, se publicar, não vai ter o nome Smith Jacobson impresso na lombada.

5:07h da manhã: Finalmente vou dormir e tenho um sonho bizarro em que Jacobson é morto a golpes de porrete por um filhote de foca.

8:51h da manhã: Acordo. Minha cabeça está latejando e minha boca está com gosto de água de bidê onde várias meias ficaram de molho durante a noite. Estou *na casca*. Ontem à noite nem cheguei a beber uma garrafa inteira de vinho barato, e agora estou com uma ressaca infernal. Isso é muito injusto. Sim, porque quanto mais barato o vinho, pior a dor de cabeça. Onde é que está a justiça disso? Os ricaços que bebem champanhes *vintage* carésimos é que deviam ter ressacas de matar, não a pobre classe trabalhadora. Tudo bem, eu não sou pobre, mas ainda pertenço à classe trabalhadora... Bom, eu *trabalho*, tá legal? Estou me sentindo um limão hoje de manhã. Deve ser porque acabei de me lembrar que recusei a oferta de Jacobson de oitocentos mil e lá vai pedrada.

Deixo Ant roncando na cama e entro cambaleando na cozinha. Ponho a chaleira no fogão, jogo umas colheradas de café instantâneo na caneca e abro a geladeira. Não tem leite.

Porra, por que a vida é um *cocô?*

Abri mão da chance de ser quase uma milionária, um jornal de circulação nacional está me chamando de Rainha da Ficção Pornô e *sabe onde moro*, minha mãe está na cadeia, meu pai com ódio de mim (sem ter ouvido ainda o pior de tudo) e agora NÃO TEM LEITE, POMBA.

9:25h da manhã: Estou sentada no sofá, tentando tomar café preto. *Odeio* café preto. Ant aparece à porta do quarto.

— Ainda não está vestida? — pergunta ele.

Muito observador, rapaz.

— Isso deve querer dizer que você não vai trabalhar hoje — acrescenta.

Trabalhar. *Meu Deus do céu.* Esqueci que ainda pertenço à classe trabalhadora. Não quero pensar nisso agora. Não quero pensar em Deedee, nem em Julie e na bosta de seus sinos nupciais, nem em Lewis... Meu Deus, *Lewis.*

Ultimamente tenho me esmerado em fazer o papel de pamonha de pai e mãe, mas a ocasião que me mata de constrangimento, mais do que qualquer outra, a que abiscoita o Troféu da Suprema Campeã dos Sorvetes-na-Testa, é decididamente aquela noite no bar com Lewis. Quantas vezes uma mulher pode pisar no tomate em uma única noite? Nem que eu estivesse usando um daqueles cartazes duplos de homem-sanduíche com os dizeres LOUCA VARRIDA — MANTENHAM DISTÂNCIA ele teria recebido a mensagem de maneira mais contundente. O que não estará pensando?

É claro, na grande ordem do universo, no contexto da minha problemática às nove e meia desta manhã de quarta-feira fodida, excomungada, *o que Lewis estará pensando* não deveria ter a mínima importância. Mas tem. Porque eu ainda. Sinto. Um tesão mortal por ele.

— Não, Ant — concordo. — Não vou trabalhar hoje.

Marsha Mellow e eu 245

— Bom, então não será o caso de você ligar para lá, se não quiser acrescentar o desemprego à sua lista de problemas?

— Boa idéia. Vou dar uma ligada para eles... e pedir demissão.

— *Caraca*. Amy Decidida, com nova fórmula revolucionária, agora com muito mais Segurança.

— Ha-não torra-ha.

— E aí, vai se tornar escritora em tempo integral?

— Duvido.

Conto a ele que recusei a oferta de Jacobson.

— Ah — é tudo que ele diz. Será que nada mais o surpreende?

— Você deve me achar uma idiota — digo.

— Até que não. Acho que você fez o que devia ser feito.

— Jura?

— Quem haveria de querer se associar a uma pessoa indigna de confiança? — argumenta ele, falando por experiência própria (a de ser a pessoa indigna de confiança). — De qualquer maneira, você é uma autora de best-sellers no primeiro lugar das listas dos mais vendidos. Deve haver milhões de editores no mundo querendo pôr as mãos em você.

Uau, eu sou mesmo uma autora de best-sellers no primeiro lugar das listas dos mais vendidos. Tenho uma súbita visão. Estou sentada diante de uma mesa numa livraria gigantesca. À minha frente há uma pilha colossal de exemplares de Marsha Mellow. Uma fila de fãs indóceis sai da loja. E dá a volta ao quarteirão. E a vários outros quarteirões, até chegar às altas paredes de um presídio. Na qual há uma pequena janela gradeada. Por onde minha mãe espia, com olhos tristes e faces encovadas.

— Não estou em condições de pensar em editores agora, Ant — digo, meus olhos se enchendo de lágrimas. — Não estou em condições de pensar em nada. Minha mãe está presa.

— Liga para o seu pai. Descobre o que está acontecendo.

— Não posso. Ele está com ódio de mim.

— É claro que não está. Liga para ele. A esta altura ele já deve ter se acalmado.

— Vou ligar para ele — diz Amy Decidida, com nova fórmula revolucionária —, mas depois. Primeiro vou ligar para o trabalho.

Tiro o fone do gancho e digito o número.

— Deedee Harris, por favor — digo, quando a telefonista atende.

Enquanto sua linha toca, *rezo* para que caia na caixa-postal, porque *sei* que não conseguiria pedir demissão a um gravador.

— Alô, *A Profissional,* aqui fala Deedee.

Bosta. É a segunda vez em menos de uma semana que ela se digna de atender seu telefone.

— Oi, Deedee, é a Amy.

— Amy, como é que estão as bolhas?...

Bolhas? Ah, da catapora.

— ... espero que você não esteja se coçando. As cicatrizes podem ser horríveis.

— Estão ótimas... desaparecendo sem deixar nenhuma marca.

— E então, quando é que você aparece?

— Nunca mais, Deedee. Não vou mais voltar.

— Ah... Ah, meu Deus...

Como se ela estivesse se importando muito.

— ... o que aconteceu?

Droga. Eu sabia que devia ter me preparado para essa pergunta.

— É... hum... eu... bom... — Ah, que se dane. Tanto faz dizer a verdade. Não vou ter mais que ver nenhum deles, não é mesmo? — É minha mãe, Deedee. Ela foi presa.

— Meu Deus! Por causa de quê?

— Ah... É muito complicado... Nem eu mesma entendo... Tem alguma coisa a ver com abuso de informação privilegiada.

Ant espirra café pelo nariz. Mas, quando decidi contar a verdade a ela, não estava me referindo a *toda* a verdade. Não posso em hipótese alguma contar a ela que mamãe está na cadeia por pichar a porta de uma igreja com dizeres homofóbicos, posso? Isso soaria simplesmente *insano.*

— Caramba, Amy, coitada — diz Deedee, conseguindo pela primeira vez na vida dar à voz uma entonação sinceramente preocupada. — Compreendo perfeitamente que você queira se demitir. Você precisa dar uma força para ela. Meu Deus, que choque para você, e justamente quando está de cama com catapora... Olha, não se preocupa com absolutamente nada aqui...

Que inferno, ela agora está falando como um ser humano verdadeiramente compreensivo, e isso está fazendo com que eu me sinta culpada.

Marsha Mellow e eu 247

— ... vou resolver tudo com o departamento de contabilidade e providenciar para que eles paguem você até o fim do mês...

Muito culpada.

— ... e mais as férias que te devem. E não precisa se preocupar com o Lewis. Vou resolver tudo com ele. *Taí*, acabei de ter uma idéia genial. Ele conhece um monte de advogados. Talvez possa ajudar. Por que não fala com...

— Não precisa, Deedee — me apresso em dizer —, mas, mesmo assim, muito obrigada. Muito obrigada *mesmo*. Olha, tenho que desligar. Acho que a polícia está aqui.

E desligo mais depressa que imediatamente.

Ant está dobrado em dois no chão, tendo um ataque de riso.

— Abuso de informação privilegiada — diz ele, às gargalhadas. — Só isso já valeu a viagem de volta para cá. Bom, fico muito feliz que você tenha decidido seguir meu conselho e dar um basta nas mentiras.

— *Ha-não torra-ha*. Vou tomar um banho. Por que não arranja alguma coisa para fazer? Vai comprar leite!

10:12h da manhã: Será que minha pele se enrugaria demais se eu ficasse no banho para sempre? Será que eu conseguiria me afogar enfiando minha cabeça debaixo d'água e, quem sabe, colocando alguma coisa pesada em cima dela?... A tampa da caixa-d'água da privada, de repente... Talvez desse certo.

Uma batida à porta.

— Fiz um café para você — anuncia Ant. — Com leite.

Leite! Talvez as coisas estejam melhorando. Minha ressaca está passando, posso riscar o item "trabalho" da minha lista de pesadelos e agora tenho café com leite. Sim, *decididamente* as coisas estão melhorando. Só falta enfrentar os probleminhas insignificantes — mamãe, papai e o romance pornô.

Levanto-me da banheira e visto o roupão. Quando chego à sala, o telefone toca.

— Atende, Ant — digo entre os dentes.

Ele faz o que lhe digo.

— Alô... É... Ela está aqui, sim — diz ele, apesar do fato de eu estar meneando freneticamente a cabeça em contrário. — Vou chamar.

Tapa o bocal com a mão e cochicha:

— É o Lewis.

— Não posso falar com ele.

— Pois ele quer muito falar com você... e eu quero muito ouvir isso — diz ele, estendendo o fone em minha direção.

— Seu cachorro — digo por mímica labial, tomando-o de sua mão.

— Amy, é você? — pergunta Lewis.

Merda, já sinto meu rosto ficando vermelho, e olha que ele só disse três palavras.

— Oi, Lewis.

— Liguei numa hora ruim? A polícia ainda está aí? Foi um dos policiais que atendeu o telefone?

— Não, eles... hum... já foram. Quem atendeu foi um *amigo* — torno, lançando um olhar feroz na direção de Ant.

— Bom, Deedee me contou... obviamente. Eu lamento muito. Lamento muito por sua situação, Amy.

— Obrigada — resmungo, lamentando muito por minha situação também. Por que isto está acontecendo comigo? Ah, sim, já sei. Está acontecendo porque eu sou uma perfeita *idiota*.

— Isso explica tudo que aconteceu na outra noite — continua Lewis. — Gostaria que você tivesse me contado logo... mas deixa para lá. Acho que você não estava pronta para falar sobre o assunto. Eu entendo.

— Pois é, não estava — digo, tentando desesperadamente pensar em alguma maneira de acabar com isso antes que ele comece a fazer perguntas técnicas sobre abuso de informação privilegiada, um assunto sobre o qual estou menos abalizada a discorrer do que, digamos, manutenção de motores de trator. — Obrigada por telefonar, Lewis... Hum... Foi muita gentileza sua... Mas, enfim, você deve estar ocupado. Vou deixar você...

— Eu quero muito ajudar você, se puder — diz ele, com um toque de desespero na voz. — Só quero ajudar, está bem?

Por que ele tinha que se revelar um cara tão *legal*, pomba? Tudo era muito mais fácil quando eu estava convencida de que ele era um Calhorda com C maiúsculo.

— Tenho que desligar — digo, minha voz adquirindo um tremor involuntário. — Até...

Marsha Mellow e eu 249

— Amy, *não* desliga...

Droga de tremor. Eu já estava quase livre.

— ... posso ir aí ver você? — pergunta ele.

Ele não pode fazer isso. Ah, *não*.

— Você não pode... A revista... Você é o diretor... Não pode... sair assim, sem mais nem menos.

— Como você mesma disse, sou o diretor. Posso fazer tudo o que quiser. E o que quero é ver você... porque, caso você ainda não tenha percebido, eu *gosto* de você.

Sua voz está irritada. Mas ele *gosta* de mim. Então por que está irritado? Estou confusa e assustada demais para dizer qualquer coisa.

— Desculpe — diz ele, um pouquinho mais calmo. — É que eu não quero que você desapareça da minha vida de novo. Não vá a parte alguma. Estou indo para aí.

Minha resposta é desligar o telefone.

— E aí? — pergunta Ant.

— Ele está vindo para cá.

— Isso é maravilhoso... Espera aí, por que você está olhando para mim como se fosse a coisa menos maravilhosa do mundo?

— Não posso ver Lewis. Tudo que ele sabe a meu respeito são mentiras e mais mentiras. Tenho que sair daqui... *agora.*

Percebo que estou correndo em pequenos círculos. Quando foi que isso começou? Ontem à noite? Semana passada? No Dia da Criação?

— Calma, pelo amor de Deus — berra ele.

Paro de correr.

— Tudo bem, me escuta — diz ele, firme e lentamente, o tom de voz especial que reserva para ocasiões em que lida com loucos histéricos. — Lewis obviamente *gosta* de você. Isso é uma *coisa boa*, porque você obviamente *gosta* dele. E talvez essa seja a única *coisa boa* na sua vida neste exato momento. Portanto, você vai fazer o seguinte. *Um:* depilar as pernas e todos os demais cuidados femininos que achar necessários.

— Mas...

— Nem mas nem meio mas. *Dois:* com a ajuda do expert aqui, vai escolher alguma coisa charmosa para vestir. *Três:* vai me despachar para um longo e revigorante passeio até Priory Park. E, finalmente, *quatro:* quando a campainha tocar, vai abrir a porta para ele, convidá-lo a se sentar e contar a *verdade* a ele. Sabe o que isso significa?

Significa não mentir, nem distorcer, nem enrolar, nem dizer coisas que tenham acabado de sair da sua cabeça.

— Mas ele vai ficar com ódio de mim, Ant.

— Isso é justamente o mais fantástico de tudo, Amy: ele não vai ficar com ódio de você... não se realmente *gostar* de você. Você vai contar a verdade a ele, ele vai enxergar a mulher incrível e talentosa que você é e — *bingo!* — vai *gostar* ainda mais de você. Também vai achar você meio tolinha por não ter dito coisa alguma antes, mas desconfio que vai relevar... Tudo bem? Acha que pode fazer isso?

Balanço a cabeça, porque parece um plano genial... na teoria.

10:45h da manhã: — Porra, não posso usar isso aqui com isso aqui... E a minha saia azul? *Isso!* Saia azul... *Bosta.* Não tenho meia-calça para ela... Tudo bem, tudo bem, pense, pense... *Já sei.* Calça preta e camisa de seda cinza... Camisa de seda cinza, camisa de seda cinza, cadê a *porra* da camisa de seda cinza?... Achei!... *Aaaii!* Que porra de mancha é essa? E bem na frente...

E por aí eu vou.

Mas pelo menos já é uma melhora em relação à histeria de meia hora atrás. Pelo menos estou ficando doida em relação ao que vestir, não em relação à maneira como vou me matar.

Decididamente, estou fazendo progresso.

11:21h da manhã: A campainha do porteiro eletrônico toca. Levanto e me inspeciono ao espelho pela qüinquagésima vez. Acabei optando por uma camiseta justinha, laranja-queimado, e um par de calças meio boca-de-sino, ambas compradas em Nova York. Novas e chiques demais para convencerem como roupas-que-a-gente-usa-quando-está-sozinha-e-de-bobeira-em-casa. Fazem mais o gênero roupas-que-a-gente-usa-quando-está-de-bobeira em-casa-porque-de-repente-pode-pintar-alguém-interessante. Ant achou esse estilo perfeito. Qualquer objetividade que eu porventura possuísse já me abandonou há meses, de modo que tenho de me fiar na palavra dele.

Vou furtivamente até a janela e dou uma espiada. Ele está fantástico. Na verdade, ele está exatamente como todo dia no trabalho, mas

Marsha Mellow e eu 251

isso *é* fantástico. Não consigo acreditar que ele está aqui. E não consigo acreditar que estou prestes a fazer o que estou prestes a fazer... o que provavelmente significa que não vou fazer coisíssima nenhuma.

Quem me dera que Ant não tivesse saído. Se ainda estivesse aqui, poderia contar a Lewis por mim. Aí, sim, poderia sair para nós dois transarmos como dois animais alucinados nos módulos da cozinha.

Vejo-o se inclinar para a frente, e a campainha do porteiro eletrônico toca outra vez. *Merda*, é melhor abrir a porta para ele — o plano genial de Ant não vai avançar um milímetro se Lewis morrer congelado na frente do edifício.

11:22h da manhã: Estou esperando diante da porta. Nervosa? Quase me mijando nas calças, só isso. Também me dou conta de que estou sorrindo feito uma idiota. Desfaço a expressão ridícula e me obrigo a adotar outra... O que devo fazer com a minha cara? Folheio rapidamente um catálogo mental de expressões adequadas ao Momento Importantíssimo em que se Trocam Cumprimentos no Primeiro Encontro (Por Assim Dizer) com o Novo Namorado em Potencial. Sorrisão ou beicinho? Sorrisinho ou beição? Lábios secos? Sim... Não, é melhor optar pela umidade ideal para beijos. Ainda estou lambendo os lábios quando ele chega ao alto da escada e vai logo entrando...

Sem me beijar.

Droga, merda, *droga*. Talvez eu tenha entendido tudo errado — não seria minha primeira vez com Lewis. Tudo bem, *pense*, Amy. Ele disse que *gosta* de mim. *Ótimo*. Mas teria querido dizer com isso "eu *gosto* tanto de você que estou disposto a jogar tudo para o alto e dar uma banana para o bem-estar da minha revista moribunda na esperança de te dar uns amassos"? Ou o sentido de *gosto* aí teria sido "*Gosto* tanto de você como colaboradora que tive a idéia de te prestar, de patrão para funcionária, orientação em domicílio neste caso em que um de seus genitores foi preso sob acusação de alta fraude"?

Não faço a menor idéia. É melhor ir com cuidado, porque, como já disse, sou useira e vezeira em matéria de embolar o meio-de-campo com Lewis.

— Aceita um café? — pergunto a ele, que está parado cerimoniosamente no meio da sala. — Tem leite — acrescento como uma debilóide, como se a posse de um laticínio fosse algum tipo de façanha.

— Mais tarde, talvez. Vamos conversar primeiro.

Ele ainda está parado feito um manequim de vitrine no centro da sala e adotou uma postura profissional, de diretor-com-cabeça-de-recursos-humanos. Isso não está com uma pinta nada boa, Amy.

Sento no sofá.

Ele continua de pé.

Não está com uma pinta nada, *nada* boa.

— Para alguém que acabou de ter catapora, você está com uma cara ótima — diz ele.

— Eu não tive catapora — respondo. Menos uma mentira, agora só faltam umas nove ou dez.

— Eu sei — torna ele. — Quanto à sua mãe... Você quer falar sobre isso?

Pela primeira vez desde que entrou, sua voz tem uma certa doçura... bom, não chega a ser o suficiente para fazer minha taxa de glicose subir, mas está longe do limão de quando chegou.

— Hum... Não — digo. — Isto é, quero... Ai... Hum... Minha mãe, né?

Que murmúrios são esses? É como se fosse algum distúrbio da fala seletivo que me acomete sempre que Lewis está a três metros de mim. Seria alguma reação alérgica? Não importa. Tenho que reagir.

— Sim, sua mãe, né? — Lewis me imita. — Quer me contar por que ela foi presa? Meu irmão é advogado, presta assessoria jurídica para os graúdos do mundo financeiro, esse tipo de coisa. Eu teria muito prazer em dar uma palavra com...

— Ela... hum... não... — interrompo-o, numa tentativa gaguejante de tirar do papel o plano de lhe contar a verdade.

— Ela não o quê? — pergunta Lewis. — Não foi presa?

— Foi, sim.

— Então o que foi que ela *não* fez? — encoraja-me ele, agora com uma expressão confusa. — Não cometeu o crime de que está sendo acusada? Deedee falou em abuso de informação privilegiada...

— Minha mãe nunca comprou uma ação na vida — digo. *Yes!* Uma frase coerente inteirinha — e, de quebra, honesta. Sendo assim, por que ele ainda está com uma expressão confusa?

— Espera aí, se ela não compra e vende ações, por que foi presa por abuso de informação privilegiada? — pergunta ele, seu cenho se franzindo tanto que tenho uma boa idéia de como ele será aos setenta anos.

Marsha Mellow e eu 253

— Não foi.

— Mas você disse que ela *tinha* sido presa.

Ele agora está levantando a voz. Estou tentando desesperadamente seguir à risca o plano *genial* de Ant e a única coisa que está fazendo é levar Lewis a gritar.

— Ela *foi* presa — digo, involuntariamente levantando minha voz também. — Mas *não* foi presa por abuso de informação privilegiada.

Subitamente o cenho dele se desfranze, e compreendo onde foi que me enganei. Eu estava omitindo essa última parte crucial da explicação.

— Nesse caso, por que ela *foi* presa? — pergunta ele.

Merda. A parte difícil — a *verdade.*

— Por pichação — respondo em voz baixa.

— Como é? Que idade ela tem?

— Quase sessenta.

— Meu Deus. Onde? Num abrigo de ônibus? Num trem do metrô?

— Na porta de uma igreja — digo, minha voz ficando mais baixa a cada resposta.

— Ela é algum tipo de anarquista?

— Não... Ela... hum... é vice-presidente do Partido Conservador de Finchley.

Ele parece ficar completamente desconcertado com essa declaração e finalmente se joga numa poltrona à minha frente.

— É uma longa história — digo.

— Não se preocupe. Deedee desmarcou todos os meus compromissos.

11:49h da manhã: — Deixa eu ver se entendi direito — diz Lewis. — Seu amigo Ant... o cara que atendeu o telefone, não?

Faço que sim com a cabeça. Até agora ele está me acompanhando.

— Ele é um padre gay — continua Lewis.

— Não.

— Ele não é gay? Ah, está certo, você disse que o apanhou na cama com uma mulher. Ele é um padre *mulherengo.*

— Não, ele *não* é padre. Ele *é* gay. O caso com a mulher foi um episódio isolado. Acho eu.

— E a sua mãe pensa que ele não é... padre?

Faço que não com a cabeça.

— Perdão, ela acha que ele não é *gay*... Não, não, não, ela *sabe* que ele é gay...

Dou-lhe violentos acenos de encorajamento.

— ... mas não sabe que ele não é padre.

— *Isso!*

— E ela não gosta de padres?

— Ela não tem nada contra padres... São os gays que ela odeia.

— E como foi que ela descobriu que ele é gay?

— Eu contei para ela.

— Uma atitude corajosa, dado o preconceito dela. Por que ela pensa que ele é padre?

— Porque eu disse a ela que era.

— *Ah*, acho que estou começando a entender... Agora me esclarece aqui em relação a essa outra parte...

12:07h: — ... agora estou entendendo. Seu pai está tendo um caso com uma mulher que faz truques com balões, e...

— Não.

— *Não*, ele não está tendo um caso ou *não*, ela não faz truques com balões? — pergunta Lewis, cauteloso.

— As duas coisas. Eu *pensei* que ele estivesse tendo um caso, mas, no fim das contas, a fotografia só mostrava a mulher demonstrando como encher um balão. Foi minha mãe quem teve um caso.

— Com o padre?

— Não, com o jardineiro. O padre é gay — relembro a ele.

— Só que ele não é de fato um padre — relembra ele a mim.

— Isso mesmo — torno eu, cansada. — Mas, voltando ao meu pai. Ontem à noite a gente o chamou às falas...

— A gente? *A gente* quem?

— Lisa e eu.

— Quem é Lisa?

— Minha irmã.

— Pensei que a sua irmã se chamasse Mary...

De onde foi que ele tirou esse *Mary*?

— ... você me disse, no trabalho, semanas atrás...

Marsha Mellow e eu   255

Ah, já lembrei. Ele me apanhou ao telefone com Mary e eu disse a ele que era minha irmã... *Meu Deus*, as mentiras que esqueci.

— ... lembra? No dia em que você perdeu sua lente de contato no chão. — Ele se cala e me dá um olhar que indica que finalmente pegou o meu macete. Em seguida, diz: — Você não usa lentes de contato, usa?

Faço que não com a cabeça, desalentada.

— Sabe de uma coisa, Amy? Acho que agora estou precisando daquele café.

12:10h: Enquanto espero que a água ferva na chaleira, relembro as sábias palavras de Ant: "Você vai contar a verdade a ele e ele vai enxergar a mulher incrível e talentosa que você é". Bom, até agora só fiz contar a verdade, Ant, e a única coisa que ele está vendo é uma imbecil desonesta cuja vida é um tal emaranhado de mentiras que até ela está começando a perder o fio da meada.

É um milagre que ele ainda não tenha resolvido cair fora enquanto é tempo e voltar para o trabalho. Mas é exatamente isso que deveria fazer. Vou levar o café dele e lhe dizer para esquecer tudo. Dizer a ele para viver a sua vida e me deixar continuar fazendo da minha um cu-de-boi.

Desculpe, Ant, porque era mesmo uma idéia genial... mas só na teoria.

12:13h: Levo as canecas para a sala, coloco-as na mesa de centro e respiro fundo. Em seguida, digo:

— Lewis, eu não deveria ter deixado você vir aqui. Desculpe... Talvez seja melhor você... hum... ir embora.

— Mas logo agora que a coisa está começando a ficar boa? — diz ele, com um tenuíssimo esboço de sorriso aparecendo nos cantos da boca. Sinto meu rosto ficar vermelho. Agora ele está me vendo como se eu fosse uma aberração de circo.

— Sua vida parece um episódio experimental de *Neighbours* — continua ele, agora com um largo sorriso —, escrito pelos roteiristas depois de uma dose de LSD e com metade do elenco de *Home and Away*, só para embananar os espectadores.

O cachorro está *rindo* de mim. Sinto as lágrimas arderem nos meus olhos.

— Desculpe — pede ele, ainda sorrindo. — Não tive a intenção de debochar de você. Mas você tem que admitir... O que estou tentando dizer é que acho você fascinante...

Sei. Fascinante como a mulher barbada ou o homem-elefante.

— ... você é interessante, e eu sinto que estou conseguindo finalmente conhecer você... Eu *gosto* de você, Amy.

É mesmo? Depois de todas as loucuras que ouviu, ele *gosta* de mim? Não chega a ser *Finalmente estou vendo a mulher incrível e talentosa que você é*, mas, ainda assim, é melhor do que nada.

Pego um lenço-de-papel na mesa de centro, seco os olhos e me jogo no sofá. Ele olha para mim e diz:

— Imagino que você esteja se sentindo melhor agora que me contou tudo.

— Estou, sim — fungo.

Espera aí. Ele ainda não sabe de tudo, sabe?

Ah, que se foda. Por que não contar logo de uma vez? Manda ver, garota.

— Lewis... eu estou sendo chantageada.

12:24h: — Quer dizer então que esse cara que você e a sua irmã, que *não* se chama Mary, contrataram como detetive particular e que começou a chantagear você... *meu Deus*, isso está ficando cada vez melhor... foi despachado sob um pretexto qualquer para Maláui. Por Mary. Que *não é* a sua irmã. Nesse caso, quem é ela?

— Minha agente — digo, chorando.

— Então por que esse merdinha mau-caráter está chantageando você? Se você... Espera aí. *Por que* você tem uma agente?

Finalmente chegamos lá. Sinto-me como se tivesse escalado o Everest aos trancos e barrancos e estivesse a apenas dois passos do cume. Ainda assim, a única coisa que tenho vontade de fazer é me virar e voltar para o sopé, porque, depois que eu responder a isso, vai ser o fim... *de tudo*. Sinto um aperto no peito e minha boca fica seca, mal consigo falar. Mas. Tenho. Que. Acabar. Com isso...

— Ele está me chantageando porque descobriu que eu sou a M-m...

Marsha Mellow e eu   257

Não consigo dizer a palavra.

— ... *amante de um homem, mas casada com outro?* — dispara ele.

— *Merda...* Está certo, tudo bem, o.k... Hum...

— *Não*, que eu sou a Marsha Mellow.

Ele me encara com os olhos arregalados.

— Você sabe... a autora...

Ele ainda está me encarando.

— ... que escreveu aquele livro...

Ainda me encarando.

— ... que está nos jornais.

— Ah, sim, já ouvi falar, obrigado — diz ele, por fim. — Você está brincando comigo.

— Não estou, não.

— É uma piada.

— *Quem me dera.*

— Não acredito.

— Por que não? — indago, subitamente indignada. Será que ele acha que sou burra, que nunca seria capaz de escrever nada? Ou que sou tão mosca-morta que nunca seria capaz de escrever um livro como *aquele?*

— Porque é incrível... Merda. Desculpe... *Putz...* Eu não esperava por essa. Você é Marsh... Amy, Marsha Mellow foi a única notícia interessante que apareceu este ano. Sou um jornalista *blasé*, não se esqueça, mas essa história me absorveu completamente.

Merda, ele é jornalista. Tinha me esquecido disso. Acabei de dar a ele um *furo de reportagem.*

— Você é jornalista — digo... uma constatação do óbvio ululante, mas estou aturdida. — Você não vai publicar...

— Deixa de ser boba... Meu Deus, você é *Marsha Mellow*! Essa é a coisa mais incrível, mais *genial* que eu já ouvi em toda, *toda* a minha...

— Lewis, você se importa se eu...

Não termino a pergunta, nem ele teria tempo de responder, porque colo meus lábios com força aos dele.

12:55h. — Vem, hummm, vem, aaaiii, Lewis, vem, vem, *veeeeeeeeeeeee eeeeeeeeem*!

Está realmente acontecendo, de verdade!

Capítulo 25

—Como vai indo o trabalho, Lewis? — pergunto, dando uma tragada no meu cigarro.

(A propósito, por que o *melhor* cigarro é aquele que a gente fuma logo depois de transar? Fora o que a gente fuma depois das refeições. E o que fuma escondido no banheiro da casa dos pais. E o que acende com as mãos trêmulas depois de oito horas presa a uma poltrona num vôo onde é proibido fumar... Ai, que pergunta mais boçal. Esquece que eu fiz.)

— Vou te dizer como vai indo o trabalho — responde Lewis. — Ros começou na segunda-feira. — Ele dispersa a fumaça de meu cigarro com a mão... *hummm*, problema à vista.

— Ela é tão competente quanto você esperava? — pergunto, passando meu cigarro para a outra mão. O que é muita consideração da minha parte — afinal, estamos na *minha* cama.

— É até mais, na verdade... Mas eu a demiti hoje de manhã.

— Ah.

— Ordens do editor. Redução de custos — explica ele, estapeando outra baforada... *temos um problema concreto*. — A revista está fodida e mal paga, Amy. A gente vai ter sorte se conseguir lançar os próximos três números.

— Bom, eu me demiti hoje. Talvez isso ajude um pouco.

— Com todo o respeito, nós não economizaríamos mais com isso do que o suficiente para manter a máquina de café funcionando. Não dá para acreditar no abacaxi que peguei... *isso* eles não disseram quando me contrataram...

Ele continua falando dos problemas da *A Profissional*, e eu balançando a cabeça, muito séria, mas sem escutar. Não que ele seja chato — não, *imagina*! Lewis é, disparado, o homem mais interessante com quem já fui para a cama desde... Faço uma rápida conta mental de

Marsha Mellow e eu

todos os homens com quem já fui para a cama, os quais, mesmo incluindo Lewis, posso contar em apenas quatro dedos e meio (o meio é porque, *estritamente falando*, não fui para a cama com Jeremy Crane na festa de Carol Lennon; foi mais propriamente um rala-e-rola que não deu em nada)... Ele é, disparado, o mais interessante de todos desde sempre, mas não estou escutando o que ele diz porque estou absorta demais pensando em como tudo isso é maravilhoso. Lewis. *Aqui*. Na minha cama. Perto o bastante para eu notar que um de seus mamilos parece ser um pouco mais alto do que o outro, o que me deixou meio grilada no começo, mas agora que já estou na companhia dele há uma hora, só o torna ainda *mais* interessante. Ele sabe tudo a meu respeito — até mesmo as coisas doidas, vergonhosas —, e, mesmo assim, *ainda* está aqui. Parece perfeito. Não, é *mesmo* perfeito...

... desde que nós dois nunca mais tenhamos que pôr o pé fora do meu apartamento, nem eu ler o que o *Mail* diz sobre mim hoje, nem enfrentar a decepção de papai ou a perspectiva de visitar mamãe em Holloway. E a idéia de ter que *contar* a ela (o que talvez seja preferível, agora que ela está presa, pois pelo menos vamos ficar separadas por uma grade pesada). No entanto, por mais que Lewis goste de mim, não acho que esteja a fim de se entrincheirar aqui dentro comigo e ficar vivendo frugalmente do que há na minha geladeira (uma lasanha light e alguma coisa num pote de plástico que está lá há milênios e talvez seja molho à bolonhesa, mas que também pode perfeitamente ser Pedigree Chum), até não termos mais nada para nos alimentar além do nosso amor e morrermos nos braços um do outro em êxtase e (no meu caso, pelo menos) magrinhos, magrinhos. Não, não acho que ele esteja nem um pouco a fim disso, agora que penso no assunto, e nem eu.

O que significa que em algum momento de um futuro não muito distante vou ter que me vestir e *Encarar a Realidade*. Prefiro não pensar nisso agora, de modo que volto a escutá-lo falar do trabalho.

— ... de mais a mais, quem disse que aceitei o seu pedido de demissão? Agora que sei que você escreve, vou exigir que faça artigos de três mil palavras. Sobre sexo, é claro... porque vende. Pergunta só ao seu editor.

— Eu... hum... detonei o Jacobson ontem à noite.

— Não brinca. Você abriu mão de um milhão de libras?

— Não chegava a tanto.

— Mesmo assim... Por que você fez isso?

— Porque era ele quem estava passando todas aquelas informações para o *Mail*.

— Ele só estava fazendo o trabalho dele — diz Lewis, de repente ficando todo profissional. — Mantendo aceso o interesse do público... e o pique das vendas.

— Não estou nem aí. Ele prometeu manter meu anonimato. Até assinou um contrato.

— Por que o sigilo? — indaga ele, habilmente levando a conversa exatamente para o assunto em que eu não queria pensar. — Eu ia te perguntar antes, mas me distraí fazendo outra coisa.

— Lembra aquela mulher de quem te falei? A que vota no Partido Conservador, odeia homossexuais e está presa?

— Sua mãe? Ela não aprova?

— Bom... decididamente... hum... ela não aprovaria se... hum...

— Você não contou a ela?

Por que ele está rindo? Isso não tem *a menor* graça. Por que cargas d'água ele está rindo? Foi para isso que passei dois anos de tormento? Para um cara nu com um mamilo um pouco mais alto do que o outro sentar na minha cama e se esgoelar de rir como se fosse a coisa mais ridícula que ele já ouviu? Bom, talvez ele tenha razão. Talvez seja uma coisa tão louca, doida e insana, que eu devesse pôr um ponto final nela, *enfrentando-a...*

Espera aí, por que é que agora *eu* estou rindo?

Onde é que está Ant, justo quando preciso dele? Seu passeio se tornou longo demais e revigorante até dizer chega. Conhecendo a figura como eu conheço, provavelmente descobriu uma clareira escondida em algum matinho, onde está fundando a primeira *Zona de Azaração Gay* de Priory Park

Apanho a caneta e escrevo:

Ant: Fui para a casa de meus pais. É uma coisa que tem que ser feita. Se eu não voltar até as seis, liga para aquele agente funerário que deixou os recados na minha secretária eletrônica. Cadê você? Não quero que venha comigo — seria uma

Marsha Mellow e eu

261

rematada loucura —, mas bem que gostaria de umas palavrinhas de alento (será que é a palavra certa?) antes de sair. Te adoro.

Beijos, Amy

P.S.: Se eu não voltar até as seis, você e Lisa podem dividir meus CDs, mas deixa ela ficar com os meus vestidos.

P.S.2: Contei a Lewis e ele ainda está aqui! Você é um gênio!

Dobro o bilhete e o deixo encostado nas canecas vazias em cima da mesa de centro.

— Quer que eu vá com você? — oferece-se Lewis.

— Obrigada, mas não acho que essa vá ser a oportunidade ideal para conhecer meus pais. "Mãe, pai, sou aquela mulher abjeta que escreve livros obscenos e este é Lewis, meu novo namorado."

Opa. De onde é que saiu *essa palavra?* Ele é meu namorado? Dou uma olhada fugaz nele, que não está pulando pela janela. Nesse caso, talvez seja.

— Com certeza não vai ser tão ruim assim — diz ele.

Lanço para ele o olhar que é minha marca registrada: *Você não sabe nada sobre os Bickerstaff, sabe?.*

— Tem certeza de que não quer que eu vá? — ele torna a perguntar.
— Vamos fazer o seguinte: eu te dou uma carona até lá e te espero no fim da rua, como aqueles motoristas que dirigem o carro para os assaltantes durante a fuga.

Atravesso a passos lentos o hall da casa de meus pais e me pergunto por que estou com a sensação de que minha cabeça está molhada. Detenho-me diante do espelho e me olho. Meus cabelos estão encharcados de sangue de porco, que escorre em filetes por meu rosto e mancha meu vestido de cetim branco... Será um vestido de formatura? Vejo mais uma coisa. Uma coisa infinitamente mais chocante. Eu me transformei em Sissy Spacek. Ouço gritos acima de mim e subo a escada em direção a eles... Chego ao último degrau... Em seguida galgo os da escada estendida do sótão... até finalmente chegar lá. Olho para ela. Uma bruxa louca e doentia, pervertida pelo seu amor a Deus. Minha mãe. Ela não me ouve chegar. Está muito ocupada fincando uma faca na mão exangue de Ant. É apenas o toque final, porque todo o resto de seu jogo de facas de cozinha já está pregando o corpo inerte dele às vigas do teto, onde se transformou num crucifixo irônico.

Suas pálpebras se entreabrem e ele olha para mim:

— Perdoa-a — sussurra ele —, porque ela não sabe o que faz.

Ela finalmente se vira e me vê.

— Você voltou, Carrie — diz ela.

— Meu nome não é Carrie — respondo.

— Não — grita ela —, é Marsha *Mellow*.

— Você não está mesmo a fim disso, está? — pergunta Lewis, felizmente me interrompendo antes que minha fantasia de *Carrie, a Estranha* se funda com a de *O Exorcista* e eu vire a cabeça trezentos e sessenta graus, vomite bílis verde-ervilha e xingue minha mãe de filha-da-puta em latim.

— Não, não estou nem um pouco a fim disso — respondo, olhando em frente para o sinal de trânsito, desejando que fique vermelho durante, digamos, mais uma ou duas semanas.

— E que tal isso? — sugere Lewis. — Quando estiver contando a ela, imagine que ela está nua... com aquele jardineiro, ou seja lá o que for. Assim, ela já não vai parecer tão presunçosa e virtuosa, e você vai poder...

Não ouço o resto, porque minha cabeça está pendurada para fora da janela do carro e estou vomitando em cima de toda a sua pintura metálica. Bom, pelo menos não é bílis verde-ervilha.

O inferno deve ser uma casinha geminada de quatro cômodos com um Rover na entrada e hortênsias desabrochadas... Espera aí, acabo de ter uma súbita e imperiosa sensação de *déjà vu*. Quando foi que pensei isso antes? Já sei. Quando vim para casa algumas semanas atrás, me preparando para dar a mamãe e a papai uma Grande Notícia. Hoje vai ser ainda mais difícil — afinal, semanas atrás os pulsos de mamãe não estavam com marcas de algemas para ela ficar massageando com ar de autopiedade.

Marsha Mellow e eu   263

Depois de um último olhar para a vaga onde Lewis estacionou o carro uns cem metros atrás na rua, abro o portão do jardim e enfio a mão no bolso atrás de minhas chaves, mas me detenho. Ainda não estou pronta para entrar. Agacho-me, empurro a portinhola da correspondência e espio pela abertura. Nenhum sinal de vida. Talvez papai esteja no tribunal, na audiência em que o juiz vai fixar a fiança de mamãe ou coisa que o valha. Eu devia ter pensado nisso. Devia ter ligado primeiro, em vez de simplesmente dar o ar de minha graça. Também posso entrar e esperar... Não, é melhor ir embora... Tentar de novo mais tarde, talvez... Talvez não.

— O que você pensa que está fazendo aí de quatro?

Estremeço, sobressaltada. Viro-me e vejo uma figura altíssima, cuja sombra se projeta sobre mim. Tem um martelo nas mãos. E um cinzel comprido. E uma caixa de Polyfilla.

— Oi, pai — digo, nervosa.

— Me espionando de novo? — pergunta ele. Acaba de sair de uma de suas sessões de terapêutica ocupacional, mas não adiantou nada. Sua voz não está nem um pouco mais simpática do que ontem à noite.

— Não... hum... não. Só vendo se tinha alguém em casa..

— Da próxima vez, experimente tocar a campainha — sugere ele.

Ironia? Outra novidade de papai. Aprendi muito sobre ele nas últimas vinte e quatro horas. Até ontem à noite, eu nunca soubera que ele tinha estribeiras para perder. E que conhecia o palavrão "porra". Agora, a ironia. No geral, ele se tornou uma pessoa mais interessante, embora eu me sentisse muito mais à vontade quando ele era banal. Meu novo pai, bravo, desbocado e sarcástico, passa batido por mim e entra em casa. Não me mexo, preferindo a relativa segurança do degrau da porta.

— Ué, não vai entrar? — pergunta ele. — Junta-te aos bons e serás um deles...

Lá vem ele com ironias de novo.

— ... sua irmã já está aqui...

Lisa, aqui? Não pensei que fosse vê-la durante algum tempo.

— ... e a sua mãe está lá em cima dormindo. Estava muito traumatizada quando eu finalmente a trouxe para casa. Chamei o médico e ele receitou alguns sedativos. Vou fazer um sanduíche para mim. Quer um?

264   *Maria Beaumont*

Bom, é um cachimbo da paz... se é que se pode chamá-lo assim.

— Não estou com fome, obrigada — digo, embora esteja com o estômago nas costas.

Ele se dirige à cozinha enquanto entro no hall e esfrego obsessivamente meus pés no capacho — não quero acrescentar carpetes enlameados à minha ficha criminal. Enfio a cabeça na porta da sala e dou com Lisa sentada cerimoniosamente no sofá. Em geral ela se espalha toda nos móveis, os braços e as pernas jogados como os daquelas modelos da página central das revistas masculinas. Agora ela está com os joelhos e os tornozelos juntos, as costas retas como um cabo de vassoura e as mãos pousadas recatadamente sobre os joelhos. Está com cara de quem está aqui em resposta a um anúncio procurando uma governanta. É curioso como o sentimento de culpa pode transformar uma pessoa. A tevê está ligada e ela está vendo Ann Robinson insultar algumas pessoas da platéia, mas sua cabeça está em outro lugar. Ela nem percebe quando entro na sala.

— Oi — digo em voz baixa.

— *Merda* — grita ela, dando um pulo no sofá. — Quando foi que você chegou?

— Agora mesmo... Como é que mamãe está? Você a viu?

Ela faz que não com a cabeça:

— Papai não me deixa chegar perto dela.

— Como é que ele está tratando você?

— Que é que você acha? Não consigo acreditar que estive nesta sala ontem à noite e o acusei de levar uma chupada... Foi essa a palavra que eu usei — acrescenta ela num sussurro, estremecendo à lembrança.

— Foi horrível, não foi? — concordo. — O caso de mamãe já chegou à promotoria?

— Ainda não. Pelo que consta, vai enfrentar dois processos por perdas e danos. Mas o advogado não acha que ela vá cumprir pena.

— Puxa, que alívio, hein? — digo, contraindo o vírus da ironia. Sento perto dela. Fazemos silêncio e vemos Ann Robinson usando sua lábia para convencer um grupo de completos estranhos a se odiarem uns aos outros.

— Onde é que você esteve hoje? — pergunta Lisa, depois de alguns minutos. — Tentei falar com você antes de vir para cá.

Marsha Mellow e eu 265

— Eu tirei o telefone do gancho... Lewis apareceu.
— Ah, que ótimo. Fan*tás*tico. Maravi*lho*so. *Lewis* apareceu...
Altamente contagiosa, essa ironia.
— ... enquanto nós estávamos aqui arrancando os cabelos, você e
Lewis estavam matando trabalho e *transando*.
— Quem disse que nós transamos? — rebato, indignada.
— E por que outro motivo você tiraria o telefone do gancho?
Ignoro sua brilhante dedução e digo:
— Eu contei a ele.
— Mentira! — exclama ela, sem fôlego. — Você mal conhece o
cara.
— Já está na hora de dar um basta nas mentiras — digo, roubando
a frase de Ant... afinal, a estratégia dele deu certo até agora.
— Que bom que você pensa assim, porque acho que você não tem
mesmo muito tempo antes de seu segredo ir para o espaço. Viu o *Mail*
hoje?
Ela aponta para o jornal dobrado em cima da mesa de centro.
ENCONTREM-NA, ordena a manchete. Em seguida abre o jornal, mos-
trando o retrato que cobre a metade inferior da página.
Um rosto de olhos arregalados e vidrados. O *meu* rosto.
— *Puta merda* — digo, mas nenhum som sai de minha boca. Sou
acometida por uma náusea avassaladora, e, se já não tivesse vomitado
pela janela do carro de Lewis, estaria botando as tripas para fora no carpete. Os dançarinos do Riverdance voltaram, dessa vez com reforços —
um esquadrão de homens-bomba palestinos altamente motivados.
— Esquisitaça, né? — comenta Lisa.
Apanho o jornal e examino o retrato feito por computador. "Esquisitaça" não é o termo. Pode ser apenas uma montagem profissional
baseada em detalhes fornecidos (presumivelmente) por Jacobson, mas
ela sou *eu*. Tem meu cabelo, meu nariz, até minha verruga, grande
demais para ser chamada de "sinalzinho", na bochecha direita. E outra
coisa. O retrato tem aquela característica visível em todas as fotos feitas por computador. Vamos chamá-la de *pinta braba*. Sim, porque
quem é que já olhou para um retrato desses e não pensou imediatamente: "Culpada"? O *Mail* não podia ter me dado uma cara mais sinistra
nem que pusesse em mim uma barba de três dias e uma cicatriz de

navalhada de dez centímetros. Perto da minha foto, a do julgamento da oxigenada Myra Hindley* parece o retrato da Babá do Ano.

— Calma, Amy. Você está muito nervosa — diz Lisa. — Essa não é você *de verdade*. É só uma montagem.

Não consigo responder, mas, em meio ao caos de minha cabeça e entranhas, uma coisa se destaca com a máxima clareza: quaisquer que sejam o preço e as conseqüências, *preciso* contar a eles. *Hoje.*

— Preciso contar a eles, Lisa — sussurro.

— Eu sei... Mas vamos mudar de assunto só um minuto — continua ela, com uma voz despreocupada que não poderia soar mais forçada nem que ela estivesse com um revólver apontado para a garganta. — Eu e *Dan*.

— Quem? — pergunto, aturdida.

— Meu namorado. O que está longe de ser um *triad*.

— *Ai*, me desculpe, Lisa, eu estava totalmente...

— Preocupada? Não tem problema. Você tem todo o direito.

— Que é que está havendo com Dan?

— Um desastre total — responde ela.

— O que é um desastre total? — interrompe papai, com a boca cheia de biscoito de gengibre.

— Nada de mais — diz Lisa, instintivamente.

— Antes assim... antes assim. "Nada de mais" eu posso encarar — diz ele, sentando-se numa poltrona. — E vocês se importariam de desligar essa porcaria? Essa infeliz me dá nos nervos.

Lisa desliga a tevê e olha para mim, chocada. Sei o que ela está pensando. *The Weakest Link* é o programa favorito de mamãe. O espírito do programa é conservador — ela admira a maneira como enaltece a lei do mais forte sem nenhuma rede de segurança para o mais fraco. É provável que no íntimo ela acredite que a Previdência Social devia funcionar em moldes semelhantes, com a enfermeira Robinson dizendo a desprezíveis portadores de doenças renais: "Vocês são os mais fracos. Adeus", para em seguida despachá-los por um alçapão no chão. Sempre presumi que também fosse o programa de tevê favorito de

---

* Assassina de duas crianças e um adolescente, em parceria com o amante, em Manchester, na década de sessenta. Vale a pena ver a célebre foto na Internet, para visualizar a de Amy.

Marsha Mellow e eu   267

papai. Ele sempre o assistia junto com mamãe, desde o prefixo musical que acompanhava os créditos iniciais, e exigia que se fizesse silêncio até o fim. Mas, pelo visto, a *infeliz* da Ann Robinson *dá nos nervos dele*. Alguma coisa mudou. Sinto vontade de olhar para ele, de tentar decifrá-lo, mas não consigo, e fixo os olhos nos pés.

— Me desculpe, de coração — murmuro para o reflexo em meus sapatos.

— Como é? — pergunta ele.

— Eu estou... *Nós* estamos pedindo desculpas. Por pensarmos... entende?

— Sua irmã já me pediu — diz ele. — O que diabo levou vocês a imaginarem que eu estava tendo um caso?

— Mamãe, para ser franca — respondo. — Ela estava... hum... *preocupada* com você.

— Por que será que isso não me surpreende? — diz ele, com uma voz cansada e tão baixa que desconfio que fosse para só ele ouvir.

— Me desculpe por mamãe também — peço. — Por fazer com que ela perdesse a cabeça.

— Por quê? Por acaso foi você quem deu a ela o aerossol e a mandou escrever aquelas coisas?

— Não, mas...

— Então por que o pedido de desculpas? Sua mãe fez o que fez da cabeça dela.

Essa declaração me deixa perplexa. Por que ele não está me culpando? Será que está se esquecendo de como a nossa família funciona? Porque, se ele não me culpar, mamãe vai matá-lo também.

— Você pode me esclarecer em relação a uma única coisa, Amy — continua ele. — Dada a *fragilidade* da sua mãe nos últimos tempos, por que contou a ela que o seu amigo é gay? Sempre achei que você fosse a sensata das duas. Não é do seu feitio cutucar onça com palito de fósforo.

O que posso responder a isso? *"Bom, papai, eu estava tentando criar uma cortina de fumaça para que ela não descobrisse que eu estava corrompendo a moral pública com meu livro escabrosamente indecente"*? Para ser franca, é exatamente isso que eu devia estar dizendo, mas... não... consigo. Ainda.

Mas papai não espera minha resposta, voltando a falar pelos cotovelos outra vez:

— Não me entenda mal. Não tenho nenhum preconceito contra o que o seu amigo é. Por mim ele poderia ser o Bispo de Limerick e usar babadinhos de mulher debaixo da batina, que eu estaria pouco me lixando...

Que é que está havendo? O discurso de papai está soando perigosamente *liberal*.

— ... Se quer saber minha opinião, sempre achei que o sacerdócio era uma escolha profissional perfeitamente natural para um homossexual...

Espera aí. Acabo de me lembrar do primeiro relatório que Lisa recebeu de Colin Mount: papai fora visto numa lanchonete com um exemplar do *Guardian* debaixo do braço. Eu até brinquei com isso na ocasião, mas agora estou compreendendo que *era um sinal*.

— ... o que mais eles podem fazer, quando ninguém os pressiona a se casar, como mandam as convenções? E Jesus?

— Que é que tem Jesus? — pergunto. Agora estou extremamente nervosa. Pontos de vista alternativos sobre o Filho de Deus são um tabu debaixo do teto de mamãe.

— Todos aqueles discípulos. Ele não gostava muito da companhia das mulheres, gostava? Digamos que ficasse provado que ele era gay. Será que isso não jogaria uma nova luz sobre todas aquelas coisas maravilhosas que ele dizia sobre tolerância e amor ao próximo? Não, acho que já dizem baboseiras desagradáveis demais contra gente como o seu amigo, Amy. Pois eu digo: deixem o rapaz viver como quiser, e boa sorte para ele. Foi isso que me aborreceu tanto na maneira como a sua mãe reagiu.

Olho de relance para Lisa. Será que ela está tão embasbacada quanto eu?

— O único medo dela é o de perder seu cargo no partido — prossegue papai —, mas o que me incomoda é ela ter sido capaz de fazer uma coisa tão *odiosa*. Vou dizer isso a ela, quando estiver de pé de novo.

Ele vai dizer *isso* a ela? Ele vai de fato expressar uma opinião que sabe que não agradará a ela? Esse é o homem que dia após dia garante à esposa que gosta dos legumes *exatamente* como ela os cozinha, por mais de quarenta e cinco minutos, até passarem para o estado líquido, embora sempre tenha sido óbvio pelas suas ânsias de vômito que isso não é verdade. Não consigo acreditar no que estou ouvindo. Mas talvez ele diga mesmo a ela. Afinal, já confessou que a *infeliz* da Ann Robinson

Marsha Mellow e eu 269

dá nos nervos dele, coisa que, na escala de valores de mamãe, talvez seja um pouco pior do que insinuar que Jesus pode ter sido uma bicha.

Estou sorrindo. Por dentro, pelo menos. Papai me deu uma injeção de ânimo do tope do ecstasy. Se ele que é obrigado a *viver* com mamãe finalmente decidiu que já é hora de fazer valerem seus pontos de vista, então vou fazer o mesmo. Vou contar *tudo* a ela. E vou começar contando a papai.

Porque *sei* que ele vai compreender.

Taí, pelo que andei ouvindo nos últimos minutos, ele é capaz até de *aprovar*.

— Pai, tem mais uma coisa sobre Ant...

— O que é? Ele usa babadinhos debaixo da batina?

— Bom, talvez até fizesse isso... se usasse uma batina. Ele não é padre.

— Pela madrugada — solta ele, cuspindo migalhas de biscoito de gengibre por todo o colo. — Aconteça o que acontecer, não conte isso à sua mãe...

Ah, quer dizer então que meu novo pai destemido foi só um fogo-de-palha... cuja última brasa acaba de se apagar neste exato instante.

— ... não, eu mesmo faço isso quando ela estiver novamente de p...

O clique da porta sendo aberta o interrompe.

— Você vai fazer *o quê* quando eu estiver novamente de pé, Brian? — indaga minha irritante mãe... que está novamente de pé.

— Nada de importante, querida — diz papai, levantando-se de um salto e caminhando até ela. — Você não devia ter se levantado. O médico disse...

— Esquece o médico — diz ela, ríspida, chegando ao lado de papai. — Por que você deixou que ele me desse todos aqueles remédios? Você sabe o que penso sobre eles — acrescenta, pois inclui os sedativos leves na mesma categoria do crack e da heroína.

Observo papai ajudá-la a se sentar na outra poltrona. Suas pernas nuas parecem inseguras por baixo do penhoar, mas sua mente não parece nada insegura — essa, pelo visto, é à prova de sedativos.

— Quer uma xícara de chá? — pergunta papai, com uma vozinha frágil, vendo nas bebidas quentes um túnel de fuga para a cozinha.

— Não, não quero, obrigada — responde ela. — O que eu quero é conversar com a Amy.

E fixa em mim um olhar fuzilante, o mesmo que recordo de quando tinha nove anos de idade e fui suspensa na escola por puxar a mariachiquinha de Belinda Perry com tanta força que ela engoliu seu aparelho. Encolho-me no sofá e vejo papai fazer o mesmo na poltrona. Embora seja deprimente vê-lo voltar tão rapidamente a ser... bom... *papai*, sei o que ele está sentindo. Deve ter sido fácil falar, quando ela estava supostamente chumbada no andar de cima.

— Quero a *verdade* agora, Amy — continua mamãe. — Há quanto tempo você sabe?

— O quê? — sussurro.

— Que o seu *amigo* é *homossexual*?

Eu adoraria fazer agora o que geralmente faço nessas situações: mentir como uma espingarda velha, soltando alguma coisa do tipo *Ah, mamãe. Descobri naquele dia e fiquei tão chocada quanto você. Embora não tenha saído ventando pela porta afora e pichado a ilha de Manhattan inteira com insultos homofóbicos, entendo perfeitamente a sua reação.*

Mas não faço isso.

— Há mais ou menos doze anos — respondo.

Apesar de meu terror, digo a ela a *verdade*, e isso me choca tanto quanto aturde a ela. Por um momento, nenhuma de nós duas consegue falar.

— *Doze* anos — diz ela, por fim. — Você sabe disso há todo este tempo e ainda assim o trouxe para a *minha* casa, deixou que ele se sentasse à *minha* mesa?

— A casa também é minha, Charlotte — arrisca papai, experimentando defender seu novo papel de homem que sabe se impor e revelando-se um vergonhoso canastrão.

— Cala a boca, Brian — solta ela, brusca. — Não consigo acreditar que você tenha feito isso comigo, Amy.

Ela não poderia parecer mais ferida nem que eu a tivesse varado com uma espada enferrujada. Isso devia me dar raiva. Quero dizer, a puta *hipocrisia*. Essa é a mulher que pintou seu ódio puro na porta de uma igreja e — *não vamos nos esquecer* — rolou pelos rododendros com um jardineirozinho que conheceu na Exposição de Flores de Chelsea. A mulher que depois teve a cara-de-pau de insinuar que era papai quem estava tendo um caso. E agora ela vem culpar a *mim*? Isso

Marsha Mellow e eu   271

deveria me fazer transbordar de raiva, mas não faz. Pelo contrário, reajo como de costume, implodindo de sentimento de culpa. *Imploro ao céu* para que a raiva cresça dentro de mim, porque sei que só um sentimento como a fúria cega (ou drogas) me permitirá agüentar isso até o fim, mas a raiva não vem e fico olhando envergonhada para meus sapatos de novo.

— E sabendo o que você sabia, como pôde deixá-lo simplesmente *sair por aí* e se ordenar *padre*? — acrescenta mamãe, deixando claro que também magoei a Deus, tanto quanto a ela. — Como se já não houvesse maldade de sobra no mundo sem *eles* ridicularizando....

— Tem mais uma coisa que você precisa saber — murmuro. Estou horrorizada com o que estou prestes a dizer, mas não vou agüentar ouvi-la começar outro falatório sobre padres gays. — Ant não é padre.

Ignoro sua exclamação chocada e o engasgo violento de papai, porque acabo de ver Ant na janela de sacada. Ele está exatamente atrás de mamãe, olhando para mim por trás das cortinas de tule. O timing para a comédia sempre foi seu ponto forte nas montagens da escola. É muito bom ver que ele não o perdeu. Mas, pelo amor de *Deus*, que é que ele está fazendo? Será que não percebe que aparecer aqui é uma receita infalível para um banho de sangue? Como pode imaginar que sua presença vá ajudar? Faço gestos frenéticos para que ele vá embora, mas isso só o leva a esborrachar o nariz com mais força contra a vidraça, o que, por sua vez, é claro, faz mamãe e papai se virarem e olharem para lá. Ant percebe bem a tempo e se abaixa, escondendo-se abaixo do parapeito.

— O que foi? — pergunta mamãe.

Não sei o que responder, mas felizmente Lisa faz isso por mim:

— Era um cara qualquer. Tinha pinta de vendedor de vidros duplex.

— Deixa isso para lá — diz mamãe, áspera. De volta ao que interessa. — Por que você me disse que ele era padre? Como pôde me deixar pensar uma coisa dessas?

— Porque ela estava morta de medo de te contar a verdade, mamãe — diz Lisa, felizmente intervindo a meu favor de novo.

— Como assim? — pergunta mamãe.

— Ora, como você teria reagido se ela te dissesse que ele ia embora do país para trabalhar num clube gay chamado Seminário?

— Bom, eu teria ficado chocada, mas teria...

— Corta essa — diz Lisa. — Você teria feito o mesmo que ontem, teria dado um chilique. Por isso a Amy resolveu evitar um escândalo e... enfim, mentiu.

Mamãe parece aturdida. Como se não soubesse que é uma pessoa assustadora. Como se pichar portas de igreja fosse uma atribuição rotineira de um pilar da comunidade, não uma loucura. Então, com uma vozinha lamuriosa, ela diz:

— Mas eu criei você para ser *honesta*... Quantas outras mentiras você me contou?

E fixa em mim o olhar de filhotinho de cachorro mais arregalado e triste que já vi fora de uma campanha da Associação Protetora dos Animais. Está apelando para a chantagem emocional, e, cara, está dando certo, porque me sinto *horrível*. Lisa me cutuca — é a minha deixa para soltar a Bomba H...

Ignoro-a. Não posso fazer coisa alguma.

Para mamãe, meu silêncio equivale a uma admissão de culpa, e ela solta um ramerrão autocompassivo que já ouvi mil vezes antes e que acabou comigo em cada uma delas:

— Sempre tentei fazer o que era certo, inculcar *valores* em vocês, mas olhem só no que deu. Uma filha que quer ir para Hong Kong com um gângster chinês que ela tem vergonha de trazer aqui em casa e outra que nem consegue dizer a verdade para a própria...

Ela se interrompe, porque um telefone está tocando.

No meu bolso.

Meu celular.

Retiro-o e fico olhando para ele com ar apalermado, enquanto vibra na palma da minha mão.

— E aí, não vai atender? — apressa-me mamãe. — Provavelmente é aquele seu amigo bicha.

Ponho-o no ouvido.

— Já chegou à parte legal? — pergunta o meu amigo bicha.

Por que ele está se dando ao trabalho de telefonar? Por que diabo não berra logo de uma vez do arbusto de hortênsias?

— Não... é... uma... boa hora — respondo, como se fosse *realmente* dizer a ele como as coisas estão indo.

Marsha Mellow e eu 273

— Tudo bem, não esquenta. Não precisa falar nada — prossegue ele.
— Mas se ela sacar de um revólver ou coisa que o valha, basta dizer cinco
palavrinhas, que ela vai calar a boca: *Exposição de Flores de Chelsea.*
A linha cai.
— Vendedor de vidros duplex — digo. — Cada uma...
Papai esboça um sorriso, mas mamãe não está escutando. Acabou
de ver o *Mail* em cima da mesa de centro. Apanha-o e olha para o retrato, para a verdade que literalmente a olha nos olhos.
Putzgrilla, não vou ter que contar a ela, porque ela vai ver por si
mesma. Prendo o fôlego, esperando a ficha cair... Mas não cai e, após
um momento, ela comenta:
— Que mundo triste, este em que vivemos. Que tipo de pessoa enri-
quece essa mulher, lendo seu...
Enquanto mamãe se cala, tentando encontrar a palavra que dê a
medida exata de sua indignação pelo que *eu* escrevo, Lisa me cutuca de
novo — com força. Esta é *sem dúvida* a minha deixa — desta vez, pre-
parada por Deus.
Mas ainda não consigo falar, e agora não sei nem para onde olhar.
Não posso olhar para mamãe e nem para a janela atrás dela, porque
Ant se levantou dos arbustos e agora Lewis está lá com ele. Era só o que
me faltava — meu novíssimo namorado na primeira fila de *Fucked-Up
Families 'R' Us.*
Isso. É. Um. Inferno. E eu não estou agüentando.
Não sou a única, porque Lisa interrompe minha agonia e diz:
— Olha aqui, Amy, isso tudo é uma babaquice. Vai contar a eles ou
conto eu?
E me dá um olhar que presumo ser de incentivo, mas que sai com
ar de *Por favor, acaba logo com esse suplício e conta a eles de uma vez.*
— Contar a nós o quê? — pergunta papai, tímido, finalmente saindo
do seu bunker de tricô.
— Amy quer contar a vocês que...
— Deixa que eu falo, Lisa — digo, finalmente recuperando minha
voz. Lisa tem razão. Preciso acabar com isso. — Olha — começo,
trêmula —, vocês provavelmente não vão acreditar nisso. Às vezes,
nem eu mesma acredito. Sei que vocês não vão gostar, mas são meus
pais e precisam saber...

Merda, estou enrolando, enrolando, enrolando e não sei por onde começar. Fixo os olhos em mamãe e tento fazer o que Lewis sugeriu. Obrigo-me a imaginá-la rolando num canteiro de flores com Pat, o jardineiro, mas ele acaba saindo parecido com um escocês gordo, de cara vermelha. Isso não adianta nada. *Se concentra,* Amy. *Conta a ela.*

— Você tem razão, mamãe — continuo, enchendo mais um pouquinho de lingüiça, para amortecer o golpe quando finalmente for desferido. — Eu devia ter sido honesta com você em relação a Ant...

O novo plano genial de Ant! É isso aí.

— ... nós devíamos ser francos uns com os outros, não devíamos? — continuo, sem saber como enfiar as cinco palavras mágicas de Ant no discurso, mas determinada a tentar. — Isto é, *todos* nós... Papai, por exemplo...

Mamãe faz uma cara perplexa. Papai faz uma cara de pânico: *Eu por exemplo o quê?*

— ... faz de conta que ele te diz que vai... hum... viajar a negócios para um lugar aí qualquer, mas na verdade vai participar de uma excursão escondido...

Agora mamãe está com um ar intrigado. Como se finalmente fosse descobrir os podres de papai, além dos meus.

— ... para... hum... a *Exposição de Flores de Chelsea.*

Mamãe faz uma expressão apavorada.

— Por que eu faria isso? É a sua mãe que adora jardinagem — diz papai, seu rosto se contraindo de perplexidade.

Mamãe não diz nada. Pela primeira vez na vida, vejo-a acovardada. Agora dá para ir em frente. *Obrigada, Ant.*

— É só uma hipótese, papai — digo. — Só estou tentando dizer que nós devíamos ser mais abertos uns com os outros... Como eu vou ser com vocês agora... Porque vou contar a vocês uma coisa que...

— O quê? Que é que você vai contar a ele? — Mamãe está quase de pé, transtornada de pavor. O que ela pode fazer comigo? Está apavorada. Estou quase chegando lá. Vou conseguir.

— Sou a M...

— Amante de um homem casado? — intromete-se papai. Que mania é essa que as pessoas têm de achar que sou cúmplice de um adultério?

Marsha Mellow e eu

— Não, papai! Me deixa terminar. Eu ia dizer que...

— Não! Seja lá o que for, você não sabe nada de nada sobre a Exposição de Flores de Chelsea. Eu nem fui este ano, estava...

— Deixa ela terminar, Charlotte. O que é, Amy?

— Eu só queria dizer...

E não sai mais uma palavra. Minha voz parou de trabalhar. Pela primeira vez em minha vida inteira, estou numa situação de vantagem em relação à minha mãe, mas *nem assim* consigo falar. Que tipo de banana sou eu? A Exposição de Flores de Chelsea me fez chegar até aqui, mas não consegue me levar até a declaração final. O trauma é grande demais e meu corpo decidiu que este é um ótimo momento para parar de funcionar. Sinto meus joelhos se enfraquecerem — obviamente, vão ser os próximos a entrar em greve. Olho impotente para Lisa, que parece estranhamente calma.

— Tudo bem, Amy — diz ela, levantando e se voltando para mamãe e papai. — O que a Amy está tentando dizer é que ela é a irmã de Marsha Mellow.

— Do que diabo você está falando? — sobressalta-se mamãe.

— Mamãe, papai — anuncia Lisa, tranqüilamente —, eu sou Marsha Mellow.

Capítulo 26

— Podia ter sido pior — diz Lisa, enquanto Lewis nos leva de carro para o Hospital de North Middlesex. — Nós podíamos estar a caminho do necrotério. Bem está bem o que bem acaba, não é?

Pessoalmente, eu não usaria a expressão "acabar bem" para o momento em que mamãe atirou sua pastora de porcelana pela janela da sala (acertando Ant em cheio na testa) e depois se entrincheirou na garagem, onde virou pela goela abaixo uma garrafa de Pato Purific.

Enquanto papai tentava arrombar a porta da garagem, Lewis forçava com o ombro a de comunicação entre a garagem e a cozinha. Foi como assistir a Tom Cruise em *Missão Impossível*, e fiquei secretamente encantada (e ao mesmo tempo morta de vergonha por ele ser obrigado a demonstrar sua masculinidade cercado por minha família se comportando como um bando de chimpanzés com graves distúrbios de personalidade). A porta se deslocou antes do ombro de Lewis, e ele encontrou mamãe lá dentro caída no chão. Enquanto a socorria, liguei para o serviço de emergência. Em seguida encontrei a garrafa vazia de Pato Purific. Procurei afobadamente a advertência: *Em caso de ingestão, beber água e procurar um médico imediatamente.*

— Depressa, gente, traz um copo d'água para ela — gritei.

— Não precisa — disse papai, calmamente, abrindo a grande porta da garagem e vindo ao nosso encontro. — Foi exatamente com isso que ela tentou se matar.

Mamãe não tinha como saber que papai pegara a garrafa vazia do desinfetante de vasos e a enchera de água destilada — achara que o ângulo jeitoso de seu gargalo era ideal para abastecer a bateria do carro. Ela passou seu casamento inteiro reclamando da obsessão dele de fazer tudo por conta própria, e eis que agora isso salvou sua vida. Acho que ela desmaiou em resultado do choque, não porque suas entranhas receberam uma dose cavalar do puro frescor do pinho.

Marsha Mellow e eu 277

Quando os paramédicos chegaram, levaram minha mãe ainda chumbada numa padiola. Em seguida foram cuidar de Ant, que estava sangrando no gramado e sendo acudido por Lisa.

Agora estamos seguindo a ambulância que transporta mamãe e papai. O mais irônico de tudo é que Ant está lá com eles. Eu até riria, se não estivesse sinceramente preocupada com ele.

— Ela vai ficar bem, não vai? — pergunta Lisa ao médico, cheia de sentimento de culpa. Estamos todos a uma distância segura de mamãe, ainda pacificamente deitada na padiola.

— Ela está em estado de choque, mas vai ficar boa — diz ele, em seu tom Sou-médico-e-vocês-podem-ficar-tranqüilos. Em seguida acrescenta: — Embora ainda tenha alguns vestígios resistentes de limão na traquéia.

É óbvio que a história do Pato Purific vai diverti-los em suas longas noites na Emergência.

Uma enfermeira me dá um tapinha no ombro:

— Com licença. O seu amigo quer falar com a senhorita. Ele está ali, atrás da cortina.

Dirijo-me ao cubículo e encontro Ant levando pontos de uma jovem médica que, pela cara, não dorme há muitos meses. Sento-me e espero que ela termine/cochile e costure as pálpebras de Ant uma à outra.

— Você está bem? — pergunto, quando ela finalmente dá o nó.

— Acho que ainda sobraram uns caquinhos daquela porra de pastora aqui dentro... mas estou legal, sim. Sempre quis ter uma cicatriz. E você?

— Acho que estou bem. Ainda sob o impacto dos acontecimentos, mas bem.

— Deduzo pelo tumulto que ela sabe — conclui ele.

— Mais ou menos... Ela pensa que foi Lisa.

Ele começa a rir:

— Não me explica ainda... Quero curtir um pouquinho a loucura dessa idéia.

— Por falar em loucura, que é que você estava fazendo lá em casa?

— Achei que podia ajudar. Idéia burra, né?

— Ajudar de que maneira?

— Eu queria atrair um pouco da fúria dela, absorver um pouco da culpa. Achei que seria o alvo ideal para ela. E estava cem por cento certo — diz ele, passando os dedos na feia cicatriz de cinco centímetros em sua testa.

— Foi muito nobre da sua parte, Ant... Obrigada.

— Seu namorado, Lewis, parece ser gente fina — diz ele.

— Me espanta que você tenha conseguido formar uma opinião sobre ele em pleno Apocalipse.

— Bom, foi só a primeira impressão. A gente se apresentou enquanto estava engatinhando em volta dos arbustos. Ele fica um tesão caído de quatro.

— Obrigada por insistir comigo para me encontrar com ele. No começo não achei que seu plano fosse dar certo, mas...

— Você devia sempre confiar em mim, Amy. Onde é que ele está agora?

— Teve que ir dar uns telefonemas. Esqueceu que hoje é dia de gráfica.

— O que é isso?

— O dia em que eles imprimem a revista. Se ele não tivesse ligado para lá, quando chegasse a segunda-feira a revista não teria saído.

A médica se levanta e retira suas luvas.

— Obrigado — diz Ant, agradecido. — Você deve estar achando tudo isso meio esquisito.

— Ah, é supercomum — responde ela, indiferente. — Agora mesmo tenho que ir procurar a unha postiça de um travesti. Nem queiram saber onde ele a perdeu.

Lisa, Ant e eu estamos sentados no fim do estacionamento das ambulâncias, enquanto fumo um cigarro.

— Sabe, sempre achei totalmente absurdo que proíbam a gente de fumar em hospitais — diz Lisa.

— Por quê? — pergunta Ant.

Marsha Mellow e eu 279

— Ora, todo mundo já está doente, mesmo. Que mal uma fumacinha pode fazer?... Ah, sim, Amy, eu ia mesmo te perguntar. Que papofurado foi aquele sobre a Exposição de Flores de Chelsea?

Ant ri e sinto vontade de contar a ela agora, mas há uma pergunta infinitamente mais importante em suspenso desde que cheguei aqui.

— Depois eu conto. Por que você fez aquilo, Lisa?

— Ora, alguém tinha que dizer aquelas palavras de uma vez — torna ela. — Você estava demorando demais.

— Vai, fala sério.

— Porque não agüentaria ver você comendo o pão que o diabo amassou mais nem um minuto — explica ela. — À parte todo o resto, eu me sentia muito culpada. Estes últimos dias devem ter sido um pesadelo para você, e eu só pensava em Dan o tempo todo.

— Ai, meu Deus, *Dan* — exclamo. Sabia que havia alguma coisa sem a menor relação com padres gays ou livros pornôs sobre a qual precisávamos conversar. — Que foi que aconteceu? Você não está grávida, está?

— Você às vezes fala igual a mamãe. Não, não estou. Ele me pediu em casamento.

— Lisa, isso é *o máximo*... — Vejo seu rosto se contrair. — ... não é?

— Bom, nunca ninguém tinha me pedido antes — diz ela, depois de um momento. — E ele comprou para mim um anel do tamanho de um bonde... Mas ele é um *conservador*.

— Você suportou isso durante dois anos. Precisa parar de ficar bolada com a idéia de mamãe gostar dele. De mais a mais, neste exato momento acho que ela está precisando se agarrar a alguma coisa. Você devia fazer um favor a todos nós e aceitar.

— Eu já recusei — sussurra ela.

— Mentira.

Olho para seu rosto, para seus olhos magoados.

— Acabou mesmo? — pergunto.

— Ele foi embora para Hong Kong hoje de manhã, de modo que acho que sim — responde ela, triste.

— Ah, que pena, Lisa.

— Eu vou ficar bem — diz ela, corajosa. — Já... conheci uma pessoa.

— *Lisa!*

Maria Beaumont

— Ele está em Goa no momento. É um cara fantástico. Mal posso esperar para te apresentar a ele.

— Me deixa adivinhar — diz Ant. — Ele é um traficante de armas internacional.

— Como é que você pode dizer uma coisa dessas? — dispara Lisa, indignada. — Ele é maior, vacinado, paga impostos e tudo o mais. E é empresário.

— Que tipo de empresário? — pergunto.

— Dono de uma boate de strip-tease em Bethnal Green.

Ufa. Depois da perspectiva hedionda de ela virar careta com Dan, o conservador, é bom ver sua vida de novo nos eixos.

Faz-se um momento de silêncio antes de eu dizer:

— Você ainda não respondeu à minha pergunta. Por que resolveu assumir a autoria do livro?

— Porque o fato de só conseguir pensar em Dan não era a única razão pela qual eu me sentia culpada. Você sempre disse que fui eu que te meti nessa roubada, e estava certa, eu meti, mesmo. Parecia no mínimo justo que te tirasse dela.

— Mas você sabe que não precisava ter feito isso.

— Sei, mas é que eu sou um anjo, mesmo. De mais a mais, sempre fui a ovelha negra da família, não é? É só mais um crime para mamãe pôr na minha ficha. Não só isso, como ela ainda fica com uma filha para fazer companhia a ela no paraíso algum dia.

— Sim, mas que é que a gente vai fazer agora?

Ela não tem tempo de responder, porque papai sai do hospital. Por força do hábito, apago furtivamente o cigarro na parede. Ele nos vê e atravessa o pátio, com uma expressão sinistra.

— Como é que ela está? — pergunto, nervosa, quando ele chega.

— Dormindo... Sedada, para ser mais exato. O médico deu a ela uma dose de sedativos que nocautearia um elefante... Aliás, sabia que é o único animal que tem quatro joelhos?

— A gente sente muito pelo que aconteceu... não sente, Lisa?

— Sente, sim, papai — diz minha irmã, com um tom mais arrependido do que já a ouvi usar em relação a qualquer coisa.

— Mas é a idiota da sua mãe que devia sentir muito — diz ele, entre os dentes. — Vai custar uma fortuna consertar a janela de sacada, para

Marsha Mellow e eu

não falar nas portas da garagem. E o tempo que eu estou tendo que tirar de licença? Hoje deveria receber minha primeira encomenda maciça de cabides coloridos. Não, ela deveria sentir muito *mesmo*.

Ele olha para o chão, sacudindo a cabeça. De estalo volta ao ar, e ambas levamos um susto.

— Quanto a você — diz ele, com um olhar fuzilante para Lisa —, bom, nem sei o que dizer. Você escreveu um *livro... aquele* livro. Nem acredito que vou dizer isso... e logo hoje... mas nunca me senti tão orgulhoso na vida.

Capítulo 27

Quando já estamos todos reunidos, Lewis sobe numa mesa e pigarreia.

— Sei como todos vocês andam preocupados com os rumores sobre o fechamento da revista — começa ele. — Para ser franco, eram mais do que rumores, e passei estas últimas semanas tentando conseguir uma suspensão do cumprimento da sentença. Já estava quase desistindo, mas então aconteceu uma coisa extraordinária... uma coisa que, acredito, irá garantir o futuro da *A Profissional*.

Enfia a mão no bolso e, com um rapapé levemente teatral, retira uma fita cassete.

— Nesta fita está uma coisa que todos os jornais, revistas e emissoras de tevê do país muito provavelmente cometeriam os piores crimes para conseguir.

Faz uma pausa para aumentar o suspense... e sou obrigada a admitir que ele é muito bom nisso.

— Sei que os diretores são culpados de abusar da palavra "furo", mas este aqui é o furo verdadeiro, o furo autêntico, o furo vinte e quatro quilates: a primeira entrevista jamais feita com Marsha Mellow.

Ninguém (bom, quase ninguém) previa esse desfecho, e o aposento explode. Quando Lewis convocou uma reunião da equipe, todo mundo (bom, quase todo mundo) achou que sabia qual era o assunto em pauta, e especulava quantos números nós ainda conseguiríamos lançar antes de sermos demitidos. Marsha Mellow não estava no programa.

Lewis pula no chão e é imediatamente cercado por uma multidão lhe dando os parabéns. Observo-os com um largo sorriso, porque é a primeira vez que uma coisa sai exatamente como sonhei. Se a gente tem um momento hollywoodiano na vida, então este deve ser o meu.

Julie, que está perto de mim, me abraça:

Marsha Mellow e eu 283

— Isso é o máximo — grita ela. — Você acha que a gente vai conhecer a Marsha Mellow?

— Não faço a menor idéia. De mais a mais, não vou mais estar aqui, se vocês conhecerem.

— Eu tinha esquecido, é a sua última semana — diz ela, com um beicinho. — Por que você vai embora logo agora que as coisas estão começando a melhorar por aqui?

— Hum... acho que a minha missão já está cumprida — respondo. Sempre quis usar essa frase... Pena que minha platéia a perdeu.

Deedee se aproxima de nós:

— É uma pena *enorme* que você não vá estar aqui quando a revista bombar, Amy. De qualquer maneira, você pareceu perdida durante um tempo. Acho que não é todo mundo que agüenta o rojão de trabalhar numa revista feminina *de alto nível*.

Que bom ver sua língua ferina de volta à ativa.

— É um alívio imenso que o segredo tenha sido finalmente revelado — continua ela.

— Você sabia da entrevista? — grita Julie. — Meu Deus, como é que conseguiu manter isso em segredo?

— Não posso esperar que você entenda isso — diz ela, dando a Julie um olhar de superioridade esmagadora —, mas a discrição é *fundamental* quando se trabalha para o *diretor*.

— Você falou com ela? Para ajudar a planejar a entrevista, qualquer coisa assim? — pergunta Deedee, empolgada.

— Falei, algumas vezes — responde ela.

— Como é que ela é? — pergunto. Não deu para resistir.

— Ah... sabe como é — diz ela, se contorcendo. — É muito difícil dizer por telefone.

— Ela não é meio bestinha? — prossigo. — Sabe como é, depois de todo esse sucesso...

— Hum... Acho que um pouco.

— E aí, de onde ela é? Tem sotaque?

— Hum... na verdade, não.

— Mas ela deve ter sotaque de alguma região. Do Norte? De Birmingham? Da Irlanda?

— Hum... Bom...

— Do País de Gales?

Enquanto Deedee cutuca as unhas, sem graça, me dou conta do quanto estou curtindo sua angústia. Essa minha veia sádica é nova — acho que é impossível uma pessoa escrever tanto quanto escrevi sobre sadomasoquismo sem se deixar contaminar um pouco.

— Ah, lembrei, o *Mail* disse que ela é londrina — continuo. — Ela fala como uma londrina?

— Hum, não, na verdade, não. Para ser franca, ela parece ser uma pessoa bem... — E se cala, à procura da palavra certa. — ... comum... é, é isso. Comum.

Olho por cima do ombro dela para Lewis, que vem abrindo caminho entre a multidão. Quando chega até nós, Julie não lhe dá tempo de relaxar:

— Conta para a gente, Lewis, conta! Como ela é?

— Esperem para ver — diz ele, com um sorriso tranqüilo que esconde o que está realmente sentindo — se tivesse um rabo, estaria abanando-o furiosamente.

— Ah, *por favooor*! — implora ela.

— Vou contar só uma coisa. — Ele abre um sorriso. — Ela é tudo, menos uma pessoa comum.

— Não foi isso que a Deedee disse.

— E como é que ela pode saber? Nunca falei sobre isso com ela.

Enquanto observo Deedee se atirando na cova que acabou de cavar para si mesma, penso com meus botões: a gente espera a vida inteira para ter um momento hollywoodiano, e aí tem dois logo de uma vez.

Capítulo 28

Os pôsteres pendentes já decoram a cidade há uma semana. Sob o cabeçalho *A Profissional*, a manchete anuncia em letras garrafais: FURO MUNDIAL — A PRIMEIRA ENTREVISTA DE MARSHA MELLOW. Não é lá muito inovador, mas deu conta do recado. A tiragem normal foi triplicada, mas, quando a revista chegou às estações do metrô hoje de manhã, todos os exemplares já tinham se esgotado às oito e meia. "Acho que a gente poderia ter cobrado dez contos por exemplar que ainda assim teriam desaparecido", observou Lewis.

Ele fez uma grande entrevista. É inteligente, equilibrada e extremamente reveladora, embora não a ponto de o leitor poder dizer que viu a entrevistada sem roupas. Mas, pessoalmente, acho que o melhor de tudo é a fotografia que acompanha a matéria. Com os cabelos penteados por Nicky Clark e um tailleur de Donna Karan, Lisa está mais deslumbrante do que nunca.

Algum tempo depois

Primeiro dia: Me esparramo como um gato satisfeito sobre a toalha, dou um longo gole no meu Daiquiri e, com os olhos semicerrados, contemplo o pôr-do-sol espetacular no mar de Andaman. Ainda desfrutando o soporífero relaxamento produzido pela massagem tailandesa ao cair da tarde, tenho todo o tempo do mundo para refletir que a vida é quase perfeita. Mais adiante na praia, Lisa e seu novo namorado se aconchegam sob uma palmeira. A aparência de Lisa reflete como estou me sentindo — despreocupada, feliz e loucamente apaixonada. Vejo uma figura bronzeada sair da água morna e cristalina e se dirigir para mim. Quando se aproxima, me felicito por ter escolhido tão bem seu presente de aniversário — arranjar um personal trainer para Lewis produziu resultados inimagináveis. Ele se curva e me dá um beijo longo e salgado, em seguida sentando ao meu lado na areia branca e macia.

— Este é o lugar mais idílico que já vi na vida — diz ele. — Estou me sentindo no paraíso.

— Eu também — concordo, sonhadora. — Nunca me senti tão...

... enjoada em toda a minha vida. Tapando a boca com a mão, dou uma carreira até a privada. Nas últimas vinte e quatro horas, minha vida tem sido uma disparada atrás da outra para o banheiro, sem saber se o vulcão vai entrar em erupção por cima ou por baixo. A esta altura, o sistema de encanamento de Phuket já deve estar quase sobrecarregado.

Pois é, estou em Phuket, o paraíso hedonístico da Tailândia. Lewis está comigo, assim como Lisa e o Novo Namorado. Deveria ser um sonho, com tudo que descrevi acima e muito mais.

Mas, na realidade, está sendo um puta pesadelo.

Para começo de conversa, estou vomitando as tripas — e desconfio que sobraram tão poucas que, se abrir a boca de novo, a próxima será

Marsha Mellow e eu

o útero. Por uma ironia do destino, na nossa primeira noite botei na cabeça que o meu estômago precisava se aclimatar à culinária tailandesa. Enquanto Lewis, Lisa e Kurt (Novo Namorado) chupavam barulhentamente patinhas de lagosta nadando em chilli, preferi não me arriscar e pedi um grande prato de batatas fritas e alguns tomates.

Quem mandou?

Acho que acabei de vomitar... por ora. Enquanto enxáguo minha boca, o telefone toca no quarto. Atravesso-o e atendo. É Deedee. Que ótimo. Viajo mais de dez mil quilômetros e nem assim consigo fugir dela.

— Amy — diz ela, com voz animada. — Desculpe por te incomodar durante as férias, mas será que o Lewis está por aí?

— Ele foi dar um mergulho com snorkel. Quer que eu dê algum recado para ele?

— Diz a ele que as fotos de Brad e Jen chegaram...

Brad e *Jen* — como se fossem seus vizinhos e ela desse comida para os seus peixinhos dourados quando eles viajam.

— ... e pergunta se ele quer que mande por e-mail para o laptop dele.

— Tudo bem, pode deixar que eu pergunto. Tenho que desligar agora, vou ter minha primeira aula de mergulho daqui a um minuto.

É mentira, claro, embora eu tenha realmente que desligar. Estou com náuseas outra vez. Seria por efeito da intoxicação alimentar ou do papo com Deedee? Sabe-se lá! Desligo e deito na cama. O laptop de Lewis está ao meu lado, fechado. Ele não queria tirar essas férias, e fez questão de trazer consigo seu escritório portátil. Não fez outra coisa desde que chegou aqui senão pensar no trabalho. *A Profissional* tomou conta da sua vida. A reportagem de Marsha Mellow provocou uma nova onda. Desde então, as celebridades passaram a desprezar os veículos da mídia de praxe e fazem fila ordenadamente a fim de revelar em primeira mão suas histórias para Lewis. Entre outras, Liz Hurley, Kate Winslet e duas das Kittens se mostraram dispostas a descer de nível e rachar uma folha de jornal com classificados de empregos. Agora é a vez de *Brad* e *Jen*.

Enquanto espero que ele volte, fecho os olhos e me perco num devaneio. Talvez vá ter um sonho como aqueles que aparecem nos comerciais do chocolate Bounty. Espero que sim, porque acho que é o mais perto que vou conseguir chegar de minhas férias ideais.

288 Maria Beaumont

Uma ova. O telefone toca outra vez.

— Curry verde de galinha — recomenda Mary, quando lhe explico como estou me sentindo. — Vai passar por dentro de você com a fúria de um Roto-Rooter, mas, quando acabar, *acabou*. Mas, enfim, falemos de negócios. As potestades da Arrow estão desesperadas atrás do seu livro, minha querida, e eu já estou ficando sem desculpas.

Meu livro é a principal razão pela qual insisti que todos nós viajássemos. Eu devia tê-lo entregue um mês atrás, mas não consigo escrever o final. Achava que uma mudança de cenário poderia ajudar, mas a vista do interior de uma privada não tem sido lá muito inspiradora.

— Diz a eles que estou trabalhando nele neste exato momento e que vai estar pronto assim que eu voltar para a Inglaterra — digo, ainda no clima das mentiras inspirado por Deedee.

— Tomara, minha querida, tomara mesmo — suspira Mary. — E não ouse me dizer que está sofrendo de bloqueio mental, porque essa é a desculpa mais esfarrapada que existe depois de "Desculpe, professora, esqueci meu uniforme de ginástica em casa". Mas, enfim, tenho uma notícia que vai alegrar você. Recebi hoje o telefonema mais estranho do mundo. A telefonista me perguntou se eu aceitava uma ligação a cobrar de um detento da Prisão de Lilongwe.

— Onde?

— Em Maláui, minha flor.

— *Meu Deus do Céu*. Você falou com ele?

— É claro que não. Estou fazendo um favor a ele, pode crer. Mais alguns meses de dieta de gafanhotos e raízes amassadas vão fazer muito bem àquela barriga de cerveja.

Ao desligar, me sinto culpada. Não, não em relação a Colin Mount, mas à minha nova editora. Gosto muito da Arrow. Bom, gosto muito da minha editora lá. Ela é a única que já conheci, e jurou manter minha identidade em segredo... Tem coisas que nunca mudam.

Depois que Mary se recuperou do choque provocado por minha recusa da oferta de Jacobson (o que demorou cinco minutos), saiu em campo à procura de outro editor. Por fim, havia quatro disputando meu passe. "Antes você tivesse mandado aquele filho-da-mãe ordinário pastar há séculos", disse ela. "Como eu gosto de um leilão *lucrativo!*" A Arrow ganhou, pagando um milhão e meio de libras pelos meus três próximos livros.

Marsha Mellow e eu   289

Um milhão e meio!
Caraca, virei uma milionária!
Incrível, fantástico, extraordinário.

O único problema é que agora estou me sentindo incrível, fantástica e extraordinariamente culpada por não conseguir escrever o final do livro. Acho que vou vomitar de novo. Será a intoxicação ou a pressão? Não tenho tempo para pensar nisso. *Lá vai!*

Terceiro dia: Estou me sentindo bem o bastante para me aventurar a sair do nosso hotel. Estamos na rua principal, e não é como tínhamos esperado. Ontem à noite chegou um navio dos Estados Unidos. E, pelo visto, todas as prostitutas da Tailândia também. Não conseguimos nos mexer, tamanha é a multidão de marinheiros parrudos e suas novas amigas — cada um com duas, uma para cada braço.

— Os americanos adoram se exibir — rosna Kurt.

— O folheto não mostrava nada disso — lamenta-se Lewis.

— Pois eu estou achando fantástico — exclama Lisa. — Todas essas prostitutas... são um ótimo material para pesquisa.

— Mas você nem... — protesta Lewis, logo se interrompendo, porque Kurt não está por dentro do babado.

— Tenho que mergulhar a fundo no cenário, Lewis — argumenta ela. — Você não pode entender, não é escritor.

Dá a mão a Kurt e puxa-o em direção a um bar lotado.

Coitado do Kurt.

Que foi que eu disse?

Ele também tem mergulhado a fundo no cenário por conta própria estes últimos dias. Mal o temos visto. Não me surpreenderia se soubesse que ele andou comprando alguns gramas do... hum... *produto local.* (Lembrete: vistoriar as malas de cabo a rabo à procura de itens que não estejam no programa antes de ir embora.) Aliás, Kurt não é o dono do bar de strip-tease. Esse só durou dez minutos. Sendo Lisa como é, recebeu várias ofertas quando o outro beijou a poeira. A mais estranha de todas foi a de Jake Bedford. Ele telefonou para ela e a convidou para jantar, dizendo: "Foi uma pena, mas eu e a Amy nunca teríamos dado certo — como não era escritora, não conseguia se comunicar comigo... *hum... em nível criativo*". Lisa disse que nem conseguiu ouvir o resto, de tanto rir.

Maria Beaumont

Finalmente, optou por Kurt. Não sei o que ele faz. Alega que está tentando fazer carreira como DJ, mas diz isso sem olhar nos olhos da pessoa, de modo que essa carreira pode ser qualquer uma. Este é o primeiro dia inteiro que ele passa com Lisa, mas ela parece não ligar. É arredio, mal-encarado e um verdadeiro encanto quando quer alguma coisa — em suma, faz totalmente o tipo dela.

Mas ela anda ocupada demais para notar a ausência dele. Assumiu com a maior seriedade suas responsabilidades como o rosto público da Marsha Mellow Corporation, que não pode parar só porque ela está de férias.

Desde a entrevista para _A Profissional_, ela já deu inúmeras outras para revistas. Também apareceu no _Parkinson_, no _Friday Night with Jonathan Ross_ e no _V Graham Norton_. E também houve as reuniões em Hollywood. Vendi os direitos de filmagem de _Anéis nos Dedos Dela_ (não posso dizer por quanto, tenho vergonha). Os produtores andaram falando em Sarah Michelle Gellar e J-Lo para o papel de Donna, mas, quando conheceram Lisa, um deles teve uma idéia genial.

— Gata, você sabe atuar tão bem quanto escreve? — perguntou.

Ainda não está nada certo, é claro, mas quem sabe? Ela vai para lá fazer um teste no mês que vem, e, ora, coisas ainda mais estranhas aconteceram nos últimos tempos.

Coitada da mamãe. Ainda nem começou a aceitar a idéia de Lisa ter escrito _Aquele Livro_. Já imaginou se tiver que engolir a filha tirando as roupas e simulando cenas de taras sexuais diante das câmeras? Não sei, não, mas acho que o argumento de que "a integridade do roteiro exige" não vai adiantar grande coisa. Mas agora Lisa é Marsha Mellow e, de um jeito ou de outro, mamãe vai ter que aprender a conviver com isso.

Sinceramente, não me incomoda admitir que ela se sai muito melhor como Marsha Mellow do que eu jamais me sairia. Estamos juntas nisso para valer. O fato é que já estávamos desde o momento em que ela se encarregou de mandar meus originais para Mary. Eu não conseguiria fazer metade das coisas que ela faz em termos de marketing, e ela é a primeira a reconhecer que tem dificuldade até para escrever um cartão-postal. Formamos uma dupla da pesada. Ela exibe o que gosta de exibir — sua beleza estonteante —, e eu tenho o que sempre quis ter — uma vida sossegada.

Marsha Mellow e eu 291

Sexto dia: Lewis e eu estamos relaxando num barzinho à beira-mar. Nem sombra de Kurt. De novo. Lisa veio conosco, mas se enfurnou na loja do outro lado da rua para comprar cartões-postais (que provavelmente eu vou ter que escrever para ela). Na volta, foi abordada por um bando de marinheiros que a reconheceram. Agora está divertindo os caras inventando como foi sua pesquisa para o capítulo da suruba em *Anéis*. Eles estão bebendo cada palavra dela — o que não é de surpreender, em se tratando de homens que passaram vários meses a ver navios, nos dois sentidos.

Lisa se afasta de seus fãs e volta a se unir a nós. Senta-se e me entrega um cartão-postal.

— Quer mandar este para mamãe e papai? — pergunta. Olho para o retrato: um par de peitos flácidos ao léu acima das palavras *Em Phuket, quem phode, phode.*

Tá legal.

Talvez ainda chegue o dia em que os Bickerstaff serão uma família relativamente feliz e apenas cinqüenta por cento desajustada, mas esse dia ainda está muito, muito longe. Mamãe se recusa a dirigir a palavra a Lisa e não me trata muito melhor do que isso. E só consigo lidar com ela porque sempre que ela passa dos limites tenho cinco palavrinhas de cunho botânico que a mantêm no seu devido lugar.

O novo papai, com fórmula revolucionária, está conseguindo conter os piores excessos dela — os atos de vandalismo irrefletido não se repetiram. Toda essa saga parece ter dado a ele coragem para enfrentar mamãe. Atualmente a casa é cenário de um número muito maior de brigas, mas ele parece determinado a trazê-la rente no cabresto, ou morrer tentando. Acho que boa parte da sua coragem provém do orgulho por ter uma filha escritora. Ele não consegue parar de falar dela. Eu estava com ele na Finchley High Road e ele me arrastou para a Waterstone's, a fim de ficar flanando perto do estande e dizer "Sou o pai dela, sabia?" a cada pessoa que apanhava um exemplar. Não consegue criar coragem para *lê-lo*, mas isso não o impede de argumentar de maneira muito convincente que é uma grande obra literária. Mamãe, no entanto, ainda acha que deveria ir para a fogueira, provavelmente junto com a autora.

Taí, talvez, se nós tivéssemos trazido os dois nestas férias, isso ajudaria a fechar as feridas.

Brincadeirinha!

A vista de tantas prostitutas e bares de danças eróticas teria deixado mamãe num estado permanente de histeria. De mais a mais, ela não poderia ter vindo nem que quisesse, pois não tem permissão para sair do país até terminar de cumprir sua pena. Foi acusada de danos criminosos e o juiz lhe deu uma multa, além de uma pena de trezentas horas de serviços prestados à comunidade. E até que foi uma pena bem criativa. Ela está tendo que trabalhar num centro de orientação para gays. Neste exato momento, acho que está envelopando folhetos sobre sexo seguro.

Quando liguei para Ant e contei isso a ele, deu para ouvir sua gargalhada com a maior clareza do outro lado do Atlântico. Ele e Alex voltaram às boas. Não chegam a estar propriamente em lua-de-mel, mas, pelo jeito, Ant *se emendou.* Um pouco. Pelo menos jurou que seus casos serão (a) exclusivamente com homens e (b) não ultrapassarão a taxa dos dez por cento ao mês, o ano inteiro.

Sétimo dia: Lisa acaba de voltar de um passeio de compras. Estamos no quarto dela, olhando suas compras.

— Olha só para isso — diz ela, levantando uma linda bolsa bege. — Custaria uma fortuna na Inglaterra, mas aqui saiu por apenas setecentos *baht*, que dá... — Ela se cala por um momento, fazendo as contas. — ... dez libras.

Abre a bolsa e examina a etiqueta.

— Espera aí. Chanel se escreve com um *n* ou dois?

Solto uma gargalhada. Talvez estas férias ainda não estejam perdidas.

Nono dia: Lewis está no nosso quarto — é a vez dele de amargar uma intoxicação. Lisa saiu para trocar figurinhas com o seu público. Kurt decidiu tirar um dia de folga de seja lá o que for que ele apronta e vem caminhando atrás dela, a alguns metros de distância. Parece que todos os ocidentais em Phuket a reconheceram, e ela não teve que pagar uma única bebida a semana inteira.

Marsha Mellow e eu   293

Estou sozinha no bar do hotel, mas me sinto muito feliz. Afanei o laptop de Lewis e estou escrevendo furiosamente o último capítulo do novo romance de Marsha Mellow. Os marinheiros americanos e os ônibus cheios de prostitutas não podiam deixar de me inspirar. Vai ser o melhor livro de Mellow... Eu sei, eu sei, ainda é o segundo. Em todo caso, vai ser o mais sacana.

Eu já o teria terminado há séculos, se não fosse pelas interrupções constantes. E lá vem mais uma: um mochileiro australiano que estava rondando Lisa horas atrás.

— Com licença — diz ele, tímido. — Você não é a irmã de Marsha Mellow?

— Sou — digo, orgulhosa. — Sou, sim.

Décimo segundo dia: Me esparramo como um gato satisfeito sobre a toalha, dou um longo gole no meu Daiquiri e, com os olhos semicerrados, contemplo o pôr-do-sol espetacular no mar de Andaman. Ainda desfrutando o soporífero relaxamento produzido pela massagem tailandesa ao cair da tarde, tenho todo o tempo do mundo para refletir que a vida é quase perfeita. Mais adiante na praia, Lisa e seu novo namorado trocam amassos sob uma palmeira. Parecem estar tão felizes... se bem que, poxa, ela precisava dar uma surra daquelas nele? Vejo uma figura bronzeada sair da água morna e cristalina e se dirigir para mim. Olho para seu corpo e fico imaginando se ele gostaria de ganhar aulas com um personal trainer de aniversário ou se encararia a oferta como uma vingança por ter me matriculado numa sessão de hipnoterapia para eu parar de fumar. Ele se curva e me dá um beijo longo e salgado, em seguida sentando ao meu lado na areia branca e macia.

— Você parecia estar a quilômetros daqui — diz ele. — Sonhando acordada de novo?

— Desta vez não — respondo.

Impresso no Brasil pelo
Sistema Cameron da Divisão Gráfica da
DISTRIBUIDORA RECORD DE SERVIÇOS DE IMPRENSA S.A.
Rua Argentina 171 – Rio de Janeiro, RJ – 20921-380 – Tel.: 2585-2000